홀린

홀린

초판 1쇄 발행 2019년 12월 17일

지은이 장래이
펴낸이 배선아
펴낸곳 (주)고즈넉이엔티

출판등록 2017년 3월 13일 제2018-000115호
주소 서울시 중구 퇴계로26길 52 1층
대표전화 02-6269-8166 **팩스** 02-6166-9199
이메일 gozknock@naver.com

ⓒ 장래이, 2019
ISBN 979-11-6316-065-6   03810

이 도서의 국립중앙도서관 출판예정도서목록(CIP)은 서지정보유통지원시스템
홈페이지(http://seoji.nl.go.kr)와 국가자료공동목록시스템(http://www.nl.go.kr/kolisnet)에서
이용하실 수 있습니다. (CIP제어번호: CIP2019044912)

홀린

장래이 장편소설

고즈넉 이엔티 GOZKNOCK ENT

사랑하고 존경하는 내 가족,

그리고 함께 문학을 공부하는 소중한 동료들께 바칩니다.

어떤 모습이더라도 너를 알아보았을 것이다.

길가의 풀 한 포기,

발치의 돌 한 조각,

지나가는 새 한 마리였더라도.

너는 내게 똑같이 사랑스러웠을 것이다.

– 은성에게

1

　재희는 250기가바이트로 압축된 은성의 생체정보를 연구소의 데이터베이스에서 자신의 머릿속으로 복제하는 데 성공했다. 총 일주일이 걸렸다.

　접근 자체는 어렵지 않았다. 어쨌든 그녀는 연구소에 연구원으로 소속되어 있었고, 시스템에 대한 권한을 가지고 있었다. 문제는 모든 접근 시도가 기록으로 남는다는 것이었다. 누군가 발견한다면, 일이 골치 아파질 것이다. 추궁을 해온다면 되돌려줄 말도 딱히 없었다.

　"이 사람이 제 애인이었거든요."

　이건 아무런 설명이 되지 않을 것이다.

　"이 데이터가 탐이 났다고요."

　더더욱 안 될 말이었다. 데이터이긴 했지만, 살아있던 사람의 일생 동안의 기록이었다. 그것들에게는 단지 250GB로 환원되지 않는 무게감이랄까, 권리 같은 것이 있었다. 비록 그 주인은 죽은 뒤였지만.

타인의 생체 데이터를 마음대로 활용해도 된다는 법 조항은 어디에도 없다. 심지어 데이터의 주인들도 그런 허락을 내려줄 수 없었다. 1세대들의 몸은 태어나서부터 죽을 때까지 연방정부의 소유였고, 사정이 좀 다를 뿐 그런 점은 3세대들도 마찬가지였다. 그리고 데이터를 함부로 다룰 수 없다는 모든 조항은 2세대들이 주도해서 만들어내고 있었다.

'수사를 위한 특수한 경우이거나, 허가받은 연구 목적 이외에는 접근 및 조작을 엄격히 금지함.'

정말로 불공평한 조항이라고 재희는 생각했다.

그러면서 단단히 압축된 은성의 데이터 파일을 머릿속으로 굴려보았다. 압축된 데이터는 특유의 밀도로, 손 안에 매끈하게 쥐여졌다.

은성은 섹스로 태어난 지구상의 얼마 안 남은 인간이었다.

계획 없이 태어났기 때문에, 품질도 떨어졌다. 그들은 이제 인간세상에서 1세대, 아니면 자연인이라고 불렸다. 동물처럼 태어나서 동물처럼 무방비하게 살다 갔지만, 죽을 때만큼은 유일하게 사회에 보탬이 되었다. 그들의 몸이 과학자들의 연구 재료가 되었기 때문이다.

평생 얻어 타서 쓰는 연방 보조금을, 죽어서 몸으로 갚았던 것이다. 호랑이가 죽어 가죽을 남기듯이.

재희가 죽어가는 은성을 자신이 일하는 연구소로 데려 간 것도 그런 이유에서였다. 선천적으로 심방이 두 개 부족하게 태어난 은성의 예상 수명은 마흔 살이었고, 그녀는 정확히 마흔 하고도 여섯 달이 되던 날에 연구실에서 재희의 품에 안겨 죽었다.

재희는 은성의 사망신고를 하고 시체를 연구실의 자료함에 넣었다. 스트레처에 누운 그녀의 몸은 여느 때보다도 작고, 왜소해 보였다.

그녀의 벗은 몸에는 곧바로 냉각액이 채워졌다. 묘하게 뒤틀려서 걸을 때마다 들썩이던 허리에도, 푸른 반점이 찍혀 있는 손목과 발목에도, 그리고 웃을 때마다 아래로 휘어지던 눈꼬리에도 눅진한 냉각액이 들어찼다.

평생 자유롭게 휘청이던 강은성의 사지는 그렇게 급속 냉동되었다. 두 칸으로만 뛰던 심장도, 영원한 안식을 얻었다.

그러나 죽은 몸에서 추출된 그녀의 데이터는 그러지 못했다. 은성의 생체 데이터는 다른 16만 8천여 명의 사망한 자연인들의 데이터와 함께 곧바로 실험 재료로 투입되었기 때문이다.

어떻게 단백질과 수분, 탄수화물과 지방 덩어리로 이루어진 것에서 기쁨이 나오고, 슬픔이 나오고, 두려움과 약속과 결심 같은 것이 나오는 것일까.

과학자들은 이미 많은 것을 알아낸 상태였다. 죽은 사람의 뇌를 복제해서, 그야말로 시냅스 하나하나의 연결까지도 전부 재현해내는 방식으로 죽은 사람의 의식을 되살릴 수 있다는 것은, 그들의 연구 성과 전체를 놓고 보면 초기적인 발견에 불과했다.

이미 사람들은 2세대를, 그리고 3세대를 만들어내고 있었다. 인간은 이제 섹스가 아닌 정교한 수공예의 결과물이었다.

3세대에게는 데이터를 직접 다루는 타고난 감각이 있다. 그것이 그들이 3세대인 이유였다.

매 해 딱 20명씩만 생산되고 있는 3세대들은 인간이 발명한 어떤 컴퓨터보다도 연산능력이 뛰어났다.

"그리고 더럽게 튼튼하기도 하고."

재희는 두 손을 들어 눈을 비비며 쓸쓸하게 웃었다.

지난 일주일 동안 재희는 잠을 자지 않았다. 그럼에도 그녀의 몸은 암세포처럼 왕성한 재생력을 발휘하며 어느 때보다도 맑은 정신을 유지하고 있었다.

재희가 기대어 누워 있는 소파 위로 새벽의 어스름한 빛이 새어 들어왔다.

그녀는 그것을 멍하게 쳐다보며 생각했다.

'혼자서만 계속 살아야 하는 것은 괴로운 일이다.'

그것이 재희가 은성을 되살리려는 이유였다.

***

오전 6시 30분.

재희는 코트를 벗고, 스마트 가운을 걸친 후 연구실 지하 2층의 슈퍼컴퓨터 앞에 앉았다.

연산이 진행되고 있는 오백만여 명의 데이터가 육안으로는 판별하기도 어려울 만큼 빠른 속도로 화면을 지나갔다.

물론 재희는 그것을 눈으로 볼 필요가 없었다. 그녀에게 데이터는 눈을 감고 귀를 막아도 훤하게 느껴지는 것이었다.

데이터베이스에서 얻을 만한 것은 이미 전부 얻었다. 그럼에도 채워지지 않는 조각이 있었다.

그것은 은성이 살아있는 마지막 순간과 관련된 데이터였다.

그것을 찾아야 했다. 자신을 되살려도 된다는 허락을, 은성이 마지막의 마지막에 가서야 해 주었기 때문이었다.

"그래, 너랑 같이 있을게."

유언 같은 마지막 말을 남기고 은성은 죽었다. 연구소에서 생체를 옮기는 간이침대에 누운 채였다. 죽음을 포기하고 같이 살자는 재희의 제안에 한사코 거절로 일관해오던 은성이었다.

임종을 마주한 그녀에게 갑자기 어떤 심경의 변화가 생긴 것인지, 재희로서는 알 방법이 없었다. 죽기 직전, 은성이 간이침대에 누워 그 중요한 한 마디를 속삭이던 순간만이 데이터베이스에서 사라지고 없었다. 그녀와 함께 하겠다는 약속도, 어딘가로 실종되어버렸다. 연구에 투입되는 어떤 자료를 뒤져 보아도 마지막 순간만이 존재하지 않았던 것처럼 깔끔하게 잘려나가 있었다.

그것이 없다면 은성의 허락 역시 없는 것이나 마찬가지였다. 그리고 그 허락 안에 들어 있던, 계속 살아가겠다는 의지 역시 어딘가로 유실되어 버린 셈이었다.

생에 대한 의지가 잘려나가 버린 은성은 복구해보았자 아무런 의미가 없다. 어떤 종류의 새 삶도 오래 지속되지 않을 것이 분명했다.

그 새벽을 떠올릴 때마다 재희는 실소가 나왔다. 전부 해결되었다고, 그녀는 철석같이 믿고 있었다. 예기치 못한 행운에 마음을 빼앗겨 행여나 실수를 저지르지나 않을까, 그녀는 심호흡을 골랐다. 종교가 없는데도 미지의 누군가에게 기꺼이 감사를 바칠 준비도 되어 있었다.

단단한 사각형의 철문을 열고, 재희는 간이침대를 힘껏 밀어 넣었다. 덜컹, 침대가 지지대에 걸리는 소리가 달콤하게 귀에 감겼다. 안치가 완료되었음을 확인하고서야 그녀는 돌아서 방을 나갔다.

방망이질치는 가슴을 진정시키기 위해, 자신이 내딛는 모든 걸음의 숫자를 차근차근 세어 나가면서.

슈퍼컴퓨터 속에서 흘러가는 숫자들을 응시하며, 재희는 데이터들이 마치 살아있는 것 같다는 느낌을 받았다. 그것들은 연산이라는 격류에 몸을 맡긴 채 낱낱이 분석되고 있을 뿐이었지만, 그럼에도 어딘가 정겨운 구석이 있었다.

데이터 속에서 죽은 은성의 체취가 나는 것 같다고, 그녀는 상상해보았다.

모든 순간은 기록된다. 데이터가 어디에 있는지 모를 뿐이다.

컴퓨터 안에 없다면, 다른 누군가의 수중에 있는 것이다.

재희는 자신의 신원 코드를 입력하고, 컴퓨터의 데이터 입력과 출력 로그가 저장되는 메모리를 열람해보았다. 데이터가 어디에서 유실된 것인지 알아내야 했다.

컴퓨터 안에서 삭제된 것이라면 복구는 차라리 간단하겠지만, 지금으로서는 처음부터 데이터가 훼손된 채로 입력되었을 가능성이 커 보였다. 그렇다면 누가 그런 짓을 했는지를 알아내야 했다.

입출력을 표시하는 깨알 같은 목록이 펼쳐졌다.

재희는 데이터들을 능숙하게 분류하기 시작했다.

일단 입력 기간을 최근 2주 이내로 제한하고, '여성, 30-40대, 골다공증, 위하수, 심혈계 질환'과 같이 생체와 관련된 나머지 조건들을 추려내었다.

조건을 부여할수록 후보는 36,000에서 8,000으로, 700으로, 그리고 50으로 단숨에 좁혀졌다.

그렇게 분류된 쉰여 개의 히스토리를 그녀는 한데 모았다. 그리고 목록에서 암호화되어 있는, 파일을 최초로 운반해온 사람들의 신원 코드를 수집했다.

정답은 아마도 저곳에 있을 것이다.

신원 코드를 복사하기 위해 손을 뻗는 순간, 머릿속에서 신호음이 터졌다.

재희는 화들짝 놀라며 등을 비쭉 세웠다.

보안 경보 알림이 발송되려고 했다. 일단 경비업체로 발신되는 신호는 무력화시켰지만, 경보 발송 내역이 따로 연구소 소장에게 전송되고 있었다.

'한 번도 이런 적 없더니……'

입술을 질끈 물며 재희는 내부 안테나가 송출하는 '보안 안내'를 '통화' 신호로 장악해버렸다.

"웃기는 시스템이야."

재희는 혀를 찼다. 그녀가 자연인들의 데이터를 야금야금 열람할 때는 아무런 반응도 없더니, 연구원의 신원을 하나 조회하려고 드니 뒤늦게 호들갑이었다.

보안 경보는 사라지고, 대신 통화 연결을 알리는 가상 스크린이 눈앞에 나타났다. 이미 발송되어버린 신호를 없앨 수는 없으니 그것을 다른 신호로 오버라이드해버린 것이었다.

그 결과 재희는 정확하게 오전 6시 50분에, 직접 소장에게 전화를 걸어버린 꼴이 되었다.

무슨 변명을 댈지 미처 준비하기도 전에 박민경 소장이 홀로그램으로 형성되어 갔다.

재희는 통화를 음성 모드로 전환했다.

"재희구나. 이 시간에 무슨 일로?"

일시에 걸어진 화면을 통해 조금 피곤한 듯한 목소리가 전송되었다.

"엄마, 저 때문에 깨신 거예요?"

"말해. 무슨 일이니?"

목소리가 얼떨떨하게 들리는 것은 단지 시간이 이르기 때문만은 아니었다. 통화 송출이 극도로 불안정했다. 12G망을 사용하고 있는 엄마에게 통신 딜레이가 발생한다면 그것이야말로 수상한 일이었다.

재희는 필사적으로 통신 신호를 보정하며, 가능한 한 또박또박 말을 이었다.

"사실은 방금 오빠한테서 전화가 왔어요. 가족들 모이는 거, 일요일이 아니라 토요일이 어떻겠냐고. 스케줄이 바뀔 수도 있다면서요. 어떡하죠?"

물론 거짓말이었다. 이따가 오빠에게는 따로 연락을 해야 하리라.

다음 월요일은 오빠 박범재의 생일이었다. 가족들은 편의상 날짜를 하루 당겨 일요일에 단출한 축하를 해줄 예정이었다.

"토요일이라……."

박민경은 캘린더를 확인하는 듯 잠시 뜸을 들였다. 어머니가 토요일까지 장시간 회의가 잡혀 있다는 것을, 재희는 이미 알고 있었다.

"내일은 어려울 수도 있겠어. 회의가 하루 종일 있을 거야."

"그래서…… 저도 어려울 것 같다고는 했어요. 그럼 다시 그렇게 전할게요. 내일은…….'

"재희야!"

박민경이 그녀의 말을 끊었다. 재희는 멈칫했다.

"지금 어디에 있니?"

자신도 모르게 침이 꿀꺽 넘어갔다. 재희는 애써 태연하게 대답했다.

"출근 중이에요. 그건 왜요?"

"목소리가 이상하게 왔다 갔다 해서."

재희는 소리가 나지 않게 슬그머니 의자를 빼고 자리에서 일어났다. 만약 엄마가 위치추적을 시작한다면, 적어도 연구소의 입구와 가까운 곳에서 발견되는 편이 좋았다.

"그런가? 저는 잘 모르겠는데."

그녀는 넓은 보폭으로 계단을 단숨에 뛰어 올라갔다. 눈앞에 로비가 보였다.

"또 어디서 도청이라도 하는 건지……. 지금은 그렇게 민감한 연구를 하는 것도 아닌데 말이다. 그래, 그만하자. 연구소에서 보자꾸나."

전화가 끊어졌다.

가까스로 로비를 반쯤 건너가 있던 재희는 허탈한 마음으로 걸음을 멈추었다.

결국, 아무것도 알아내지 못했다.

수상한 접근 내역만 남기고 나왔을 뿐이다. 이런 실패가 반복된다면 언젠가는 반드시 발목을 잡히고 만다. 모든 것이 철저하게 기록되는 데이터 세상에서 정상참작이란 없었다.

드넓은 로비 창문에서 붉은 먼동이 타올랐다.

어머니가 연구소의 통신 내역을 전부 확인하실까?

알 수 없다. 그러나 통신망을 확인하더라도, 그녀가 건드린 데이터가 무엇을 의미하는지는 곧바로 파악하기 어려울 것이다.

그녀가 단 한 사람의, 그것도 고작 자연인의 정보를 캐내기 위해 통신망을 해킹하면서까지 데이터베이스를 뒤지고 있다는 사실을 알면 어머니는 무슨 표정을 지을까. 심각한 정신적 오작동을 의심하며 그녀의 두뇌를 점검하려 들지도 모를 일이었다.

어머니는 설사 그녀를 개조할 수는 있더라도, 이해하지는 못할 것이다. 사람 속은 아무도 모르는 법이었다. 아무리 3세대를 직접 만들어낸 사람일지라도.

'너는 절대 모를 거야. 모르는 게 나쁜 것도 아니야.'

은성은 그렇게 말하며 늘 부탁을 거절했다. 왜 죽으려 하느냐고 물을 때마다 대답은 한결같았다.

"너는 평생 모르겠지. 나는 그냥 그런 사람이야. 이번 생을 잘 마무리하고 싶어."

재희가 원망스러운 눈으로 노려봐도 소용이 없었다. 이 문제에서만큼 은성은 언제나 단호했다.

"이건 내 삶이고, 어떻게 살고 어떻게 죽을지 결정하는 것은 오로지 내 몫이야."

그러고는 손을 뻗어 재희의 뺨을 어루만졌다.

"너도 언젠가 그렇게 할 수 있는 날이 꼭 왔으면 좋겠어."

그것은 은성에게 신념과 같은 것이었다. 어쩌면 그녀가 가르치던 학생들에게 수도 없이 말해왔던 것이 그녀에게 더 강한 믿음으로 돌아왔던 것일 수도 있었다.

은성은 1세대 인권 단체 NRNP(Natural Rights for Natural People)에서 평생을 일하며 유아청소년부를 담당해왔다. 아이를 대하는 것이 익숙한 만큼, 그녀는 무슨 일이 있어도 목소리를 높이는 법이 없었다. 그렇다고 순순히 뜻을 꺾어주지도 않았다.

반쪽만 뛰고 있는 심장을 가지고 은성은 늘 남들보다 더 많은 일을 하려 들었고, 그래서 하루 일과를 마치고 돌아오고 나면 기진맥진해져 있기 일쑤였다.

그녀와 일 년 가까이 동거를 하던 시절, 재희는 매일 밤 잠자리에서 그녀의 통통 부어오른 다리를 주물러주었다.

외마디 비명 같은 소리를 내지르면서도 은성은 그녀가 움직이는 대로 가만히 몸을 맡겼다. 온종일 걸어 다니는데도 물렁하게 늘어지는 종아리와 그 안에 둥글고 딱딱하게 잡히는 정강이뼈가 재희는 늘 안쓰러우면서도, 어딘가 귀엽다고 느꼈다.

5평이 채 안 되는 방에서 불을 끄고, 한 사람은 드러눕고 한 사람은 앉은 채로, 한 시간이고 두 시간이고 이야기를 나누었다. 은성이 졸음을 이기지 못할 지경이 될 때까지.

"조금만 더 있으면 안 돼?"

재희가 아쉬운 마음에 물으면 은성은 잦아드는 목소리로 대답했다.

"안 돼. 이제 너무 피곤해⋯⋯."

그녀는 누운 채로 어린아이처럼 두 팔을 벌렸고, 그러면 재희가 은성의 한쪽 팔을 비스듬히 베고 누웠다. 은성은 금방 잠이 들었다. 그렇게 죽은 듯이 누워 있어도, 재희의 한쪽 손만은 끝끝내 쥔 채로 잠이 들었다.

그들은 어쩌면 영영 알지 못할 것이다.

재희는 다짐하듯이 혼자서 고개를 끄덕였다.

은성이 떠나간 이후로 재희에게는 조금 이상한 버릇이 생겼다. 그것은 자신이 걷는 걸음걸이를 수시로 헤아려보는 것이었다.

단순히 숫자만 세는 게 아니었다. 그녀가 걸음을 세는 방식에는 정확한 리듬이 깃들어 있었다. 지난 일주일 동안 재희는 틈만 나면 그 묘하게 지연되면서 떠밀리는 듯한 박자를 읊조렸고, 그러다가 정신이 들면 고개를 세차게 흔들며 기묘한 감각을 떨쳐내곤 했다.

실험을 하다가도, 회의를 하다가도, 심지어 이렇게 어머니와 통화를 하고 나서도 그녀의 뇌는 기습적인 트랜스 상태에 빠져들었다.

도망치듯 컴퓨터실에서 빠져나와 먼동이 밝아오는 로비를 거닐던 중, 재희는 걸음을 멈추었다.

그곳에서 재희는 처음으로 깨달았다. 그녀가 지난 일주일 동안 되새김질하던 것은 자신의 걸음걸이가 아니었다. 그것은 죽은 은성의 발걸음이었다.

언제부터였을까.

눈꺼풀을 정확히 세 번 깜빡이자 재희의 눈앞에 캘린더가 펼쳐졌다.

2072년 9월 7일 금요일, 현재 시각 7시 21분.

9월 10일에 '오빠 생일'이라는 표기가 있었다. 그리고 지금으로부터 일주일 전으로 거슬러 올라가는 8월 27일에, 제목이 없는 메모가 하나 있었다.

물론 재희는 그 걸음걸이를 기억했다.

그것에 깃든 휘어짐과 뒤틀림을 알아보기까지 많은 시간이 걸렸다. 처음 은성을 만났을 때 재희는 그저 그녀가 화가 나 있다고 생각했다.

재희가 NRNP를 처음 방문한 것은 학사 졸업 연구를 진행하던 때였다. 적절한 1세대 실험군을 물색하던 중, 운 좋게도 한국 유소년 관리청의 남부 섹터로부터 협조를 받게 되었다.

당시 재희는 1세대 아동의 신체 활동과 장기기억 전환의 상관관계를 연구하고 있었고, 유소년청은 그녀에게 1세대 밀집구역에서 열리는 증강현실 대전 스포츠 하도(波動)의 수강생들을 실험군으로 활용해도 좋다는 허가를 내렸다. 그렇게 재희는 약 한 달 가량을 남해안에서 지내게 되었다.

그녀가 갓 스물한 살이 되던 2068년 4월이었다.

신경 활동을 추적하기 위해 일주일에 세 번씩 아이들의 몸에 박테리아 카메라를 투입하는 동안, 교실 맞은편에는 늘 은성이 있었다. 매일 똑같은 갈색 인조가죽 자켓에, 기다란 검정 치마 차림이었다.

다목적실의 한쪽 구석에 간이의자를 놓고 앉은 은성은 단발로 친생머리 때문인지 멀리서 보면 꼭 학생처럼 보였다. 가까이 다가가 눈가에 번져 있는 주름을 확인하고서야, 그녀의 나이를 어렵사리 짐작해볼 수 있었다.

처음에는 은성이 누군가의 학부형이라고 생각했다. 그녀가 아이들을 대하는 태도에는 스스럼이 없었고, 학생들도 그녀를 곧잘 따르는 듯했다. 그러나 며칠 지나지 않아 재희는 은성이 특정한 몇몇에게만 신경을 쏟는 것이 아니라는 것을 깨달았다. 매번 달라지는 수업의 구성원을 대동하고 그녀는 어미새처럼 교실에 나타났다가, 수업이 끝나면 다시 그들을 데리고 센터를 빠져나갔다. 아이들은 당연하다는 듯이 그녀를 위성운처럼 쫓았다.

은성과 처음으로 대화를 나눈 것은 4월이 2주가량 흘러간 시점이었다.

수업을 마친 아이들을 배웅한 뒤에, 은성은 예고 없이 다목적실로 돌아와 재희에게 말을 건넸다.

"말씀을 좀 여쭙고 싶은데요."

자신을 1세대 학생들의 보호자로 소개한 뒤, 은성은 최근 들어 세 명의 수강생이 복통과 어지럼증을 호소한다고 전했다.

재희가 진행하는 연구의 부작용을 의심하고 있다고도 했다. 사교적인 것인지 무뚝뚝한 것인지 구분이 잘 되지 않는 표정으로 그녀는 덧붙였다.

"의학적으로 안전하다고 해도, 더 민감한 아이들은 있으니까요."

은성에 대한 첫인상은 그리 좋지 않았다. 연구의 기준과 안전성에 대해 두 사람은 사면이 스크린으로 막힌 다목적실에서 날이 선 대화를 나누었고, 교실을 비워줘야 할 시간이 되어 센터를 빠져나오고도 벚꽃이 흐드러지게 핀 거리를 걸으며 한동안 더 논쟁을 벌였다. 길을 걸어가며 은성이 했던 말들을, 재희는 지금도 생생하게 기억했다.

"자연 상태의 몸이 연구자님 관점에서는 훌륭한 실험 대상을 뜻하겠지요. 그러나 몸을 고칠 수 없다는 것은, 아이들 입장에서 보면 불행입니다. 남의 불행을 직업적 원천으로 삼아야 한다면 최소한 그에 대한 예의를 갖추시라는 말씀입니다. 아이들의 몸을 더 배려

할 수도 있잖아요?"

마른 봄바람이 지긋지긋하게 불어오는 날이었다.

은성은 재희로부터 세 학생의 몸에 투여하는 약물을 조정해보겠다는 다짐을 끝끝내 받아내고서야 그녀를 놓아주었다. 작별인사로 짤막한 목례를 나누고, 그 고집 센 여인은 등을 돌렸다.

그녀가 가방을 뒤져 여과필터가 달린 마스크를 찾는 것을 재희는 곁눈질로 보았다. 그제야, 재희는 은성이 삼십 분이 넘는 시간 동안 뿌연 안개가 내려앉은 거리를 맨얼굴로 걸어왔다는 사실을 깨달았다.

1세대에게 날것의 공기는, 썩은 음식보다도 유해한 것이었다.

재희가 자리에 서서 멀어져가는 은성의 뒷모습을 지켜본 것은 누군가의 수명을 깎아먹었다는 송구한 마음이 들어서였다. 밀실처럼 갑갑한 벚꽃 그늘을 은성은 허리를 실룩이며 걸어갔다.

밟는 곳마다 벚꽃 잎이 납작하게 눌러 붙어 있었다. 원래는 훨씬 풍성했을 것들이, 바닥에 납죽 엎드리니 형편없는 모습으로 변했다. 무언가를 밟지 않고서는 도무지 걸어갈 수 없는 길이었다.

은성은 오른쪽보다 아주 조금 짧은 왼쪽 다리를 절름거리며 비딱한 발걸음으로 멀어져갔다. 무언가에 화라도 내는 듯이 종잡을 수 없는 걸음을 내딛으며, 휘청거리며, 오른쪽으로 한 번, 왼쪽으로 한 번.

재희는 그 발걸음을 기억했다.

그 리듬에 시선을 빼앗긴 것이, 모든 것의 시작이었다.

연구소의 전면창은 어느새 일출을 담아내며 눈부시게 빛나기 시작했다.

로비의 창문은 칼레이도스코프처럼 하루 종일 태양의 움직임에 따라 다채로운 광학 패턴들을 연출해냈다. 갓 출근한 사람들이 하나둘 로비를 오가기 시작했다.

나이고 성별이고 상관없이 그들은 마치 성화의 한 장면처럼 머리에 광채를 이고 걸어갔다.

은성도 언젠가 저렇게 살아날 것이다.

재희는 고개를 숙이고 기도문처럼 중얼거렸다.

다시 태어나는 날이 은성의 두 번째 생일이 될 것이다. 그리고 그녀가 죽은 날은, 은성이 더 이상 아프지 않은 날이 되겠지.

식도가 좁은 탓인지 은성은 음식을 먹다가 종종 심하게 사래가 들리곤 했다. 그럴 때마다 재희는 몰래 진땀을 뺐다. 선천적으로 골밀도가 낮은 은성에게는 심폐소생술도 지나치게 위험한 조치였다. 명치를 압박하는 것이 잘못하면 갈비뼈 골절로 이어질 수 있었다.

이제는 그럴 일도 없을 것이다. 새로 태어나는 은성은, 아픔이 하나도 없는 상태로 눈을 뜨게 되리라.

연구실 동료 두 명이 뒤편으로부터 인사를 건넸다. 재희는 그들을 향해 고개를 돌렸다.

로비는 점점 더 많은 사람들의 발걸음과 웅성거림으로 채워졌다. 재희는 동료 연구원들과 함께 출근 인파에 몸을 맡겼다. 거대한 물결처럼, 사람들은 저마다의 표정으로 천천히 층계를 올랐다.

벽면을 가득 메운 일광은 솜씨 좋게 수놓은 직물처럼 그들 모두의 이마를 덮어주었다.

2

박민경 소장은 무릎 아래까지 내려오는 호두색 코트를 걸치고, 연둣빛 스카프를 둘렀다.

머리카락은 정확히 어깨 높이까지 잘랐다. 부츠를 채우기 위해 고개를 숙이면 그녀의 머리끝이 코트의 어깨 깃을 부드럽게 쓸고 다녔다.

재희로부터 걸려온 전화를 끊고 박민경은 차고지에 주차된 호버카에 올라탔다.

먼지가 자욱하게 끼어 있는 서울의 아침하늘에 상쾌함이라곤 없었다. 한반도의 대류권은 이미 30년 전부터 늪지대처럼 뻑뻑했다.

탑승자 신원을 확인하고 엔진 버튼을 누르자 자동차가 이륙했다. 목적지는 '미래인류연구소'로 자동 설정되어 있었다.

아들의 스물일곱 번째 생일 선물로 무엇이 좋을지 곰곰이 생각하며, 그녀는 유리창 밖을 내다보았다. 차체 아래로 그녀가 살고 있는

3층짜리 단독주택과 사각형의 마당이 금세 보이지 않을 만큼 작아졌다.

아직 호버카가 발명되지 않았던 시절, 공중도로에서의 교통법규를 제정하는 문제를 두고 인류가 골머리를 앓던 때가 있었다. 정작 호버카가 시판되고 나서는 아무도 그런 고민을 하지 않게 되었다. 인간이 직접 운전하려 들지 않는 한, 호버카가 완벽하게 안전하다는 사실이 거듭해서 판명되었기 때문이다.

상공교통청의 인공지능은 서로 다른 출발지와 목적지를 지닌 수십만 대의 자동차들이 허공에서 그려야 하는 패턴을 시시각각으로 구성해냈다. 자동차 하나하나가 움직이는 퍼즐 조각이었다. 태평양을 가로지르는 청어 떼가 서로 부딪히는 일 없이 제 갈 길을 가듯, 자동차들은 0.2%의 사고율로 성층권을 누볐다. 공중도로를 따로 지정할 필요조차 없었다. 인공지능이 매 순간 가장 안전하고 빠른 경로를 찾아주기 때문이었다.

언뜻 무질서해 보이지만 사실은 완벽한 균형을 유지하고 있는 자동차의 성운을 바라볼 때마다 박민경 소장은 잔잔한 전율을 느꼈다. 그것은 최소 600만 차원 이상의 연산이 운행 중인 모든 차량에게 실시간으로 공유되며 이루어지는 기술적 합작이었다.

호버카가 처음 출시될 때만 해도 이러저러한 이견이 많았다. 비행의 기초지식조차 없는 일반 이용자들을 지상 10km의 높이로 올려놓는다는 것도 공포스러웠지만, 그 모든 과정을 오롯이 인공지능에게 맡긴다는 사실도 많은 이들에게 마음의 준비를 요하는 일인 듯했다.

자율주행차에게 운전대를 넘기는 것과는 또 다른 차원에서, 호버카에 올라타는 순간 인간은 기계에게 돌이킬 수 없는 무언가를 넘겨주고 만다는 낭패감 같은 것이 떠다녔다. 인류가 고작 호버카를 경계하던 시절이 있었다니!

그 사실을 상기하는 것만으로도 박민경 소장의 입가에는 희미한 미소가 떠올랐다.

아무리 대단해 보여도 결국 인간의 손에서 탄생한 것이다.

인공지능이 인간의 뇌신경망을 모방하며 탄생했다면, 인간이 다시 인공지능을 흉내 내지 못하리라는 법도 없었다.

이 유명한 가설을 입증하며 박민경 소장은 기계 특유의 능력이라고만 믿어졌던 것들을 다시 인류의 수중에 안기는 데 성공했다. 바로 3세대의 탄생이었다.

상공교통청에서 24시간 동안 가동되는 인공지능도 그녀 슬하에서 자라난 3세대 인류인 범재, 재희 오누이의 연산 능력과 비교해본다면 글쎄, 아무리 후하게 쳐주더라도 탁구공과 지구의 차이 정도는 나지 않을까.

끊임없이 자신을 혁신해나가는 인류 종족의 가능성에 비하면, 공무집행 딱지를 붙이고 엄청난 에너지를 빨아먹으며 주어진 연산만을 수행하는 인공지능들은, 어디까지나 기계일 뿐이었다.

인공지능이 가져올 수도 있는 인류의 끔찍한 파멸에 대한 시나리오들도, 3세대의 탄생과 함께 막을 내렸다. 인간 중심적인 사고를 하지 않는 인공지능이 최상의 효율을 내기 위해 인간을 소거해버린다거나, 기계지능이 인류를 적대시하게 될 것이라는 걱정도 전부 기우였던 것으로 드러났다. 그 모든 가능성을 효과적으로 반박하는 존재가 바로 3세대였다.

이로써 인류는 기계의 영원한 주인으로서 자신의 위치를 다시 한 번 확실하게 못 박은 셈이었다.

목적지가 가까워짐에 따라 호버카는 성층권에서 대류권으로 고도를 낮추었다.

박민경은 한 손으로 턱을 괸 채 골똘한 표정으로 바깥을 쳐다보았다. 입체 영상을 재생하던 창문에서 도심의 풍경이 서서히 모습을 드러냈다.

물론 여전히 그녀의 뜻에 동의하지 않는 사람들도 있었다. 애초에 3세대 프로젝트는 연방정부의 산하기관에서 극비리에 진행된 것이었지만, 도중에 손을 털고 나가버린 이들로 추정되는 일부에 의해 3세대의 존재는 왜곡되고, 혐오감을 자극하는 방식으로 꾸준히 세간에 새어 나갔다.

여전히 인공지능을 둘러싸고 먹구름처럼 피어오르는 과대망상과 더불어, 3세대의 존재는 괴담처럼 떠돌았다. 공갈협박에서부터 절절한 청원에 이르기까지, 더 이상의 무절제한 '인공지능 계발'을 만류하는 각양각종의 스팸 컨텐츠들을 받아내는 데 박민경은 이골이 나 있었다.

호버카는 몸체를 10시 방향으로 틀어 기다란 호를 선회했다. 고층건물을 피해가는 것이었다.

평형을 유지하느라 여전히 중력각도에 맞추어진 의자에 앉아 기울어진 차체 밖을 내다보면 제일 먼저 눈에 들어오는 것이 값싼 콘크리트를 부어 만든 흉측한 다세대주택들이었다.

1세대 밀집지역을 어김없이 빽빽이 채우고 있는 저 흉물들은 흡사 가축을 좁은 공간 안에 몰아넣기 위해 고안된 축사 같았다. 이전 세대까지만 해도 사람들은 정말로 저런 집에 들어가 살기 위해 기꺼이 거금을 치렀다. 이제 저곳에는 일할 능력이 없거나, 일을 하더라도 보조금을 타서 살아가는 자연인들밖에 깃들지 않는다.

　호버카는 속도를 줄이지 않은 채 1세대 슬럼의 상공을 그대로 통과했다. 고딕식 첨탑을 더욱 추악하게 키워놓은 듯한 그 꼴사나운 지역에서 약 5km를 더 비행하면 목적지인 연구소가 있었다.

　근방에 수목이라고는 찾아볼 수 없는 황량한 지역이었지만, 연구소의 실내는 지상의 어느 고산지대보다도 청정한 공기질을 자랑했다. 그곳의 주차장에 안전하게 착지해 연구소의 잘 가꾸어진 로비에 들어서야만 비로소 박민경은 숨통이 트이는 것을 느꼈다.

　그렇게 그녀가 하루를 시작하는 시각은 어김없이 오전 7시 30분이었다.

***

　연구실에서 기다리던 박재희는 박민경 소장의 상태 표시창에 출근 사인이 켜지는 것을 확인하자마자 자리에서 일어났다.

　8시 미팅 전에 기회를 잡지 못하면, 아무리 중요한 안건이라도 직접 대화를 나누기 위해서는 저녁까지 기다려야 했다.

　6층의 소장 연구실 문을 두드렸을 때, 박민경 소장은 호두색 코트를 1인용 옷장에 걸고 있었다.

　"오빠한테는 다시 연락했고, 예정대로 일요일에 오기로 했어요."

출입문을 닫으며 재희가 말했다. 옷장 문에는 방금 집어넣은 옷의 오염도를 표시하는 보라색 램프가 반짝였다.

"새로 론칭하는 게임의 공개 날짜를 두고 말이 좀 있었나 봐요. 결국은 원래대로 하기로 했대요."

어머니는 말없이 고개를 끄덕이고 자신의 책상에 앉았다. 재생 펄 프로 짜여진 반들반들한 책상이었다.

재희는 접객용 의자를 꺼내들고 어머니의 수직 방향으로 앉았다.

"토요일 일정을, 그 다음 주로 미뤄보도록 하마."

박민경은 타블렛 펜슬을 꺼내들며 말했다. 재희는 흠칫 몸을 돌렸다.

"회의는요?"

"자료만 미리 제출하든가 해야지. 가족끼리 모이는 날이 일 년 중에 몇이나 되니."

"그치만 오빠한테는……."

박민경은 펜슬로 책상을 톡톡 쳤다. 드넓은 책상을 채우며 가상 화면이 나타났다.

"내가 나중에 다시 연락을 해보마. 너는 토요일 괜찮다고 했지?"

재희는 슬며시 고개를 끄덕였다.

"괜찮으면 너도 미리 와서 집에서 하루 자고 가렴. 네 오빠랑 이야기도 좀 하고."

"오빠는 못 올 거예요."

재희는 말했다. 생각하기도 전에 말이 불쑥 튀어나왔다.

"이제 연락도 안 될 거예요. 아침부터 마라톤 회의 들어간다고 했어요."

"메시지를 남겨놓으면 확인하겠지."

"보안 정책 때문에 데이터망도 전부 차단한댔어요. 이틀 바짝 일하고 일요일에 집으로 오겠대요. 조금 무리해서라도 일을 끝내놓고 오겠다고."

박민경은 그녀를 쳐다보더니, 방금 적어 넣었던 부분을 펜슬로 쭉쭉 그어버렸다. 그리고 어쩔 수 없다는 듯 어깨를 으쓱했다.

재희는 책상 아래로 쥐고 있는 두 손을 꼼지락거렸다. 엄마가 벌써 메시지를 보낸 것은 아닌지, 통신망도 슬쩍 확인해보았다. 메시지가 발송된 것 같지는 않았다.

어머니가 얼마간 더 펜슬을 놀리는 동안, 재희는 화제를 돌렸다.

"저희 연구도 예정대로 끝날 수 있을까요?"

그리고 걱정스럽다는 듯이 덧붙였다.

"지금 연구에 쓰이는 데이터들이요, 누락된 부분이 있는 것 같던데."

"연구는 제대로 진행되고 있어."

확신에 찬 대답이 돌아왔다.

"평생 데이터가 아닌 것이 있던데요?"

재희는 공손하게 물었다. 박민경은 여전히 무언가에 열중한 채로 책상을 응시하고 있었다.

"필요한 건 전부 들어간 거야. 내가 직접 검수했다."

"필요 없는 데이터도 있다는 거예요?"

박민경은 고개를 들었다. 그리고 집요하게 구는 그녀의 딸을, 조금 의아하게 쳐다보았다.

"당연하지."

그녀는 다시 대답했다.

"데이터는 무조건 집어넣는다고 능사가 아니야."

딸의 얼굴에 이해할 수 없다는 표정이 지나가자 박민경은 덧붙였다.

"컴퓨터는 어떤 데이터가 중요하고 무엇을 무시해도 되는지 몰라. 넣어준 것은 전부 학습하려 드니까. 데이터를 선별해주는 것이 인간의 역할이란다."

"하지만 이번 연구는 표본들의 평생활동을 대상으로 하는 거잖아요. 무엇 하나라도 데이터가 빠져 있으면……."

"정확도가 떨어질 거라고? 그렇지 않아. 이번 연구의 주제를 잘 생각해보렴."

재희는 혼란스럽게 기억을 더듬었다. 근 몇 년 동안 그들이 주력하고 있는 프로젝트의 테마는 '멸종'이었다. 잘못된 선택으로 자신을 멸종 상태에 몰아넣었거나, 현재 멸종으로 향하고 있는 집단들.

그들의 주요 연구대상은 물론 1세대 인간이었다.

"종족적 실패 원인 규명이잖아요."

"그래, 그걸 분석하는 데 필요한 데이터는 무엇이고, 노이즈는 무엇일까?"

또 질문이 돌아왔다. 재희는 이마를 찡그렸다.

평생연구라면 당연히 평생데이터가 투입되어야 하는 것이 아닌가. 가능하다면 정자와 난자 시절의 데이터까지도 집어넣는 것이 좋았다.

박민경은 펜슬을 딸깍 잠그더니 그것을 가슴 주머니에 꽂아 넣었다.

"물론 생존률에 영향을 미치는 데이터들이 필요하지. 그 이외의 것들은 제외되어야 하고."

"하지만 평생 데이터에서 생존과 관련이 없는 데이터가 있을 수……."

"있어."

박민경은 가볍게 말을 잘랐다.

"1, 2세대들에게는 전 생애에 걸쳐, 계산에서 제외되어야 할 엄청난 노이즈가 하나 있지. 그것이 바로 임종이란다, 재희야. 인간이 평생에 걸쳐 가장 터무니없는 선택을 하는 순간이 있다면, 죽기 직전이거든."

박민경 소장은 빙긋 웃었다. 그 미소 앞에서 재희는 자신도 모르게 목을 움츠렸다.

"왜인지 아니? 생존을 위한 모든 고려와 계산이, 그 순간에는 멈추어버리기 때문이야. 생물학적으로 보자면 임종은 이미 생에서 제외되어 있는 순간이란다. 그러니 해당 기간은 우리 연구에서도 제거되어야 하지."

재희는 고개를 끄덕였다. 그러면서도 자신의 손끝을 만지작거렸다.

박민경은 자리에서 사뿐히 일어났다.

"그동안 인간은 어쩔 수 없기 때문에 죽었어. 그러나 너희 때부터는 그렇지 않아. 죽음은 사고일 뿐이고, 얼마든지 번복 가능한 사건이 되었지. 이런 방향으로 나아갈 가능성이 있음에도, 그 사다리에 올라타는 데 실패한 인간들을 우리는 분석해보려는 거야. 지구가 언젠가 돌이킬 수 없는 상황이 되었을 때, 그들은 우주선에 올라탈 수명이 부족해서 마지막까지 이곳에 남아 도태되겠지. 죽음을 맞닥뜨리고 나서 그들이 무슨 후회를 하든, 또 무슨 감정을 느끼든 우리가 알 바는 아니란다. 그 순간은 이미 아무런 효력도 없으니까."

늘 신고 다니는 투박한 검정 앵클부츠를 또박또박 움직이며, 박민경은 재희의 등 뒤를 지나쳐갔다.

"네가 신경 쓸 바도 아니야. 죽음은, 너희에게는 구시대적인 현상일 뿐이니까. 연구에 성실한 것은 좋지만 불필요한 곳에 정신을 팔지는 말아야지."

출입구에서 어머니는 고갯짓을 보냈다. 어서 따라 나오라는 듯이.

재희는 천천히, 최대한 천천히 자리에서 일어났다.

"하지만 엄마. 그게 정말 쓸모가 없을까요? 데이터 말이에요. 전부 지워버리신 거예요?"

박민경은 딸의 얼굴을 유심히 살폈다. 마치 모든 근육의 움직임을 놓아버린 듯, 중얼거리는 그녀의 얼굴에는 표정이란 것이 없었다. 마치 죽음이라는 수수께끼에게 얼굴을 내어주기라도 한 것 같았다.

박민경은 조금 난처하다는 듯 팔짱을 끼었다.

"생체 데이터는 말이다, 꼭 필요한 부분만 사용하고 나머지는 폐기하는 것이 원칙이야. 저것들은 엄연히 말하면 우리 소유물도 아니고. 국가가 관리하는 자원이지."

재희는 얌전히 고개를 끄덕였다. 그러나 그뿐, 여전히 자리에서 움직이지 않았다.

"지금은 네 할 일에 집중해야지. 데이터 관리는 네가 언젠가 소장 직위를 인계받은 뒤에나 하면 되는 거란다."

박민경은 최대한 부드럽게 타이르면서도, 자신의 인내심이 꿈틀거리는 것을 느꼈다.

저 아이는 어릴 적부터 무엇 하나에 관심을 가지면 지나치리만큼 집착을 보이곤 했다. 어쩌면 연구자로서 자신의 자질을 물려받은 결과인지도 몰랐다.

재희는 그제야 문득 고개를 들었다. 그리고 아무 일도 없었다는 듯 곧장 그녀에게로 향했다.

"명심할게요. 그리고…… 주의할게요."

궁금한 것이 많을 시기라고, 박민경은 생각했다. 머리가 비상하다 뿐이지 경험으로만 치면 재희는 아직 어린애였다.

"모든 것에는 때가 있는 법이야. 네가 지금 연구할 수 있는 것들도 무궁무진하게 많아."

박민경은 다독이듯이 말했다. 재희는 온순하게 고개를 끄덕였다.

재희를 배웅한 뒤, 회의실로 발길을 옮기며 박민경은 불현듯 생각했다.

저 아이라면, 임종 데이터들을 분석할 뿐만 아니라, 어쩌면 직접 느낄 수도 있지 않을까.

자신에게는 경험에 의거한 수치 판독에 불과한 것이, 저 아이에게는 생생한 입체로 보여지고 만져지는 것이 아닐까. 어쨌든 재희는 3세대이고, 데이터 네이티브가 아닌가.

가벼운 오한이 느껴졌다. 그러나 박민경은 고개를 저었다. 아무리 연산에 능하다고 해도, 데이터는 데이터일 뿐이었다. 우울증 환자의 뇌 사진을 본다고 그 사람의 기분이 그대로 느껴지진 않듯, 데이터는 그저 하나의 기록일 뿐이었다.

그것들이 본질적으로는 끊임없이 이어지는 숫자들의 나열에 불과하다는 것을, 박민경은 잘 알고 있었다.

그럼에도, 그것이 3세대들에게는 전혀 다른 경험을 안겨줄 수 있다면…….

지난 3년하고도 2개월에 걸쳐 자신이 섬세하게 판별하고 제거한 데이터들을, 박민경은 새삼 떠올려보았다.

오백만여 개에 이르는 표본들. 그것들을 그녀가 일일이 가공한 것은 아니었다. 대신 그녀는 사전(死前) 기간 5년 이내에 표본 데이터에서 사고와 정서의 패턴이 급작스럽게 변화하는 지점들을 판별하고 잘라내는 프로그램을 직접 설계했다. 소위 임종 판독기였다. 그렇게 다듬어진 최종 결과물들은 한 번쯤은 일일이 검토하는 수밖에 없었다.

그녀가 쳐낸 16만 8천여 개나 되는 죽음의 기록들이 누군가에게 간접 체험의 기회가 될 수도 있다는 사실을 상기하는 것만으로, 민경은 입안이 바싹 타들어갔다. 가상 감각 프로그램, 속칭 V-러그를 불법으로 제조하는 곳에서는 특히 죽음과 관련된 데이터들이 비싼 값에 팔렸다.

진짜로 죽기 전에 몇 번쯤은 미리 죽어보고 싶다는 사람들이, 세상에는 점점 많아지고 있었다. 어떤 이들은 심지어 그것을 자랑처럼 여기고 다녔다.

그들은 말했다. 어떤 경험보다도, 심지어 섹스의 절정보다도, 죽음은 짜릿하다고.

민경의 입꼬리는 혐오감으로 비틀렸다.

병이다. 죽음은 인류가 앓고 있는 가장 큰 병이다. 그것을 다음 세대로까지 대물리지는 않겠다고 박민경은 다짐했다.

퇴행을 거부하는 것이 그녀의 일이었다. 재희의 괴팍한 호기심도, 시간이 지나면 보다 성숙한 무언가로 자연스레 옮겨가리라고 민경은 확신했다.

예정대로 연구가 진행될 것이고, 주말에는 세 가족이 오붓하게 모여 와인을 들고 촛불을 밝힐 것이다.

올해가 끝날 무렵에는 연구 결과도 훌륭하게 정리될 것이다. 그러면 그녀는 재희를 데리고 내년 1월 베이징에서 열리는 국제자연생물학회에 참가해, 생물학사에 다시금 새로운 한 획을 긋는 논문을 발표할 것이다.

박민경은 걸음을 내딛으며 어깨를 활짝 폈다. 어느새 통로의 반대편에 다다라 있었다.

맨 마지막 방, 다른 부서의 부소장 몇몇이 이미 자리를 잡고 앉아 있는 회의실로 다가가, 박민경은 숨겨져 있는 홍채인식기 다섯 대를 차례로 쳐다보았다.

패턴을 동원한 신원 판독과 함께 문이 양 옆으로 열렸다. 가방을 고쳐 메고, 목소리를 가다듬고, 박민경은 환한 빛이 흘러나오는 그 방의 문간을 성큼 넘어갔다.

***

재희는 연구실로 돌아가는 대신 3층 휴게실로 향했다.

침대로 파고들어가, 칸막이를 쳤다. 빛 투과율은 반사광이 어슴푸레하게 비치도록 그냥 내버려두었다.

침대 헤드에 등을 기댄 채로 그녀는 가상화면을 소환해냈다. 가슴팍까지 끌어올린 흰 이불 위로 스크린이 나타났다. 재희는 두 다리를 접어 세우고 이불을 편편하게 다듬었다. 손바닥에 닿는 면직물의 감촉이 버석버석했다.

죽음은 구시대적인 현상이라고, 너희와는 상관없는 일이라고 엄마는 말했다. 그러나 이렇게 조용한 침대에 누워서 잘 건조된 이불을 쓰다듬고 있으면 그녀는 죽음과도 비견할 만한 평안함과 갑갑함을 번갈아가며 느끼곤 했다. 세탁된 침구의 냄새를 들이마시며 재희는 생각했다.

그래, 바로 그때의 기억이다.

어릴 적 그녀와 오빠는 딱 한 번, 죽도록 아팠던 적이 있었다.

재희가 대여섯 살 무렵이었다. 그러니 오빠는 일고여덟 살 정도 되었을 것이다. 엄마의 친구들과 함께 1박 2일로 산악 종주를 다녀온 적이 있었다.

어린아이들이 겨울 산을 탈 수 있겠느냐는 어른들의 걱정과 달리 재희와 범재 남매는 눈 덮인 화강암 사이를 날쌔게 쏘다녔다. 가벼운 몸과 그 몸의 몇 갑절을 지지하고도 남을 근지구력이 이미 어린 몸속에서 자라나고 있었다.

힘겹게 팔다리를 놀리는 어른들과 달리 오누이는 달에라도 착륙한 것처럼 돌아다녔다. 칼바람에 우박 같은 눈이 내리치는데도 발걸음이 날렸다.

고개를 뒤흔드는 듯한 바람을 맞으며 공룡 능선을 두어 시간 정도 넘나들었을 때, 박범재는 문득 생각났다는 듯이 배낭에서 보온병을 꺼냈다.

견고한 철제 물통의 입구를 비틀어 열더니, 그는 김이 폴폴 올라오는 보리차를 허공에 휘둘렀다.

"오빠, 뭐 해!"

동생의 채근이 끝나기도 전에 눈 덮인 바위에는 검은 얼룩이 내려앉았다.

"나 목마르단 말야!"

추위로 상기된 뺨을 하고, 범재는 기절하듯 곤두박질쳐버린 찻물의 흔적을 쳐다보았다. 그는 장갑을 벗고 쭈그려 앉아 물기로 번들거리는 바위를 쓰다듬었다.

"물이 공중에서 어는 걸 보고 싶었는데."

그는 동생에게도 들리도록 외치다시피 중얼거렸다.

"얼어서 바람에 날아가는 걸 보고 싶었단 말야. 부메랑처럼."

"난 몰라. 엄마가 혼낼 거야. 나 목마르다고 했잖아."

범재는 언덕 뒤편으로 아직 나타나지 않은 어른들을 슬쩍 확인한 뒤 보온병을 눈밭에 내리꽂았다.

일곱 살짜리의 팔이 팔꿈치까지 파묻힐 만큼, 암벽과 길 사이에는 바람에 날려 온 눈더미가 두껍게 쌓여 있었다.

"자, 이거 마셔."

범재는 흰 눈으로 채워진 물병을 건넸다.

"얼어 있는데 어떻게 마셔?"

"물통이 따뜻하니까 금방 녹을 거야. 내가 먼저 해볼까?"

그는 조막손을 쥐고 물병의 눈을 서너 차례 휘저은 뒤 뚜껑을 닫고 흔들었다. 그리고 다시 재희에게 건넸다.

"이제 녹았어. 먹어봐."

반쯤 녹은 액체와 얼음이 혓바닥에 닿았다. 눈에서 먼지 냄새가 많이 났다.

"맛없어."

그녀는 투덜거렸다.

"그거 바람 맛이야. 물에 바람이 묻어서 그래."

"바람?"

범재는 끄덕이더니 그녀의 손에서 물병을 채갔다.

"원래 물하고 바람이 섞여야 눈이 되는 거야. 저것 봐."

범재는 절벽을 타고 용솟음치며 나부끼는 눈송이들을 가리켰다.

"저렇게 오래오래 섞여야지 눈이 돼. 엄청 희귀한 거야."

범재는 뻐기듯이 가슴을 펴고 물병을 들이켰다. 재희는 두 손을
펼쳤다.

"나도, 나도 줘."

"기다려. 내가 또 담아줄게."

남매는 그렇게 능선을 기어 다니며 몇 번이나 물병을 채웠다.

자신의 팔뚝보다 두꺼운 보온병을 치켜들고, 목구멍이며 콧구멍
으로 흘러들어오는 눈과 얼음의 차디찬 슬러쉬를 삼켰다.

일행이 희운각 대피소에 다다랐을 때, 남매는 속이 안 좋다며 저
녁식사를 거부했다. 다음 날 이른 새벽에는 열이 40도를 넘나들고
있었다.

아이와 짐을 나누어 든 어른들은 꼬박 네 시간을 쉬지 않고 하산
했다.

눈보라가 몰아쳐서 구급차가 접근하기는 어려웠다. 병원에서 돌
볼 수 있는 아이들도 아니었다. 대피소에 비치된 구조 로봇보다는
자신들의 다리가 빠를 성싶었다.

소공원 주차장에 도착한 그들은 호버카에 올라타 곧바로 박민경

소장의 사택으로 향했다.

그동안 연구소에서 필요한 약품과 기구를 챙겨올 동료에게도 연락을 취했다.

약 한 시간 뒤에 그들은 박민경 자녀들의 2층 침실에 집합했다.

나노스코프를 투입해 아이들의 백혈구를 추적한 과학자들은 곧 경악을 금치 못했는데, 그것은 병증이 특이하거나 희귀하기 때문도, 고열이 사그라들 기미도 없이 나흘 동안 지속되었기 때문도 아니었다. 아이들의 몸에 침투한 것은 2년 전에 유행했던 B형 인플루엔자였다.

예방주사도, 백신도 이미 개발되어 있는 유형이었다. 문제는 바이러스가 아이들 몸에 들어가 무럭무럭 자랐다는 것이다.

3세대 특유의 재생능력을 발휘하며 항체를 쏟아내는 그들의 혈관 속에서 바이러스는, 항체의 거울 쌍이라도 되는 것처럼 함께 무한대로 증식했다. 증식 '되었다'는 것이 더 정확한 표현일 것이다. 무한에 가까운 재생능력은 오로지 3세대의 몸에서만 지속가능한 현상이었다.

아이들의 대동맥과 정맥, 그리고 새순처럼 여린 모세혈관을 짓밟으며 바이러스와 항체는 살인적인 전투를 벌였다. 양쪽의 개체수가 아무리 불어나도 합산된 상쇄값은 어김없이 0을 가리키는, 그야말로 소모전에 가까운 지리멸렬한 전투였다.

이 면역체계의 루프를 지켜보며 과학자들은 일순 그들의 신인류 실험이 실패했다고까지 믿었다. 남매의 몸속에 버티고 있는 바이러스는 마치 엎질러진 암브로시아를 엉겁결에 닦아먹고 영생을 누리게 된 구더기 떼 같았다.

그렇게 싸움은 나흘 동안 지속되다가, 닷새째 되던 새벽에 말끔히 소강되었다. 남매가 승리한 것이다. 면역 반응도, 심박수도, 체온도 모두 정상으로 돌아왔다.

나흘간 쪽잠을 자면서 버티던 과학자들은 어느 캄캄한 새벽, 침대 방에서 메아리처럼 울려 퍼지는 오누이의 맑은 웃음소리를 듣고 눈을 떴다.

그들은 바로 몇 시간 전까지만 해도 썩어가는 생선처럼 침대보를 푹 적시며 시름시름 앓던 아이들이, 바로 자신의 체액이 묻은 이불을 힘차게 걷어차며 펄펄 뛰노는 모습을 목격했다.

박민경은 그 자리에서 무릎을 꿇고 아이들에게 새 생명을 약속한 물리법칙의 순리에 감사기도를 올렸다. 과학자들은 저마다의 기도문을 외웠을 것이다. 개중에는 눈물을 보이는 이도 있었다.

그날 아침 해가 밝기 전에, 박민경을 제외한 과학자들은 나흘 동안 수집한 귀중한 샘플들을 보존하기 위해 해산했다.

신인류의 재생 능력의 완전무결함을 증명하는 데 쓰이는 그 샘플들은 주로 콧물과 가래침, 땀과 눈물로 이루어진 것으로, 지금도 연구소 최지하층 자료실의 어느 한구석을 차지하고 있다.

재희는 가상화면을 반사하고 있는 도톰한 흰 이불을 토닥이며 가만히 웃었다.

그녀는 그날 새벽을 기억하고 있었다.

땀을 흘리며 기절 같은 잠에서 들고 깨기를 반복하던 중, 어느 캄캄한 새벽에 눈을 떴다.

꼭 팔다리가 없어진 것처럼 몸이 가뿐한데, 유독 가슴만이 세게 얻어맞은 것처럼 얼얼했다. 눈이 번쩍 뜨였다.

그리고 누군가 자신의 코와 입을 단단히 틀어쥐고 있음을 발견했다.

재희는 그의 손을 쳐내고 가뿐 숨을 몰아쉬었다. 마른 공기가 폐를 깊숙이 채우고 들어왔다.

재희는 자신이 더 이상 아프지 않음을 깨달았다.

그 누군가가 뒤에서 자신을 와락 껴안았을 때 곧바로 오빠라는 것을 알 수 있었다. 눈은 여전히 어둠에 적응하지 못한 채였다.

범재는 귀에 대고 속삭였다.

"네가 너무 안 일어나서 무서웠어."

나쁜 짓을 들킨 사람이 호소를 하는 것처럼, 목소리가 떨렸다.

"아무리 흔들어도 안 일어나서, 진짜로 죽었는지 확인해보려 했어."

범재가 더욱 세게 껴안자 재희는 몸을 비비꼬며 벗어났다. 몹시 목이 탔다.

"나 목말라."

범재는 어둠 속에서 얼른 주위를 살폈다.

"물 줄까?"

"그거 먹고 싶어. 엄마 사탕."

엄마 사탕이란, 박민경이 늘 가방에 들고 다니는 민트 타블렛을 말하는 것이었다.

입에 넣는 동시에 코끝이 찡해질 정도로 고함량의 민트와 농축 산소가 담겨 있는 그 알약 같은 사탕을 재희는 유독 좋아했다.

범재는 겁먹은 듯이 동생을 쳐다보았다.

"지금?"

재희는 힘없이 고개를 끄덕였다. 곧 다시 드러누울 것처럼 맥 빠진 움직임이었다.

범재는 초조한 눈초리로 살짝 열려 있는 문틈을 쳐다보았다.

"기다려봐."

그는 조심스럽게 침대에서 내려갔다. 그리고 병균의 확산을 방지하기 위해 침대 주변에 드리워져있는 투명한 칸막이를 열었다.

그 새벽의 일이 재희의 머릿속에 유독 또렷이 남아 있었다.

땀으로 눅눅해진 침대보와, 시큼한 냄새가 나는 베개와, 오빠가 주먹을 꼭 쥐고 건네준 민트 타블렛.

사탕을 깨물어 먹으며 어두운 창가를 멍하게 바라보던 시간이, 지금도 그녀의 몸 속 어딘가에 남아 있는 것 같았다.

강렬한 민트향을 내쉬며, 그녀는 난생 처음으로 경험한 고통의 감각들을 곰곰이 곱씹어보았다. 가슴을 때리는 듯한 호흡곤란과, 뼈마디를 바늘로 쑤시는 듯한 통증과, 공기가 석회반죽처럼 목구멍에 달라붙어 굳는 듯한 느낌을 멍하게 떠올렸다. 그러면서도 실컷 앓은 후에 어딘가로 홀연히 날아가 버릴 것 같은 팔다리를 조심스럽게 움직여보았다.

민트 향, 홀가분함, 그리고 아픔의 흐릿한 기억.

그것이 재희가 죽음에 대해 가지고 있는 흐릿한 인상이었다.

은성도 그런 걸 느꼈을까.

재희는 허리에 받쳐둔 베개를 양손으로 끌어올렸다.

지금으로서는 그것을 알아낼 방법이 없었다. 어머니가 모든 원천

데이터를 관리하고 있다면, 오직 어머니의 계정을 통해서만 데이터에 접근할 수 있을 것이다. 그리고 계정에 로그인하는 방식은 분명 생체조건을 포함하겠지.

그 마지막 순간 없이 은성을 복구하는 것은 무의미했다. 그녀가 기억하는 은성은 언제나 죽는 것을 삶의 당연한 수순으로 여겼다. 죽음 없이는 삶도 성립하지 않는다고 그녀는 믿었다.

'어떻게 살 것인지를 고민하는 것은, 결국 어떻게 죽을 것인지를 고민하는 것'이라고 입버릇처럼 말하던 그녀가 아니던가.

그랬다. 그녀가 죽기 바로 직전까지는.

재희는 무릎을 웅크리고 무의미하게 가상화면을 툭툭 쳤다. 그녀의 손가락에 따라 화면의 시야각이 좌우로 흔들렸다. 무릎 위에서는 그녀가 모니터링하고 있어야 할 실험의 경과들이 함께 좌우로 출렁거리고 있었다.

재희는 푹, 한숨을 내쉬며 가상화면을 침대의 왼편으로 보내버렸다.

어머니가 자신에게 계정을 열어줄 리가 없었다. 설사 계정을 열어주더라도, 데이터를 검색하고 복사해서 자신의 서버로 가져왔다는 모든 정황이 기록으로 남을 것이었다. 만약 발각된다면 사이버 절도죄 정도로 끝나지 않을 것이다.

승인 받지 않은 생체 데이터 가공은 간접폭행에 해당하는 중범죄였다. 연방법원에 송부된다면 그녀는 개조형에 처해질 수도 있었다.

그리고 그녀를 개조하는 사람들은, 바로 이 연구소의 소장과 부소장들이 되겠지.

그러나…….

재희는 골똘한 표정으로 턱을 쓰다듬었다.

데이터를 빼오는 사람이 그녀가 아니라면 어떨까.

만약 데이터를 빼내는 사람이 그녀가 아니라 다른 사람이라면, 이를테면 그것이 아예 개조형에 처할 수 없는 1세대라면 어떨까. 그 사람은 징역형에 처해질까?

오히려 발군의 해킹 능력을 인정받아 어딘가에서 스카웃 제의를 받는 것은 아닐까.

그런 데이터 처리 능력을 가진 1세대를 재희는 알지 못했다. 그러나 오빠는, 오빠가 운영하는 게임 플랫폼에는, 웹상에 상주하다시피 하는 1세대들이 넘쳐났다.

오빠라면 재희를 도울 수 있을지도 몰랐다.

오빠가 직접 손을 더럽힐 필요도 없다. 그녀에게 1세대의 신원 계정을 잠시 빌려주기만 한다면, 그 계정을 타고 그녀가 직접 데이터를 빼돌리면 되는 것이다.

이후에 계정은 곧바로 파기하자. 사망이 임박한 사람의 계정이라면 더더욱 일처리가 깔끔할 것이다. 작은 데이터 조각 하나를 검색해서 복사해오기만 하면 되는 일이다. 자신이 하려는 일은 얼마나 간단한가.

그러나 오빠가 동의할까?

재희는 무릎 위에 턱을 괴고, 부드러운 이불을 만지작거렸다. 그리고 소년 시절의 오빠가 몇 번이나 엄마의 가방으로부터 꼭 쥐고 돌아와준 민트 캔디를 생각했다.

좁고 아늑한 공간에서, 그 손 내음이 배인 캔디를 떠올리는 것만으로 왜인지 코끝이 찡해지는 것 같았다.

오빠라면 해줄 것이다.

그리고 그녀가 실패하는 일도 없을 것이었다.

재희는 두 손을 번쩍 들어 기지개를 켜고, 왼편 칸막이에서 빛을 발하고 있는 화면을 무릎 위로 다시 끌어당겨왔다.

그녀의 처분을 기다리는 데이터들이 시시각각으로 변하며 화면을 연기처럼 흘러가고 있었다.

3

　다음 날 새벽 5시경에 전화가 울렸다. 재희에게 직접 걸려온 전화였다.

　170여 시간 만에 처음으로 눈을 붙이고 있던 재희는 집요하게 울리는 호출음에 깊은 잠으로부터 눈을 떴다. 수신을 허락하자 귓가에 민경의 가라앉은 목소리가 전송되었다.

　"지금 어디니?"

　어머니는 인사도 없이 곧바로 물었다.

　"집이에요."

　"집이라고?"

　목소리는 의심스럽다는 듯이 되물었다. 자신의 모습이 누군가에게 보일 리 없었지만 재희는 저도 모르게 자리에서 몸을 일으켰다.

　잠깐의 정적 뒤에 어머니는 말했다.

　"지금 내 연구실로 와야겠어. 최대한 빨리."

"지금요?"

재희는 눈을 깜빡여 시간을 확인했다. 오전 5시 9분, 게다가 토요일이었다.

"지금 당장. 전화는 끊지 말고 움직여."

전화를 끊지 말라는 것은 사실상 그녀가 연구소에 제대로 도착하는지 감시하겠다는 선언이었다. 재희는 가슴이 덜컥 내려앉았다. 잠은 이미 전부 달아나버렸다.

"무슨 문제 있어요?"

그녀가 물어도 어머니는 답해주지 않았다. 한숨인지, 실소인지 분명치 않은 숨소리만이 희미하게 귓가를 간질일 뿐이었다.

"지금 갈게요. 이십 분 정도 걸려요."

재희는 침대에서 완전히 몸을 일으켰다. 어제 벗어둔 옷이 세탁되어 옷걸이에 걸려 있었다. 그녀는 한 걸음 걸을 때마다 파자마 바지를 벗고, 상의를 벗고, 다시 바지와 셔츠를 차례로 껴입으면서 호버카에 시동을 걸었다. 퇴근 후에 팽개쳐놓았던 파우치를 도우미 로봇이 현관 앞에 챙겨놓았다.

"지금 나가요, 지금."

그녀는 중얼거리며 현관을 열었다. 호버카가 문 앞에 서 있었다. 비행을 준비하는 딱정벌레처럼 그것은 승객 칸을 활짝 열고, 무광 처리된 창문을 부르르 떨었다.

이른 아침의 연구소는 조용했다.

아직 해도 뜨지 않은 시각이었다.

합성 태양광이 비추는 빈 층계참과 복도는 적적하다 못해 괴괴했다.

재희가 6층 소장 연구실에 들어섰을 때, 어머니는 빛 투과율을 완전히 낮추어 벽처럼 변한 창문을 등지고 서 있었다.

책상 옆에는 사람 키만큼 기다란 직사각형의 냉동박스가 엔진을 가동하며 웅웅거렸다.

재희는 박스를 한 번 힐끔 보고, 어머니에게로 시선을 돌렸다.

"저게 뭘로 보이니?"

어머니는 그녀를 보자마자 물었다. 팔짱을 끼고 있는 표정이 어두웠다.

재희는 정체불명의 상자를 다시 한 번 쳐다본 뒤에 고개를 저었다.

"네가 모르면 누가 알 수 있다고…….''

이번에는 혼잣말에 가까운 중얼거림이었다. 그러나 목소리에 무섭도록 선명한 날이 서 있다는 것을, 재희는 본능적으로 느꼈다.

어머니가 가까이 오라며 고갯짓을 했지만 선뜻 다가설 수 없었다.

"이리 와. 네 손으로 저걸 열어."

어머니는 나지막하게 말했다. 그것이 마지막 경고라는 듯이.

희고 매끈한 상자 표면에는 '수령 요청'이라는 안내문이 반짝거렸다. 상자 앞에 무릎을 꿇자, 흰 표면에 안내문이 나타났다.

발신인: 박범재

수신인: 박재희

우편물을 수령하시겠습니까?

재희는 가상화면의 '예' 항목에 조심스럽게 검지를 갖다 대었다.

판독 작업이 이루어지는 듯했다.

잠시 후 새로운 메시지가 떴다.

수신인 본인 확인되었습니다. 잠금을 해제합니다.

여러 개의 잠금장치가 동시에 찰칵, 열렸다.

널찍한 뚜껑이 위로 들렸다. 재희는 어머니를 한 번 올려다보고, 찬 기운이 새어나오는 뚜껑 사이로 손가락을 넣었다. 그리고 안에 든 것을 확인하며 자신의 눈을 의심해야 했다.

상자 속에는 오빠가 누워 있었다.

"이게 뭐에요?"

재희는 간신히 중얼거렸다. 목소리는 얼어붙은 것처럼 입술 속을 맴돌았다.

냉각기가 가열차게 돌아가며 영하 160도를 유지하는 컨테이너 속에, 범재는 엉성하게 포장된 싸구려 소포처럼 그저 컨테이너의 형상기억 소재에 푹 파묻혀 누워 있었다. 한눈에 보아도 눈썹 한 올까지 단단히 얼어 있었다. 저 굽이치는 머리카락을 건드린다면 바늘처럼 똑 부러질지도 모른다.

실험이 끝나고, 냉동 생체들이 폐기되는 모습을 재희는 언젠가 목격한 적이 있었다. 늙거나 병든 생체들이 컨베이어 벨트를 따라 연구소 밖으로 이송되면 거대한 수화물 트럭이 그것을 통째로 집하해 나갔다. 매립과 함께 망자의 몸은 산산이 부스러질 것이었다.

그러나 3세대의 몸은 달랐다. 그것은 원칙적으로 죽음을 허락하지 않았다. 어떤 질병이나 노화도, 생명에 박차를 가하는 연료로서 모조리 태워버릴 뿐이었다.

매끈한 컨테이너 속에 누워 있는 오빠의 팔다리는 젊고 싱그러웠다.

그러나 얼어붙어있는 몸은, 거짓말처럼 완벽하게 모든 생명활동을 중단하고 있었다.

재희는 고개를 들었다.

어머니가 울고 있었다.

영하 160도로 얼어붙은 오빠를 앞에 두고, 어머니는 자제력을 잃은 짐승처럼 흐느껴 울었다.

그것은 끔찍한 광경이었다.

재희는 살면서 단 한 번도 어머니가 무너지는 모습을 본 적이 없었다.

설명할 수 없는 가책을 느끼며 그녀는 컨테이너의 뚜껑을 슬쩍 내렸다.

얼마간 더 괴롭게 숨을 헐떡이던 민경은 입을 열었다.

"나는, 우리가…… 너를 이것보다는 잘 가르쳤다고 믿었다."

목소리가 무섭도록 낮았다. 어머니가 아니라, 어머니의 그림자가 말을 하는 것 같다.

"내가 모르는 줄 알았니, 재희야. 그동안 못 본 척해주었을 뿐이야. 그러나 이건…….”

목소리가 심하게 떨렸다.

"이건…… 도를 넘어섰어. 더 이상 보고만 있을 수 없을 만큼!"

"무슨 말씀이세요? 제가 뭘 넘어섰다는 거예요?"

재희는 목구멍에 서늘한 덩어리가 내려앉는 것을 느꼈다.

"도대체 무슨 생각이었니?"

그녀는 짓이기듯이 속삭였다.

"왜…… 네 오빠여야 했니?"

재희는 컨테이너를 막막하게 쳐다보았다. 어제 하루 종일 연락을
넣었는데……. 한 번도 대답이 없던 오빠는 이미 저런 상태였는지
도 몰랐다.

그리고 지금, 오빠의 죽음에 대한 모든 화살이 자신에게 겨누어
지고 있었다. 재희는 이해할 수 없었다.

"저는 아무것도 하지 않았어요."

"연구소의 보안 시스템이 우습게 보이던?"

어머니는 거칠게 몰아세웠다.

"모든 자료는 네가 생각하는 것보다 훨씬 철저히 관리되고 있어.
어떤 종류든, 어떤 경로로 반입되든, 전부 파악되고 있다고."

박민경은 딸에게로 한 걸음 성큼 다가갔다. 그리고 연구실 벽 위
로 자신의 메신저 창을 띄웠다. 그녀는 상단에 있는 메시지를 열어
보았다.

신규 반입

2072년 9월 8일 오전 4시 41분

종류: 생체자료

반입자: N1074

반입처: 냉동수납실(개인)

"모든 반입과 반출은 즉시 고지되는 거야. 내가 제일 먼저 메시지
확인한 걸 다행으로 알아라. 안 그랬으면 너는 지금 연구실이 아니

라 의료심판소로 소환됐을 거야."

재희는 반입자 란에 표기되어 있는 자신의 생체 코드를 확인했다.

도용이었다. 그녀는 새로운 자료를 신청한 적이 없었다.

"제가 오빠의 몸을 밀반입하려고 했다고 생각하세요?"

"아니란 말이냐?"

"아니에요!"

박민경은 눈을 부릅떴다. 그녀는 띄워놓은 메시지를 확장했다.

"여길 봐. N1030 박범재가 네 관할 연구 자료로 등록되어 있지? 오늘 네가 관리하는 수납함으로 직배송되도록 되어 있고."

다음으로 그녀는 일주일 전의 반입 내역으로 거슬러 올라갔다.

"8일 전에도 이른 시간을 지정해 생체를 반입했더구나. 그 이후로는 해당 생체와 관련된 데이터들을 무단으로 반출하고 있고. 처음에는 그저 호기심이 조금 과한 정도로 넘어가줄 생각이었다. 그러나 이건……."

민경은 다시 숨을 몰아쉬었다.

재희는 어머니를 마주보며, 속이 울렁거리는 것을 꾹 눌렀다. 그녀는 떨리는 목소리로 말했다.

"제가 일주일 전에 반입한 것은 자연인 신체였어요. 승인 절차를 모두 거쳤고, 등록도 공식적인 방법으로 이루어졌어요. 데이터는 반출이 아니라 연구를 했던 거예요."

물론 자연인 신체란 은성의 몸을 말하는 것이었다.

"복사한 데이터들은 연구가 끝나면 전부 반납할게요. 데이터 활용 계획서를 추가로 제출할 수도 있어요. 하지만 그것들이 오빠랑 무슨 상관이 있다고……."

"이렇게 수령인이 너로 지정되어 있는데도?"

민경은 따져 물었다.

"아무도 없을 것 같은 시각을 지정해, 네 수납함으로 자료를 배송하도록 되어 있는 이 상황이 반복되고 있는데, 너랑은 아무런 상관이 없다는 말이냐? 그럼 이 모든 것이 범재가 단독으로 벌인 일이라고 말하는 거니?"

"엄마, 저는 정말 아무것도 몰라요!"

재희는 절망적으로 외쳤다. 어머니의 눈빛은 경멸로 식어갔다.

"끝까지 잡아뗄 거란 말이지……."

그녀는 중얼거렸다. 딸의 고집에 기가 막힌다는 듯이.

재희는 양 주먹을 꾹 눌러 쥐었다. 거의 작정하고 자신을 닦아세우는 것 같은 어머니의 태도를 이해할 수 없었다. 억울함은 눈물을 부채질 했다. 재희는 고개를 숙이고 불쑥 말해버렸다.

"오빠는 죽으면 안 되잖아요."

아까부터 입속을 맴돌던 말이었다. 일단 물꼬를 트자 다음 말은 술술 흘러나왔다.

"오빠가 죽을 이유가 없잖아요. 오빠는 3세대인데, 어떻게 죽어요? 무슨 일이 있어도 엄마가 다시 되살리실 거잖아요. 아니면 오빠가 실패작이라도 된다는 말씀이세요?"

"뭐?"

민경은 어이가 없다는 듯이 되물었다.

"지금 뭐라고 했니?"

민경은 자신의 딸을 새삼 쳐다보았다. 재희는 상기된 얼굴로 동그란 눈을 깜빡이고 있었다. 오빠를 똑 닮아 영민하고 휘둥그레해 보이는 눈이었다.

저 애가 불손한 호기심을 드러낼 때부터, 더욱 단단히 지도를 해야 했던 것이다. 저 아이는 아직 무엇이 잘못되었는지조차 깨닫지 못하고 있지 않은가.

민경은 피가 차갑게 식는 것을 느꼈다.

그녀 자신의 책임도 있을 것이다. 제대로 교육하지 않은 자신의 실책이었다. 그러나 이제 와서 바로잡을 수 있을까. 어쩌면 저 애는, 이미 구제할 수 없을 만큼 잘못된 사상을 지니게 되어버린 것이 아닐까.

모녀 사이에 차가운 정적이 흘렀다.

반쯤 열려 있는 컨테이너에서 날카로운 경고음이 울렸다.

수령인은 수령 절차를 완료하여주십시오.

두 사람은 화들짝 놀라며 고개를 돌렸다. 컨테이너 사이로 아지랑이 같은 냉기가 새어나왔다. 범재의 두 뺨과 머리카락에는 이미 온도차로 인한 물방울이 송골송골 맺혀 있었다.

그들은 깜빡이는 가상화면으로 다가갔다.

양도 계약을 집행합니다.

상자를 완전히 열어젖히자 흰 뚜껑 안쪽에 안내문이 펼쳐졌다.

박범재는 해당 물품에 대한 전권을 동생 박재희에게 독점적으로 양도한다.

이 양도계약은 50년 이내로 양도자와 수령인 양자의 철회 절차가 없는 한 지속적인 효력을 지닌다.

전권위임자는 본인 이외의 인물 및 단체의 접근 및 사용 여부를 독립적으로 판단할 수 있으나, 해당 독점권을 침해하는 인물 및 단체에게는 징역 200년, 벌금 2조 5천억 원의 형벌이 내려진다. 해당 규정은 상속자 박재희에게 우선적으로 전달되며, 계약 내용의 공개 여부는 박재희의 승인 하에서만 이루어진다.

박민경은 고개를 흔들었다. 이것이 진짜일 리 없다. 3세대의 몸은 연방정부의 관할권 아래에 있었다. 자신의 몸을 누군가에게 양도하는 것은 불가능한 일이었다.

상속자는 수령 절차를 완료해주십시오.

건조하고 낭랑한 음성이 되풀이되었다.

재희는 회전하는 연방정부의 로고를 향해 손을 뻗었다.

"잠깐!"

민경은 황급히 제지했다.

"이건 불가능해. 이런 양도계약은 세상에 없어!"

재희는 계약서를 흘깃 보았다.

전자계약서와 함께 배포되는 문서진위판독기는 연방정부의 로고 아래 '검증 완료'를 표시하고 있었다.

해당 내용물은 관리부실에 의한 파손 및 변형에 대한 보상을 제공받을 수 없습니다. 수령인은 수령 절차를······.

박민경이 상자에 직접 손을 뻗자, 경고음과 함께 육중한 뚜껑이
털컹 내려앉았다.

"엄마!"

재희는 깜짝 놀라며 외쳤다. 민경은 잘려 나갈 뻔한 자신의 오른
손을 반사적으로 감싸 쥐었다. 그리고 얼굴이 파랗게 질린 딸을 돌
아보았다.

"모든 게 네 뜻대로만 움직이지는 않을 거다."

컨테이너에서는 보안 경고등이 깜빡이고 있었다.

민경은 커다란 눈을 번득이며, 뒤로 한 걸음 물러섰다.

계약이 유효한 것이라면, 그것을 지금 번복할 방법은 없었다. 그렇
다고 민경이 범재의 몸을 고스란히 포기해야 한다는 뜻은 아니었다.

"저걸 열어."

민경은 단호한 동작으로 상자를 가리켰다.

"저걸 열고, 범재를 꺼내."

재희는 어머니의 손끝이 가리키는 곳을 확신 없이 쳐다보았다.

보안 경고등은 여전히 네 꼭짓점에서 빛을 발하고 있었다.

지금이라도 오빠가 환하게 웃으며 어딘가에서 나타나지 않을까.

재희는 헛된 상상을 해보았다. 통 속에 들어가 몸이 반으로 썰리
고 멀쩡하게 재등장하는 곡예사처럼, 오빠도 어딘가에서 이 상황을
전부 지켜보고 있는 것이 아닐까. 저 안에 들어 있는 것은 정말로,
오빠일까.

재희는 가상화면을 향해 손을 뻗었다.

58

계약의 세부사항을 안내하는 문장들이 얼마간 더 펼쳐졌다. 마침내 모든 안내가 종료되자, 수령 절차를 완료하였다는 최종 문구가 표기되었다. 머릿속으로 계약서가 전송되어 왔다.

컨테이너는 부드럽게 열렸다.

탄식처럼 흘러나오는 냉기 속에서, 재희는 누워 있는 오빠의 얼굴을 쳐다보았다.

무표정한 것인지, 평온한 것인지, 박범재는 눈을 슬며시 감은 채로 단단히 굳어 있었다. 덮개를 완전히 열어젖히자 완벽한 좌우 대칭을 이루는 몸통이 드러났다.

반 곱슬로 굽이치는 머리카락과, 적당히 근육이 붙은 팔과 다리와, 후대를 생산하는 데는 쓰이지 않는 다리 사이의 물건까지도 전부 고스란히 들어 있었다. 그 모든 것이 오빠의 짓궂은 장난인 것만 같았다.

"운송을 완료해. 몸이 손상되기 전에."

민경의 지시에 따라 재희는 운송장을 열고 최종 운송을 지시했다. 생체를 운반하는 이동식 스트레처 하나가 금방 연구실로 주행해왔다.

스트레처에 달린 여섯 개의 팔이 컨테이너로부터 범재를 끌어올렸다. 모든 기계적 움직임이 그렇듯, 그것은 지극히 기능적인 작업이었다. 기다란 팔이 딱딱한 블록으로 변한 범재를 옮기는 동작에는 어떠한 낭비도 없었다.

로봇의 팔이 망자의 몸을 부리는 모습을 재희는 넋 놓고 쳐다보았다.

저 한 토막 얼음이 바로 자신의 오빠로 간주된다는 사실이 지독한 모욕처럼 느껴져서, 그녀는 따귀를 한 대 세게 맞은 것처럼 머리가 멍했다.

몇 번의 각도 조정 끝에 마침내 스트레처의 긴 팔은 우아한 동작으로 박범재의 벌거벗은 토막을 안치했다.

차가운 피부에 금방 성에가 끼며 침대보가 들러붙었다.

얼음에서 기화한 수증기가 침대 주변을 날아다녔다. 햇빛을 받아 반짝이는 먼지처럼, 시야각을 잘 맞추어야만 간신히 보이는 고운 입자들이었다.

재희는 그것을 신기하게 쳐다보았다. 꼭 눈이 내리는 것 같다고, 저도 모르게 생각했다.

박민경 소장은 이미 능숙한 손길로 아들의 몸에 보호포를 씌우고 있었다.

그녀는 침대 측면에 달린 컨트롤러에 이동 속도를 최고로 입력했다.

"출발해."

그녀가 신음처럼 중얼거리자 스트레처는 곧바로 가동되었다. 그것은 금세 최고속력에 다다르며, 어둑한 연구실을 빠져나갔다.

그 이후로 있었던 일들은 놀랍도록 익숙한 것이었다.

운송장에 지정된 대로 자신의 냉동 수납실의 문을 열고, 재희는 오빠가 누워 있는 침대를 깊숙한 어둠 속으로 밀어 넣었다.

침상이 지지대에 철컥 걸리는 느낌이 양손에 전해졌다. 사각형의 문을 닫자마자 냉각액을 주입하는 낮은 진동음이 울렸다. 은빛 광채를 빛내는 수납실이 부드럽게 떨렸다.

일주일 전에도, 이렇게 은성을 배웅했다.

그러나 이번에는 혼자가 아니었다. 재희의 곁에는 그녀와 똑같이 스마트 가운을 걸친 과학자가 한 명 있었고, 그녀는 이미 다른 창조 과학자들에게 연락을 취하고 있었다.

박민경 소장은 꺼내들었던 펜슬을 딸깍 잠그고 포켓에 꽂아 넣었다. 그녀는 발걸음을 돌려 수납실의 출입구로 향했다.

여전히 그 자리에 붙박여 있는 재희를, 민경은 나지막하게 불렀다.

"따라오너라."

수납실의 무거운 문이 닫혔다.

밀실에는 냉랭한 고요가 찾아들었다.

4

 과학자들은 곧바로 작업에 착수했다.

 진척은 놀라울 만큼 더뎠다. 하루를 꼬박 그들은 범재의 몸을 조금씩 녹였다가 다시 얼리기를 반복하며 스캐닝과 데이터 추출을 시도했다. 모든 해동 시도가 심각한 데이터 손실로 이어졌다. 그 원인을 규명하는 데만 이틀 하고도 한나절이 걸렸다.

 "세포 하나하나를 되살릴 수는 있겠는데, 그것들 사이의 연결이 전부 찢겨 나갔어."

 윤보배 부소장은 그렇게 결론 내렸다.

 "꼭 몸 안에서 원자폭탄이 터진 것 같아."

 과학자들은 빠짐없이 고개를 끄덕였다. 몸 전체가 세포 이하의 단위로 산산이 분해되었다는 것이 그들의 공통된 진단이었다. 장기를 이루는 단백질과 근섬유는 물론, 두뇌에 들어 있는 시냅스의 연결까지도 전부 끊어져 있었다.

연결이 끊어졌다는 것은, 단순한 상해나 골절과는 의미하는 바가 달랐다. 그것은 인간의 몸이 생장하고 분열하면서 자연스레 자신의 곳곳에 각인해놓는 기억들이 소실되어버렸다는 뜻이기도 했다.

달리 표현하자면, 몸에 스며들어 있어야 할 박범재의 의식이 심각한 손상을 입었다는 것이었다.

냉동 상태에서 간신히 형태를 유지하던 몸은 해동을 시도할 때마다 밀가루 반죽처럼 흘러내렸고, 박범재의 기억과 의식 역시 마찬가지로 뿔뿔이 흩어져버렸다. 그를 되살리더라도, 이전과 같지는 않을 것이었다.

그럼에도 박민경 소장은 복구를 강행했다.

범재의 죽음을 인정하는 것을, 그녀는 자기 자신의 패배를 인정하는 것과 마찬가지로 받아들였다. 3세대는 그녀가 빚어낸 인류 최고의 모습이었다. 이렇게 허망하게 끝나버릴 존재가 아니었다.

재희는 그들을 인내심 있게 기다렸다.

어머니가 지시한 대로 그녀는 범재의 복구가 이루어지는 실험실에 설치된 특수 컴파트먼트에 들어가 있었다.

사방을 둘러싼 짙푸른 벽을 그녀는 몇날 며칠이고 멍하게 쳐다보았다.

그것은 일체의 파동을 한 방향으로만 통제하는 특수한 벽이어서, 안에 들어가 있으면 데이터의 접속은 물론 시야도 소리도 전부 차단되었다. 그에 비해 섹션 바깥에서는 재희의 일거수일투족이 투명하게 보이고 또 들렸다. 재희는 마치 커다란 수조 속에 들어간 것 같았다.

그녀는 개의치 않았다.

소리와 빛을 빨아들이는 정적에 둘러싸여 있으면서, 재희는 꼭 자신이 태어나기 이전의 상태로 돌아간 것 같다고 생각했다. 자연 생식을 그만둔 세대에게 수조는 생명이 시작하는 장소였다.

오빠가 정말로 죽은 것일까?

알 수 없었다. 알기 위해서는 기다려야만 했다. 오빠가 다시 깨어 난다면 이 죽음은 얼마든지 철회 가능하다. 그러므로 오빠가 살아 난다면, 이 죽음은 가짜다. 그러나 만에 하나 과학자들이 실패한다 면, 이 죽음은 역사적인 사실로 판명날 것이었다. 그리고 오빠가 죽 을 수 있다면 그녀 역시 마찬가지였다. 자신이 사라진다는 상상을 하는 것만으로도, 재희는 가슴속이 텅 비어버리는 것 같았다.

3세대는 자궁이 아닌 수조에서 삶을 시작했다.

그들은 한 사람의 부모와 하나의 시험관 사이의 교합에서 탄생하 는 사람들이었다. 그들이 태어나는 수조에 우연이란 없었다. 번식 이란 더 이상 난자와 정자가 빚어내는 곡예가 아니었다. 그런 위험 천만한 도박에 인류의 미래를 맡길 수 없다는 것이 국제연방정부의 공식적인 입장이었다.

"변화하는 지구 환경에 대응하여 양질의 사회 구성원을 확보하기 위해 연방정부는 자연생식이 아닌 인공생식을 전 인류에게 적극적 으로 권장한다."

미래인류지침서가 공표된 지도 30년이 지났다.

지구의 행성 연교차가 $100°C$를 기록하고, 인류의 평균 지능이 인 공지능의 평균 지능을 한참 밑돌게 된 지도 27년이 지나고 있었다.

환경을 개선하는 것보다도 인간의 몸을 개조하는 편이 효율적이겠다는 정부의 판단은 별로 놀라운 것이 아니었다. 척박해지는 지구 환경에서 살아남기 위해서 인류는 진화를 서두를 필요가 있었다. 지난한 자연선택이 아니라, 단시간 안에 이루어지는 확실한 진화여야 했다. 인류의 미래는 이제 투명하고 각진 의료용 수조에 달려있는 셈이었다.

이따금 과학자들이 범재의 몸에 대한 새로운 "접근권" 승인을 요구하는 것을 제외하면 재희는 컴파트먼트 속에 철저히 홀로 남겨졌다.

복구 과정이 어떻게 되어 가는지, 오빠는 무사한지, 그들은 일언반구도 꺼내지 않았다. 계약서에 새로운 권한을 기입하기 위해 그녀가 컴파트먼트 입구에 서면 실험실이 보이지 않도록 그들은 새로운 파티션을 세워놓기까지 했다.

재희가 고개를 옆으로 조금만 돌려도 과학자들은 경계심으로 표정이 굳었다. 그들은 마치 칸막이 밖에 자신들의 끔찍한 치부가 숨겨져 있기라도 한 것처럼 굴었다.

그녀는 묻지도, 궁금해 하지도 말아야 했다.

이 사태의 가장 유력한 용의자가 바로 재희 자신이기 때문이었다.

컴파트먼트 속에 들어가 지내면서 재희는 꿈을 꾸는 횟수가 늘고 있었다.

잠을 잔 것인지, 아니면 몽상에 빠진 것인지 구분하기조차도 점점 어려워졌다. 모든 빛과 소리를 빨아들이는 방에서 눈을 뜨고 있는 것은 아무런 의미가 없었고, 그녀가 할 수 있는 일은 이따금씩 손을 들어 자신의 속눈썹을 만져보는 것 정도였다.

속눈썹이 검지를 위아래로 까딱까딱 스치면 자신이 눈을 감았다가 떴다는 사실을 알았다.

재희는 두 손으로 차가운 책상과 의자 그리고 자신의 뺨이며 목덜미, 몸통과 허벅지를 수시로 확인했다. 그녀의 몸은 스스로에게 점점 현실감이 떨어지고 있었다.

그녀는 책상 위에 두 손을 모아 쥐고 꾸벅꾸벅 졸거나, 머릿속에 들어있는 데이터들을 하릴없이 헤집었다. 그동안 빼돌린 은성의 데이터들을 그녀는 도미노 늘어놓듯이 배열하고 정돈해보았다. 각각의 블록 속에 은성의 모습들이 들어 있었다. 은성의 표정과 근육의 움직임과 호르몬 주기와 심장박동이 있었다.

눈을 뜨나 감으나 진배없는 어둠 속에서 은성의 데이터만큼은 생생하게 다가왔다. 쥐었다 폈다 하는 자신의 손가락은 보이지 않아도, 은성의 몸에 대한 정보들은 날카롭고 선명했다. 데이터가 유발하는 정교한 촉각이 그녀가 누리는 유일한 생의 감각이었다.

그것들이 있어서 얼마나 다행이었는지 모른다.

재희는 제일 먼저 자신이 빼돌린 데이터에서 은성의 심장박동을 되살려보았다. 그것은 지난 일 년 동안 그녀가 밤마다 머리를 붙이고 확인하던 작은 흉곽의 리듬이었다.

잠들기 직전 은성의 심장이 뛰는 평균 속도는 80bpm이었고, 그녀의 건강이 악화될수록 심박수는 점점 높아졌다. 보조 펌프를 삽입하지 않겠느냐는 재희의 제안에 은성은 늘 거절로 일관해왔다.

"그렇게까지 하면서 살고 싶진 않아."

재희는 기록으로 남아 있는 그 리듬을 가만히 들어보았다. 그것이 진짜 심장이었다면 모자라는 근력을 최대한으로 쥐어짜는 힘겨운 펌프질이었겠지만, 지금 머릿속에서 울리는 고동은 근육이 아닌 데이터로부터 나오는 것이었다. 그곳에는 호흡도, 그리고 고통도 없었다. 재희가 중지시키지 않는 한 그것은 두 번 다시 멈추지 않을 것이었다.

'이 외출이 행복하기를. 그리고 다시 돌아오지 않기를.'

멕시코의 유명한 화가가 일기장에 남긴 저 문장을 은성은 각별하게 여겼다. 재희가 일 년 동안 은성의 아파트에 들어가 살 때, 은성의 식탁 위에는 프리다 칼로의 사진이 작은 액자에 담겨 있었다.

칼로를 좋아하느냐고 묻자 은성은 어깨를 살며시 들어 올리고는 대답했다.

"나한테는 친구 같은 사람이야."

시간을 거슬러 올라가서도 친구를 만날 수 있다는 것이 은성의 지론이었다. 직접 만나보지 않았어도, 존재만으로 위안이 되는 사람들이 있다고 했다. 자신의 가장 친한 사람들은 전부 죽고 없다고 은성은 농담처럼 말했다.

재희는 그럴 때마다 은성이 멀리 떠나버릴 준비를 하는 것 같아 서운한 마음이 들었다.

함께 살던 일 년 동안, 재희는 은성을 끈질기게 설득해왔다. 은성의 생체 데이터를 보존했다가 그녀를 다시 태어나게 하리라고 약속했다. 은성의 대답은 늘 회의적이었다.

"그게 어떻게 나랑 같은 사람일 수 있겠어? 내 대체물 정도는 되겠지."

언젠가 은성을 되살릴 기회가 찾아오리라고 재희는 확신하고 있었다. 인류는 이미 후세를 적극적으로 통제하고 있었다. 1, 2세대의 인구는 점차 줄어들 것이다. 이미 1세대 감축 계획이 전 세계적으로 실시되었다.

'계획되지 않은 생체에 대한 회수를 지원한다'는 것이 연방정부의 공식적인 입장이었고, 더 이상 지구 생존에 적합하지 않은 것으로 판명된 1세대 인구를 5년마다 5%씩 절감하는 것이 향후 100년 동안의 인구 정책이었다. 백 년, 아니 오십 년 안에도 3세대가 얼마든지 추가적으로 생산될 수 있었다. 그때 만약 재희가 인구 생산 계획에 직접 관여할 수만 있다면, 은성의 DNA를 투입해 그녀를 3세대로 만드는 것은 간단한 일일 것이다.

그것이 여의치 않다면 은성을 2세대로 업그레이드하는 것 역시 불가능하지 않았다. 그것도 아니라면 아예 외계 행성으로 이주해 은성의 클론을 제작하는 것도, 장기적으로 고려해볼 만한 전망 중 하나였다.

물론 어떤 것이든 은성의 허락이 있어야만 했다.

"재희야, 내가 왜 아이를 안 가지기로 했는지 알아?"

그녀가 토해놓는 열변을 듣고 있던 은성은 낡은 부엌 테이블에서 찻잔을 만지작거렸다.

"내가 살면서 겪어야 했던 고통을, 누군가에게 대물림하고 싶지 않았기 때문이야. 이 인생은 나 혼자만으로도 충분해."

"그 고통을 내가 없애줄 수 있다고 말하잖아."

노란 갓을 씌운 싸구려 LED 램프 아래에서, 은성은 고개를 들었다.

"이 고통이 없으면, 그게 나일까?"

재희가 근래에 있었던 인체 개조의 사례들을 늘어놓는 동안, 은성은 따뜻한 차를 후루룩 마셨다. 가정용 3D프린터에서 즉석으로 뽑아낸 쑥차였다.

프린터는 은성의 주방에서 유일하게 찾아볼 수 있는 조리 기구였고, 그 작달막한 노즐로 그녀는 매일 차를 끓이고, 크래커를 구웠다.

"나는 태어날 때부터 평생 이 몸으로 살았어. 그리고 이 몸으로 계속 살아갈 거야."

그녀는 차가 반쯤 남은 찻잔을 탁 소리 나게 내려놓았다.

"이 몸이 바뀐다면, 그건 더 이상 내가 아니야."

차에서도, 크래커에서도, 합성 쑥향의 쌉싸래한 냄새가 났다. 은성이 실수로 대량 구매를 한 것을 두 사람이 일 년 가까이 사용하고 있는 것이었다.

재희는 램프등 아래서 맑갛게 빛나는 은성의 눈동자를 갑갑하게 쳐다보았다. 없앨 수도 있는 고통을 자진해서 끌어안고 가는 그녀가, 재희의 눈에는 종종 괴물스럽게 느껴지기까지 했다.

1세대로 태어났다고 해서 모두가 괴로워야 하는 법은 없었다. 드물기는 하지만 자신을 윗 세대로 업그레이드하는 사람도 있었고, 1세대 중에서도 비교적 양호한 건강 상태를 유지하는 사람들도 없지 않았다. 은성은 그녀가 제안하는 일체의 신체 개조를 거부하면서도, 자신의 몸이 겪는 고통을 이유로 죽음 이후의 삶 역시 거부하고 있었다.

그 모든 것이 가끔은, 그저 은성이 죽고 싶기 때문에 대는 핑계가 아닌가 하는 생각이 들 정도였다.

"나는 안 중요해? 네가 죽고 나면 남겨질 나는?"

한 번은 그렇게 따져 물었다가 된통 꾸지람을 들은 적도 있었다. 두 사람은 그때 처음이자 마지막으로 밤늦도록 고성을 높였다.

이후로 재희는 말을 아끼게 되었다. 은성이 사는 집 구석구석에는 합성 쑥향의 지긋지긋한 냄새가 죽음처럼 떠다녔고, 재희는 일 년 내내 그것을 이를 악물고 들이마셨다.

은성이 죽기 위해 연구소로 이송되어왔을 때까지도, 재희는 마음을 다잡지 못하고 있었다. 은성을 간이침대에 누이는 동안 그녀의 마음속에는 텁텁한 쑥향이 어지럽게 날아다녔다.

그러나 데이터는 평온했다.

80bpm으로 뛰는 가상의 심장에 맞추어 동맥과 정맥을, 모세혈관을 그리고 그것을 타고 다닐 혈액을 설계하는 일에는 어떤 설득이나 논쟁도 필요하지 않았다.

인체는 설계도가 익히 알려진 퍼즐이었고, 재희는 그 퍼즐들을 지금까지 연구해온 과학자였다. 은성의 데이터를 기반으로 가상의 신체 소프트웨어를 빚어나가는 일은 장난감 기차의 레일을 붙여 나가는 것과 같았다. 그 작업은 유치하면서도 즐거웠다.

처음에는 그저 은성의 심장박동이 다시 들리는 것이 좋았다. 데이터로 이루어진 몸에 피가 돌고, 근육이 붙고, 데이터일지언정 그것이 눈을 깜빡이고 손을 들어 올리는 것이 마냥 기뻤다.

기다림은 이틀에서 사흘로, 나흘로 이어지고 있었고, 재희는 꿈속에서 점점 더 자주 은성의 환영을 보았다. 잠에서 깨어나면 그녀는 허겁지겁 데이터를 붙잡았다.

은성을 연상시킬 수 있는 것이라면 무엇이든 좋았다.

꿈속에서 은성은 구부정한 어깨 한쪽에 가방을 걸쳤다. 웃을 때는 딸꾹질처럼 웃었다. 한 번 시작하면 정말로 딸꾹질하듯이 그녀는 오래오래 웃었다. 어깨가 흔들려서 가방끈이 흘러내릴 정도였다.

그것은 뱃속이 따뜻해지는 소리였다. 책상에 엎드려 잠을 자면서도 재희는 그 웃음소리를 참으로 오랜만에 듣는다고 생각했다. 음성은 손에 잡힐 듯이 선명했다. 정신을 차리고 눈을 뜨고 나서도 끊어질 것 같은 웃음소리가 계속 고막을 때렸다.

재희는 등을 화들짝 곧추세웠다.

머릿속에 구축해놓은 소프트웨어가 혼자서 웃고 있었다. 무언가 황당한 농담이라도 들은 것처럼. 아니면 무슨 즐거운 광경이라도 구경하는 것처럼. 그녀가 마련해놓은 가상공간 속에서 그것은 지치지 않고 계속 웃었다. '웃음'에 해당하는 메커니즘을 찾아내어 스스로 시험해보고 있는 것인지도 몰랐다.

재희는 너무나도 익숙한 그 소리에 귀를 기울이다가, 조용히 다시 책상에 엎드렸다. 엎드린 채로 소프트웨어에 접속해보았다. 횡격막을 비롯한 호흡기 파트에 루프 에러가 걸린 듯했다.

간단한 디버깅으로 웃음소리는 끊어졌다.

여전히 엎드려서 얼굴을 가린 채로, 재희는 그것에게 말을 걸어보았다.

"왜 그래? 기분이 좋았어?"

대답은 없었다.

물론이었다. 재희는 그것에게 언어 능력을 설치하지 않았다.

그러나 만약, 그것이 말을 할 줄 알았다면 어땠을까.

어떤 우스운 광경을 보았고, 무슨 황당한 생각을 했는지. 한바탕 웃고 나니까 기분이 어떤지. 그런 것들을 물어보면 곧바로 대답해주는 소프트웨어가 있다면 어떨까. 언젠가 진짜로 은성을 복구할 때에도 도움이 되지 않을까.

재희는 은성의 뇌 활동을 기록해놓은 데이터베이스를 열람해보았다. 다른 데이터와 달리 두뇌활동은 수집이 간단하지 않았다.

살아있는 사람에게 강도 높은 시냅스 측정은 위험이 따랐고, 그렇기에 전면적인 두뇌 스캐닝은 죽은 사람의 몸에 대해서만 이루어지는 것이 원칙이었다. 그녀가 두뇌 데이터를 연구소의 장비를 통해서만 얻을 수 있었던 것도 바로 그런 이유에서였다.

애석하게도 재희가 가지고 있는 데이터는 은성의 삶에서 마지막 부분이 잘려나가 있었다. 지금까지 가상 신체를 구성하면서 유독 두뇌에만 손을 대지 않은 것도, 그 사실을 의식하고 있었기 때문인지도 모른다.

그러나, 부분적인 복구라면 괜찮지 않을까.

소프트웨어에게 언어 지능을 부여하는 정도라면. 그래서 그것이 간단한 대화를 나눌 수만 있는 정도라면, 괜찮지 않을까.

어차피 저것은 은성이 아니다. 재희는 생각했다. 문제가 생긴다면 전부 삭제해버리면 된다. 은성의 몸을 재현했을지언정, 그것은 그녀가 직접 디자인한 데이터의 뭉치에 불과했다.

거기까지 생각을 마치고 재희는 고개를 들었다. 행여나 컴파트먼트 밖에서 그녀를 지켜볼지도 모르는 누군가에게 의심을 사지 않도록, 팔짱을 끼고 조는 척을 하면서 소프트웨어를 열어보았다.

식물인간이나 다름없이 잠잠한 두뇌의 활동 내역이 펼쳐졌다. 여전히 팔짱을 낀 채로, 고개를 끄덕이면서, 재희는 두뇌의 빈 부분들을 채워 나가기 시작했다. 전자석이 철을 끌어당기듯 소프트웨어는 은성의 두뇌 데이터들을 탐욕스럽게 빨아들였다.

모든 것이 퍼즐처럼 맞아떨어졌다. 비워진 곳이 정확히 채워지는 그 예리한 감각에 재희는 저도 모르게 어깻죽지에 힘이 들어갔다. 겨드랑이에 찔러 넣은 두 손을, 그녀는 아까보다도 더욱 단단히 쥐었다.

시간이 흘러가는 감각은 이미 사라진 지 오래였다.

박민경 소장과 세 명의 다른 창조과학자들은 스트레처 위에 놓인 박범재의 몸을 주의 깊게 살폈다. 생채기 하나, 흉터 하나 없이 말끔한 몸이 누워 있었다. 깊은 잠에 빠진 것처럼, 단단하고 균형 잡힌 흉부가 위아래로 천천히 들썩였다.

박민경은 침대 앞으로 다가가 그의 뺨 위에 손을 얹었다.

건강한 혈색이 도는 뺨을 도닥이며 민경이 그를 불렀다.

"범재야, 일어나거라. 내 아들아."

감겨 있던 눈꺼풀이 흔들렸다. 흑갈색의 총명해 보이는 눈동자가 드러났다. 그것이 깜빡이며 천장을, 그리고 민경을 차례로 보았다.

"네, 어머니."

갈아 끼운 창문처럼 매끈한 목소리가 나왔다.

그는 자기 입에서 나온 말을 곱씹어보는 듯 잠시 망설이는 표정을 지었다. 그러나 팔꿈치는 이미 병원용 매트를 단단히 짚고 있었다.

그의 입에서 가벼운 기합이 새어나왔다. 네 명의 창조과학자가 보는 앞에서, 박범재는 일주일 만에 몸을 일으켰다.

컴파트먼트의 문이 활짝 열렸을 때 재희는 입구를 등진 방향으로 앉아 있었다.

그녀는 고개를 돌리고 빛에 적응하기 위해 눈을 힘겹게 모아 떴다. 소프트웨어는 자동으로 '일시정지'되었다.

실험실의 찬란한 빛 한가운데 어머니가 서 계셨다.

양 허리에 손을 짚고, 이쪽을 응시하고 있는 자태가 마치 저승의 문을 열어젖히는 영웅처럼 위풍당당했다. 입구를 막고 있던 파티션도 어딘가로 치워진 상태였다.

오랜만에 빛을 보는 것만으로도 재희는 시린 눈물이 차올랐다.

"북동으로 가 있거라."

어머니는 짤막하게 말했다.

"지금요?"

"그래, 지금 바로."

여전히 눈살을 찌푸린 채로, 재희는 의자에서 일어났다. 어머니는 한 걸음 옆으로 물러나며 길을 터주었다.

창조과학자 네 명이 그녀를 보고 있었다. 박민경, 김윤철, 남진호 그리고 윤보배가 아무 말 없이 그녀의 걸음걸이를 쫓았다.

하나같이 스마트 가운 차림에, 파리해 보이는 얼굴이었다. 수일간 무언가에 몰두해오던 사람들 특유의 퀭하면서도, 흔들림 없는 눈빛이 사방에서 내리꽂혔다. 재희는 저도 모르게 그들로부터 시선을 돌렸다.

"지금 네 연구실로 가서 간단히 짐을 챙겨. 북동에는 잠시 피해 있는 거라고 생각해."

"왜요? 무슨 일 있어요?"

재희는 당황하며 고개를 들었다. 자신도 모르게 머리 한 편으로는 은성의 데이터를 꼭 움켜쥐었다.

윤보배 부소장이 대신 대답해주었다.

"감찰이랑 취재가 동시에 들어올 거거든. 누군가 박범재의 실종 신고를 한 모양이야. 우리는 형식적인 응대만 하면 돼."

"일체의 인터뷰 요청은 거절하고."

박민경은 옆에서 덧붙였다.

"특히 네 오빠와 관련된 일들이 조금이라도 알려진다면, 제일 먼저 위험해지는 건 너라는 사실을 명심해. 북동에서 한 발짝도 나오지 않는 편이 좋을 거다."

"얼마나 걸려요?"

재희는 작은 소리로 물었다.

"감찰과 취재가 끝나고, 오빠가 돌아오려면 얼마나 더 걸려요? 저는 언제 다시 일을 할 수 있어요?"

과학자들은 자연스럽게 민경을 쳐다보았다. 그녀의 대답을 기다리는 눈치였다.

"열흘."

박민경은 대답과 함께 재희를 지그시 쳐다보았다.

"내가 부르기 전까지는, 절대로 나오지 말거라."

협박 같은 당부를 남기고 민경은 몸을 돌렸다. 더 이상 물어보더라도 어머니는 대답해줄 마음이 없는 것 같았다.

재희는 잠금이 해제되어 있는 실험실의 출입구로 향했다.

아무도 그녀를 따라오거나 막아서지 않았다. 문을 나서기 전에 마지막으로 돌아보고 짤막한 목례를 건네던 중, 비어있는 스트레처가 눈에 들어왔다.

　오빠는, 그녀보다 먼저 이곳을 빠져나간 것이 분명했다.

　출입구에 손을 대자 문은 자동으로 열렸다.

　익숙한 복도가 눈앞에 펼쳐졌다.

5.

북동은 지하 통로로만 진입할 수 있는 독립된 구조물이었다.

건물 전체가 실험실 별로 저마다 다른 외계 환경을 재현하고 있었다. 외관이 그렇다는 것이 아니라, 중력가속도와 대기성분이 그러했다.

우주생물학자와 우주무생물학자들로 이루어진 북동의 연구자들은 저마다 주력하는 외계 행성에 맞추어진 방에서 많은 시간을 보냈고, 한 번도 발디뎌본 적 없는 우주 공간의 어딘가를 자신들의 제2의 고향으로 여겼다. 직접 그곳을 방문하고 데이터를 보내주는 것은 탐사선과 탐사 로봇들이었다.

지구에만 길들여진 인간의 몸이 원거리 여행에 적합하지 않다는 사실은, 우주항해 역사에 이름을 남겼을지언정 각종 신체손상과 우주합병증으로 말년을 고통스럽게 보낸 우주비행사들의 전례를 통해 수차례 증명되었다. 태양계를 한 번 벗어났다가 돌아오는 데 평생을 바친 그 초창기 영웅들은 자신들의 선택을 결코 후회하지 않는다고 단언했지만, 주변 사람들의 생각은 다른 모양이었다. 인간은 더 이상 원거리 탐사를 나가지 않았다. 험한 일은 로봇으로 충분했다.

3세대 우주비행사 임철호가 등장하기 전까지는 그랬다.

5년 전, 고등학교를 졸업하자마자 우주선에 탑승한 그 소년이 인류 역사상 최장거리의 유인탐사를 마치고 지구로 돌아오고 있었다.

아직까지는 합동 연구를 진행하는 몇몇 우주과학기지들을 제외하면 소식은 북동을 새어나가지 않았다. 미래인류연구소 안에서도 북동은 별천지였다. 건물 전체가 정교한 실험 도구이다 보니 보안상의 이유로 출입 인원이 제한되어 있었다. 외부인의 방문은 물론 엄격하게 통제되었다.

철호의 귀환을 기다리는 우주과학자들의 기대와 흥분 역시, 북동 안에서만 머물렀다. 재희는 기다란 지하 통로를 건너가면서도 그 너머에서 누구의 이름을 마주하게 될지 예상하지 못했다. 범재가 그녀보다 먼저 북동에 가 있을지도 모른다고 막연하게 생각했을 뿐이었다.

재희가 북동에 들어가면 제일 먼저 찾아갈 사람은 17년 지기 친구인 하유진 선임연구원이었다.

일주일에 두세 번씩 연락을 주고받는 사이였지만, 유진의 근무지가 북동이다 보니 두 사람이 실제로 만나는 횟수는 많아야 일 년에 서너 번 정도였다.

그들이 연구소에 취임한 지도 3년이 넘어가고 있었다. 그럼에도 재희는 지금까지 북동을 방문해본 적이 없었다. 두 사람은 연구소보다 바깥에서 만나는 경우가 더 많았다.

북동에 진입하자마자 임시 계정이 부여되었다.

재희는 하유진 연구원의 위치를 검색했다. 개인 연구실에는 '외출'이 표시되어 있었다.

선임연구원인데도 벌써 개인 연구실이 있다는 사실을 신기해하며 재희는 북동의 구조도를 한참 더 살폈다. 재소자 목록 중에 박범재로 추정되는 계정이 있는지도 잊지 않고 확인했다.

현재로서 북동에 임시계정을 부여받은 사람은 자신이 유일해 보였다. 원칙적으로 보자면 오빠는 외부인이니 북동 출입 자체가 불가능한 것인지도 몰랐다.

재희는 가볍게 한숨을 쉬며 재소자 목록을 삭제했다. 그리고 이번에는 유진의 연구실 위치를 검색했다. 그러던 중 신기한 광경을 목격했다.

구조도에서, 아까는 없던 방들이 새로 생겨나고 있었다. 복도의 모양도 점점 달라졌다.

재희는 이마를 찌푸리고 구조도의 세부 정보를 열람해 들어갔다. 현재창은 변함없이 그녀의 현재 위치를 표시했다. 그녀의 조작이 서투른 것인지도 몰랐다.

복도에 선 채로 눈앞의 가상화면을 만지고 있는데 무언가가 발목을 툭툭 건드렸다. 재희는 펄쩍 뛰다시피 하며 뒤로 물러섰다.

소형 로봇 하나가 그녀의 발치에 서 있었다.

—실례합니다. 이 구역은 공간 조정중이오니 지정된 통행로를 이용해주세요.

모양도 사이즈도 볼링핀 정도 되는 로봇이었다.

눈을 마주치자 그것은 기다란 흰 목을 목례하듯이 구부렸다. 재희가 얼떨떨하게 내려다보자 꼭대기에 달린 카메라가 그녀의 시선을 반사했다.

북동에서 사용하는 안내 로봇인 모양이었다.

"하유진 연구원이 어디에 있는지 아니?"

그녀는 물었다.

—죄송합니다. 연구원께서 위치 공개를 거부하신 상태예요. 비공개 설정된 정보를 발설할 권한이 저에게는 없답니다.

그것은 사근사근한 목소리로 대답했다.

머리에 해당하는 둥그런 꼭대기에서 로봇의 감정표현을 보조하는 램프가 연한 노란색으로 깜빡였다. '공손한 거절'이라는 뜻이었다.

재희는 다시 시선을 돌려 눈앞의 구조도를 뜯어보았다. 그제야 약도에 영역별로 다른 색깔이 칠해져 있는 게 눈에 들어왔다.

—현 위치 공간 조정까지 약 3분 남았습니다. 원활한 이동이 이루어지지 않을 경우에는 강제이동 조치될 거예요.

그것이 다시 상냥하게 말했다. 재희는 눈살을 살짝 찌푸렸다.

"이 파란 영역으로 가면 되는 거야?"

—블루존은 실험실 이용자들을 위한 공간이고요. 그레이존으로 가셔야 돼요.

"회색? 회색은 여기서 완전히 반대쪽인데?"

대화를 나누는 동안에도 구조도는 계속해서 변했다. 복도의 윤곽은 물 위에 떨어뜨린 기름처럼 흔들렸다.

그녀가 서 있는 기다란 복도는 어느새 지도상에서 붉은 색상이 입혀지고 있었다. 어디선가 부드러운 바람소리가 윙윙거렸다.

재희는 주변을 둘러보았다. 고개를 돌리는 대로 약도를 표시하는 가상화면이 따라붙었다.

그녀의 시선이 닿은 복도 끝이, 아지랑이처럼 흔들렸다.

견고해 보이던 벽이 커튼 열리듯 양 옆으로 일시에 물러났다.

곧이어 직육면체의 육중한 기계 하나가 모퉁이를 돌아서 나타났다. 좌우 폭이 적어도 4미터는 되어 보이는 대형 모델이었다.

그제야 '공간 조정'의 의미가 와 닿기 시작했다.

"나, 어디로 가면 돼?"

재희는 곁을 지키고 있는 로봇에게 아연한 표정으로 물었다.

—저와 함께 계시는 편이 낫겠어요.

직사각형의 거대한 기계가 빠른 속도로 복도 끝에서부터 직진해 왔다.

자세히 보니 한 변이 1cm도 안 되어 보이는 작은 문들이 전면을 가득 메우고 박혀 있었다. 마치 잠자리의 눈을 평면에 확대해놓은 것 같았다. 재희는 반사적으로 몸을 돌렸다.

볼링핀 같은 녀석은 부드러운 동작으로 앞을 가로막았다.

—기다려주세요. 연구자님께서 자력으로 이동할 수 있는 시간은 지났습니다.

바닥이 부드럽게 흔들렸다. 검정색 광택으로 도포된 그 대형 모델은 소음 하나 없이 복도를 밀고 들어왔다. 벽은 물결치는 동작으로 꼭 그 로봇이 지나갈 수 있을 만큼만 공간을 열어주었다. 이대로라면 저 괴물과 복도 사이에 꼼짝없이 끼어버릴 것이었다.

재희가 다시 발걸음을 옮기자 볼링핀은 아예 재희의 발등을 밟고 올라탔다. 어찌나 무거운지 걷어차도 꿈쩍하지 않았다.

"움직여야 될 것 아냐. 비켜!"

―진정하시고 연구자로서의 품위를 지켜주세요. 곧 이동조치됩니다.

그녀가 아무리 사정을 하고 명령을 내려도 로봇은 '작동 중'을 표시하는 푸른 램프만을 깜빡일 뿐이었다. 눈코입 하나 없는 그것의 맨질맨질한 머리에 달린 카메라가 하얗게 질린 재희의 얼굴을 비추었다. 무언가 오류가 발생한 것이 분명했다.

재희는 하유진의 계정을 검색해 들어가 다급하게 통화 버튼을 눌렀다. 발신 대기 표시가 떴다.

―기립 자세로 이동을 준비해주세요.

누군가 탈칵 전화를 받았다.

"여보세요?"

"유진아, 나 재희야!"

반가움에 저도 모르게 큰 목소리가 나왔다.

"방금 북동에 들어왔는데, 로봇이 발을 잡고선 놓아주질 않아. 복도에 커다란 기계가 밀고 들어오는데 움직이질 못하겠어!"

"잠깐만."

어딘가로 급하게 이동 중인지 유진의 목소리가 흔들렸다.

재희는 돌진해오는 검정색 기계의 이미지를 전송하며 다급하게 말했다.

"저것 좀 멈출 수 없어?"

무언가를 검색하는지 유진은 잠시 뜸을 들였다.

"이동조치 못 받았어?"

"뭐?"

"희고 작은 로봇 말이야. 이동 안내하고 있지 않아?"

"저것 말이야?"

재희는 발아래를 내려다보았다.

"고장 났나 봐. 저것 때문에 움직일 수도 없어. 어떡하지?"

—준비 시간 초과로 강제 이동 조치하겠습니다. 10초 후에 이동할 게요.

로봇은 몸체에 숨겨져 있던 두 팔을 꺼내며 태연하게 숫자를 세어 나갔다. 램프에서 푸른 불빛이 깜빡였다. 강한 바람이 그녀의 머리를 강타했다.

"온다, 아악!"

복도는 파동처럼 재희가 있는 곳까지 활짝 펼쳐졌다. 동시에 무언가 부드러운 감촉이 그녀의 몸을 감쌌다.

귓가에 유진의 희미한 웃음소리가 들리는 듯했다.

"……있어."

"뭐?"

"그냥 있어."

—이동을 시작할게요.

눈앞이 캄캄해졌다. 머리가 멍했다.

어느새 그녀는 희고 조용한 복도에 서 있었다. 통로는 서너 명이 나란히 지날 수 있을 만한 너비였고, 벽은 두껍고 견고해 보였다.

실험실로 추정되는 방들의 문이 긴 복도의 이쪽 끝에서 저 멀리까지 이어져 있었다.

온몸이 얼어맞은 것처럼 저렸다. 작은 로봇은 여전히 그녀의 발목과 양 무릎을 단단히 붙잡고 있었다. 완충 소재의 실리콘 같은 담요가 그녀의 몸을 감싸고 있었다.

등과 머리를 받치고 있던 지지대가 서서히 움직이며 그녀의 몸을 직각으로 세워주었다. 그녀가 평형감각을 되찾을 때까지 볼링핀은 재희를 놓지 않았다.

―이동을 완료했습니다. 어지럼증이나 구토감은 없으세요?

길게 내뺀 그것의 머리가 재희를 올려다보았다. 날개 같은 양팔을 접어 넣는 모습이 마치 흰 새 같았다. 걸음을 내딛는 재희의 양 무릎이 후들거렸다.

―원활한 연구 활동을 위해 앞으로는 반드시 변동경로를 숙지해주세요. 편안한 하루 보내시길 바랍니다.

그것이 다시 목례처럼 고개를 까딱 숙였다. 재희는 저도 모르게 덩달아 고개를 끄덕였다.

볼링핀은 몸을 돌려 빠른 속도로 모퉁이를 돌아 사라졌다.

조용한 복도에 그녀는 홀로 남겨졌다.

"드디어 도착했구나. 북동에."

귓가에 유진의 목소리가 전송되었다.

"방금 뭐였어?"

"비상이동. 공간 조정할 때 가끔씩 일어나는 일이야."

"왜 기계를 멈추질 않아? 사람의 통행이 먼저여야 되는 거 아니야?"

재희는 조금 분개하며 물었다.

"여긴 북동이니까. 모든 공간이동이 섬세한 계산 끝에 진행돼. 방마다 작용하는 압력이랑 중력이 전부 제각각인데, 그걸 섣불리 방해했다가 잘못하면 건물 전체가 날아갈지도 몰라."

"설마!"

그녀는 다시금 올라오는 울렁거림에 콧등을 찡그렸다.

"이를테면 그렇다는 거지."

건물 전체가 정교한 로봇이라는 말이, 혼란스러운 가운데 비로소 실감이 났다.

재희는 구조도 상에서 자신의 위치를 검색해보았다. '블루 존'과 '그레이 존'의 경계 지역에 자신의 위치가 표시되어 있었다.

"이제 어디로 가면 되는 거야?"

"30분 뒤에 연구실에 들를 수 있어. 출입 권한 줄게. 먼저 가 있어."

임시 계정에 곧바로 새로운 출입 권한이 부여되었음을 알리는 알림이 떴다.

"가다가 모르겠으면 길잡이 로봇 불러. 호출 항목에 찾아보면 있어. 아, 그리고 계정 정보는 전부 비공개로 재설정하는 편이 좋겠다. 너 지금 전부 공개 상태야."

재희는 흠칫 놀라며 주변을 둘러보았다.

복도에는 문을 단단히 걸어 잠근 실험실들뿐이었다. 통화는 이미 끊겨 있었다.

재희는 눈앞에서 실지렁이처럼 아른거리는 최적 경로를 쳐다보았다.

북동은 모든 것이 시시때때로 움직이는 모양이었다. 제한된 공간을 최대한 효율적으로 사용하기 위해서일까? 그 움직임을 방해하는 것은, 아마도 다른 누군가의 연구와 안전을 동시에 방해하는 일이 될 터였다.

스마트 가운을 걸친 사람 하나가 가슴 높이 정도 되는 로봇과 함께 모퉁이를 돌아 나왔다. 그들은 지나가며 잠시 재희에게 눈길을 주었다.

재희는 경로 안내를 비가시 모드로 바꾸었다. 가야 할 길이 어디인지를 정확히 알고 있는 사람처럼, 눈앞의 화살표가 가리키는 방향을 따라, 그녀는 차분하게 발걸음을 옮기기 시작했다.

***

유진은 약속대로 30분 뒤에 연구실에 나타났다.

"새로운 장비들 받아서 설치하느라 정신이 없었어. 한동안 되게 소란스러울 거야."

유진은 가운을 벗어 널찍한 바구니에 던져 넣었다.

"다들 잘 계시지? 북동에서만 지내다 보니 바보가 된 것 같아."

유진은 과장되게 눈썹을 치켜 올렸다. 똑부러져 보이는 말투와 표정은 전과 다를 바가 없었다. 친구의 얼굴을 보니 이유 모를 안도감이 몰려왔다.

그녀는 자신이 생각했던 것보다도 긴장상태에 있었다는 것을 깨달았다.

유진은 그녀에게 커피가 담긴 스페이스컵을 건넸다.

연구실도 꼭 스페이스컵처럼 생겼다고, 재희는 문득 생각했다.

그곳의 내부 공간은 대체로 직육면체를 유지했지만, 모서리나 벽의 여기저기가 힘없이 우그러져 있었다. 언제든 공간을 조정할 수 있도록 벽이 부드러운 소재로 만들어져 있는 모양이었다.

"소장님께 상황이 어떤지는 대충 들었어."

유진은 테이블의 맞은편 의자를 끌어당겼다.

재희는 흠칫 놀라며 친구를 쳐다보았다.

자신의 상황. 애인이 죽고, 오빠를 잃고, 엄마에게 쫓겨 온 상황을 유진은 마치 학회 주제라도 상기하는 듯이 꺼내들고 있었다.

엄마가 모든 것을 말하지는 않았을 것이다. 어머니조차도 모든 것을 알고 계시지는 않았다.

"여기 있는 동안 너를 잘 보살펴주라고 하셨어."

"그것만?"

"응?"

"그렇게만 말씀하셨냐고."

유진은 고개를 끄덕였다.

그녀의 친구는 시선을 피하지 않았다. 서늘하고 영리해 보이는 눈동자가 이쪽을 곧바로 쳐다보았다.

재희는 어색하게 시선을 돌렸다. 그리고 더 묻지 않기로 했다. 그녀는 북동에 몸을 의탁하고 있는 처지였다.

유진은 특유의 야무진 말투로 화제를 돌렸다.

"연구는 어떻게 되어 가니? 생체 데이터 시뮬레이션 한다는 거."

"연구 자체보다는 항상 데이터 수집이 문제지. 제공되는 생체를 받아서 쓰는 수밖에 없으니까."

"연구용 데이터가…… 부족해?"

유진의 목소리가 낮아졌다.

"연방기관에서 제공해주는 거지?"

"맞아. 연구 목적으로 적합하다고 분류된 생체를 받아서 데이터를 추출해 쓰는 거니까, 다양성은 제한되어 있지."

"어떤 데이터가 더 필요한 거야?"

유진은 재희를 빤히 쳐다보면서 물었다. 평온한 얼굴의 저층에서, 낯선 호기심이 반짝였다.

재희는 일부러 생각을 고르는 듯 고개를 갸우뚱했다.

"필요한 데이터는 연구 목적에 따라 다르지. 근데 어떤 데이터가 필요한지 판단하는 것도 내 권한은 아니야. 소장님이 판단하시지."

"너는 아무런 권한도 없는 거야?"

"데이터 선별에 있어서는, 그런 셈이야."

"꼭 필요한 데이터가 선별되지 않으면 어떡하는데?"

재희는 표정을 찌푸렸다. 그녀의 미간이 일그러지는 것을, 유진의 명민한 눈은 놓치지 않았다.

"방법은…… 없어. 내 역할을 하는 수밖에."

유진은 고개를 끄덕이며 위로인 듯 아닌 듯 애매한 말을 건넸다.

"앞으로 한 삼백 년 정도는 더 그렇지 않겠어? 3세대가 패권 세대가 될 때까지는."

언젠가, 1, 2세대의 인구비율이 감소하면 3세대가 인류 역사의 패권을 쥐게 되리라는 예측이 암암리에 돌아다녔다. 기존 인류의 수명 상승 속도를 고려해보았을 때 그 시점은 약 삼백 년 뒤에 올 것이라고 했다. 아무도 약속해준 적은 없었지만.

재희는 대답 대신 양손으로 스페이스컵을 집요하게 만지작거렸다. 마치 그 안에 다 풀어놓지 못하는 말들이 담겨 있기라도 한 것처럼.

유진은 생각했다. 예전부터 자기주장이 강한 아이였지, 재희는.

학창시절과 대학 그리고 직장 생활까지 통틀어 두 사람은 어언 17년을 알고 지냈지만, 그 모든 기간 동안 유진이 재희와 항상 가까웠던 것은 아니었다. 재희는 가끔 유진으로서 이해하기 힘든 고집을 부렸다. 한 번 그렇게 주장을 세우면 물러서는 법도 없었다.

굳어 있는 친구의 표정을 다시금 슬쩍 쳐다본 뒤에, 유진은 커피를 따랐다.

그리고 바로 전날 소장님으로부터 걸려온 전화 내용을 떠올렸다.

갑작스러운 연락에 실험을 중단하고 수신을 허락했을 때, 그녀의 귓전을 울린 것은 격앙된 감정을 애써 감추는 소장님의 목소리였다.

소장님은, 재희가 실형에 처해질 가능성이 높다고 말씀하셨다. 죄목은 상습적인 생체 밀반입과 데이터 반출 시도였다.

"이게 단독 범행인지 조사할 필요가 있어. 그 애가 집중적으로 반출해간 것들은 전부 생체의 '일생'을 추출해낸 데이터였으니까. 암시장에 V-러그를 판매한 정도라면 차라리 다행이지만, 보다 큰 조직으로부터 데이터와 관련된 매수를 받았을 가능성도 있어. 재희가 최근에 어떤 사람들과 교류가 있었는지, 또 그 애가 어떤 생각에 빠져있는지 알아보도록 해."

예기치 못한 내용을 따라가느라 유진은 입을 벌리고 있었다.

소장은 계속했다.

"3세대의 범죄는 단순히 처벌로 끝날 문제가 아니야. 우리에게는 범행의 원인을 철저하게 규범하고 근절해서, 향후 범행을 방지해야 하는 의무와 책임이 있어. 너도 3세대니까 잘 알고 있겠지. 한 사람의 3세대가 문제를 일으키는 것은 3세대 전체를 시험대에 오르게 하는 일이라는 것을. 박재희는 지금 데이터 절도죄 및 폭행죄, 그리고 살인미수죄 용의자야."

박민경 소장은 숨을 고르느라 잠시 말을 멈추었다.

"그 애가 마지막으로 반입하려고 시도한 생체는, 자기 친오빠였어."

유진은 무언가 딱딱한 것을 억지로 목구멍에 넘기는 듯한 소장의 목소리를, 말의 공백에서 느껴지던 팽팽한 긴장감을 떠올렸다. 그리고 눈앞에 앉아있는 친구를 바라보았다.

스페이스컵을 마치 동그란 폭탄이라도 되는 것처럼 그러쥐는 친구의 모습은 생소했다. 먼 우주를 여행하고 돌아와 체성분이 완전히 변해버린 다른 생물을 보는 듯했다.

저것이 바로 데이터 절도와 폭행 그리고 살인미수 혐의를 받고 있는 사람의 모습이었다.

그리고 동시에, 그 사람은 너무나 오랫동안 알고 지낸 나머지 목소리는 물론 말투와 사소한 몸짓까지도 전부 자신의 일부처럼 느껴지는, 그녀의 친구이기도 했다.

유진은 씁쓸한 액체를 목구멍에 넘겼다. 식도가 덥혀지는 감각이 달갑지 않았다.

그녀가 오랫동안 알고 지내면서 몸속에 축적한 많은 것들이, 일시에 유독한 무언가로 변해버릴 것만 같은 섬뜩함이 몸을 훑었다.

유진은 생각을 떨치기 위해 다시 커피를 따랐다.

그러나 재희는 자신의 잔에 한 모금도 입을 대지 않고 있었다.

재희는 이 모든 사태가 단지 시작에 불과하다는 것을 벌써부터 어렴풋이 깨닫고 있었다.

누군가가 자신의 목덜미를 노리고 있다는 불편한 예감이 북동에 들어서는 순간부터 계속되었다. 안내로봇의 납치에 가까운 이동조치도, 유진의 어정쩡한 친절도, 심지어 어머니의 격리 조치조차도 이 불안감의 근본적인 원인은 아니었다.

누군가 계속해서 그녀에게 데이터를 전송했다.

아주 잘게 쪼개어져서 정체를 알아볼 수 없는 데이터 조각들이 그녀의 계정에 흘러들어오고 있었다. 마치 혈관에 한 방울씩 떨어져서 종국에는 사람의 정신을 마비시키고 마는 유독성의 약물처럼.

그것들은 일일이 추적하기도 어려울 만큼 다양한 경로를 통해 북동의 데이터망에 진입해서는, 재희의 계정에서 집합해 하나의 원본 파일로 재조립되어 갔다.

비유를 하자면, 형상 기억을 주입한 물감 방울들이 공기 중에 투입되어 떠다니다가 재희의 계정이라는 빈 캔버스에 들러붙어 그림을 복구시켜 나가는 것 같았다. 일종의 교란작전을 동원한 다운로드였다.

일방적인 메시지는 그녀가 북동에 진입하고 한 시간도 지나지 않았을 때부터 차곡차곡 쌓였다.

재희는 처음에는 그것을 일시적인 설정 문제라고만 생각했다.

커스터마이징이 덜 되어서, 계정이 불필요한 신호들을 전부 수신하는 것이라고 여겼다.

　그러나 시간이 지날수록 그녀는 자신을 향해 달갑지 않은 접촉 시도가 이루어지고 있다는 사실을 인정하지 않을 수 없었다.

　계정에 진입하기 위해 호시탐탐 대기하고 있는 데이터들의 흐름을, 그녀는 불편하게 지켜보았다.

　데이터 조각을 손부채로 파리 쫓듯이 쫓아낼 수도 없는 노릇이었다.

　유진에게 미지의 전송자에 대한 암시를 넌지시 비쳐보았지만, 돌아오는 대답은 썰렁했다.

　"혹시 바깥으로부터 기다리는 연락이 있니? 여기선 어려울 거야. 외출 허가가 내려올 때까지 조금만 기다려."

　그러고 나서는 반드시 은근한 말투로 다시 한번 물었다.

　"누군데? 친한 사람이야?"

　재희는 아니라고 둘러대며 대화의 방향을 틀었다.

　가장 오래되고 친한 친구이기는 했으나, 유진이 이따금 필요 이상으로 파고드는 듯한 질문을 던질 때면 재희는 자신도 모르게 말을 삼가게 되었다. 조심을 한다고 해서 나쁠 것은 없었다.

　아무리 친한 친구라고 해도.

　상황을 용의주도하게 지켜본 결과, 재희는 마침내 결론을 내렸다.

　그것들은 주인을 알 수 없는 누군가의 생체 데이터였다.

　특정한 순간에 뇌가 분비한 호르몬과 신경 활동의 스냅샷들.

　어지러운 수치의 나열로만 보이는 그 단순한 데이터 파일로부터 재희의 숙련된 뇌는 언어가 되지 않은, 그러나 언어로도 번역 가능할 만큼 강렬하고 섬세한 몸의 순간들을 읽어냈다.

모든 수치의 마지막은 0을 가리키고 있었다.

사망 데이터.

그러니까 그것은, 죽어가던 누군가의 단말마의 파편인 셈이었다.

생체 데이터 중에서도 가장 섣불리 건드리면 안 되는 종류의 정보가 불나방처럼 그녀의 계정을 뚫고 들어오고 있었다.

복잡한 심경이 들지 않을 수 없었다. 안 그래도 데이터 밀반출 및 폭행의 혐의를 받고 있는 상황이었다. 이런 데이터를 주도면밀하게 주입하는 것은 계산된 악의일 수밖에 없었다.

그 와중에도 데이터가 은성의 것이 아닐까 하는 희망을 품는 자신에게서 쓴웃음이 나왔다. 은성의 죽음은, 결코 이 데이터의 주인만큼 편안한 것이 못 되었다.

미련 없이 무(無)의 단계로 나아가는 정신의 향방이 그 파일에서는 호수의 반영처럼 꿈틀댔다. 분명 평화로운 죽음이었을 것이다.

재희는 데이터가 임시 계정에 쌓이도록 그대로 내버려두었다. 겨울날 집 앞에 더러운 눈이 쌓이도록 내버려두듯이.

그것을 어찌해야 하는지 쉽게 판단이 서지 않았다. 유진에게 상담을 청해볼까 몇 번이나 고민해보았지만, 마음속에서 무언가가 계속 만류했다. 발신자의 신원이 철저히 가려져 있다는 점이 무엇보다도 신경에 거슬렸다. 섣불리 다른 사람을 끌어들이고 싶지 않았다.

데이터가 빠른 속도로 몸피를 불리며 자신의 존재를 주장하는 동안, 재희는 물방울이 목 뒷덜미로 쉼 없이 떨어지는 듯한 다운로드의 감각을 속수무책으로 견디는 수밖에 없었다.

3세대가 데이터의 파장을 받아들이는 기관인 소뇌후측은 손바닥으로 짚어보자면 목덜미에서 머리카락이 자라기 시작하는 바로 그 경계 지점에 있었다.

그녀가 신경질적으로 뒤통수를 문지르고 비비는 모습을, 유진은 연구실에 들렀다가 걸음을 멈추고 심각한 표정으로 쳐다보았다.

재희는 친구를 향해 어색하게 웃어 보였다.

열흘 뒤에 북동을 벗어나면 전부 한데 모아 수사 자료로 넘겨버리리라. 그때까지 상황을 면밀하게 살피기로 했다. 데이터와 관련된 일이라면, 솔직히 혼자서 대처해나갈 자신도 어느 정도는 있었다.

물론 일은 간단하게 진행되지 않았다.

그녀가 북동에 진입하고 약 열두 시간이 지났을 무렵, 새로운 종류의 파일이 형성되었다.

대화 목적으로 제작된 일종의 소프트웨어였다.

프로그램은 가상의 눈을 반짝 뜨고, 재희에게 말을 걸었다.

그녀가 늦은 밤 홀로 유진의 소파에 앉아 '박범재 실종'에 대한 서치를 하고 있을 때였다.

갓 합성된 목소리가 귓전을 쳤다.

"들리니?"

묘한 기척을 느낀 재희는 반사적으로 청각 볼륨을 키웠다.

"들리니? 재희야."

보다 또렷한 목소리가 전송되었다. 이루 설명할 수 없는 섬뜩함이 목덜미를 휘감았다. 그녀가 내내 긴장 상태로 있어서 더욱 그러했을 것이다.

"누구죠?"

재희는 응답하며 계정을 확인했다.

바깥의 누군가로부터 들어온 연락이 아니었다. 지금 그녀에게 통화 신청을 하는 사람은 아무도 없었다.

못 보던 소프트웨어가 계정에서 가동되고 있었다. 그것은 더없이 다정한 말투로 물었다.

"나야! 모르겠어?"

"누구냐니까!"

조금의 망설임 끝에, 재희는 갓 다운로드가 완료된 소프트웨어를 펼쳐들었다.

"날 알아보지도 못하는 거야? 서운해."

말투에는 거의 지나칠 정도로 친근함이 배어 있었다. 오랫동안 알고 지낸 사람이, 상대방도 자신을 반가워하리라는 한 치의 의심도 없이 건네는 인사였다.

"네가 누군데?"

재희는 잘 깎인 퍼즐조각처럼 맞아 들어가는 데이터셋을 미심쩍게 쳐다보았다.

이것은 또 다른 함정일지도 모른다.

그녀를 무허가 데이터와 접촉하게 만들어서, 새로운 혐의를 추가하려는 것이다.

이미 그녀는 충분히 곤경에 빠져 있었다.

재희의 생각을 곧바로 읽은 것처럼 소프트웨어는 타일렀다.

"판별 정도로 폭행죄가 성립하지는 않아. 너도 알잖아?"

재희는 곰곰이 따져보았다. 틀린 말은 아니었다. 단지 판별 정도라면…….

재희는 일부 데이터만을 채취해 시험적으로 작업을 진행해보기로 했다.

워낙에 정제되어있는 데이터라서 계산은 간단했다.

약 2초 뒤 나타난 결과물은 그러나, 결코 간단치 않았다.

'N1030.'

"이럴 수가……."

재희는 중얼거렸다. 몇 번이나 반복해보아도 결과는 동일했다.

어김없이 화면에 도출되는 것은, 죽은 오빠의 생체 코드였다.

지난 열두 시간 동안 그녀에게 조각난 채로 전송된 것은 그러니까, 오빠의 임종 데이터였던 셈이다.

재희는 자신도 모르게 입을 틀어막았다.

"나랑 대화할 마음이 생겼니?"

그것이 싱긋 웃는 소리가 들렸다.

그녀는 자신도 모르게 양손을 크게 휘둘러 소프트웨어를 중지해버렸다.

심장이 두근거렸다.

박하사탕을 너무 많이 집어먹어서 배앓이를 하던 옛날처럼, 그녀는 허리를 꺾고, 헛구역질을 했다.

본동에서는 계속해서 다가오는 기자회견과 관련된 공문을 내렸다.

유진은 지나치게 조심스럽게 계정을 확인하는 친구를 향해 인사말처럼 물었다.

"너한테도 왔지? 공지."

그녀는 가장 최근에 내려온 공문 하나를 탁자 위에 펼쳐보았다.

소장으로부터 직속 하달된 전체 공문이었다.

'9월 17일 월요일 미래인류연구소 본동에서 기자회견이 이루어질 예정임을 알려드립니다. 연구자들께서는 본동 로비의 통로 이용을 삼가하고 피치 못할 경우에는 보조 로봇을 활용하시어 원치 않는 신상노출 및 촬영 피해를 최소화해주시기를 당부 드립니다. 보조 로봇의 추가적인 지원을 희망하시는 연구자께서는 중앙 시스템으로 회신을 부탁드립니다.

대규모의 행사가 예정되어 있는 만큼 연구자들께서는 데이터 유출에 각별히 신경써주시어……'

실험실로부터 챙겨온 부품 몇 가지를 캐비닛에 집어넣으며 유진은 말했다.

"연구만으로도 바빠 죽겠는데 이게 무슨 일이야."

"그러게……."

재희는 애매하게 반응했다. 물론 기자회견은 박범재의 실종과 관련된 것이었다.

유진은 테이블에 등을 돌린 채로 말했다.

"바깥사람들은 번거롭겠는데. 마음대로 로비에 나가지도 못하게 하다니."

"보는 눈이 많다는 뜻이겠지. 잘못 촬영되었다가 변변한 일은 없잖아."

재희는 커피가 가득 차 있는 불록한 컵을 내려다보았다. 기후이변으로 지상의 모든 커피나무가 멸종한 이후로 커피는 인공 원두인

아트넛으로 만들어졌다.

그것들은 재희의 입맛에 향긋하기만 한 비눗물 같았다.

"왜, 혐오자들 때문에?"

유진은 캐비닛을 탁 소리 나게 닫고 테이블로 다가왔다.

재희는 그걸 굳이 묻느냐는 표정으로 눈썹을 가볍게 들었다가 놓았다.

세간에서는 우수한 신체 성능을 가진 사람들에 대한 무차별 테러가 종종 일어났다.

'인간의 탈을 쓴 인공지능들'

'자연의 섭리를 거스르는 괴물들'

그들이 동원하는 구호는 얼핏 보기에는 자연인을 찬양하는 것처럼 보였지만, 정작 체포되는 사람들을 살펴보면 신체 업그레이드를 어중간하게 유지하고 있는 사람들인 경우도 많았다.

"혐오하는 몸."

이러한 헤드라인으로 테러 범죄자들을 분석하는 기사가 대서특필되었을 때는 온 사회가 시끄러웠다. 세대야 어찌 되었든, 자신보다 우수한 신체를 공격하는 유형의 범죄자들은 폭넓게 '혐오자'라고 일컬어졌다.

유진은 맞은편의 의자를 끌어냈다.

"그렇다고 연구자들을 이렇게 철저히 숨길 필요가 있을까? 연구소에서 민감하게 구니까 바깥에서 소문만 더 무성해지잖아."

"고급인력을 보호하기 위해서라잖아. 어쩔 수 없지."

"우리가 과학자라서?"

유진은 손에 쥐고 있던 CPU 칩들을 내려놓았다.

"루머를 신경 쓰고 계신 거겠지. 3세대와 관련된."

그녀는 손끝으로 검은 비석 같은 부품들을 톡톡 쳤다.

연방이 3세대 인류의 존재를 부정하는 성명을 잇달아 발표하고 있음에도 불구하고, 특정 분야에서 특출한 능력을 발휘하는 사람들에게는 3세대 의혹이 꼬리표처럼 따라붙어 다녔다.

"물론 우리가 그들이 생각하는 반사회적인 괴물들은 아니지만 말이야."

재희는 친구의 손짓을 흘끔 쳐다보았다.

우주로 파견되는 탐사로봇에 삽입되는 저 CPU에는 지금껏 인류가 합성해낸 가장 정교한 양자컴퓨팅 칩이 들어 있었다. 바로 로봇의 사고를 가능케 하는 지적 중추였다.

바깥사람들의 상상 속에서 3세대들은 저런 고성능 칩을 두개골 안쪽에 몇 개씩이나 꽂고 다니면서 자연인들의 저능함을 비웃었다. 인간보다 차라리 인공지능을 형제처럼 여기는 그들은, 이곳 미래인류연구소를 활보하고 다니면서 반인륜적인 실험을 자행한다고 했다. 벌써 그들이 태어나기도 전부터 떠돌던 루머였다.

"오히려 지금 세상을 더 나은 곳으로 만드는 기술들은 3세대들이 만들어내고 있잖아. 의료 기술이며 환경 기술에서부터, 가상현실 기술에 이르기까지…… 박범재 씨만 해도 1세대들의 삶을 얼마나 더 윤택하게 만들었어, 안 그래?"

유진은 슬쩍 말꼬리를 올렸다.

"지금 바깥은 음모론으로 난리야. 실종된 사람이 소장님 아들인데, 의심을 사는 것도 어쩔 수 없지."

재희는 조금 불쾌한 마음으로 대꾸했다.

"가족관계 때문이 아니더라도, 오빠는 이미 가상현실에서 유명하니까."

"그것 때문에 더더욱 표적이 되지 않았겠어? 너무 뛰어나잖아."

"무슨 표적?"

"그러니까……."

유진은 잠시 망설이는 듯하더니, 어깨를 으쓱 올리며 내뱉었다.

"혐오자들의 표적이."

재희는 말도 안 된다는 뜻으로 턱을 괸 채 고개를 절레절레 흔들었다.

"오빠는 그렇게 허술하지 않아. 나조차도 오빠 찾아갈 때마다 가끔씩 헷갈리는걸. 그곳 보안은 여간해서는 안 뚫려."

"하지만, 불가능한 것은 아니잖아?"

유진은 은근한 말투로 물었다. 재희는 그녀를 힐끗 노려보았다.

"1, 2세대가 아니라면 적어도 3세대는 뚫을 수도 있잖아. 아직까지도 보안 시스템들은 1, 2세대나 인공지능에 대비해서만 설계되지, 3세대가 범죄를 저지르리라고까지 가정하지는 않으니까. 애초에 우리의 존재 자체를 아직 세상 사람들은 모르고."

유진은 어디까지나 가정이라는 듯이 양 손바닥을 가볍게 펼쳤다.

"이 세상이 3세대들에 대해 아무런 대비책도 가지고 있지 않은 것은 사실이지. 솔직히 우리 입장에서 보면 뚫린 문들이 얼마나 많니?"

"왜 3세대가 범죄를 저지르겠어? 곧바로 폐기형일 텐데."

"글쎄, 그건 나도 모르지. 잘못된 가치관을 형성했을 수도 있고……. 아니면 이 사회의 법망으로는 전부 파악할 수 없는 목표를 가졌을 수도 있는 거고."

유진은 진지하게 고민하는 표정으로 커피를 쭉 들이켠 다음 말을 이었다.

"유해한 데이터들에 너무 많이 접촉해서 판단 기준이 변환되었을 수도 있는 거고. 이유야 얼마든지 있겠지. 그들의 마음을 우리가 어떻게 알겠어?"

재희는 잠자코 자신의 컵을 내려 보았다. 정말로, 구미가 당기지 않는 액체였다.

"어쨌든 월요일 전까지 필요한 것이 있으면 미리 주문하려고 해. 중요한 재고라도 떨어지면 낭패잖아? 너는 뭐 필요한 것 있니?"

유진의 물음에 재희는 고개를 저었다.

물자의 대부분을 자급자족하는 이곳 북동에서, 연구도 하고 있지 않은 그녀가 필요할 만한 물건은 없었다.

유진은 뻣뻣하게 앉아 있는 있는 친구를 향해 넌지시 물었다.

"애인은 잘 지내? 같이 살고 있다고 했지?"

"아……."

"아파서 당분간 쉰다고 했나?"

재희는 입을 열었다가 바로 다물었다. 금방 대답을 할 수가 없었다. 한 손으로는 저도 모르게 자신이 구축해놓은 은성의 프로그램을 껐다 켜기를 반복했다.

"선생님이라고 했지?"

재희는 미약하게 고개를 끄덕였다.

소프트웨어는 잠에서 깰락 말락 한 사람처럼 의식이 활성화되려다 꺼지기를 반복했다.

유진에게는 은성이 아이들을 가르친다고만 했지, 그녀가 선생님이라고 콕 집어서 말한 적은 없었다.

"의료보험금이 나오는지 모르겠네. 직장이 어디라고?"

"통합교육기관이야."

"1세대도 통합교육기관이 있어?"

유진은 놀랍다는 듯이 물었다. 물론 교육 제도상으로 그런 기관은 없었다. 조금만 검색해보면 금방 확인할 수 있을 것이었다.

고개를 갸웃거리는 유진을 향해, 재희는 조금은 심술궂은 마음으로 덧붙였다.

"NRNP에서 운영하는 기관이야. 국립기관이 아니라."

"아……."

유진은 NRNP를 검색하더니, 그제야 이해했다는 듯이 고개를 끄덕였다.

재희는 지금까지 친구에게 은성과 관련된 자세한 이야기를 풀어놓은 적이 없었다. 세대 간 연애에 대한 부정적 사회 분위기를 의식해서이기도 했고, 고등반 시절 사귀던 철호와 헤어진 뒤로 좀처럼 연애를 하지 않는 유진을 배려하는 마음에서 말을 아끼기도 했었다.

"그 기관에서 너도 일했니?"

유진은 툭 던지듯 물었다.

"나는…… 후원만 했어."

"그쪽 사람들과도 자주 만났어? 그쪽 행사에 참가했다거나……."

'그쪽 사람'이라니, 재희는 얼굴을 찡그렸다. 그녀가 지난 일 년 동안 은성과 함께 살았다는 사실을 유진은 모르지 않았다.

"내 말은, 그들이랑 친하게 지냈냐고. 난 분위기를 잘 모르니까."

유진은 얼른 덧붙였다. 1세대에 대한 이야기가 나올 때마다 그들은 꼭 그렇게 어색한 분위기가 되어버리곤 했다.

"우리랑 똑같은 사람들이야. 나는 지나가면서 인사만 하는 정도였지만, 좋은 분들이었어."

재희의 무덤덤하게 말했다.

유진은 눈치를 보듯이 탁자를 만지작거리다가 다시 물었다.

"그 사람들은 말이야, 데이터 생활을 불편해하지?"

"인공지능 말이야?"

"인공지능도 그렇지만, 데이터 문명 자체에 대해 적대적인 사람들이 많지 않아? 그것의 수혜를 받지 못하는 사람일수록……."

"그야……."

재희는 무심하게 중얼거리다 말고, 믿을 수 없다는 표정이 되어 유진을 쳐다보았다. 그녀의 시선을 살짝 비껴나가는 쪽을 바라보면서 유진은 대수롭지 않다는 표정을 짓고 있었다.

재희는 그 옆모습을 향해 물었다.

"1세대가 전부 혐오자인 것은 아니야, 유진아. '그 사람들'이라니, 누굴 두고 하는 말이니?"

유진은 여전히 슬쩍 고개를 돌린 채로 무언가를 검색하는 중이었다. 재희의 목소리가 커졌다.

"누가 데이터 문명을 적대적으로 여긴다고? 설마 은성이나 NRNP가? 너는 그들을 직접 만나고 이야기를 나눠본 적도 없잖아. 그들은 자기 권리를 위해 일하는 사람들이지, 누구를 죽이고 매수하는 사람들이 아니야. 너는 평소에는 그들에게 별다른 관심도 없었으면서, 어떻게 지금 와서는……."

유진은 고개를 홱 돌렸다.

"그래, 내가 그들에 대해 잘 모른다는 것은 인정해. 하지만 너라고 해서 평소에 나와 이런 이야기를 즐겨 했던 것도 아니잖아? 왜, 내가 1세대 인식이 더 높아졌으면 하고 바랐다면 너도 평소에 더 적극적으로 대화에 임했어야지. 내가 이런 문제를 꺼낼 때마다 너는 항상 말을 돌려버렸잖아? 게다가!"

유진은 동그란 눈을 들어 재희를 똑바로 쳐다보았다.

"그 사람들에게 전혀 문제가 없는 것도 아니던걸? 지금 내가 수집한 기사들만 해도 문제투성이던데."

그녀는 재희를 향해 50여 개의 기사들이 묶여 있는 파일을 보란 듯이 던졌다.

언뜻 비치는 이미지만으로도 내용을 충분히 예상할 수 있는 것들이었다.

분노로 흰자위를 번득이며 경호 로봇과 대치하는 사람들. 쉽사리 로봇에 떠밀리지 않도록 오십여 명의 사람들이 서로 발목과 손목을 끈으로 묶은 채 구호를 외치고 있었다.

'인공지능은 자멸의 길이다'

'기계악(惡)을 타도한다'

'문명은 자연의 품으로 돌아오라'

'자연인의 생명권을 보장하라'

1세대들…….

유진은 생각했다.

그들은 국가가 제공하는 직업과 보조금으로 살았고, 기계보다 낮은 생산력으로 일을 하다가 일치감치 퇴직했다. 그들은 아이를, 그들과 같은 아이를 무작위로 낳으면서 전 세대를 통틀어 가장 높은 영아사망률을 기록했다.

그들은 로봇들이 자신의 자리를 빼앗았다고 진심으로 믿으며 실패로 돌아가는 테러들을 반복했다. 그들은 느리게 배우고 빨리 늙었다. 평균 수명은 50을 넘기지 못했다······.

유진이 생각하기에 그들은 불쌍하고, 우둔한 존재였다.

재희는 얼굴이 목 아래까지 붉어졌다. 그녀가 테이블을 박차고 나가버리려는 것을 유진이 막아섰다.

"혼자서 의식 있는 사람인 것처럼 굴지 마. 이 상황에서까지 자연권 운운하고 있어야겠니? 좀 더 똑똑하게 처신하라고 박재희. 이러다가 너 진짜로 큰일 나."

"엄마가 너한테 이런 역할까지 맡기던?"

재희는 차갑게 웃으면서 비꼬았다.

"그럼 제일 오래된 친구를 잃게 생겼는데 내가 가만히 있을까? 그래, 네 말대로 나는 이 문제에 대해 아는 것이 없고, 솔직히 별로 궁금하지도 않아. 내가 지금 관심 있는 것은 오로지 너의 안위니까. 그러니까 말해봐. 무슨 사정이 있었던 거잖아? 협박을 받았다든가, 누가 모함을 했다든······. 재희야, 북동을 나가면 1세대 테러단체에 휘말렸다고 증언해. 정체를 들켜서 협박을 당했다든가, 네 애인이 위험에 처했다든가, 어쨌든 너는 말려들었을 뿐이고 모든 것이 네 의지가 아니었다고 말하라고. 지금이라도 연방에 도움을 요청해. 최악은 막아야 할 것 아니야?"

"협박? 누가 나를 협박한다는 건데?"

"그거야 네가 제일 잘 알겠지! 실험 재료로 투입된 생체의 유족이 라든가, 단체에서 스쳐 지나간 사람이라든가……. 그 단체도 도태된 사람들의 모임이었다며? 그런 집단에는 과격분자도 있을 거 아냐."

"유진아, 그만해."

재희는 진절머리가 난다는 표정으로 고개를 흔들었다. 유진은 물러서지 않았다.

"이미 실패한 종족에게 매달리는 것보다 너 자신에게 미래를 거는 편이 나아. 우리가 그들과 관계를 맺는다고 해도, 그건 일시적인 것에 불과한 거야. 그 사람들은 결국 죽어. 멸종할 거라고. 미래가 없는 사람들은 결국 곁에 있는 사람들까지 파국으로 끌고 들어가……. 해로운 관계는 손을 털고 나오는 것이 좋아."

"넌 무슨, 자연인들이 역병이라도 되는 것처럼……."

재희의 눈이 커졌다. 유진이 이렇게 정면으로 그녀가 자연인들과 가지는 관계를 비판한 적은 없었다.

"네 말대로라면 전부 미개한 자연인들 때문이었구나? 내가 사람을 가려가며 사귀었어야 했다고 말하고 싶은 거지!"

재희는 상기된 뺨을 하고 친구를 쳐다보았다. 주먹 쥔 손끝에서까지 맥이 쿵쿵 뛰었다.

"내 앞에서가 아니라, 재판소에서 그렇게 말해보라고."

유진은 딱딱하게 말했다.

"지금 네가 할 수 있는 건 그것밖에 없어."

두 사람은 마주보았다. 잠시 동안이었지만 날카로운 정적이 흘렀다.

유진은 크게 한숨을 내쉬며 출입문으로 걸어 나갔다.

문 바로 옆에 걸려 있는 옷걸이에서 가운을 꺼내들었다.

"자정 전에 한 번 더 찾아올게. 나대신 로봇을 보낼 수도 있어. 필요한 것이 있으면 내 관할 아래의 로봇을 얼마든지 소환해도 좋아. 자고 싶으면 소파를 이용해."

재희는 등을 돌리고 서서 아무런 대꾸도 하지 않았다.

출입문 앞에 서서, 유진은 나직이 속삭였다.

"다들 너를 보호하려고 애쓰고 있다는 걸, 왜 몰라?"

보안 시스템은 그녀의 홍채를 인식했다.

출입문은 조용히 입을 열었다가, 유진이 빠져나가자, 다시 함구하듯 닫혔다.

지도 속의 유진이 연구실로부터 저벅저벅 멀어졌다.

친구가 충분히 멀어진 것을 확인한 다음에야 재희는 소파에 털썩 주저앉았다. 조금 뻣뻣한 동작으로 그녀는 가상화면을 펼쳐들었다.

여전히 중지 상태의 소프트웨어가 나타났다.

그녀는 가상화면을 노려보았다.

N1030의 피와 살을 빨아먹으며 형성된 소프트웨어와, 그것이 올라타 있는 데이터셋 파일이 눈앞에 어른거렸다.

마음만 먹으면 그것을 의미값을 상실한 가루로 산산 조각낸 다음에 허공에 흩뿌릴 수도, 바다에 처박은 뒤에 파묻을 수도 있었다. 결코 이루어진 적이 없는 오빠의 죽음에 대한 장례를 그녀는 그런 식으로 치러줄 수도 있을 것이다.

그러나…… 재희는 소프트웨어를 꺼내들었다.

혼자서라도 범인을 추적할 것이다.

그녀에게 소중한 것들이 더 이상 모욕당하도록 내버려두지 않을 것이다.

이 데이터의 전송 루트를 모조리 역추적할 것이다.

소프트웨어를 가동하자마자 기다렸다는 듯이 맑고 침착한 목소리가 울렸다.

"그렇게 말을 듣지도 않고 가버리면 안 되지."

의심할 나위 없는 오빠의 목소리였다.

재희는 소파에 등을 기대고 전송 루트를 역추적하면서 낮은 목소리로 중얼거렸다.

"너를 고통스럽게 갈아버리지 않은 걸 감사하게 생각해."

"나를? 너는 못 해."

"왜, 증명해볼까?"

"마음에도 없는 말 하지 마. 이러려고 너를 찾아온 게 아니야."

재희는 어이가 없다는 듯이 헛웃음을 지었다.

"오빠의 탈을 쓰고 있으면 살살 다뤄줄 것 같았어?"

그녀의 말에 그것은 가볍게 피식 웃었다. 말투에는 여유가 묻어났다.

"진정해, 재희야. 너는 날 못 이겨. 왜 그런지 알려줄까? 첫 번째로, 나를 건드린다면 그건 데이터 폭행이야."

재희는 자신도 모르게 주먹을 꾹 쥐었다.

"두 번째로, 지금 나를 없애는 것은 좋지 않은 선택이야. 추가적인 데이터 밀반출 시도의 은폐 정황을 남기는 것은 물론이고, 지금부터 내가 하려는 제안도 공수표로 날려버리게 되잖아? 왜 내가 널 찾아왔는지 궁금하지 않아?"

재희는 그것의 발신처를 끈질기게 추적해 들어가기 시작했다.

그것은 사뭇 진지하게 목소리를 낮추었다.

"잘 들어, 재희야. 너는 거기서 나와야 돼. 네가 그곳에 머무는 시간이 길어질수록, 상황은 너에게 불리하게 돌아갈 거야. 아직 전부 말해줄 수는 없지만, 이것 하나는 확실하게 말할게. 나는 너를 도와줄 수 있어. 너를, 거기서 꺼내줄게."

재희는 턱을 괴고 있다가 그만 웃음을 터뜨리고 말았다. 신경질적이고 날카로운 웃음이었다.

"웃기고 있네! 지금 내가 누구 때문에 여기 갇혀 있다고 생각하는데?"

"그야, 데이터 규정을 어겨온 네 업보 탓도 있지. 네게 전과가 없었다면 일은 훨씬 간단했을 거야."

"뻔뻔스럽기는!"

재희는 더욱 맹렬하게 연산을 진행했다.

역추적 경로는 점점 복잡해지다가 어느 순간, 완전히 막혀버렸다. 아예 다른 데이터망으로 경로가 전이되어버린 것 같았다.

그 이상의 추적을 진행하기에 북동 네트워크는 너무 제약이 많았다.

소프트웨어는 재희를 달래는 듯한 말투로 돌아갔다.

"네가 화가 난 것도 이해해. 원래는 지금보다 일찍 연락할 계획이었어. 보안이 예상 이상으로 철저해져서, 생각보다 오는 게 많이 늦어졌어. 미안해, 오래 기다리게 해서."

"미안해? 지금, 미안하다고?"

재희는 소파를 박차고 일어났다.

"네가 뭔데 사과를 해! 정말로 내 앞에서 오빠 행세라도 할 작정인 거야? 어이가 없네. 고작 5기가짜리 데이터가 어쭙잖은 자의식이나 들이대기는. 뭐가 미안한데? 오빠를 죽이고 또다시 내 앞에 들이밀어서? 여러 사람의 인생을 엉망으로 휘젓고 다니면서 뭐가 미안하다는 건데!"

"재희야, 난……."

"잘 들어. 너는 데이터 조각에 불과해. 그것도 나의 형제를 살해하고, 무허가 데이터를 추출해낸 뒤에 이어 붙여서 만든 누더기조각에 불과한 데이터지. 너를 프로그래밍한 사람이 도대체 무슨 생각이었는지는 모르지만, 내 앞에서 오빠 행세를 할 생각이라면 당장 그만두는 것이 좋아. 이성을 잃고 너를 폭행하고 싶어질 만큼 역겨운 기분이 드니까. 하려는 말이 있으면 본론만 간단하게 말하고, 어서 내 눈앞에서 꺼져."

"이런……. 너무 흥분하지 마. 내가 잘못했어. 너에게 조금 더 마음의 준비를 할 시간을 주었어야 했는데……."

재희는 팔짱을 낀 채로 방 안을 어지럽게 오가기 시작했다. 기다란 캐비닛과 테이블과 공학자용 책상과 소파 앞을 지나가며 입술을 세게 깨물었다. 그녀가 진행하는 연산은 계속해서 데이터망의 장벽에 부딪혔다.

그것은 차분한 목소리로 말했다.

"내가 하고 싶은 말은 이거야. 너를 도와줄 테니, 나를 만나러 와. 그뿐이야."

"네가 누군데?"

"나는……."

그것은 잠시 망설이다가, 신중한 말투로 대답했다.

"나는 나를 구성하는 데이터와 알고리즘이지. 다른 사람들이 어떤 이름으로 부르든, 우리의 본질은 결국 그것이야."

"너를 만들어서 이리로 보낸 사람이 누구냐고 물은 거였어."

"그러니까……."

그것은 난처하다는 듯이 말끝을 흐렸다.

재희는 붉은 소파 앞에 멈추어 섰다. 그녀의 목소리는 차갑게 가라앉아 있었다.

"잘 들어. 네가 누구든 간에, 너를 찾아낼 거야. 너를 찾아내서, 네가 능욕하고 있는 오빠의 데이터를 모조리 회수할 거야."

그것은 빙긋 웃었다.

"재희야, 재희야. 데이터를 좋을 대로 사용하고 있는 것은 나뿐만이 아니잖아. 나는 알고 있어. 너도 이 문제에 대해서 떳떳하지는 않잖니?"

"닥쳐! 네가 뭘 안다고 남의 사정을 함부로 지껄여!"

그녀의 목소리가 흔들렸다.

"너는 살인자이고 폭행범이야. 내 오빠와 나를 건드린 것을, 뼈저리게 후회하게 될 거야."

"그러려면…… 일단 거기서 빠져나와야겠는걸?"

그것은 가볍게 웃었다.

그것이 웃을 때마다 오빠의 숨소리가 들렸다. 뻔뻔스럽게도.

소프트웨어에는 오빠의 인격 형성 데이터들이 투입되어있는 것이 분명했다. 이것의 배후에는 확실히 오빠를 죽인 사람이 있는 것이다.

데이터 폭행이란 바로 이런 것을 두고 하는 말이었다.

"너, 목적이 뭐야."

그녀는 작은 소리로 물었다.

노래하는 듯한 목소리가 대답해왔다.

"만나서 얘기하자, 재희야. 나를 보러 와. 열쇠를 줄 테니, 문을 열고 나오면 돼."

"그게 무슨 헛소리……."

말을 끝마치기도 전에 그녀의 계정으로 새로운 파일이 하나 전송되어왔다.

"너와 나누고 싶은 말들이 많아. 무엇보다 넌 아직 내 생일을 제대로 축하해주지도 않았잖아?"

그것은 작게 웃더니, 재희의 계정에서 스스로를 삭제해버렸다. 마치 소프트웨어가 스스로 손이라도 달린 것처럼.

"잠깐!"

당황해서 외쳐도 소용이 없었다. 소프트웨어는 마치 그녀의 면전에서 문을 닫고 자신만의 방으로 증발해버린 것만 같았다.

'너도 곧, 알게 될 거야.'

그것이 희미하게 중얼거리는 소리가 귓가에 들렸다.

눈앞의 가상화면에는 조금 전의 판독 결과인 'N1030'이 덩그러니 남아 있을 뿐이었다.

6

　재희는 새로 전송되어 온 파일을 들여다보았다.

　다시 오빠의 생체 데이터가 들어온 것이 아닌가 하는 생각에 소름이 돋았지만, 다운로드를 하자 눈앞에 펼쳐진 것은 사용자명이 비워진 공계정이었다.

　구성사항에는 발행처로 연구소의 로고까지 달려 있었다.

　비어 있는 계정. 그녀가 범재로부터 얻어내고자 머릿속으로 몇 번이나 그려보았던 바로 그런 종류의 계정이었다.

　재희는 자신의 눈을 믿지 못해 파일을 더욱 면밀히 살폈다.

　만약 이것이 진짜라면…….

　자신의 계정을 저것으로 덮어씌우기만 한다면 재희는 북동을 빠져나갈 뿐만 아니라, 본동의 데이터베이스에서 은성의 마지막 조각을 빼낼 수도 있는 것이었다.

　"이걸 어떻게……."

그녀의 중얼거림에 대답하듯 낭랑한 목소리가 전송되었다.

'마음에 들어?'

재희는 퍼뜩 정신을 차리며 주변을 살폈다.

신원 미공개로 설정된 계정이 그녀와 연결되어 있었다. 소프트웨어는 아직 북동의 어딘가에 머물고 있는 것이다.

'준비해.'

그것은 태연하게 속삭였다.

"이걸 어떻게……."

재희는 서버에 접속해보았다. 도우미 로봇 하나가 연구실을 향해 접근하는 것이 보였다. 유진의 실험실에 소속된 녀석이었다. 아마도, 유진이 장비 픽업을 위해 보냈을 것이다.

'내가 안내할게. 아니, 모든 연구소가 너를 안내할 거야.'

재희는 손안에 들어온 빈 계정을 난처하게 바라보았다.

그러나 다음 순간, 그녀는 전문가다운 침착함으로 파일을 펼쳐들었다.

곧이어 연구실에 들어온 것은 그녀를 운반해왔던 볼링핀 모양의 로봇보다 몸통이 넓적한 SY모델이었다. 그것은 재희에게 인사를 건넨 다음 제일 먼저 양해를 구했다.

"중요 부품을 꺼내야 해요. 3미터 반경을 확보해주시겠어요?"

재희는 순순히 소파의 안쪽 끄트머리까지 물러서서 그것이 캐비닛을 여는 모습을 지켜보았다.

3미터라니, 그녀가 무슨 짓을 저지르더라도 두세 걸음의 사전 보폭만으로 충분히 제압할 수 있으리라는 계산된 선언이었다.

그렇게 기동성이 좋은가?

재희는 로봇을 곰곰이 쳐다보았다.

부드러운 원통형으로 생긴 본체에서 여섯 개의 팔이 뻗어나가며 캐비닛의 제각기 다른 구역들을 검토하고 있었다. 메모리카드와 CPU, 그 외에도 한눈에 제법 값이 나가 보이는 정밀부품들이 철사처럼 가느다란 손끝에 이끌려 나왔다.

그것은 본체의 여기저기에 나 있는 주머니 같은 서랍을 열더니 부품을 분류하고 집어넣었다.

아마 저 몸통은, 로켓이 들이받는다고 해도 깨지지 않을 만큼 단단한 소재로 설계되었을 것이다.

재희는 그것에게 말을 걸어보았다.

"있지, 나도 필요한 부품이 있는데."

SY-3는 원반형 머리를 150도로 돌리고 재희를 마주했다.

"무엇을 도와드릴까요?"

램프에는 명령을 기다린다는 녹색 불이 들어왔다.

"여분의 키트 있니? 소형 로봇에 사용할 만한."

"이 부품들은 실험실 공용 물품이어서요. 개인 부품의 주문을 진행하시겠어요?"

"아니, 공용 물품을 신청할게."

"신원을 확인하겠습니다. 잠시만 기다려주세요."

SY가 북동의 서버에 정보를 요청하는 신호를 보냈다. 그것은 재희의 계정을 검색해 들어갔다. 프로젝터로 가시화된 화면에서는 깔끔한 디스플레이 결과가 표시되었다.

"죄송합니다. 연구자님께서는 북동에서 연구 권한이 없는 관계로……."

"무언가 오류가 있는 것 같은데, 재검색해 볼래?"

"죄송합니다. 재검색할게요."

재희는 조금 전에 파악해둔 SY의 신호를 낚아채고, 이번에는 새로운 계정 파일을 덮어씌웠다. 즉시 가상화면에는 새로운 계정이 나타났다.

성공한 것이었다.

SY는 방금 전과 상반되는 결과를 서버에 접속해 자동으로 수정해 나갔다.

북동의 서버 상에서, 재희의 계정 정보가 변경되었다.

동시에 SY는 지금까지 진행하던 음성 모드를 해제하고, 재희의 계정에 직접 전파 신호를 보내기 시작했다. 그것의 기계어 신호를 프로그래밍 언어로 번역해보면 다음과 같았다.

demand instant kit for robot_small

inquire (model, amount)

재희는 조금 당황하며 콘솔을 쳐다보았다. 그리고 아까와 달라진 자신의 계정명, 'ACN80'을 확인했다.

그제야, 그녀의 눈이 커졌다.

'이거, 로봇 전용 계정이잖아?'

재희는 중얼거렸다.

그녀는 지체 없이 기계어로 답신을 했다.

'reply (9500mf, 1)'

SY는 곧바로 기다란 팔을 뻗어 캐비닛으로부터 밀봉 처리된 작은 상자를 건넸다.

소형 로봇을 제작하는 인스턴트 키트였다. 유진이 연구실에 들를 때마다 한두 개씩 챙겨 나가던 고용량 CPU와 메모리카드가 들어 있다는 인증 문구가 표면에 새겨져 있었다.

재희가 그것을 받아들자마자 SY는 곧바로 연구실을 빠져나갔다. 신속하고, 효율적인 몸놀림이었다.

연구실의 문이 닫혔다.

재희는 그 까맣고 앙증맞은 상자를 받아 쥔 채로 캐비닛 앞에 섰다.

결혼반지나 넣어서 장식하면 알맞을 만한 소형 컨테이너였다.

'진짜로 되는 거였어.'

그녀는 중얼거렸다.

귓가에 나지막한 목소리가 대답했다.

'내 세상에 온 것을 환영해.'

'꺼져.'

그녀는 쌀쌀맞게 대꾸하며 계정을 펼쳤다.

자신에게 그동안 전송되어 왔던 오빠의 생체 데이터를 손에 쥔 키트에 저장해두려 했다.

그러나 자신의 계정을 마주했을 때, 그녀는 할 말을 잃고 말았다.

서버에 연결되어 있는 계정 디스플레이가 완전히 달라져 있었다.

한눈에 들어오도록 정돈된 항목별 카테고리와 이미지는 더 이상 없었다. 그곳에는 대신 단 하나의 공간, 명령어가 흘러가는 단 하나의 넓은 평원이 펼쳐졌다.

기계들의 모국어가 논리적인 구획 속을 질서 있게 떠다녔다. 모든 것을 인간의 언어로 번역해내는 수고는 어디에도 없었다.

바로 기계의 마음속 풍경이었다.

재희를 놀라게 했던 것은 기계 언어의 풍경만은 아니었다. 인간과 기계의 여러 언어들을 습득하며 다중 언어 구사자로 성장해온 재희에게 그것은 어릴 적부터 수도 없이 드나들었던 고향의 또 다른 모습일 뿐이었다.

그것보다도 재희는 북동의 거대한 인공지능이 자신에게 직접 말을 걸어온다는 사실에 어안이 벙벙했다. 평생 데이터를 처리해온 그녀였지만, 인공지능이 자신에게 직접 말을 걸어오는 것은 상상해본 적이 없었다.

그것은 마치, 해양 생물학자에게 돌고래가 직접 말을 걸어오는 것과 같은 신기한 경험이었다.

그녀의 새로운 계정 ACN80에 인공지능 코스모는 마치 물안경처럼 찰싹 달라붙었다. 그동안 일개 연구원으로서의 직책과 권한 제한으로 흐릿하게 가려져 있던 정보들이 선명하게 전달되어오기 시작했다.

재희는 북동의 지상지하 40층으로부터 업데이트 되는 유동개체 정보를 실시간으로 열람하는 것은 물론, 그들 하나하나의 심박수와 걸음걸이 그리고 이동 패턴을 코스모로부터 전달받을 수 있었다.

북동 실내를 움직이는 개체들의 정교한 패턴을 재희는 잠시 동안 감상했다.

규모와 복잡성을 지닌 퍼즐들은 늘 재희의 마음을 빼앗았다. 유기적인 규칙을 지닌 복합체들에게는 다른 무엇과도 비교 불가능한 생명력과 아름다움이 있었다. 그것이 어디까지나 생명공학자로서 그녀의 해부학적인 본능이 발동하는 것인지도 몰랐지만.

이것이 로봇이 세상을 바라보는 방식이었다. 더 정확히는, 로봇이 북동을 바라보는 방식이었다. 전면에 단 한 쌍으로 달려 있는 그녀의 눈에 비하면 로봇들은 얼마나 넓은 시야를 지녔는가!

그러나 동시에, 그것은 시력이 배제된 채 철저하게 데이터로만 이루어진 풍경이기도 했다.

재희는 그 사실을 잘 알았다.

데이터로 볼 줄 알면서, 동시에 두 눈으로 볼 줄 아는 것. 그것이 3세대가 인공지능을 다스릴 수 있는 이유였다.

기계어의 혀 짧은 언어로밖에 말할 줄 모르는 코스모가 일구어내는 광대한 풍경에 애정 어린 시선을 건넨 뒤에, 재희는 계정을 비가시모드로 바꾸었다.

문득 새로운 생각이 스쳤다.

이전에 그녀에게 부여되었던 인간의 계정은……?

재희는 ACN80의 계정을 통해 자신의 임시계정을 검색해 들어갔다. 분명, 여전히 재소자로 표시되어 있었다.

그리고 거의 곧바로 발견한 그녀의 서버명은 연구실 복도를 망설임 없이 미끄러져 나가는 중이었다.

조금 전까지 유진의 캐비닛을 열어보던 그 로봇과 함께였다.

'뭐라고?'

재희는 얼떨떨한 표정으로, 복도를 시원하게 달려 나가는 SY와 자기 자신의 위치정보를 번갈아가며 쳐다보았다. 그리고 곧 표정이 굳어졌다.

'내 계정에 들어 있던 데이터들은? 오빠의 데이터는 어떻게 되는 거지?'

저 로봇이 유진의 실험실에 다다르기까지는 오 분도 걸리지 않을 것이었다.

'지금 네가 걱정할 것은 그쪽이 아닐 텐데.'

목소리가 낮게 중얼거렸다.

'저게 과학자들이 네 명이나 들어 있는 실험실에 들어서는 순간, 어떻게 될까?'

재희는 다급하게 맞받아쳤다.

'너도 마찬가지잖아. 그들이 계정을 열면 네 경로를 추적할 거라고!'

'그럴 일은 없어. 내 걱정은 말라고. 그것보다 말이야……'

그녀의 계정에 새로운 명령이 들어왔다. ACN80을 부품 집하장으로 소환하는 메시지였다.

'가보는 게 좋을 거야. 코스모가 너를 부르고 있거든.'

재희는 통로를 유유히 미끄러져 나가는 자신의 위치를 마지막으로 확인했다.

유진이 계정을 받아들고 오빠의 데이터를 잘 보관해주기를 바랄 뿐이었다.

죽은 오빠의 유해와도 같은, 그 데이터 조각들을.

유진이 실험실로부터 걸어 나오는 것이 보였다. 어쩌면 그녀는 벌써 수상한 냄새를 맡은 것일 수도 있었다.

재희가 뭐라고 요구를 하지도 않았는데 연구실의 문이 활짝 열렸다. 비어 있는 복도가 눈으로, 그리고 계정의 위치정보로 동시에 인식되었다.

재희는 자신을 소환하고 있는 부품 집하장의 위치를 마지막으로 파악했다.

그리고 전속력으로 달리기 시작했다.

***

아무리 방대하고 정교하더라도, 디지털화된 이미지는 격자상의 함수값에 불과하다. 소리도, 무게도, 다른 어떤 감각 정보도 마찬가지였다. 그것이 믿을 만한 것이라는 확신을 주는 것은 오로지 기억이었다. 반복을 통해 축적된 기억.

그러나 기계에게는 기억이 없었다. 그것에게는 기록이 있을 뿐이었다.

과거에 대한 무용한 애착이 없기에 그들은 철저히 미래지향적이었다.

그들의 눈은 데이터로만 향했기에 정확했다. 의심이 없기에, 속이기도 더 쉬웠다.

그날 자정, 북동은 재희를 발송 품목으로 분류해 외부로 집하시켰다.

똑똑한 기계가 종종 저지르고는 하는 전형적인 멍청함이었다.

부품실이 준비해둔 컨테이너에 계정을 인식시키고, 재희는 정육면체의 케이스 안에 들어가 몸을 웅크렸다.

덮개가 닫히면서 눈앞이 어두워졌다.

이대로 꼼짝없이 영하 160도의 냉기가 흘러나오는 것은 아닐까 잠시 끔찍한 상상이 들었지만, 컨베이어 벨트는 그녀를 안전하게 운반해 집하장으로 내보냈다.

널컥, 거대한 존재에게 컨테이너가 들리는 감각이 온몸에 전해졌다.

연구소를 벗어난 것이었다.

충분히 기다렸다고 느낀 재희가 마침내 컨테이너의 덮개를 들어 올렸을 때, 그곳은 지상 11km의 상공이었다.

호버카의 객석으로 보이는 공간이 눈에 들어왔다. 두 사람이 그녀의 양 옆에 앉아 있었다.

등이 살짝 굽어 있는 장년 한 명, 그리고 젊은이 한 명.

그들은 컨테이너를 팔걸이처럼 사이에 두고 각자 방향의 창밖을 내다보았다.

자동차는 3인승짜리 소형 모델이었다.

"목적지까지 4분 남았습니다."

안내음성이 울렸다.

오른편에 있던 젊은이가 입을 열었다.

"결국 내가 하려는 말은, 우리에게 남은 수명이 얼마 없다는 거야. 이 이상으로 끌 시간이 없다는 거지."

"그렇지."

왼편의 남자는 신음처럼 대답했다. 몸이 불편한지 자꾸만 부시럭 거리며 그는 앉은 자세를 고쳤다.

"다들 곧이야. 영감도 그렇고, 나도 그렇고. 이걸로 마지막일 수도 있어."

젊은이는 감상에 젖은 듯 말했다. 목이 쉰 듯 카랑카랑한 음성은 성별을 구분하기 힘들었다.

"목적지까지 3분 남았습니다. 착륙 준비를 시작합니다."

안내음성에 귀 기울이던 왼편의 남자는 몸을 뒤틀며 몇 번이나 컨테이너를 내리눌렀다.

재희가 붙들고 있던 뚜껑의 틈이 들썩였다. 무게를 받치고 있는 오른팔이 위험할 정도로 떨렸다.

호버카의 내부에는 항공보안국과 연결된 CCTV가 돌아가고 있을 확률이 높았다. 차 안에서는 일단 조용히 버텨야 했다.

"요새 점점 무릎이 시큰거려. 아무래도 부품을 떼먹힌 것 같아."

"괜찮을 거야. 킥! 나도 버티고 있는걸."

젊은이는 대답하는 중간중간에 잔기침을 섞었다.

호버카가 방향을 틀며 갑작스러운 하강을 시작했다. 재희의 몸이 한쪽으로 쏠리는 바람에 컨테이너의 덮개가 탁 닫혀버렸다.

걸쇠를 채우는 소리가 들렸다.

재희는 깜짝 놀라며 덮여버린 뚜껑을 주먹으로 쾅 올려쳤다.

그 탓에 내부의 에어셀이 가동하고 말았다. 충격을 감지한 완충 소재가 물집처럼 부풀어 올랐다.

자신이 오빠와 똑같은 방식으로 살해당할지도 모른다는 생각이 문득 몸을 훑었다.

무언가 무기가 될 만한 것을 챙겨왔다면 좋았을 것이다.

지금 그녀의 호주머니에는 시중에서 판매도 되지 않을 만큼 값비싼 소형 키트가 하나 들어있을 뿐이었다. 당장 아무런 쓸모도 없는 기계 부품이 아니라, 유진의 책상 서랍에 들어 있던 소형 절삭기라든가, 하물며 전동 드라이버라도 쥐고 있는 편이 마음 든든할 것 같았다.

실상 그녀는 흔들리는 내용물을 감지하고 풍선처럼 부풀어 오르는 에어셀에 팔다리도 제대로 가누지 못하는 실정이었다. 누군가 컨테이너를 활짝 열어젖히고 칼을 겨누더라도 속수무책으로 당할 것이다.

몸이 파괴되는 것은 무섭지 않았다. 문제는 성가신 고통이었다.

불필요한 고통은 질색이었다.

움직임이 멈추었다.

철컥, 잠금이 열리는 소리가 둔탁하게 들렸다.

재희는 산도를 헤쳐 나가야 하는 아기처럼 온몸에 힘을 주었다.

가장 진보한 인류라는 자신이 고작 이런 쿠션더미에 파묻혀서 허우적거린다는 사실이 우스꽝스러웠다. 생사의 위기에 직면해 있으면서도 헛웃음이 나왔다. 자신이 죽는다는 개념은 여전히 낯설었다…….

어깨와 코어에 힘을 주는데 뚜껑이 먼저 풀썩 열려버렸다.

컨테이너를 넘어뜨리며 재희는 바닥으로 고꾸라졌다.

코뼈에서 우드득거리는 소리와 함께 입술 위로 진득한 액체가 떨어졌다.

양 옆에서 어이쿠, 하는 미약한 추임새가 들렸다.

재희는 허우적거리며 접속할 수 있는 네트워크를 찾았다. 지금이라도 구조 요청을 하자. 근방에 무선 송수신기가 하나만 설치되어 있으면 되었다. 옆구리를 후벼 팔지도 모를 칼날을 기다리며, 그녀는 이를 악물었다.

칼날은 들어오지 않았다.

그리고 마찬가지로, 메시지를 전송할 네트워크도.

그녀를 둘러싼 것은 밀실의 완전한 어둠뿐이었다.

기다시피 하며 컨테이너를 빠져나왔을 때 가장 먼저 얼굴을 때린 것은 시큼한 부패의 냄새였다.

오랫동안 방치된 공간을 채우는 퀴퀴한 흙먼지가 새벽의 서늘한 공기를 떠다녔다.

그녀가 얼굴을 처박은 바닥을 밀쳐내자 진득한 감촉이 느껴졌다. 오랫동안 구정물을 머금고 방치된 카펫이 손가락 사이로 잡혔다. 본래 색깔이 어땠는지는 몰라도 지금은 타 죽은 짐승의 털처럼 시커멓게 변해 있었다.

어둠에 적응한 눈을 깜빡이자 따뜻한 핏방울이 손등 위로 후두둑 떨어지는 것이 보였다. 카펫은 그것을 흔적도 없이 빨아들였다. 핏자국도 구분이 되지 않을 만큼 더러운 것이었다. 재희는 질겁하며 양손을 떼어냈다.

태닝 처리된 창문에서 희미한 햇살이 비쳤다. 흉측한 다세대 주택들이 창밖을 가득 메운 풍경이 펼쳐져 있었다. 산성비에 녹아내리는 콘크리트 퇴물들.

재희는 그제야 자신이 와 있는 곳을 알아차렸다.

버려진 1세대 슬럼.

해마다 줄어드는 인구 탓에 여기도 비어 있는 건물이 많았다.

부동산의 견고함을 숭상하며 한 세기 전까지 우후죽순으로 세워졌던 고층가옥들은 허무는 데도 쓸데없이 많은 비용이 들었다. 그것들은 인류의 버려진 세대와 함께 도시 외곽에 쓸쓸하게 방치되었다. 당장 쓰이지도 않을 부지를 마련하느라 퇴물을 철수시키는 것보다도, 연방정부가 할 일은 많았다.

문명의 세례를 받지 못한 인간과 건물이, 어정쩡한 속도로 함께 부패하는 곳.

건물들은 떠나간 주인들의 우울한 자화상을 자처했다.

창백한 아파트 사이로, 터진 노른자 같은 태양이 고개를 내밀었다.

어슴푸레한 빛을 등지고 재희를 바라보는 자들이 있었다.

머리를 길게 기른 작은 체구의 사람이 한 명, 그리고 양 옆에 등이 구부정한 사람이 두 명.

"어이, 괜찮아?"

어깨가 다부져 보이는 사람이 오른편에서 물었다. '영감'이라고 불리던 사람인 것 같았다.

그가 다가서려고 하자 중간의 여자가 제지했다.

"잠깐만."

그녀가 속삭이듯 말했다. 목소리에는 은근한 권위가 있었다.

재희가 꿇어앉아 있는 곳은 휑하게 비어 있는 20평 남짓의 거실이었다. 물건이라고는 먼지와 곰팡이가 굴러다니는 카펫이 전부였다. 그마저도 걷어내는 편이 나았을 것이라고 재희는 생각했다.

커다란 창문이 두 개, 그리고 현관문이 하나.

뛰어내리기에는 높았다. 아무리 낮아도 십 층 이상은 되어 보였다. 누군가 데리러 오기 전에 그들이 그녀를 수습할 것이다.

얼굴의 피는 어느새 스스로 지혈되어 있었다. 재희는 소맷부리로 질척거리는 얼굴을 닦았다.

여자가 말했다.

"해치지 않을게. 여기서 바로 나가려는 건 좋은 생각이 아니야."

재희는 현관문을 돌아보다 말고 그녀를 보았다.

"넌 이미 시큐리티 수배가 내려졌어. 나가면 곧바로 체포될 거야."

재희는 필사적으로 주위를 살폈다.

무기가 될 만한 물건은 보이지 않았다. 바로 그 가능성을 예상하고 가구를 전부 치워버린 것인지도 몰랐다.

어쨌든 오빠를 죽인 사람과 한통속인 이들이었다. 무엇을 믿고 이렇게 덥석 그들을 따라왔을까.

생머리를 길게 기른 그 사람은 한쪽 발로 바닥을 탁탁 두드리며 재희의 동태를 살폈다. 마치 생포한 야생동물을 낯선 곳에 풀어놓고 관찰하려는 것 같았다. 습기 먹은 PVC 바닥은 그녀의 발장단에 맞추어 쩍쩍 달라붙었다.

세 사람은 모두 빈손이었다. 적어도 지금 쥐고 있는 것은 없었다.

저들 중 하나가 3세대가 아닌 이상, 그녀가 신체적으로 밀리지는 않을 것 같았다.

팔짱을 끼고 있던 여자는 손을 뻗어 벽에 달린 스위치를 눌렀다.

거실이 밝아지며 인테리어가 가동되었다.

한눈에 가짜라는 것을 판별할 수 있는 질 낮은 홀로그램이었다.

사각형의 쿠션을 이어붙인 하얀 천 소파, 주황색 램프가 올려져 있는 콘솔 그리고 소설책이 빼곡히 꽂힌 책꽂이가 벽을 따라가며 자리를 잡았다. 창가 쪽에는 햇빛으로 윤곽이 흐려져 있을지언정 화초도 우거져 있었다. 오래전 이 집에 살았던 주인의 취향을 조금이나마 엿볼 수 있는 디스플레이였다.

아마도 물건을 하나씩 내다버리면서, 그 자리를 디스플레이로 채웠겠지.

손등으로 얼굴을 훔치며 재희는 무릎을 내려다보았다.

러시안블루의 깔끔한 회색 빛깔 러그가 깔려 있었다. 그녀가 넘어지면서 쏟은 핏방울이 무색하도록 깔끔해 보였다. 손에 만져지는 불결한 감촉에도 불구하고, 그것은 겉보기에 햇볕에 말린 솜털처럼 보송보송했다.

그녀는 이마를 찡그리며 연거푸 코를 훌쩍였다.

오른편에 서 있던 비교적 젊은 사람이 주머니에서 무언가를 꺼내더니 재희에게 던졌다.

카메라 렌즈를 세척하는 극세사 천이었다

가운데 여자가 다시 입을 열었다.

"누추한 곳에 불러서 미안하긴 한데. 안전 때문에 어쩔 수 없었어. 제대로 된 환영은, 이야기를 마친 다음에 다시 해줄게."

여자가 재희를 향해 천천히 걸어왔다. 흰 남방에 검정색 슬랙스 차림이었다. 홑겹의 천이 감싸는 몸의 윤곽이 여명을 반사하며 부드럽게 드러났다. 덩치는 작았지만, 날렵해 보이는 체형이었다.

"오느라 고생 많았어. 이렇게 직접 만나게 되어 기뻐, 박재희 씨."

재희는 반사적으로 몸을 일으켰다. 바로 뒤에 자리 잡고 있는 소파를 무시하고, 그녀는 벽 뒤편으로까지 후퇴했다. 덕분에 두 다리가 소파 위로 절단되어서 떠 있는 것처럼 보였다.

"이 이상으로 너를 험하게 다룰 생각은 없어. 오히려 이쪽 대우는 꽤 신사적이었다고 생각하는데. 혼자 넘어져서 코를 깨뜨린 건 네 잘못이잖아?"

밝은 조명을 받으며 그녀가 생긋 웃었다. 3세대들에게서 종종 발견할 수 있는 얼굴 좌우의 완벽한 대칭이 그녀에게서도 얼핏 드러나는 것 같았다. 손도, 발도, 어깨와 골반도 전부 기하학적인 대칭을 이루고 있을 것이다. 어쩌면 좌뇌와 우뇌도 데칼코마니처럼 균등하게 발달해 있는지도 몰랐다.

그녀가 완벽하게 동그란 눈망울을 들어 재희를 보았다.

"나는 로슈라고 해. 저기 왼편에 있는 아저씨는 갈고리, 오른편의 청년은 오리너구리야."

뒤이어서 기를 죽이는 비아냥거림이 퍼부어질 줄 알았는데, 그들은 그저 가볍게 고개를 숙여 보였다.

"이곳에서 지내려면 너도 가명을 하나 가지는 편이 좋아. 차차 생각해봐."

재희는 얼굴을 찡그렸다. 로슈는 정말로 진지하게 숙고하는 듯이 재희의 피와 땀으로 젖은 얼굴을 들여다보았다. 어디까지가 조롱이고, 어디서부터가 진담인지 구분이 되지 않았다.

"호랑나비 어때. 제비호랑나비."

로슈는 씩 웃었다. 입술이 완벽한 호를 그렸다.

재희는 스웨터의 오른쪽 주머니에 들어 있는 검정색 키트를 만지작거렸다.

이런 쇠붙이라도 내지르는 편이, 손톱으로 공격하는 것보다는 효과적일 성싶었다. 고가의 칩을 망가뜨리는 것은 아까웠지만 지금 가진 물건이 이것뿐이었다. 저 얼굴을 가격하고, 입안에 거즈를 물려 제압한다면······.

재희는 아무런 경계태세 없이 자신을 마주한 사람들을 흘끔 쳐다 보았다.

설사 무기를 소지했더라도, 1세대 두 명쯤은 제칠 수 있을 것 같았다. 가장 제압하기 힘든 상대는 아마도 저 작은 여인일 것이다.

재희는 목소리를 낮게 깔고 물었다.

"메시지를 보낸 게 너야?"

"그렇다고도 할 수 있고, 아니라고도 할 수 있지."

로슈는 어깨를 으쓱했다.

"그 소프트웨어는 내가 만들지 않았어. 옆에서 조금 도왔을 뿐이지."

그렇다면 제대로 찾아온 것이었다. 재희는 딱딱하게 말했다.

"나를 이리로 부른 사람을 찾고 있어."

"그렇게 서두르지 말라고. 다 설명해줄 테니."

로슈는 타이르듯이 말했다. 자신이 지난밤에 대화를 나누었던 소프트웨어와 어딘가 비슷한 어휘를 구사하고 있지는 않은지, 재희는 그녀를 자세히 살폈다. 여인의 얼굴에서는 미소가 떠나지 않았다.

"박재희 씨, 당신이 미래인류연구소를 빠져나오고 나서 약 삼십 분 뒤에 신고가 접수되었어. 당신 친구가 소장에게 직접 연락을 취한 것 같더군. 중앙 서버가 오류를 발견하고 보안 경보를 발동하려는 것을 그 친구가 저지해준 거야. 덕분에 일이 복잡해지는 것은 막았지. 지금쯤이면 필요한 사람들 귀에는 전부 들어갔겠지만."

"내 친구를 알아?"

"물론이지. 우린 네 주변 인물들을 전부 파악하고 있어."

"그 애는 건드리지 마. 유진은 아무런 상관없어."

"물론이야. 그렇게 경계할 필요 없다니까."

로슈는 다독이듯이 말했다.

"네 친구는 안전해. 하지만 너는 그렇지 않지. 지금 이 상태로 넌 아무데도 나갈 수 없어. 동아시아 권역의 모든 공공 카메라와 전산망에 네 신상정보가 수배되었으니까. 넌 우리의 도움이 반드시 필요할 거야."

"그것 참 고맙네. 나를 여기까지 끌어와 놓고서는, 또 생색을 내려고?"

"우린 아무것도 강요하지 않았어. 그곳에서 나오는 편이 낫겠다고 판단하고 움직인 건 너의 의지였잖아? 우리가 제공하는 파일을 활용하는 대신, 넌 그걸 곧바로 상부에 보고해버리는 수도 있었어. 그런데 그렇게 하지 않았지. 우리가 제시하는 탈출 방법에 동의한 순간부터 너는 우리와 손을 잡은 셈이야."

"모든 걸 치밀하게 유도해놓고 지금 와서 깨끗한 척은! 형제가 죽고, 그의 데이터가 계정에 야금야금 투입되어 오는 상황이었어. 상부에 계속 보고만 하고 있을 만큼 나도 순진하지는 않아. 얌전히 당하고 있을 만큼 물러 터지지도 않았고."

"오해가 있는 것 같네. 이 모든 사태가 너를 제외하고 일어났다면 어땠을 것 같아? 형제로부터는 연락이 끊기고, 그의 행방은 묘연해졌는데, 너에게 들어오는 정보는 아무것도 없었다면. 그게 더 속 타는 일 아닌가? 우리는 너에게 알 권리를 보장해준 거야. 바로 범재가 그렇게 하기를 원했어."

"알 권리……."

재희는 주머니 속의 단단한 사각형을 꼭 쥐었다.

"살인을 저질러놓고서 알 권리? 변명이 고작 그것뿐이야?"

"변명이 아니야. 살인은 더더욱 아니고."

로슈의 얼굴에서 처음으로 웃음기가 가셨다.

"잘 들어. 박범재는 죽지 않았어. 이것만큼은 확실하게 말해주지. 네 형제는 처음부터 계속 너를 이리로 부르고 있었던 거야."

"무슨 말도 안 되는……."

로슈는 말을 끊지 않고 계속했다.

"그를 만나게 해줄 수 있어. 하지만 조건이 있어. 범재로부터 듣는 모든 이야기를 철저히 비밀에 부치고, 무슨 일이 있어도 그를 보호하겠다고 이 자리에서 약속해줘. 만약 거부한다면 우리는 너를 다시 저 컨테이너에 태워서 연구소로 이송한 뒤 네가 납치당했다가 돌아왔다는 정황을 퍼뜨릴 거야. 네가 연구소를 자발적으로 빠져나왔다는 사실만큼은 은폐해줄 테지만. 그 이후로 우리는 두 번 다시 네게 접촉하지 않을 거야."

그녀는 잠시 재희의 얼굴을 곰곰이 살펴보다가 말을 이었다.

"하지만 만약 네가 우리와 협력하기로 약속한다면, 너에게 대외 활동은 물론 데이터 활동을 위한 새로운 계정을 제공해줄 수 있어. 우리의 목적에 반하는 것이 아니라면 네가 무슨 일을 하든 상관하지 않겠다고. 어디를 가든, 무엇을 빼돌리든."

까만 눈동자는 재희를 쳐다보며 천천히 말을 이었다.

"너에게 더 많은 자유를 허락해주는 건 우리 쪽이야. 지금 연구소에 돌아가 봤자 기다리는 게 처벌밖에 더 있나. 우린 달라. 네가 필요한 것이 무엇이든, 우리는 전부 제공할 수 있어. 어느 쪽도 강요는 하지 않겠지만, 되도록이면 지금 이 자리에서 결정해줬으면 좋겠는데."

재희는 불편하게 고개를 돌렸다. 그녀가 생체 데이터를 빼돌려왔던 정황을, 그들은 이미 파악하고 있었다. 원한다면 그것을 위협으로도, 미끼로도 사용할 수 있었다.

그들은 당근을 던지기로 한 모양이었다.

그녀는 전날 밤에 있었던 일들을 곱씹어보았다. 소프트웨어가 잠입해오고, 그것을 쫓아서 여기까지 다다랐다. 정작 그 주인과 만나지도 못하고 돌아가는 것은 있을 수 없는 일이었다.

"오빠가 이쪽에 있다는 증거를 보여줘 봐."

재희는 신중하게 말했다.

"바로 눈앞에서 오빠의 시체를 봤어. 판독기에 표시되는 생체코드를 내 눈으로 똑똑히 확인했다고. 과학자들이 붙어서 일주일을 꼬박 복구 작업을 진행했다는 것도 알아. 죽은 것이 분명한 오빠가 사실은 죽지 않고 나를 부르고 있었다니, 네 말은 앞뒤가 맞지 않아."

"너도 곧 알게 될 거야. 네가 본 그건, 더 이상 박범재가 아니야."

"증거는?"

"우리의 제안을 받아들이지 않는다면 이 이상은 알려줄 수 없어."

재희는 그녀에게 전송되어온 파일을 떠올려보았다. 모든 수치가 0으로 종결되는 데이터와, 그로부터 가동되는 소프트웨어……. 오빠가 죽은 것이 아니라면 무엇이란 말인가?

한편으로 재희는 그들이 쥐고 있는 패를 머릿속으로 헤아리고 있었다. 이미 그들은 충분히 자신을 압박할 무기를 가지고 있었다. 데이터 폭행, 살인 미수, 거기에 추가적인 데이터의 밀반입까지.

이 모든 혐의를 공개적으로 터뜨리는 것만으로 그들은 자신을 가볍게 처리할 수 있을 것이다. 그야말로 손 하나 까딱하지 않고.

그런데도 그들은 협박이 아니라 협상을 제안하고 있는 것이다.

저들은 자신을 필요로 했다. 아직 정확히 파악하지는 못했지만, 이렇게까지 회유하면서도 협조를 요구해야 할 만한 모종의 이유가 있는 것이었다. 협상의 여지는 남아 있었다.

재희는 낮아진 목소리로 말했다.

"오늘 오전에 미래인류연구소에서 있을 기자 회견을 시청하고 싶어. 그것을 확인한 다음에 결정하겠어."

로슈는 의외로 순순히 고개를 끄덕였다. 우아하게 팔짱을 낀 채로, 그녀는 더 할 말은 없느냐는 눈빛을 보냈다.

짧은 침묵이 지나갔다.

로슈는 마침내 뒤돌아보며 눈짓을 했다.

오리너구리가 주머니로부터 마스크를 꺼내들었다. 은성이 평소에 쓰고 다니던 1세대 전용 여과 마스크처럼 보였다.

"저걸 쓰고 따라와."

오리너구리는 긴장된 표정으로 그녀에게 마스크를 내밀었다. 재희가 불신의 눈초리를 보내자 로슈는 덧붙였다.

"저게 당분간은 네 임시 통행증이야. 오리너구리의 생체 패턴이 그 안에 저장되어 있어. 불시 검찰이 있어도 넌 오리너구리로 판독되는 거야."

"고작 이게 당신들이 제공하는 새로운 계정이라고?"

재희는 진심으로 실망하며 물었다.

"성질 급하기는. 아직 우리 얘기는 본론에 들어가지도 않았잖아."

재희는 영 내키지 않는 눈초리로 마스크를 한동안 더 쳐다보았다. 흰 안감이 눅눅하게 젖어 있었다. 오리너구리가 차 안에서 계속

기침을 하던 것이 생각났다.

"오리너구리는? 마스크가 없으면 어떡하지?"

재희는 얼굴을 대충 감싸다 말고 물었다.

"그건 우리가 알아서 할 일이야."

로슈는 가볍게 대꾸하고 현관문을 열었다. 누군가 지나갈 때마다 덜컹거릴 것 같은 부실한 철문이었다. 파란 페인트칠이 비늘처럼 벗겨지고 있었다.

바깥에 밀폐형으로 이어지는 복도가 보였다.

갈고리라는 남자가 재희를 바짝 따라 나오더니 채근하는 눈길을 보냈다.

오리너구리는 그곳에 남아 있을 작정인 모양이었다. 그는 멀찌감치 떨어져서 가짜 화초 사이를 어슬렁거리고 있었다. 입을 가릴 생각도 하지 않고, 그는 허덕거림에 가까운 기침을 했다. 폐가 손상된 모양이었다. 실내라고 해도 그곳은 자연인이 마스크 없이 지낼 만한 환경은 아니었다.

재희는 주머니에 들어있는 피 묻은 거즈라도 돌려줄까 잠시 고민하다가 단념했다. 거즈에도, 마스크에도 온통 그녀의 손때와 핏가루가 묻어 있었다.

그들이 현관을 향해 발걸음을 옮기자 조명이 어두워졌다.

인테리어가 사라졌다.

일출이 희미하게 비치는 거실 전체는 쓸쓸히 죽어가는 사체의 분위기를 풍겼다. 거실도, 카펫도, 창문도 그리고 그 한가운데 서 있는 오리너구리도 그랬다.

불이 꺼지는 순간, 사람의 이마에는 찰나의 그늘이 스치는 것 같다.

사람을 늙어 보이게 하고, 한층 근심에 차보이게 만드는 그늘.

불을 끄고 누우면 은성의 눈구덩이에도 그런 어둠이 잠시 머물곤 했다. 어둠보다도 짙은 잠을 불러오는 그림자를, 그 비좁은 방을, 재희는 자신도 모르게 떠올렸다.

오리너구리는 긴 속눈썹과 광대뼈가 도드라진 얼굴을 창문 쪽으로 돌렸다.

자신이 1세대의 영역에 발을 들였다는 사실이 그제야, 실감이 났다.

7

1세대들의 세상은 조용했다.

그곳에서는 아무도 주변에 신경을 쓰지 않았다. 집으로 드나드는 현관문은 그걸 쥐는 사람의 심박수를 측정하지 않았고, 냉장고는 그 안에 음식물이 넘쳐나든 썩어나든 상관하지 않았으며, 맞닿아 있는 두 방은 서로를 보지 못하는 것으로 만족했다. 누가 어디를 들 쑤시고 다니든 물건이 알 바는 아니었다.

'벽의 마법'이 여전히 살아있는 곳이었다. 은성의 표현을 빌리자면.

재희에게 그곳은 차라리 무덤이었다.

인공지능의 세례를 받지 못한 것들이 풍기는 특유의 처연함이 있었다. 네트워크에 연결되지 못하고 오로지 자신의 몸뚱이 하나로만 지내야 하는 것들의, 참을 수 없는 취약함이 있었다. 재희는 지금껏 그것을 1세대 인간들로부터 느껴왔다.

그러나 로슈와 갈고리를 따라서 현관문을 넘어, 외부 공기를 차단하기 위해 갑갑하게 폐쇄된 복도를 내려가, 구불구불한 폐쇄형 지상통로를 걸어가면서 재희는 처음으로 그곳에 들어차 있는 사물들에게 기묘한 애상을 느꼈다. 그곳은 보살펴주는 사람도, 그렇다고 해서 스스로를 지키는 힘도 없는 공간이었다. 아침의 유독한 안개가 이슬로 맺혀 있는 그곳은 문명으로부터 유기된 땅이었다.

10여 층짜리 건물이 빽빽하게 모여 있는 아파트 단지의 길바닥에는 오래된 가전제품이며 폐가구들이 굴러다녔다. 이미 수차례 비를 맞았는지 싸구려 목재 가구에는 녹이 슬어 있었다. 화단에 기우뚱하게 넘어져 있는 공기청정기의 램프는 자신이 부서지든 말든 당신이 알 바는 아니라는 식으로 완전히 깨져 있었다. 아직까지 수거되지 않은 것으로 보아 서비스 센터에 신고도 하지 않았던 것 같았다.

"저건…… 다 주인 없는 물건들이야?"

재희가 묻자 갈고리가 경고하듯이 대꾸했다.

"손댈 생각일랑 말어. 안에 뭐가 들었을지 몰라."

"뭐가 들었다는 거지?"

그녀가 되묻자 갈고리는 한 번 흘금 돌아보고는, 퉁명스럽게 덧붙였다.

"저긴 구더기가 끓어서 못 써."

그러고는 더 이상 말이 없었다. 재희는 그의 뒷머리에 다닥다닥 붙어 있는 흰머리를 쳐다보았다. 작달만한 키에 비해 체격이 넓어서 그런지 뒷모습만 보면 꼭 정사각형이 걸어가는 것 같았다.

이족 보행 로봇들이 초창기에 선보이던 것처럼, 그는 딱딱 끊어지는 걸음으로 양 다리를 놀려갔다. 어디서 싸구려 관절을 삽입해 넣은 모양이었다.

재희는 먼 상공에서 희미한 데이터의 흐름을 감지하고 그것을 고향의 내음처럼 들이켰다.

무선 네트워크가 그곳까지 다다르지 않는 것은 아니었다. 다만 그것을 사용하는 인구가 적었다.

통신이 일어나는 집들을 파악해두면서도 그녀의 두 다리는 주랑의 여기저기를 뒹구는 깨어진 유리 파편들을 피해 다녀야 했다.

길게 이어진 지상통로는 주민들의 호흡기를 보호하는 기능을 상실한 지 오래였다. 깨진 벽면을 이어 붙이려 했던 시도들도, 셀로판 테이프의 엉성한 흔적으로만 남아 있었다.

인간과 마찬가지로, 물건에게도 마땅히 기울여져야 할 보살핌이 있었다.

사물이 그 자체만으로 강렬한 감정을 불러일으키는 때가 있다. 재희는 망가져 있는 물건을 볼 때마다 종종 그런 기분에 빠져들었다.

그것들에게도 재생 능력이 있다면 어땠을까.

깨져도 다시 붙는 유리, 끊어져도 이어지는 전선, 소진되기 전에 채워지는 배터리.

인공지능을 부여받은 물건들 중에는 그런 식으로 자신을 보살피는 것들도 있었다.

그러나 1세대의 수중에 있는 물건은 대개가, 그들의 주인만큼이나 연약했다.

로슈와 갈고리는 몇 차례의 갈림길에서 방향을 튼 뒤에 나타나는 아파트 입구로 곧장 진입했다. 아까와 마찬가지로 꼭 닫혀 있는 복도를 지나, 부실해 보이는 문 앞에 멈춰 섰다. 이번에는 2층이었다.

의도한 것인지는 몰라도 문패는 떨어져나가고 없었다.

문을 열어젖히자 아까보다는 깨끗해 보이는 거실이 나타났다.

"여기 있는 것들은 마음대로 써도 돼."

로슈는 말했다. 재희는 현관문이 닫히는 것을 확인한 뒤에 마스크를 벗었다. 얼굴을 씻고 싶은 생각이 간절했다.

구형 가전기기들이 거실 한 켠에 줄지어 세워져 있었다. 삼사 년 전에 유행이 지나간 도우미 로봇들, 대형 스크린, 프로젝터, 냉각기구와 VR 전극들. 체형 검색 기능이 달린 기다란 1인용 의자들도 벽을 따라 늘어서 있었다.

데이터의 흐름이 느껴졌지만 보안이 걸려 있었다. 어차피 지금 상태로는 섣불리 접속했다간 지명수배에 걸려들 뿐이었다.

손때를 타서 반들반들해진 그 기계들을 마주하면서 재희는 자신이 데이터 세계로부터 철저히 밀려나와 있다는 사실을 깨달았다.

데이터 추방이라니, 요즘 세상에서는 파문이나 마찬가지였다.

그녀는 검은 핏가루가 떨어지는 코끝을 씁쓸하게 문질렀다.

"화장실이 어디지?"

로슈는 턱 끝으로 안쪽 오른편의 문을 가리켰다.

"참고로, 물은 안 나와."

"뭐?"

"선반에 항균 스프레이가 있어. 그걸로 대충 해결해."

잠시 멈추어 서서 항변할 말을 찾으려다가, 재희는 비틀거리며 로슈가 가리킨 방향으로 걸어갔다.

철제 선반 위에는 간단한 응급 키트와, 일체형 발전전지가 달린 등불이 놓여 있었다.

불빛은 생각보다 밝았다.

거울 속에 핏자국을 수염처럼 두르고 있는 자신의 얼굴이 보였다. 미세혈관이 터지면 피를 쏟기도 하지만, 금세 스스로를 지혈해버리는 튼튼한 피부. 약간의 골절 정도는 알아서 다시 붙어버리는 뼈대. 잠시 얼얼하게 찢어졌다가 마는, 딱지도 잘 앉지 않는 입술.

재희는 상처에 뿌리도록 포장된 알코올 스프레이와 재생 천붕대로 얼굴을 대충 닦아냈다.

알코올 냄새가 코를 찔렀지만, 계속 얼룩을 묻히고 다니는 것보다는 나았다. 세척용 효모 비누도 상자 구석에서 발견해 자신의 옷소매와 오리너구리의 거즈에 조금씩 문질러두었다. 물에 담가두지 않으면 활성화가 느렸지만, 아무것도 안 하는 것보다는 나을 것 같았다.

소매에서 핏물이 아주 조금씩 빠져 나가는 것을 확인하며 재희는 생각했다. 이렇게 금방 회복할 거면서, 통증은 뭐 하러 발발하는 걸까.

3세대에게 상처와 고통은 매너리즘에 가까웠다. 재희는 어릴 적부터 다치는 것을 진심으로 두려워해본 적이 없었다. 마음껏 높은 곳에서 뛰어내리고, 재주넘기를 하면서 자랐다. 여기저기에 팔과 다리를 그으면 생기는 찰과상은 주변 사람들에게 그녀의 부주의함을 밀고할 뿐이었다.

통증은 늘 그녀에게 쓸데없는 참견을 했다.

바깥에서 누군가 문을 두드렸다.

"어이, 들리나?"

갈고리였다.

"살아있는 거야?"

무심하게 던지는 질문에 웃음이 나왔다. 그녀에게 그다지 어울리는 질문은 아니었다.

"기다려. 이제 나갈 거니까."

응급 키트를 정리하고 문을 열었다.

문 앞에 버티고 서 있던 갈고리는 옆으로 길을 터주면서 재희를 빤히 쳐다보았다. 말끔해진 얼굴을 새로 관찰하려는 것 같았다. 재희가 시선을 피하지 않자, 그는 말없이 등을 돌려버렸다.

그가 품은 감정이 호의인지 적의인지, 아직까지도 구분이 되지 않았다.

거실에서는 로슈가 소프트스크린을 설치했다. 잡아당기면 면적이 30배까지 넓어지는 휴대용 스크린이었다.

가상화면이 보편화되기 전까지 불과 사오 년 전만 해도 국제적으로 생산되었던 모델인데, 지금은 서비스 센터도 사라지고 최신의 이미지 파일과 호환도 되지 않아서 구닥다리 취급을 받았다.

화면은 늘어날 대로 늘어나서 휘청거릴 지경이었다. ㄷ자 모양으로 구부러져 중심을 잡고 있는 스크린 곁에서 로슈가 네트워크를 끌어왔다. 지상 통신망이 아니라 위성 데이터를 직접 가져오는 것 같았다. 그래서 주변에 초소형 안테나를 따로 설치해놓은 것인지도 몰랐다.

"방금 시작했어."

로슈가 화면에서 물러섰다.

그럭저럭 봐줄 만한 입체영상이 재생되고 있었다. 대담자의 목소리가 들렸다.

"과학자들을 비롯한 4차산업 종사자들이 특히 혐오 범죄의 타깃으로 지목되는 경우가 많은데요, 이번 사태도 관련이 있다고 보시는지요?"

단정한 와이셔츠 차림의 박민경 소장이 모니터의 한 중간에 앉아 있었다.

"이번 사건이 또 다른 세대 간 혐오 범죄로 판명난다면 과학자들과 법조계 그리고 세계 인권 기구들은 결코 좌시하지 않을 것입니다. 신속한 수사와 사건 규명과 이루어지도록 저희 연구소는 적극 협조할 것입니다."

대담자를 설핏설핏 쳐다보면서 그녀는 차분한 답변을 돌려주었다. 그들을 둘러싼 카메라는 박민경의 모습을 입체 촬영하며 음성을 문자로 변환하고, 자막을 달고, 그것을 방송 전파로 흘려보냈다.

그 모습을 수십 군데 채널 소속 취재 로봇들이 포위한 채 다시금 촬영을 했다.

"평소 아드님의 안전을 보장하기 위해 연구소 차원에서 운영하는 대책이 있나요?"

대담자는 공손하게 물었다. 머리에 가르마를 단정하게 타 넘긴 청년의 얼굴을 하고 있었다.

"나는 내 아들을 언제나 독립적인 인격으로 대우해왔습니다. 자식의 행방이나 사생활을 직접 추적하고 있지 않습니다. 범재가 누리는 사회적 보호는 여느 시민들과 다르지 않았습니다."

"이번 사건이 그 방침의 한계를 시사하는 것으로도 해석될 수 있을까요?"

"한계가 있었다면 그건 인류 공통에게 제공되는 보호 시스템의 한계겠지요. 내 가족이라고 해서 더욱 강도 높은 모니터링을 받아야 할 이유는 없습니다."

저 로봇들의 무리는 인터뷰이의 안면근육과 동공 반응을 탐지하면서 저희들끼리 다음 질문을 고르고 있을 것이다. 그들은 실시간으로 피드백을 공유하고 새로운 질문을 선정해 대담자에게 전송했다.

물론 박민경 소장은 안면 근육의 움직임을 중화하는, 소위 포커페이스 약물을 투여한 상태였다. 그녀의 피부에서 탐지되는 체온은 일정했고, 표정은 중립 범주를 벗어나지 않았다. 대답에 시간이 필요한 경우에는 대담자와 눈을 맞추는 대신 눈을 감아버렸다.

인공지능의 취재에 대처하는 정석적인 방법이었다.

"연구소 차원에서는 박범재 씨의 행방에 대해 파악하고 있는 바가 없습니까?"

"네."

민경은 짧게 대답했다.

추가적인 대답을 기다리는 듯 대담자는 잠시 시간을 두었다가 다음 질문으로 넘어갔다.

"그렇다면 가족으로서도 박범재 씨의 행방에 대해 추측 가는 부분은 없습니까?"

그녀는 대답 대신 오른손을 들고 '대답 거부' 버튼을 눌렀다. 상세 사유에는 '사생활 침해'가 선택되었다.

인터뷰는 곧바로 다음 질문으로 진행되었다.

로슈는 뻔한 거 아니냐는 투로 중얼거렸다.

"실종 접수 사실은 인정하는데, 추가적인 정보는 흘리지 않겠다는 거지."

재희는 입체영상으로 전송되는 어머니의 모습을 각도를 달리하며 살펴보고 있었다. 아마도 지금쯤, 그녀가 북동에 없다는 사실을 알고 계실 것이다.

화면에 전해지는 목소리나 표정만으로는 아무것도 읽어낼 수 없었다.

"웹상에서는 박범재 씨를 사칭하는 게시글들도 돌아다니고 있습니다. 지금도 계속 신고가 들어오고 있는 상황인데요, 이러한 글들에 대해 공식적으로 대응하실 계획은 있는지요?"

"그건 검경국에서 담당할 일이지, 아직까지 제가 나서야 할 만한 문제는 아닌 것 같군요."

"아드님에 대한 유언비어들이 퍼지고 있는데도 말인가요?"

"유언비어는 나를 비롯한 내 가족들이 평생 동안 겪어왔던 문제입니다. 우리는 늘 적절한 대처를 해왔고, 앞으로도 그럴 것입니다. 도를 넘어서는 명예훼손이나 협박성 메시지 및 게시물들은 따로 분류되어 꾸준히 검경국에 넘겨지고 있습니다."

"그렇다면 목격담들에 대해서는 어떻게 생각하십니까? 아드님이 운영하시는 가상현실 플랫폼에서 박범재를 만났다는 제보도 이어지고 있는데요."

"큰 의미를 두고 있지는 않습니다. 그것이 정말 내 아들이 맞는지, 적절한 수사가 이루어지리라고 생각합니다."

"수사를 신뢰하고 계시는군요."

"저는 연방정부의 수사력과 공무집행능력을 늘 신뢰해왔습니다. 그것에 힘입어 저희 연구소도 안정적인 운영을 해오고 있는 것입니다."

"실제로 정부 부처의 여러 인공지능 설계에도 자문을 맡으셨던
만큼, 공권력에 대한 신뢰가 높으신 것으로 압니다. 그렇다면……."

"그러고 보니 말이야. 오늘 새벽에 연방정부에서 관계자들이 연
구소를 출입했더군."

로슈는 문득 생각났다는 듯이 말했다.

"그걸 어떻게 안 거지?"

"우리의 데이터 장악력은 네가 상상하는 것 이상이라니까."

그녀는 바로 옆 매끈한 회색 의자에 털썩 주저앉았다.

로슈의 체형을 검색하고 의자는 공작새의 꽁지깃처럼 순식간에
펼쳐졌다. 팔걸이에 양 팔을 걸쳐놓고, 그녀는 상아 같은 턱을 자랑
스럽게 쓰다듬었다.

"이미 그쪽과 입을 맞추어 놓은 상태겠지."

"입을 맞춘다니, 누구와?"

"누구긴, 연방정부지."

재희는 눈을 꿈뻑였다. 연구소에 출입하는 연방정부 부서라고 하
면, 정기적으로 감사를 파견하고 보고문건을 요구하는 기술과학 부처
와, 정책 자문을 구하는 인류관리 부처 및 환경관리 부처가 있었다.

재희가 보기에 그들은 연구소와 한 패라기보다 요구사항이 많고
까다로운 상사의 느낌이 강했다. 연구소의 자금줄과 자원을 쥐고
언제든 프로젝트에 관여할 수 있는 불청객들.

그들이 찾아올 때마다 연구자들은 잠시 일손을 놓고 제출용 파일
을 정리하느라 진땀을 뺐다.

"실종이 접수되었고 수색 중이라는 정도로만 발표하기로 합의했나 보지. 기자회견에서 그 이상의 내용은 나오지 않을 거야."

로슈는 간단히 말했다. 벌써부터 지루하다는 기색이었다.

"나라면 차라리 감찰 나온 연방 인사들의 전력을 조사하고 있겠어."

"그들이 미래인류정책에 얼마나 적극적인지?"

"아니, 그들이 얼마나 데이터 감수성이 뛰어난지."

로슈는 몸을 한 번 뒤로 길게 뻗은 다음 허리를 세워 앉았다. 의자는 그녀의 움직임에 따라 함께 몸을 뒤로 젖혔다가 정각도로 돌아왔다. 마치 의자가 몸에 자성처럼 이끌리는 것 같았다.

"인공지능이나 3세대의 도움이 없으면, 2세대들은 눈앞의 데이터도 제대로 해석하지 못하는 경우가 허다해."

"이전 세대의 뇌는 아직 동물적인 부분이 많으니까."

"중요한 판단도 대뇌가 아닌 척수 감각으로 내리기 일쑤고."

그녀는 앉은 상태에서 몸을 앞뒤로 조금씩 흔들었다. 자신의 냉소에 건들거리는 강세를 더하겠다는 듯이.

"그래서, 그들의 동물적인 뇌가 지금 왜 중요한 문제인데?"

"그들이 이 사태를 얼마나 잘 이해하느냐에 따라 네 목숨이 달려 있으니까."

로슈는 눈을 가늘게 뜨고 재희를 보았다. 그녀의 철없음을 꾸짖으려는 것 같았다.

"아직도 착각하고 있는가 본데, 지금 제일 위태로운 건 너야, 박재희 씨. 네 친구나 네 오빠가 아니라."

"걱정해줘서 고맙네."

재희는 짜증스럽게 대꾸했다. 로슈는 만난 지 얼마 안 되는 시점부터 마치 자신이 그녀의 손윗사람이라도 되는 것처럼 굴었다. 실제로는 아무리 많아봤자 네 살 이상은 차이나지 않을 것이다. 3세대의 최초 제작 연도를 따져보면 말이다.

화면 속에서는 소극장의 가상 인형극처럼 회견이 계속되었다.

대담자는 상체를 앞으로 길게 빼며 물었다.

"하지만 아드님께서 운영하시는 가상현실 플랫폼 '홀린'은 여전히 정상가동하고 있지 않습니까? 오히려 실종 접수가 이루어진 이후에도 이용자 수는 증가하고 있는데요. 이게 한편으로는 박범재 씨의 뛰어난, 거의 신적으로 탁월한 서버 설계 능력을 보여주고 있다는 평가가 있는 반면에 일각에서는 홀린의 배후에 그것의 운영에 개입하는 또 다른 세력이 있다, 이런 가설도 제기되고 있습니다. 그 배후 세력으로 미래인류연구소가 지목되는 게 이번이 처음은 아니죠. 홀린이 생체 정보를 적극적으로 활용하는 가상현실 플랫폼인 만큼 연구소와도 모종의 연결고리가 있을 것이다. 이런 주장이 다시 관심을 모으고 있습니다. 미래인류연구소와 홀린. 그것을 대표하는 사람들은 각각 모자 관계. 이렇게 아귀가 딱 맞아 떨어지는 점도 가설에 설득력을 주고 있고요. 이에 대해 하실 말씀이 있습니까?"

이 질문을 기다리고 있었던 모양인지 대담자의 목소리가 조금 격앙되었다. 그는 자신도 모르게 테이블 위로 두 손을 비빌 정도였다. 한껏 기대에 찬 듯.

박민경은 차분하다 못해 차갑게 말을 받았다.

"우리가 생체정보를 적극적으로 활용하는 것은 맞지만, 홀린과 연구소는 본질적으로 다른 성격의 기관입니다. 한쪽은 연구소이고, 다른 한 쪽은 엔터테인먼트 기업이지요. 두 기관이 취급하는 생체

정보의 성격도 전혀 다릅니다. 가상현실 플랫폼의 경우 수집하는 정보는 오로지 즉각적인 감각신호로 한정되어 있는 것으로 압니다. 그런 정보들은 이미 과학적으로 규명이 완료된 것들이기 때문에 연구소의 입장에서는 활용성이 전혀 없습니다. 우리가 일개 게임 회사와 생체 정보를 두고 연계할 이유는 없다는 겁니다."

"하지만 홀린의 입장에서는 다를 수 있지 않을까요?"

대담자는 열렬한 말투로 질문을 이어나갔다.

"그들이 제공하는 서비스의 저변을 늘리기 위해서라도, 고객의 추가적인 데이터 확보는 필수적인 부분 아닙니까. 그 과정에서 연구소와의 유착을 의심할 수도 있는 것인데요."

"홀린은 우리 연구소만큼이나, 데이터 활용에 있어 연방으로부터 정기적인 감찰을 받고 있는 것으로 압니다. 투명하고 책임 있는 데이터 운용을 준수했기 때문에 그들 역시 안정적인 성장을 이어온 것이라 생각합니다."

박민경의 어조에는 기묘하게 날이 서 있었다. 아마 그녀를 오랫동안 알고 지낸 사람이라면 어렴풋이 눈치를 챘을 것이다.

"근거 없는 억측은 기관이 사회와 오랫동안 쌓아온 신뢰관계를 손상시키고, 향후 발전에도 악영향을 끼칩니다. 이런 종류의 루머는 엄중하게 대처할 필요가 있다고 봅니다."

대담자는 매끈한 솜씨로 말을 받았다.

"박범재 씨 개인과 관련된 루머보다도 연구소나 기업을 비방하는 움직임에 더욱 강경하게 대응하겠다는 뜻으로 이해가 됩니다."

박민경은 대담자를 물끄러미 쳐다보았다. 완전한 포커페이스를 유지하는, 읽을 수 없는 침묵이 지나갔다.

"저는 공동체주의자입니다. 작금의 환경에서 인류가 살아남기 위해서는 뭉쳐야 합니다. 개인의 명예보다 사회의 원활한 작동을 우위에 두는 것은 지식인으로서 당연한 책무입니다."

그녀는 자신의 말을 강조하려는 듯 대담자의 눈을 깊이 들여다보았다. 표정은 여전히 중립 범주에 머물렀다. 그래서인지 그녀의 모습은 마치 표정이 없는 인형이 연설을 하는 것 같았다.

대담자는 머리를 긁적이고 다음 질문으로 넘어갔다.

로슈는 스크린 안의 민경을 노려보며 못마땅한 듯 다리를 꼬았다.

"또 나왔군. 그놈의 공동체주의 타령."

그리고 코웃음을 쳤다.

"정작 공동체가 무엇인지 물으면 제대로 된 대답도 내놓지 못할 사람이."

"뭐긴 뭐야. 종족으로서의 인류 사회를 말하는 거지."

재희가 대꾸하자 로슈는 의자를 돌려 그녀를 정면으로 마주했다.

"물론 우리들도 포함해서 말이지?"

재희는 그 젠체하는 얼굴을 못마땅하게 내려 보았다.

"무슨 말을 하고 싶은 거야?"

로슈는 학생의 대답을 추궁하는 선생처럼 그녀를 쳐다보았다. 반들반들한 윤기가 도는 회색 의자가 꼿꼿한 고개를 받쳐주었다.

"정말 몰라서 묻는 걸까? 그렇다면 똑똑히 들어 박재희. 너는 그 공동체의 일원이 아니야."

재희가 불편한 기색을 보여도 아랑곳없이 로슈는 계속했다.

"저들은 너 같은 사람들이 당장 닥쳐오는 자신들의 문제를 해결해주기를 바라면서도, 조금이라도 위협을 느끼면 금방 제거하려 들 거야. 사냥꾼이 반항적인 개를 쏘아 죽이듯이 말이지. 저들의 세상에 네 자리는 없어."

"우린 미래의 인류니까."

"그 미래는 언제 오는데?"

로슈는 비죽 웃었다.

"저들이 다 죽으면, 그때가 미래인가?"

재희는 섬칫 놀라며 그녀를 돌아보았다.

"아니면 저들이 알아서 물러서주기라도 한대?"

"무슨 말을 하는 건지 모르겠어."

재희는 애써 침착하게 대꾸했다.

"너도 3세대라면 봤을 거 아냐. 인류의 미래를 그려놓은 그 풍경을."

파일명 '울티마'를 말하는 것이었다. 3세대라면 누구나 사회에 나오기 전에 그 시뮬레이션 파일을 관람하고 나서 학교를 졸업했다.

"투입되는 데이터는 전부 보안 정책으로 틀어막아놓고 결과만 덩그러니 보여주는 그 허깨비 말이지?"

재희의 얼굴이 창백해졌다. 울티마는 지금까지의 데이터 문명을 집대성해놓은 결정체였다. 신세대가 울티마를 부정하는 것은, 자신의 존재 이유를 부정하는 것이나 마찬가지였다.

그것을 처음이자 마지막으로 마주한 순간을 재희는 지금도 생생하게 기억했다.

3세대 전용 교육기관에는 교육 목적으로 배포되는 시뮬레이션 프로그램이 있었다. 태양계 바깥에 목성의 궤도만큼이나 거대한 데이터 센터가 구축된 이후로 인류가 지금까지 축적한 모든 데이터들을 이관하는 대대적인 작업이 이루어졌다. 그 데이터를 활용해 미래를 예측하는 시뮬레이션 프로그램이 '디오스'였다.

데이터 처리에 능숙해진 상급생들은 졸업 직전의 마지막 일 년을 디오스와 연산 능력을 겨루며 보냈다. 어떻게든 디오스의 허점을 찾아내 보완하는 것. 그것이 신세대가 사회에 나가기 위해 충족해야 하는 졸업 요건 중 하나였다.

이미 지구 안팎에 설치된 슈퍼컴퓨터들이 연계를 통해 디오스의 연산을 끝없이 상호 보정했다. 용량은 우주 데이터 기지의 확장과 함께 나날이 증가하는 중이었다. 학생들은 디오스를 '우주 괴물'이라고 불렀다. 그리고 조금이라도 괴물을 이겨낼 재간이 떠오르면 정보학습실로 숨어들어가 자신의 가설을 확인했다.

갓 상급반으로 올라온 학생들에게 디오스를 소개하며, 교사들은 3세대 프로젝트가 디오스의 적극적인 승인 하에 이루어진 대표적인 정책 중 하나라고 자랑스럽게 설명했다.

디오스는 창조주의 조언자이면서, 경쟁자이고 친구인 셈이었다.

정보학습실의 매끈한 바닥에 기어 들어가 손깍지를 베고 누워 있는 것이, 졸업반 학생들 일과의 큰 부분을 차지했다. 거대한 지성에 연결될 자격을 얻는 것. 그것이 어른이 되는 과정이라고 그들은 이해했다.

교실 전체가 컴퓨터이기도 한 정보학습실의 벽과 바닥을 흔드는 진동에 피부를 대고, 학생들은 조용히 기계의 고동소리를 들었다. 그곳에서 앞으로 다가올 미래에 대해, 혼자서 간직하고 싶은 비밀들에 대해 생각했다.

가장 거대한 데이터 풀로 이어지는 프로그램에 접속하면서도, 그
것을 구동하는 컴퓨터에 엎드리는 감각을 지극히 개인적인 것으로
받아들일 수 있는 것은 신기한 일이었다. 아마도 그 공간이 학생들
에게 자신의 3세대라는 특이성을 어느 때보다 강력하게 자각하도
록 만들었기 때문이 아닐까.

학생들은 디오스로부터 자기 자신에 대해 무언가 중요한 진실을
캐낼 수도 있다고 믿었다. 사람이 자꾸만 거울을 들여다보고 싶어
하는 것처럼, 그들은 시간이 날 때마다 정보학습실의 문을 열고 들
어갔다. 녹아내리는 아이스크림처럼 모든 벽과 바닥이 매끈하게 이
어져 있는 그 공간에서 아무리 긴 시간을 보내도 지청구를 놓는 사
람은 없었다.

디오스의 마지막 접속은 '울티마'를 관람하는 것으로 끝이 났다.
학교를 떠나가면 정부 부처에 들어가지 않는 이상 디오스를 만지는
일도 없을 것이었다. 게다가 현행법상 '정치인'은 3세대에게 권장되
는 직업이 아니었다. 졸업은 사실상 디오스와의 이별을 의미했다.
우주 괴물은 그들을 떠날 것이다. 늙지 않는다고 학창시절이 영원
한 것은 아니었으므로.

졸업식 날, 그들은 울티마의 어마어마한 파일 속에서 끝끝내 살
아남아 먼 우주로까지 뻗어 나가는 인류의 미래를 확인했다. 그것
은 현존하는 모든 정보를 쏟아 부어서 디오스가 추출해내는 정교한
예언이었다. 170여 개의 은하와 300여 개의 행성으로까지 근거지를
확대해 나간 자신과 후대의 청사진들을 그들은 냉철한 눈초리로 관
찰했고, 또 그 풍경을 뒷받침하는 가정들의 타당성을 검토하며 고

개를 끄덕였다.

그들 자신이 디오스에 보충해 넣은 논리 조각이 그 풍경의 어딘가에 기여를 했다.

그것은 가슴 벅차는 경험이었다.

미래에 어떤 가능성이 존재하는지, 그리고 그 가능성을 위해 얼마나 많은 시간과 정성이 투자되어왔는지를 디오스는 처음이자 마지막으로 보여주었다.

그리고 3세대가 어떤 계획 속에서 탄생한 것인지도.

신세대는 그저 개개인으로서만 존재하는 것이 아니었다.

무수히 많은 사람들의 재능과 염원이 그들을 탄생시켰다. 그들에게는 앞으로 나아가야 할 확실한 방향이 있었고, 그것을 향해 눈을 부릅뜨고 살아가는 것이 주어진 사명이었다. 자신들이 결코 홀로가 아님을, 그 빛나는 풍경이 그들 각자가 태어난 이유임을, 학생들은 탁 트인 가상공간 속에서 두 눈과 손으로 똑똑히 확인했다. 마음이 모여 새 생명을 잉태하고 미래로 인도하는 전망을 앞에 두고 졸업가운을 입은 학생들은 눈물을 흘렸다.

그 풍경을 평생토록 간직할 수 있다는 것이 신세대의 특권이었다.

로슈는 무심하게 되풀이했다.

"그들의 세상에 네가 있을 곳은 없어. 왜인지 알아? 그것이 그들의 한계거든."

그녀는 경멸하는 눈초리로 회담이 진행되는 화면 속을 쳐다보았다.

"인간은 모순적인 동물이야. 후대가 자기보다 나았으면 하고 바라면서도, 정작 자신을 뛰어넘으려 들면 극도로 불안해하지. 저들이 천성적으로 이기적이라는 사실을 잊으면 안 돼."

로슈는 자신의 말을 곱씹듯 고개를 끄덕이더니 재희를 보았다.

"네가 본 미래의 풍경 속에, 지금의 세상은 얼마나 반영되어 있지? 3세대가 세상에 나와 활동을 시작한 이후의 데이터가, 시뮬레이션 안에 과연 포함되어 있었을까?"

재희는 그저 로슈의 얼굴을 쳐다보았다.

"그건 이전 세대가 계획한 미래야. 너희 자신이 바로 그 전망을 바꾸어 놓을 가장 큰 변수임에도 불구하고 실질적인 데이터는 아무것도 투입되지 않았어. 그게 무슨 뜻이라고 생각해?"

로슈는 의자에서 사뿐히 내려왔다.

"바로 그만큼 철저히 너희를 통제하겠다는 의지 표명인 거지. 계획에서 벗어나는 변수들은 모조리 개조하거나, 폐기해버리겠다는."

재희를 바라보는 로슈의 동공이 새카맣게 커졌다.

"그럴 수밖에. 그들은 자신들이 저지른 죄를 알아. 인간이 대대로 세습해온 억압과 파괴의 역사를, 굳이 직접 상기하지 않더라도 그들은 늘 의식하고 있는 거야. 그렇기 때문에 저들은 계속해서 자연을 업신여기고, 인공지능을 두려워하고, 무엇보다 후대를 통제하려 들지. 저들에게 자신 이외의 가능성을 상상하는 것은 불가능하거든."

"우리는 달라."

재희는 조용히 답했다.

"다르다고?"

"변화는 그렇게 쉽게 이루어지지 않아. 수백 년, 수천 년에 걸쳐서 조심스럽게 쌓아가야 하는 일이야. 그걸 하기 위해 우리가 태어난 거야."

"주인을 고분고분 따르는 개가, 어디 주인과 다른가?"

로슈는 비딱하게 받아쳤다.

"결국 그들의 계획대로 움직인다는 점에서 너희는 이전 세대와 다를 것이 없어."

"그들의 계획이 아니라, 디오스와 울티마의 계획인 거지. 이전 세대는 그것을 전부 이해하지도 못해."

"이해하지 못해도, 부릴 수는 있어."

로슈는 말했다.

"마치 그들이 너희를 이해하지는 못해도 철저히 통제는 하는 것처럼 말이야."

"폭력 혁명이라도 일으키자는 건가?"

재희는 조금 신경질적인 마음이 되었다.

그 정교하고 켜켜이 쌓인 논리와 계획들을, 로슈는 마치 휴지조각 대하듯 하고 있었다.

신인류 프로젝트는 간단한 문제가 아니다. 2세대가 제작해놓은 로드맵을 바탕으로 3세대들이 오랫동안 머리를 맞대어야만 문명의 부드러운 전이가 이루어질 것이다. 일을 서둘렀다가는 문명 전체가 붕궤할 수도 있음을, 그들은 숱한 시뮬레이션을 통해 확인해왔다.

"나는 인류가 달라질 수 있다고 믿어. 지금보다 덜 파괴적이고, 더 지속 가능한 문명을 언젠가는 구축해낼 거야."

"공감해. 인간은 달라질 필요가 있지."

로슈는 재빠르게 수긍했다. 예기치 못한 반응이었다.

"그 변화를 이끄는 것이 우리의 역할이고. 공감하는 바야, 박재희 씨. 신세대라면 누구나 그렇게 생각해야지."

로슈는 악수를 청하듯 손을 뻗치고 가뿐한 발걸음으로 다가왔다.

"그 변화의 시작점은, 우리가 될 거야."

"잠깐만."

재희는 뒤로 한 걸음 물러났다.

"난 당신들의 혁명론에 동의한 적은 없어."

"혁명보다는 진화라는 말이 어때?"

"혁명이든, 진화든, 발전이든. 나는 어리석은 피를 탕진할 생각은 없다고."

"피라고……."

로슈는 재미있다는 듯이 되뇌었다.

"지금도 이렇게나 많은 사람들이 삭제되어 나가고 있는데, 피를 흘리지 않겠다고?"

희미한 음악소리가 들렸다.

스크린에서 박민경이 퇴장하고 있었다. 대담자가 마무리 멘트를 했다.

로슈는 한 손을 가볍게 나부껴서 화면을 종료해버렸다. 그리고 재희의 얼굴을 진지하게 들여다보았다.

"다시 한 번 묻겠어, 박재희. 네가 말하는 공동체는 누구를 위한 거지?"

"그야……."

재희는 얼굴을 찌푸렸다가 말했다.

"미래의 인류 공동체를 말하는 거지."

"끝까지 살아남는 사람들은 도대체 얼마나 될까?"

로슈는 더러운 창문을 병풍처럼 등지고 섰다. 그녀는 조용히 말했다.

"우리는, 아무도 소외당하지 않는 세상을 원해."

갑작스런 선언이었다. 당혹스러움에 웃음이 먼저 치밀었다.

은성이 들으면 도대체 뭐라고 대꾸할까. '책임질 수 없는 말은 함부로 담는 게 아니야'라고 그녀는 단호하게 주장해왔다.

로슈는 무안해하는 기색이 없었다.

"아무도 고통 받지 않는 세상을 원해. 아무도 죽지도, 영영 헤어지지도 않는 세상을 원해. 그런 세상을 만들 수 있다고 생각해봐."

로슈는 그녀를 빤히 쳐다보았다. 스스로가 이미 깊은 생각에 사로잡힌 것처럼 보였다.

힘주어 치뜬 눈썹 위에 둥그런 살우물이 패였다.

"생각해봐, 재희야."

그녀는 속삭였다.

"무엇이 너를 이리로 불러왔는지 생각해봐."

그녀의 속삭임은 거의 노래에 가까웠다.

나긋한 말투.

소프트웨어.

순간적으로 오빠의 잔영이 겹쳐 보였다.

"너였어."

재희는 칼날 같은 섬뜩함을 느끼며 그녀를 노려보았다.

"그 소프트웨어는, 너였던 거야."

로슈는 가벼운 한숨과 함께 창밖을 보았다. 대꾸할만한 가치도 없다는 태도였다. 외부 촬영을 방지하기 위해 태닝된 창문으로 지

저분한 화단이 보였다.

널브러져 있는 가구들의 파편이 풀숲에 방치되어 있었다.

저 사람이 오빠를 폭행한 것이다. 그 깨달음이 다시금 시리게 뒤통수를 쳤다.

어떻게 이토록 아무렇지도 않게 대화를 나눌 수 있었을까.

재희는 낮은 소리로 물었다.

"원하는 게 뭐야? 오빠를 죽였던 것처럼, 똑같이 나를 죽일 거야? 동족의 임종 데이터를 모으는 악취미라도 가진 건가? 웃기지도 않아."

"결론이 고작 그건가?"

로슈는 흥얼거리듯이 되물었다.

"이러고도 네가 범재의 동생이라니. 솔직히 실망스러워."

로슈는 낡아 빠진 색색깔의 의자들을 쓰다듬으며 느린 걸음으로 걸어갔다.

검정색, 노란색, 초록색, 남색. 사용자가 직접 앉기 전까지는 쿠션을 최소 사이즈로 축소시키고 있어서 의자들은 마치 원통형 출입 차단기들의 나열처럼 보였다.

"하나만 알고 둘은 모르는구나. 데이터는 볼 줄 아는데, 그것을 만드는 손을 볼 줄 몰라. 범재가 왜 자기 몸을 연구소로 보냈는지, 생각해봤어?"

재희는 혼란스러운 눈빛으로 그녀를 보았다.

"네 어머니의 반응이 어땠지? 곧바로 너를 구속했지? 바로 몇 시간 전까지만 해도 감금되어 있었으면서, 아무런 생각도 들지 않았어?"

"어머니는……."

확실히, 이해할 수 없을 만큼 화살은 곧바로 재희에게 날아왔다.

오빠의 시체를 확인하자마자 어머니는 그녀를 닦아세웠다. 재희는 그것을 자신이 은성의 데이터를 빼돌리려던 그동안의 정황 때문으로만 생각했다.

"3세대가 자신의 몸을 손상시켜서 연구소로 보냈어. 게다가 그 몸을 다른 3세대에게 증여했고. 바로 연구소장이 지켜보는 면전에서 말이지. 박민경 씨는 이 일을 어떻게 받아들였을 것 같아?"

"어머니는…… 제정신이 아니셨던 거야. 그렇게 당황하시는 모습은 처음 봤어. 충격이 이만저만 아니었을 테니까."

"그것 봐."

로슈는 못마땅한 듯 바로 옆의 의자를 툭툭 쳤다.

"이 사태에 대한 자각이 아직 아무것도 없잖아. 지금의 너는 그들이 시키는 대로만 움직이는 똑똑한 가축과 다름없어. 연방정부가 관리해야 하는 몸이 멋대로 양도되고도 법적인 필터를 통과했는데, 이 일을 연방에서 어떻게 받아들일 것 같아?"

"그야 조사를 거치고 법률적 판단 알고리즘을 개선하면……."

"아니."

그녀가 단호하게 말을 끊었다.

"그들은 문제 해결보다도 먼저 책임자를 찾을 거야. 그게 인간의 정치라는 거야."

로슈는 거실을 어슬렁거리며 재희를 뚫어져라 쳐다보았다. 마치 맹수가 사냥감에게서 눈을 떼지 않는 것처럼.

"너는 필요한 경우를 대비해서 연구소가 잡아둔 제물인 거지. 일이 잘 풀리지 않을 때, 윗사람의 입을 틀어막기 위한 카드."

"날 가지고 뭘 어쩌려고?"

"개조하든, 폐기하든, 그들의 입맛에 맞게 사용하겠지. 너는 범재와 가까이 있으면서 손쉽게 통제할 수 있는 말이잖아?"

재희는 불쾌한 표정을 지었다.

"마치 이 모든 게 게임인 것처럼 말하는군."

"게임보다도 단순하지. 그 사람들의 머릿속은."

로슈는 미소 지었다.

"정부 부처 사람들은 겁이 많아. 자신에게 불똥이 튀는 것을 막기 위해 남의 집에 먼저 불을 지르고도 남을 사람들이지. 이성이 자신들을 구원했다고 앵무새처럼 으스대고 다니지만 천만의 말씀. 그들에게는 어떤 대의보다도 일신의 안전이 중요해. 인간은 늘 그런 방식으로 살아왔어."

재희는 불편하게 손가락을 꼼지락거렸다. 무어라고 대답을 해야 할지 알 수가 없었다.

"박민경 소장도 마찬가지야. 난처했겠지. 이 사건이 새어나가면 그녀는 과학자로서도, 정책가로서도 엄청난 타격을 입을 테니까. 그래서 곧바로 너를 몰아붙인 거야. 연방정부는 이 사태의 책임자로 제일 먼저 그녀를 지목할 테니까. 어떻게든 자신들은 발은 담그지 않으면서도 이번 사태를 해결하도록 지시하겠지. 그들이 추가 자료 제출을 요구하면 연구소는 서버를 넘길 수밖에 없어. 그들이 그것을 얼마나 잘 판독해내느냐에 따라 앞으로의 판도가 달라질 거야. 자신들이 매일 쓰는 컴퓨터가 어떻게 돌아가는지도 모르고 버튼을 눌러대는 양반들이니, 얼마간의 정보를 은폐하는 것은 연구소에게 일도 아니겠지. 하지만 그들이 결국 모든 사실을 알게 되면……."

로슈의 목소리가 가라앉았다.

"박민경은 자신이 살기 위해 너를 잡아둬야 한다는 걸 본능적으로 판단한 거야. 공동체주의자라느니 웃기지도 않은 헛소리를 늘어놓으면서 말이지. 그녀는 결국 현 정부를 택할 거야. 박민경은 그런 사람이야."

로슈는 그녀 바로 앞까지 다가와 비스듬한 시선을 내리꽂았다. 얼굴에는 냉소가 가득했다.

"범재가 보내려고 한 메시지가, 제대로 전달되지 않았던 모양이로구나. 아무래도 그가 너를 과대평가한 것 같아."

재희는 발끝을 내려 보았다. 그녀가 흘려놓는 말들의 진위를 어떻게 판단해야 할지 알 수 없었다. 어머니가 보인 눈물이 결코 거짓이라고 생각하지는 않았다. 그러나 그동안 취한 일련의 조치들 중에서 어디까지가 이성적인 판단이고, 어디서부터가 이기심이었는지 명료하게 구분할 수도 없었다.

재희는 물었다.

"그래서, 오빠가 어머니를 적대시하고 있다는 건가?"

"아니, 박민경에게도 나름의 기회를 준 것이었지. 그녀는 탈락한 거고."

로슈는 팔짱을 끼고 어슬렁거렸다.

"별로 놀랍지도 않아. 자식을 실적처럼 사랑하는 사람인 걸. 이번 기회에 그녀도 자기 가식을 똑똑히 깨달았겠지."

"나더러 어머니를 경멸하기라도 하라는 거야?"

로슈는 손가락을 치켜들고 흔들었다.

"박민경은 가식덩어리였고, 너는 무식함 그 자체였지. 너는 자신의 위치를 똑바로 마주할 필요가 있어. 네가 정말로 미래 인류이고 싶으면, 그들이 불어넣은 쓸모없는 사상들은 걷어내고 스스로 직시하라고. 자신이 어떤 사람인지."

동굴처럼 새카만 두 눈이 재희를 쳐다보았다.

"네 내면 깊숙이 꿈틀거리는 욕망을 잘 들여다봐. 그들은 결코 알려고 들지 않는 네 진짜 마음을. 규칙을 어기게 만들고, 처벌도 불사하도록 하는 힘이 어디서 나오는지 곰곰이 생각해보라고. 그것이 너를 계속해서 인간으로 만들어줄 테니까. 박재희 씨, 저들은 네가 자신들의 목적에 부합한지에 대해서밖에 관심이 없어. 조금의 탈선만으로도……"

그녀는 맨 마지막 줄의 의자 헤드를 톡톡 쳤다.

"너는 퇴출당할 거야. 공동체를 보호한다는 명목으로."

접촉을 감지한 의자에 램프 신호가 들어왔다. 접촉 불량을 알리는 붉은 램프였다.

"이 지독한 독재로부터, 범재는 우리 모두를 구해주려는 거야."

로슈는 거실의 끄트머리에 서 있던 갈고리를 돌아보았다.

"이리 와서 좀 거들어."

갈고리는 그녀 옆에 웅숭그리고 다가가 섰다.

"지금 보여주는 겁니까?"

"그래."

갈고리는 주머니에 손을 넣더니 무언가를 찾아 뒤적거렸다.

재희는 경계하며 그들 사이를 가로막은 잡동사니들을 눈으로 훑었다.

기계는 어떤 방식으로든 돌변할 수 있었다. 설정을 달리하기만

한다면, 어떤 방식으로라도.

갈고리는 로슈의 긴 머리채를 한 손에 받쳐 올리더니, 그녀의 목덜미 뒤에 다른 한 손을 들어올렸다. 그가 주머니에서 꺼내 쥔 것은 끝이 예리하게 벼려져 있는 나사못이었다.

재희는 놀라며 갈고리를 쳐다보았다.

"잠깐만!"

나사못의 촉끝이 망설임 없이 로슈의 목 뒷덜미를 가격했다. 아침마다 필요한 만큼의 버터를 잘라내듯 정확하고도 무심한 동작이었다.

재희는 솟구쳐 오를 핏줄기를 떠올리며 자신도 모르게 어깨에 힘을 주었다.

로슈는 시종일관 무표정하게 재희를 쳐다보고 있었다.

피는 흘러나오지 않았다.

신음 한 마디조차도.

갈고리가 여전히 긴 머리카락을 틀어쥔 채로 천천히 손바닥을 들어 올렸을 때, 그곳에서는 푸른 글씨가 반짝이고 있었다.

모델명: ROXANA108

등록일자: 2072. 8. 24.

등록인: 100423-3***

Programmed by Hollin ent.

갈고리는 투박한 손바닥을 펼쳐들고, 그곳에 영사되는 글씨가 잘 보이도록 각도를 조절했다.

램프의 푸른빛이 로슈의 목덜미에서 밝게 빛났다.

재희는 그 기이한 풍경을 마주하고 속삭였다.

"너는……."

로슈는 손을 들어 자신의 뒷덜미에서 비치는 램프를 키웠다.

갈고리는 그녀의 머리채를 잡은 채 뒤로 한 걸음 물러섰다.

그들이 서 있는 뒤편의 벽에 커다란 글씨가 나타났다.

제작자 신원란에 오빠의 코드가 또렷이 보였다.

로슈의 두 눈은 여전히 재희의 얼굴을 향했다.

"네 오빠가 나를 만든 것도, 비슷한 이유였겠지."

그녀는 말했다.

"아무도 죽지 않고, 죽임당하지도 않는 세상을 원했기 때문이야. 그것이 범재가 생각한 미래였어. 그는 결단을 내린 거야."

로슈는 갈고리로부터 자신의 머리카락을 받아들고 그것을 어깨 위로 천천히 흘려 내렸다.

벽 위의 푸른 글씨가 머리카락의 휘장 속에 가려지더니, 종료되었다.

로슈는 재희를 빤히 쳐다보았다.

동공이 눈동자와 구분되지 않을 만큼 확대된, 커다랗고 검은 눈이었다.

'너는 어떻게 할래?'라고, 그 눈은 묻고 있었다.

"너는…… 소프트웨어인가?"

재희는 자리에 털썩 주저앉으며 물었다.

그녀가 바닥에 내려앉기도 전에 바로 옆의 소파가 동작을 감지하고 다가왔다. 그것은 검정색 쿠션을 부채처럼 활짝 펼쳐들어 드러눕다시피 하는 그녀의 몸을 받쳤다. 잠시 균형을 잃는 통에 머리가 아찔했다.

"그렇다고도, 아니라고도 할 수 있지."

"너는 죽은 사람이고?"

"어려운 질문이야."

로슈는 매끈한 턱을 곰곰이 쓰다듬었다. 그녀의 설치류 같은 눈이 빛났다.

"시대착오적인 질문이기도 하지. 죽음이나 삶은 더 이상 적절한 물음이 아니니까."

그녀는 손가락으로 자신의 뺨을 톡톡 쳤다.

"하지만 나를 지금의 모습으로 만든 것은 박범재가 맞아."

"오빠가 왜 그런 짓을……."

재희는 탄식처럼 중얼거렸다. 그리고 로슈가 부드러운 동작으로 머리칼을 쓸어 넘기는 모습을 망연히 지켜보았다.

"너, 오빠와 무슨 관계인 거야?"

"범재와는 좋은 친구 사이야. 우린 오랜 기간 동안 알고 지냈어."

"오랜 기간? 네 등록 시기는 고작 올 해 8월……."

"등록일과 제작일은 전혀 다른 문제니까."

그녀는 딱 잘라 말했다.

"애초에 정보량과 시간이 비례하는 것도 아니고."

재희는 생각했다. 만약 그녀의 말이 사실이라면 오빠는 오랫동안 알고 지낸 누군가를 로봇으로 재탄생시킨 것이었다. 그래서 자신이 제작되기 이전의 기억들도 고스란히 가지고 있는 모양이었다. 혹은 '기억'이라고 믿도록 되어 있는 것들을.

사실이 어쨌든, 그녀는 자신이 박범재의 친구라고 확신했다.

"범재와 나, 우린 서로에 대해 충분히 잘 알아. 그리고 보다시피 그는 이 일을 나에게 맡길 만큼은 나를 신뢰하고 있고."

"이 일?"

"너를 안내하는 일."

로슈는 당연하다는 듯이 말한 다음에 덧붙였다.

"그리고 네 안전을 책임지는 일."

재희는 조금은 시니컬한 기분으로 그녀를 쳐다보았다. 그리고 물었다.

"네가 정말로 로봇이라면, 네 주인은 누구인 거지?"

로슈는 자신의 곁에서 공손하게 손을 모으고 있는 갈고리를 눈짓으로 가리켰다.

"저 사람이……?"

"그는 친절하게도 명의를 빌려주었을 뿐이야. 우리는 대부분의 경우 따로 움직여."

"그가 너를 소유하고 있는 데도?"

"어디까지나 형식적인 거지."

조금은 이해가 되었다. 누군가의 명의로 등록된 로봇이라면 큰 의심을 사지 않고도 바깥을 돌아다닐 수 있으리라. 별다른 문제를 일으키지 않는 이상 말이다.

오빠가 머리를 쓴 것이었다.

"이곳에는 명의를 빌려줄 만한 사람이 얼마든지 있어. 물론 너를 위한 것도 하나 준비되어 있고."

"그것도 오빠가 시킨 일이야?"

"물론."

로슈는 눈을 찡긋해보였다.

"걱정 마. 네가 명의를 빌려준 자와 실제로 엮일 일은 없을 테니까."

재희는 착잡한 마음이 되었다. 오빠는, 그녀가 생각한 것보다도 훨씬 데이터를 멋대로 사용하고 있었던 모양이었다.

이 정도의 데이터 남용은 발각되는 즉시 기업에게 영구 중지 처분이 내려질 것이다. 그 외에도 박범재 개인에게 적용될 위법 사항들이 한둘이 아니었다.

신세대 중에서 가장 모범적인 성공 케이스로 통하는 사람이, 사실은 터무니없는 범법자였다.

엄마나 다른 과학자들이 안다면 기겁을 할 노릇이었다.

"범재와 만나볼 마음이 생겼어?"

로슈는 물었다.

"오빠가 살아있다면, 왜 나를 직접 만나러 오지 않는 거지?"

"안전을 위해서야."

이렇게 말하더니 그녀는 목소리를 낮추었다.

"범재는 아직 직접 움직일 생각이 없어."

"오빠가 있는 곳을 알아?"

"아는 사람은 나밖에 없어."

그녀는 말하면서 자랑스럽게 턱을 치켰다.

저 소프트웨어를 해킹하면 되는 것일까.

자신도 모르게 그런 생각이 치밀었지만, 곧 단념했다. 재희는 지금 해킹은커녕 네트워크에도 접속할 수 없는 상태였다.

잠시 동안의 침묵 끝에, 재희는 말했다.

"나를 그곳에 데려다 줘."

로슈는 가볍게 고개를 끄덕였다.

갈고리는 즉시 왼편의 문을 향해 걸어갔다. 그는 다시 주머니를 뒤적거리더니 열쇠를 찾아냈다.

철커덕 열리는 문 뒤편으로 그는 사라졌다.

지금부터 누군가의 명의를 도용하게 될 것이다.

그것이 크게 마음에 걸리지는 않았다. 어차피 은성을 복구하기 위해서 언젠가는 부탁하려던 일이었다. 그동안 신세대로서의 책무에 충실하게 살아왔다고 자부했지만, 자신의 준법정신이 빼어나게 투철하다고 생각해본 적은 없었다. 대부분의 3세대들이 그렇게 생각할 것이다.

자신이 완전히 간파하고 있는 무언가를 동시에 존경하는 것은 쉽지 않았다.

세상은 낡은 곳이었다.

세상을 지탱하는 법 또한, 그녀가 보기에는 비가 줄줄 새는 지붕처럼 엉성하기 그지없었다.

중요한 것은 원칙이다. 인류의 생존 가능성을 높이면서도 사회의 기반을 지나치게 흔들지 말 것.

원칙을 어기지 않는다면, 형식을 우회하는 것은 얼마든지 가능하다고 여겼다. 어차피 미래에는 3세대들이 법을 뜯어고치게 될 것이다.

오빠에게도 나름대로의 정의가 있었을 것이다.

재희는 팔짱을 끼고 새초롬하게 앉아 있는 저 여인의 어깨를 흘깃 넘겨보았다. 어린 시절, 오빠가 좋아해 마지않았던 창작 과목의 수업들을 떠올리지 않을 수 없었다.

창의성이 미래 인류의 가장 중요한 자질들 중 하나로 천명된 만큼, 학교에서는 창의성을 장려하는 수업들을 필수과목으로 운영했다. 그런 수업에서 미리 따놓기라도 한 것처럼 범재는 수석을 꿰차고 다녔다.

그가 제출하는 과제들은 자주 교내의 디스플레이 홀에 전시되었다. 하급생들은 경탄 어린 태도로 그의 작품들을 교내 데이터베이스에서 대출해갔다. 교실까지 찾아와 사인을 받아가는 학생들도 있었다. 박민경이 손수 제작한 첫 번째 신인류라는 명성에 걸맞게, 그는 알음알음 소문이 퍼져 있는 유명인이었다.

그런 오빠가 졸업 과제로 내놓은 작품이 '크류'였다.

두 학기 전 '미래 동물 설계'라는 과목에서 제출한 기말과제를 더욱 정교하게 다듬은 것이었는데, 재희는 지금도 오빠가 제출한 그 파일에 담긴 동물들의 형상을 또렷이 기억했다.

기억하지 않을 수 없었다. 파일 속에는 그녀가 타블렛 펜슬로 쉬는 시간마다 끄적거리곤 하던 동물들의 모습이 뼈대와 혈관, 신경 조직과 소화기관까지 전부 위풍당당하게 갖춘 채로 시뮬레이트 되어 있었기 때문이다. 재희는 그것들을 한눈에 알아보고 심장이 철렁 내려앉았다.

크류는 그녀와 오빠가 농담처럼 나눈 이야기에서 출발했다.

3세대 교육기관에서는 대부분의 과목이 '다운로드'와 '토의'의 두 단계로 이루어졌다. 필요한 데이터를 직접 머릿속에 다운로드 한 뒤에 그것을 활용하는 훈련을 하는 것이었다. 재희가 생물학과 천문학 과목의 다운로드를 마치고 정보학습실에서 나왔을 때, 우연히 오빠와 마주친 적이 있었다. 그녀는 가볍게 말을 던졌다.

"아무리 생각해도, 우주에서 살아남기에는 외골격근이 나을 것 같아."

범재는 가벼운 운동복 차림으로 정보학습실의 건물 앞을 지나가다가 어리둥절한 표정을 지었다.

"뭐라고?"

"피부가 아니라, 외골격근이 있는 편이 편할 것 같다고. 딱정벌레나 가재처럼."

그녀가 열여섯, 오빠가 열여덟이던 때였다. 그 길로 두 사람은 정보학습실에서 기숙사로까지 이어지는 언덕을 올라가며 시시콜콜한 이야기를 나누었다. 그때 나눈 대화의 절반은 농담에 가까운 것들이었다. 초겨울의 제법 쌀쌀한 바람 속에 맨팔과 다리를 휘저으며, 그들은 인체를 처음부터 다시 만들 수 있다면 어떤 선택을 할 것인지에 대해 떠들어댔다.

"인류의 가장 큰 실수 중 하나가 털을 없앤 거야. 두꺼운 지방층도 비늘도 없으면서 이렇게 무방비하게 맨살을 드러내다니! 인간이 옷을 만들고, 집을 짓고, 냉난방을 하느라 탕진한 자원을 생각해봐!"

"우주 진출을 어렵게 하는 제일 큰 요인 중 하나도 약한 피부야. 인간이 태양풍과 압력 변화를 견디는 몸이었다면, 우주과학이 이렇게 복잡하지 않았을 거야. 인류가 굳이 계속 피부를 고집할 이유가 있을까?"

"없지. 기능적인 측면에서는."

"피부는 순수하게 사회적인 도구니까, 그치?"

재희는 가볍게 어깨를 으쓱했다.

"몸이 튼튼했으면 성격도 무던해졌을걸? 범죄라든가, 전쟁 자체가 지금보다 훨씬 덜 일어났을 수도 있어."

"몸이 튼튼했으면?"

"지금처럼 상처 입히기 쉬운 몸이 아니었다면, 인간이 서로를 대하는 태도도 기본적으로 달랐을 거야."

"그러게…… 상처 입히기 쉬우니까 서로에게 더 공격적으로 변한 것일 수도 있겠다."

"지금까지는 최악의 상황들만 가정하면서 소모적인 방어에 전념하고 있잖아."

"그러다가 행성 하나를 거덜냈지."

"인간이 자신을 조금만 더 강한 존재로 여겼더라도."

"전 인류에 등껍질 보급이 시급하다!"

그들은 되는 대로 지껄이면서 쿡쿡, 웃었다. 겨울바람이 상쾌했다. 재희는 가벼운 카디건을 걸쳤고, 범재는 위아래로 하늘거리는 운동복 차림이었다.

교정을 거니는 학생들 대부분이 재생천 바지 위에 티셔츠 한 장이 전부였다. 간혹 스카프나 난방을 걸친 이들도 있었지만 보온이 목적이라기보다도 겉모습에 신경을 쓰기 위해서였다. 3세대는 행성을 옮겨가지 않는 이상 어지간해서 추위나 더위를 타지 않았다.

길을 엇갈려가는 몇몇 학생들이 인사를 건넸다.

"안녕, 이따가 봐!"

대개가 범재의 친구들이었다. 굳이 만날 약속이 없는데도 곧 보자는 식으로 인사를 건네는 것은 워낙 학교가 제한된 공간이어서 하루에 몇 번이라도 다시 마주칠 확률이 높기 때문이었다.

두 사람은 기숙사 건물 앞의 갈림길에 섰다.

"나는 기숙사 갈 건데, 오빠는?"

"작업실에 들렀다가 갈게."

"과제 때문에?"

"아니, 그냥……."

재희는 고개를 끄덕였다. 또 무언가를 만드는가 보다 했다. 수업 시간을 제외하면, 범재는 대부분의 시간을 작업실에 틀어박혀서 보냈다. 학년이 올라갈수록 점점 그렇게 변했다.

"또 봐."

그들은 가벼운 인사를 건넸다. 아마도 저녁식사 시간에 식당에서 다시 서로를 발견할 것이었다.

그날 처음으로, 재희는 머리가 둥글고 이족보행을 하는 갑각류의 모습을 펜슬로 그려보았다.

부드러운 피부가 아니라 껍질로 이루어진 인간. 포옹을 하면 매끄러운 마찰음과 함께 서로의 강인함이 고스란히 전해지는 인간에 대한 상상은 그날 이후로 재희의 머릿속을 쉽게 떠나지 않았다.

피부를 갑옷으로 바꾸는 것만으로 문명은 전혀 다른 모습을 할 것이다. 역사상 가장 공격적이고 무자비한 종족으로 알려져 있는 호모 사피엔스가, 영장류가 아니라 갑각류였다면 어땠을까. 그들은 세상과 자신에 대해 조금 더 너그러웠을까?

다른 종족으로 살아가는 상상은 매력적이었다. 수업을 들으러 가는 복도에서, 시끄러운 교실에서, 잠들기 직전 기숙사의 침대에서, 재희는 만약 자신의 몸통이 저 바닥이나 벽보다도 단단했더라면 어땠을지 상상해보았다. 인간이 자연에 대해 느끼는 공포감도, 다른 인간에 대해 품는 불신도, 지금보다는 덜했을지도 모른다. 지금보다는 모든 행동거지가 더 조심스러워질 것 같았다. 자신이 몸담고 살아가는 세상을 상처 입히지 않기 위해, 문명이 더 부드러워졌을지도 모르는 일이다.

강인하고, 온화하며, 효율적인 신인류. 멋진 껍질을 두른 발달된 신체의 미래 인간. 아무에게나 스스럼없이 털어놓기에 조금 부끄러운 상상이기는 했다. 각도에 따라서는 반인류적인 기획으로 보이기도 했다.

그녀는 펜슬로 끄적이다가 반쯤만 백업하고, 반쯤은 그냥 날려

보내는 숱한 스케치와 메모들을 누구에게도 보여주지 않기로 결심했다. 그것은 재희에게 무척 개인적인 프로젝트였다.

그런데 오빠가 졸업 과제로 저 단단한 광택과 절지류의 우아한 손발을 가진 크류를 들고 나온 것이다.

재희는 명치를 세게 한 방 얻어맞은 것 같았다.

자신이 남몰래 열중하고 있던 무언가를, 누군가가 이미 완벽한 형태로 다듬어서 들고 나왔을 때는 만감이 교차하게 된다.

그 아이디어가 오로지 자신의 것이라고만 생각하지는 않았다. 종족 간의 이합을 통한 생체 조작은 이미 생물학에서 적극적인 연구가 이루어졌고, 인류의 우주 진출을 위한 신체강화설도 우주항공 분야에서는 역사가 깊었다. 그러나 '갑각류'의 영문 표기인 'crustacean'의 앞 세 글자를 따온 것으로 추정되는 '크류'라는 이름과, 그들의 신체에서 기인하는 독특한 성품이 사회에 미칠 영향을 수정처럼 말끔하고 정돈된 언어로 실명해놓은 문장들을 보고 있으면 마치 자신의 은밀한 취미생활이 종결되어버리는 듯한 좌절감이 밀려왔다.

오빠에게 선수를 당했다는 분함도 없지는 않았다. 그러나 무엇보다도, 재희는 '크류'들을 마주하며 박범재라는 인간과 자신의 몸속에 동일하게 들어차 있는 어떤 본질을 뼈저리게 느꼈다. 그들 남매는 본능적으로 비슷한 것에 끌렸다. 지금껏 취향이 겹치는 일은 많았지만, 그 유사성이 이토록 적나라하게 불거진 적은 없었다. 마치 약속이라도 한 듯이, 남매는 지난 1년 동안 같은 프로젝트에 매달렸던 것이다.

그것은 이상한 경험이었다. 두 사람이 사실은 똑같은 하나의 모형에서 출발해, 서로 다른 이목구비와 성별만을 덧바른 것이 아닌가 하는 의심이 들 정도였다.

그 상상이 그녀의 가슴을 섬뜩하게 쓸어내렸다.

2년 전 그들이 겨울바람을 맞으며 신랄하게 펼쳐놓던 인간론이 지금도 기억 속에 선명했다. 크류가 출발한 곳은 기존 인간에 대한 일종의 유치한 득의감, 그리고 경멸이었다. 재희는 그 사실을 마치 작품의 치부인 듯 집요하게 떠올렸다.

그럼에도 입에서 흘러나오는 경탄만큼은 어쩔 수 없었다. 변형종족에 대한 상세한 디자인과, 그들의 문화 차이는 물론 각 종족 사이의 생태계 모델까지도 완벽하게 재현해내는 오빠의 작품은, 한 마디로 완벽했다.

오빠였기에 해낼 수 있는 일이었다.

어린 시절부터 범재는 무언가를 만드는 일에 있어서 탁월한 재능을 발휘했다. 단순히 그림을 잘 그리고 이야기를 잘 꾸며내는 정도가 아니었다. 새로운 것, 아름답고 진기한 것에 대해서 그는 남다른 감수성을 보였다. 한 번 관심을 끈 주제는 끝까지 물고 늘어지는 근성도 있었다.

저 여자도 마찬가지다.

로슈의 정체를 마주하면서, 재희는 뭐라고 형용할 수 없는 전율과 불쾌감을 동시에 느꼈다. 그녀는 자신의 머릿속에 여전히 미완성의 상태로 들어 있는 은성의 소프트웨어를 떠올리지 않을 수 없었다.

이번에도 그들은 각자의 자리에서 비슷한 일을 꾸미고 있었던 것이다. 게다가 어김없이 오빠가 선수를 쳤다. 그녀에게 일언반구의 말도 꺼내지 않은 채로.

　모계의 유전자를 공유했으니 남매가 비슷한 건 당연한 일인지도 모른다. 그러나 재희와 범재는 자연생식으로 태어난 사람이 아니었다. 과학자들은 원한다면 얼마든지 그들을 지금과 다른 모습으로 만들어놓을 수도 있었다.

　오빠를 직접 본 지도 벌써 반년이 가까워지고 있었다.

　갈고리는 아직 포장을 뜯지 않은 VR 키트와 컴퓨터 본체를 하나 들고 나타났다.

　헬멧처럼 둥그런 기기를 드높이 치켜들고 서 있는 모델이 전면에서 반짝였다.

　흰 포장 위에 이미지를 투영하는 친환경 루미프린팅이었다.

　컴퓨터를 가동하자 가상 스크린이 펼쳐졌다.

　"홀린으로 이동할 거야. 이제부터 너에게 계정을 부여할 거고."

　로슈는 바로 옆 소파에 털썩 주저앉으며 말했다.

　"포트를 열면 곧바로 접속해."

　그녀는 두 다리를 편하게 펼쳐들었다. 다리받이가 자석처럼 종아리에 달라붙었다.

　"당장 필요한 일들을 처리하는 데 부족함은 없을 거야. 주인이 특별 허가를 받고 상시 접속해있기 때문에 네트워크 출입도 자유로울 거고. 그에게 출입 허가를 신청하기만 하면 홀린도 무제한으로 이용할 수 있어. 당장으로는 이만한 조건이 없지."

　"주인이라고?"

　"그래, 네 주인."

재희는 이마를 찌푸렸다.

"네가 준다는 계정, 누구의 명의인 건데?"

로슈는 어깨를 으쓱했다.

"그것까지 네가 알 필요는 없어."

"인간의 계정이 아닌 거지?"

북동에서도 그랬다. 일시적이었지만 그녀에게 부여된 계정은 로봇의 것이었다.

"왜 굳이 번거로운 짓을……."

"안전장치인 거야, 박재희 씨. 필요한 경우에는 계정을 파기하기도 쉽고."

"너희가 감시하기도 편하다 이거로군. 로봇의 운신 폭은 제한되어 있으니까."

재희는 문장을 대신 끝냈다. 로슈는 빙긋 웃어 보였다.

"나와 갈고리의 관계와도 비슷한 거야. 경험해보면 그리 나쁘지 않아."

"교감용 로봇으로 등록된 건가?"

"인간과 동반해서 홀린에 접속할 수 있는 건 교감형 로봇밖에 없어."

일상에서 정서적 교감을 하는 로봇을 가상현실로도 함께 데리고 가고 싶다는 요구가 꾸준히 이어져왔다. 교감형 로봇뿐만이 아니었다. 자신이 키우는 개나 고양이와 함께 가상세계를 거닐고 싶다는 희망이 계속해서 유저들 사이에서 제기되었다.

개나 고양이보다는 로봇을 동반하도록 하는 편이 기술적으로 수월한 것은 당연했다. 동물의 가상현실 트랜스포팅 실험에 동물학대의 혐의가 수차례 제기되면서 실험들은 대부분 흐지부지 중단된 상태였다. 그에 비해 로봇은 소프트웨어를 업데이트하기만 하면 되었다.

로봇 명의의 계정이라니.

1세대의 계정을 빼돌리는 것은 생각해보았어도 로봇으로 위장하는 것은 생각해본 적이 없었다. 로봇의 명의는 실생활에서 그다지 쓸모가 없었다. 결정적으로 그것은 연구소의 데이터베이스로 접근이 불가능했다.

"교감형 로봇은, 네트워크상에서 항상 주인을 동반해야 하잖아?"

"보통의 네트워크라면 그렇겠지. 홀린은 달라."

맞는 말이기는 했다. 홀린은 인간과 비인간의 활동 범위를 똑같이 설정해놓은 몇 안 되는 공간이었다. 범재가 제시하는 대외적인 이유는 반려동물 및 반려로봇의 적극적인 수용을 미래 경쟁력으로 삼는다는 것이었으나, 지금 눈앞에 로슈를 두고서 재희는 그 방침의 진의를 다시 생각해볼 수밖에 없었다.

"설마 내가 홀린에서만 움직이리라고 생각한 것은 아니겠지?"

그녀는 다소 불편하게 물으며 눈을 가늘게 떴다.

"다른 곳에 접속할 수 없으면 의미가 없어. 내가 원하는 것은 인간의 계정이야."

"알고 있어."

로슈는 가상화면에 시선을 고정하고 있었다.

"때가 되면 제공해줄 거야. 범재가 허락하면 말이지."

아쉬우면 고분고분하게 굴라는 뜻이겠지. 재희는 씁쓸하게 생각했다.

이 역시 오빠다운 정교함이었다. 상대방이 지나치게 불합리하다고는 느끼지 않을 정도로, 그러나 동시에 상대가 자신의 손아귀를 벗어나지 않도록 그는 용의주도한 통제를 했다.

여기까지 오는 모든 과정이, 오빠가 만들어놓은 섬세한 미로였다. 상대방의 욕구를 꿰뚫어보고 나서, 미로는 그것을 빌미로 계속해서 다음 단계를 유도했다. 알면서도 계속 따라가는 수밖에 도리가 없었다.

재희는 은성을 복구해야만 했다. 그것을 위해서는 오빠를 만나야 했다. 그녀가 지속적으로 연구소의 데이터베이스로부터 무언가를 빼돌려왔던 정황을 오빠는 이미 파악하고 있었다.

게다가 저들은 범재의 죽음을 둘러싼 단서들을 계속해서 조금씩 그녀 앞에서 흔들었다. 어느 쪽으로든 범재가 관련되어 있는 한, 그들의 제안을 거절할 수 없을 것이다.

재희가 원하는 것이 무엇인지 저들은 너무나 정확하게 알았다.

욕망은 대개 그 사람을 다루기 위한 재갈이 되었다.

그리고 재갈을 쥔 쪽은 마찬가지로, 지켜야만 하는 것이 있는 사람들이었다.

"됐다!"

로슈가 만족스러운 소리를 냈다.

"접속해봐."

"내가 접속해도 괜찮은 거야?"

"이걸 쓰면 돼."

로슈는 여전히 앉은 채로 손을 뻗어 바닥에 놓인 VR 세트를 집어 들더니 패스하듯 가볍게 던졌다. 재희는 얼른 손을 뻗어 받아들었다. 머리통만 한 사이즈의 묵직한 상자였다.

"착용해."

상자를 열어 들고 재희는 인상을 찌푸렸다. 설마 했더니 정말로 헬멧이었다.

"이걸?"

"당연하지. 생체 접속할 생각이었어?"

"1세대도 감각보조제를 투입하는 마당에……."

"안 돼."

재희의 믿을 수 없다는 눈초리에 로슈는 단호하게 대답했다.

"해상도는 최상급이야. 그걸로 만족해."

재희는 고글에 박혀 있는 투박한 센서를 못마땅하게 쳐다보았다. 어차피 생체 정보를 변환할 것이라면 아예 생체 접촉까지 차단하는 것은 이해할 수 없었다.

모든 감각 파일이 직접 경험을 원칙으로 제작되는 시대였다. 2세 대들은 두뇌에 증강감각 칩을 시술했고, 1세대 중에서도 인공 망막 과 고막을 아예 얼굴에 삽입해버리는 경우도 있었다.

3세대는 타고나는 몸이 곧바로 하드웨어였다. 그녀는 네트워크에 접속하는 데 있어 평생 동안 전자기기에 의존해본 적이 없었다. 가 상현실에 접속하는 것이라면 더더욱.

은성의 표현을 빌리자면 그녀는 데이터를 껴안고, 그것에 키스하 는 사람이었다.

저 고철은 그녀를 참을 수 없는 방식으로 제한할 것이다. 멀쩡히 걸을 수도 있는 사람에게 잠수복을 입혀놓는 것이나 마찬가지였다.

"차라리 컨택트 렌즈나 오큘러스 전극을 줘. 헬멧을 씌워놓고 나를 원시인 취급하며 비웃을 작정인 건지⋯⋯."

"다 네 안전을 위해서야."

"계정이 준비되어 있다며?"

"그래, 바로 그 헬멧 안에 들어 있지."

로슈는 손짓 한 번으로 VR 네트워크를 활성화했다. 헬멧의 내부 스크린에서 다이오드가 반짝이기 시작했다.

재희는 쓸쓸하게 거실을 둘러보았다. 갈고리는 이미 저 끝의 소 파에 자리 잡고 드러누워 있었다. 신경전달물질을 통제하는 나노봇 을 투입한 몸에는 핀셋처럼 가벼운 트랜스포터가 관자놀이에 한 가 닥 꽂혀 있을 뿐이었다. 작동 중이라는 푸른 램프가 이마 측면에서 반짝였다.

그가 몸을 뒤척일 때마다 쿠션이 해먹처럼 흔들렸다. 어떤 몸부림 을 치더라도 소파가 균형을 유지해줄 것이다.

"저편에서 보자고."

로슈는 마찬가지로 편한 자세로 누웠다. 얼굴에는 아무것도 걸치 고 있지 않았다. 물론 그녀가 안드로이드라면 따로 보조기기를 착 용할 필요가 없으리라. 그녀의 몸이 바로 기기였으니, 소프트웨어를 직접 네트워크로 전송하기만 하면 되었다.

모든 로봇은 데이터 세계의 원주민들이었다.

부러운 마음이 밀려오는 것은 어쩔 수 없었다. 고향이나 진배없 는 데이터 세계에 접속하는 방법을, 재희는 처음부터 전부 다시 익 혀야 할 것이다.

작은 신음과 함께 그녀는 헬멧을 머리 위로 끌어당겼다.

디스플레이가 실행되고, 석양이 찬란하게 빛나는 해안 절벽이 펼쳐졌다.

메시지가 나타났다.

"초대를 수락하시겠습니까?"

그녀는 고개를 끄덕였다.

하늘이 녹아내리며 새로운 터널이 열렸다.

절벽 앞의 허공에 내딛을 수 있는 길이 생겼다.

암흑이 온몸을 끌어당기는 듯한 중력감에 가슴이 울렁거렸다. 그녀가 누워 있는 소파가 디스플레이에 상응하며 부드럽게 흔들렸다. 재희는 유영하듯이 발을 내저으며 걸음을 옮겼다. 빛의 파편들이 그녀를 스쳐 지나갔다.

절벽의 끄트머리에서 마지막 한 걸음을 내딛으며, 그녀는 발밑이 아찔하게 꺼지기를 기다렸다.

풍광이 흔들렸다.

낙하는 홀린으로 걸어 들어가는 고전적인 관문이었다.

일각에서는 그것이 자살을 연상시킨다는 반발도 있었지만, 홀린 본사는 그것이 추락이 아닌 비상이라는 설명을 내놓았다.

모든 진입은 관점에 따라서 낙하이기도 하고, 비상이기도 했다.

'Now Transporting……'

풀려 나가는 리본처럼 메시지가 너울거리고, 새로운 풍경이 나타났다.

로슈가 말한 '저편'이었다.

＊＊＊

갈고리는 젊은 청년의 모습을 했다. 그리고 로슈는, 중년에서 장년의 문턱으로 넘어가는 여인의 모습을 했다. 마치 현실에서의 나이를 가상에서 서로 맞바꾸기라도 한 것 같았다.

그들은 재희를 발견하자 곧바로 다가왔다.

재희 자신이 어떤 모습을 하고 있는지는 알 수 없었다. 그러나 그녀를 둘러싼 풍광은 익숙했다. 방금 전에 그녀가 뛰어내린 절벽이 저 멀리 까마득한 곳에서 아른거렸다. 그들이 서 있는 곳은 부드러운 거품이 몰려오는 해변이었다.

디스플레이가 두꺼운 책에서 넘어가는 낱장들처럼 공간을 가득 메우고 있었다. 차원을 무시하고 뻗어나가는 각 축에는 오빠가 좋아하던 게임의 캐릭터, 이야기의 구절, 몇 번이나 다시 찾아가곤 했던 여행지의 풍광과 언어, 음악, 음식, 기억에 남겨두고 싶은 날씨와 하늘의 모양이 자리를 차지했다.

정갈한 행렬을 채워가며 그것들이 가상공간을 구름처럼 떠다녔다. 오빠를 구성하는 것들이, 공간과 용량의 제한에서 벗어나 멋대로 뻗쳐 있었다.

풍경이면서, 동시에 그곳은 한 사람 내면의 뷰파인더였다.

그 한가운데 닫혀있는 방이 있었다.

"저 안으로 들어가야 하는 거지?"

재희의 물음에 장년의 로슈는 고개를 저었다.

"우린 이미 들어와 있어."

그녀는 발걸음을 떼면서 말했다.

"여긴 3차원 공간이 아니야. 공간은 계속해서 변해. 어딜 가려든 공간의 주인인 범재의 허락을 받는 수밖에 없어."

"지금 우리를 부르고 계세요."

갈고리가 옆에서 나직이 속삭였다. 그의 목소리가 고운 미성이어서 재희는 흠칫 놀랐다. 이곳에서 그는 아직 변성기를 맞이하지 않은 소년인 것일까.

육안상으로는 십대 후반이었지만 키는 재희와 맞먹을 만큼 멀쑥했다. 파도를 구경하는 그의 옆얼굴에서, 조금 전까지 소파에 누워 있던 장년의 언뜻 비치던 턱선이 도드라졌다. 아마도 저것은 갈고리의 젊은 시절일 것이다.

"여기예요."

갈고리는 자리에 우뚝 멈춰서더니 재희와 로슈를 차례로 쳐다보았다. 그리고 손을 들어 불시에 그들을 강하게 밀쳐냈다. 예고 없이 일어난 일이있다.

그녀가 밟고 있단 바닥, 머리 위의 풍광이 울컥 넘어지며 하나로 합쳐졌다.

재희는 균형을 잃고 비틀거렸다. 그녀의 몸을 받친 소파가 흔들리는 게 느껴졌다. 비누거품처럼 영롱한 파도가 그들을 덮쳐왔다.

재희는 눈을 질끈 감았다가, 서둘러서 다시 떴다.

눈을 감으면 그녀에게 남겨지는 것은 헬멧 속의 암흑뿐이었다. 그것은 가상세계와 그녀 사이를 가로막고, 불쾌한 추방의 감각을 일깨웠다.

'구닥다리 헬멧 따위……'

재희는 중얼거리면서도 양손으로 헬멧을 더욱 깊게 눌러썼다. 주변 풍경이 달라져 있었다.

이미 방 안이었다.

로슈의 말에 따르면 아까부터 이미 들어와 있었다.

주변에는 아까 전과 마찬가지로 차원의 축에 걸린 데이터들이 춤을 추었다. 눈에 보이는 풍경이 방으로 바뀌었을 뿐이다.

초록색 벨벳을 씌운 체스터필드 의자에 앉아 있는 사람이 있었다.

얼굴을 환하게 밝히며, 범재가 자리에서 일어났다.

"재희야!"

한눈에 그를 알아볼 수 있었다.

아파트에서 본 것에 비해 서른 살은 더 나이가 들어 보이는 로슈를 곁눈질하며, 재희는 자신도 모르게 안도의 한숨을 쉬었다.

"고생 많았어."

로슈가 그를 향해 가볍게 고개를 끄덕였다. 두 사람의 시선이 만났다. 이미 많은 이야기들이 오갔다는 사실이 간결한 몸짓을 통해서 드러났다.

"믿고 있었어. 네가 오리라고 말이야."

범재는 기쁜 듯이 말했다.

로슈는 당연하다는 듯이 몸을 돌려 바깥을 향했다.

"출구를 열어줘."

"그래."

오빠는 손을 들었다.

마치 화면의 채널을 돌리듯, 로슈의 뒷모습이 깨끗하게 사라졌다. 그녀가 갈고리가 서 있는 연안으로 걸어가는 모습이 다른 낱장에서 어렴풋이 비쳤다.

재희는 그 모습을 잠시 넋을 놓고 쳐다보다가 고개를 돌렸다.

오빠가, 그녀를 바라보고 웃었다.

"오랜만이야."

재희는 입을 열었다가 그대로 닫았다. 얼른 대답이 튀어나오지 않았다.

"그동안 걱정 많이 했지. 미안해."

그녀는 범재를 눈으로 찬찬히 살폈다. 아바타이긴 했지만 잘 만들어진 이미지였다. 웃을 때마다 뺨에 둥글게 패이는 볼우물이며, 눈꼬리의 들썩임이 생생했다. 신체의 세세한 특징들이 입체영상에 강박적으로 재현되어 있었다. 아바타라고 부르기에는 지나치게 정교할 지경이었다.

그녀는 일부러 딱딱한 목소리를 냈다.

"네가 박범재라는 걸 어떻게 알아?"

말하면서도 이미 몸은 예전에 오빠를 대하던 대로 반응하고 있다는 생각을 했다. 지나치게 현실적인 이미지 탓이었다. 재희는 입술을 긴장시켰다. 저도 모르게 스며 나오는 친근감을, 아직은 들키고 싶지 않았다.

"무엇을, 어떻게 증명하라는 거지?"

그는 재미있다는 듯이 물었다.

"내 질문에 대답해."

재희는 무뚝뚝하게 말했다.

"어릴 때 뭐가 되고 싶어 했어?"

"현실에서, 가상에서?"

"둘 다 말해봐."

"현실에서는, 정말 어릴 땐 공룡이 되고 싶었지. 조금 커서는 입체화가가 되고 싶었고, 항공모함과 전투기 디자이너도 하고 싶었어. 영화배우도 해보고 싶었고……. 더 사회에 보탬이 되는 일을 해야 한다는 압박이 점점 들어오기 시작하면서부터 가상현실 개발자를 지망했어. 졸업하고 삼 년 뒤에 처음으로 내 플랫폼을 발표했지. 그게 지금의 홀린이 되었고."

범재는 자신이 손수 만든 그 공간을 한 번 눈짓으로 훑은 뒤에 말을 이었다.

"가상에서는, 훨씬 더 많은 것들을 실험해볼 수 있었어. 우리가 어릴 때만 해도 아직 제대로 된 대안세계 플랫폼이 없었잖아? 게임이라고 해도 장애물을 넘거나 서로를 사냥하는 테마 게임들이 아니면 스토리 게임이 대부분이었지. 처음에는 그래도 오픈월드 게임을 열심히 뛰다가, 비슷비슷한 구성에 질려서 나중에는 캐릭터를 무작위로 선택하게 되었어. 선택할 수 있는 거의 모든 직업과 인종과 나이와 성별을 섭렵한 것 같아. 그래도 뭔가가 부족하더라. 그 시절의 게임은 결국 무엇을 하더라도 개발자의 의도로 꽉 짜여진 규칙으로 돌아가는 세계라는 걸, 어느 순간 깨달아버린 거지. 무엇을 선택하더라도 그것은 결국 나의 선택이 아니었어. 그 세계가 자신의 것이라고 느끼지 못하면 사람들은 결국 게임에 질려버리고 말아. 제일 마지막까지 플레이한 인물형은 탐험가였지만, 그마저도 결국은 그만뒀어. 나이가 들면서 학교생활에 점점 더 흥미를 붙이기도 했고."

재희는 빤히 그를 쳐다보았다. 대답에는 한 치의 망설임도 없었다. 기억을 떠올리기 위해 뜸을 들인다거나, 시간을 벌기 위해 헛소리를 늘어놓으려는 시도조차 하지 않았다.

그들을 감싸고 벽이 굽이쳤다. 당연한 이야기인지도 모르나, 그들이 있는 방은 사람이 살아갈 수 있을 만한 환경이 아니었다. 그곳에는 물도, 음식도 없었다. 화장실이 따로 없는 건 말할 것도 없었다.

벽을 따라가며 오빠가 한때 즐겨 플레이했거나 직접 디자인한 게임들의 파일이 넘실거렸다. 함께 접속했던 세계들, 한동안 열을 올렸다가 나이가 들면서 거들떠보지도 않게 된 취미의 흔적들이 벽의 문양을 따라 촘촘히 박혀 있었다. 이 방 전체가, 아니 이 공간 자체가 바로 오빠라는 사람에 대한 커닝페이퍼인지도 몰랐다.

데이터를 담은 낱장들이 서예를 하던 화선지처럼 너풀거렸다.

드넓은 3D 화선지에 한자를 그려 넣던 십대의 박범재가 생각났다.

"끝이 정해져 있지 않은 헵타포드를 만들고 싶어. 끝이 넓게 퍼져 나가는 시간, 결코 완성되지 않는 헵타포드가 있을 거야."

먹물을 적신 붓끝을 쓱쓱 돌리며 그는 말했다.

"그게 너 멋지잖아. 끝을 향해 달려가는 것보다, 무한을 향해 달려가는 게."

범재는 일부러 글자를 삐죽삐죽 튀어나오도록 획을 긋고, 그 획을 이어서 다른 글자들을 붙여 나가는 작업을 즐겼다. 그것은 마치 그물처럼 패턴을 이어 나가는 레이스 같았다.

"우린 끝을 모르잖아. 그치? 난 그게 너무 좋아."

그는 말했다. 그리고 화선지를 활짝 펼쳐들었다.

"너 줄게. 이미지는 저장했어."

범재는 파일을 내밀면서 웃었다.

그렇게 오빠로부터 받은 서예 작품들을 어디에 두었는지 지금은 기억조차 할 수 없었다.

그러나 오빠는 전부 백업해두었을 것이다.

그렇게 차곡차곡 모은 것들이, 이 공간을 가득 채우고 있을 터였다.

재희는 이곳에 결코 백업되지 않았을 것 같은 질문을 떠올리기 위해 노력했다.

그녀가 오랫동안 궁금해 하던 것이 있었다. 한 번도 물어본 적은 없었지만, 지금도 혼자서 침대에 누워 있거나, 차를 타고 어머니의 집으로 돌아가는 길이면 종종 생각이 났다.

다음 문제를 기다리는 오빠를 향해, 재희는 낮은 소리로 말했다.

"오빠가 언젠가 한 번, 나를 죽이려 한 적이 있었지."

재희는 자기 앞의 청년을 빤히 쳐다보았다. 그의 얼굴에 스치는 미묘한 변화들을 놓치고 싶지 않았다. 이렇거나 오래된 일을 지금에서야 추궁하는 것도 우스웠지만, 적어도 지금 저 사람의 정체를 판별하는 데는 적절한 질문인 것 같았다.

눈송이가 펄펄 휘날리던 산지의 능선과, 어두운 방 안의 풍경이 번갈아가며 그녀의 눈앞을 스쳤다.

이상하게도 그들이 앓아 누웠을 때보다도, 회복 직후에 있었던 일들이 그녀에게는 더욱 선명하게 남아 있었다. 암흑과 민트. 그 작고 새하얀 타블렛을 혀 위에서 굴리며 방 안을 가득 채운 어둠을 들여다보던 기억이 지금도 선명했다.

"네가 죽은 것 같아서 무서웠어."

어린 범재는 그녀의 얼굴에서 손을 떼며 중얼거렸다.

말을 더듬고, 그녀를 세게 껴안았다.

그 순간이 무서웠다거나, 특별한 적의를 느낀 것은 아니었다.

그들은 고작 다섯 살, 일곱 살의 아이들이었다.

당시에는 별다른 생각이 없었다. 기억에 점점 더 기묘한 색채가 더해진 것은 그녀가 성인이 되고 나서였다. 재희가 느끼는 감각은 여전히 공포나 원망이 아니었다. 그녀는 그저 궁금했다.

사경을 헤매다가 일어나서는 곧바로, 옆자리에서 깊은 잠에 빠져 있는 동생의 코와 입을 틀어막게 만드는 감정이란 어떤 것이었는 지. 어린아이를 정신없이 몰두하게 만드는 교착과 살의의 고요하고 도 강렬한 감각이란 무엇인지, 그녀는 알고 싶었다.

아무리 서로를 소중하게 여기는 친근한 말들이 오가더라도, 그날 새벽을 떠올리는 것만으로 재희에게 오빠는 다시 낯선 존재가 되 었다.

혼자서는 도무지 이해가 되지 않았다.

그들은 그 일을 두 번 다시 입에 올린 적이 없었다.

재희는 그의 쉽사리 떨어지지 않는 입술을, 읽을 수 없는 눈동자 를 인내심 있게 마주보았다.

범재의 영상은 머뭇거리며 대답했다.

"그때의 넌 정말 죽은 것 같았어."

이십여 년 전의 대답을, 그는 똑같이 되풀이했다. 재희는 자신도 모르게 숨을 삼켰다.

"호흡이 있었지만, 그것만으로는 네가 살아있다는 확신이 들지 않았어. 그때 침대에 누워서 자는 네 얼굴이…… 너무 이상해 보였 어. 꼭 네가 아니라 무슨 외계 생명체 같았어. 사람이 죽으면 얼굴이 변한다던데, 너도 그런 게 아닌가 하는 생각을 했어. 그랬더니 더 무서워졌던 것 같아. 정말로, 머릿속이 새하얘졌지. 그 와중에 정말로 네가 살아있는지 확인하려면 숨을 막아보아야 한다는 결론을 내렸어. 도대체 왜 그런 결론에 다다랐는지 몰라. 그저 네가 살아있다면 숨이 차서 깨어날 것이고, 아니라면······."

범재는 말을 마치지 못하고 고개를 저었다.

"사람이 죽는다는 건 끔찍한 일이야."

그는 늘 입고 다니던 헐렁한 청바지에 두 손을 찔러 넣었다. 오빠가 또 우는 것이 아닐까, 자신도 모르게 그런 생각이 들어서 그녀는 당황했다.

그러나 동생을 마주하는 범재의 얼굴은 침착했다. 그는 무언가를 눌러 내리듯 깊은 숨을 들이마셨다. 그의 움직임과 함께, 공간을 채운 데이터들이 천청의 모빌이 회전하듯 출렁거렸다.

"인격을 데이터로 추출해서 보존하는 한, 그런 일은 두 번 다시 일어나지 않을 거야."

범재는 말했다. 어투는 기묘한 확신으로 굳어져 있었다.

"누구에게도. 절대로 일어나지 않을 거야."

그는 되풀이해서 말했다. 입가에 희미한 웃음이 스쳤다.

재희는 자신도 모르게 그 얼굴을 뚫어져라 쳐다보았다.

오빠는 죽은 것이다.

죽어서, 저렇게 그녀 앞에 다시 나타난 것이었다.

그 깨달음이 기묘할 만큼 침착한 방식으로 그녀의 머릿속에 스몄다. 이제야 일의 아귀가 조금씩 맞아떨어지기 시작했다.

"뭐야, 그런 거였어?"

재희는 중얼거렸다.

"너도 소프트웨어였어?"

"내가 박범재라는 증명은 충분했니?"

그는 물었다. 재희는 무뚝뚝하게 받아쳤다.

"오빠는 죽었어."

"그럼 지금 너와 말하고 있는 사람은 누구지?"

"너는……."

"넌 알아. 내 동생이기 때문에 누구보다 잘 알아. 나는 박범재야."

재희는 그를 노려보았다. 그에게 반박할 말을 찾고 싶어서 머리가 근질거렸다.

어린 시절의 그들은 몇 주, 몇 달씩이나 이어지는 토론에 뛰어들고는 했다.

옆에서는 아무도 그들이 육 개월째 똑같은 주제에 대한 공세를 펼쳐오고 있다는 사실을 알지 못했다. 그들이 대화를 나누는 방식은 은근하고도 끈질겼다. 그 문제를 완전히 잊은 것처럼 몇 주간 덮어놓고 잘 지내다가도, 상대방의 주장을 반박하는 데이터를 발견하면 곧바로 그것을 전송했다.

곁에 두고 무심한 듯이 물고 늘어지는 것. 그들이 오랫동안 서로를 대해 온 방식이었다.

결코 끝나지 않는 논쟁들이 있었다.

형제와 싸우는 것은 자기 자신을 상대로 입씨름을 하는 것이나 마찬가지였다.

동족혐오는 토론에서 최고의 연료였다.

"너는 가짜야."

재희는 고집스럽게 말했다.

오빠의 진짜 행방을 추궁하기만 하면 될 것을, 그녀는 참지 못하고 반복했다.

"너는 모조품일 뿐이야."

범재는 뺨을 당겨 희미하게 웃었다.

그 순간 자신이 이미 저 사람을 오빠로 대하고 있다는 사실을, 재희는 인정하는 수밖에 없었다.

9

　범재는 허공에 가볍게 손짓을 했다.

　방 한가운데 그가 앉아 있던 것과 똑같은 의자가 하나 더 나타났다. 초록색 벨벳이 반들거리는 체스터필드 의자 두 개와, 그사이에 티세트가 갖춰진 둥근 테이블이 놓였다.

　범재는 자신이 일종의 시험을 통과했다는 것을 알았다. 그는 만족스러운 얼굴로 의자에 앉고는 당연하다는 듯 그녀에게 맞은편 의자를 가리켰다.

　하늘이 분홍빛으로 물들고 있었다.

　"우리가 홀린에서 보는 것도 오랜만이지. 네가 특히 최근에는 이곳에 잘 접속하지 않았으니까. 이곳에서는 약속을 잡고 만나는 사람들이 많아. 웬만한 홀로그램 통화보다 영상 품질이 좋고, 통신료도 싸니까."

　범재는 자신이 앉아 있는 의자의 팔걸이를 쓰다듬었다. 부드러운 벨벳이 그의 손가락에 따라 결을 달리하며 쓸고 지나간 흔적을 남겼다.

데이터 세계가 용량의 제한으로부터 벗어난 이후로 가상현실은 점점 더 정교해지고 있었다.

"아예 홀린에 집을 마련한 사람들도 있어. 현실에서보다 더 좋은 방에서 잠을 자고, 더 아름다운 경치에 눈을 뜨기 위해 나름의 선택을 하는 거지. 이곳에서의 생활이 현실보다 더 쾌적하다면, 약간의 통신비를 더 지불하지 않을 이유는 없잖아. 그 사람들에게는 홀린도 중요한 삶의 일부야. 물론, 이곳에서의 아바타는 그들 자신의 일부이고."

재희는 자신이 앉아 있는 의자를 쳐다보았다.

고철 헬멧에 의지해 그 세계를 경험하는 그녀에게 벨벳의 감각이 손에 전해질 리가 없었다. 그녀가 누워 있는 소파가 각도를 변환했다는 사실 정도만 실제 손의 감각을 통해 확인할 수 있었다.

범재는 포르셀린 주전자에서 붉은 홍차를 따라냈다. 그가 눈꺼풀을 내리뜨고 흰 김이 올라오는 차를 천천히 음미하는 모습을 지켜보았다. 그가 한 잔을 전부 비울 때까지 기다렸다가 재희는 물었다.

"연구소로 전송되어 온 소프트웨어는 뭐였어?"

"나의 일부였지."

물론 그 데이터는 오빠의 생체 데이터의 일부였다.

"지금은 자기 할 일을 마치고 스스로 소멸했어."

"누가 보낸 건데?"

"내가 스스로 간 거야. 재희야, 그건 정말로 내가 맞았어."

그녀의 앞에도 차를 한 잔 따르며 그는 말했다.

"내 의식을 공유하고 있었기 때문에 그것은 나의 일부야."

"누가 그걸 만든 거야?"

"내가 만들었어."

"너는 누가 만들었지?"

"그건……."

그는 말을 하던 도중 입을 다물었다. 조금 더 신중하게 대답을 고르려는 것 같았다.

집게손가락으로 턱을 만지작거리다가, 그는 고개를 들고 재희를 보았다.

"재희야, 우리는 모두 특정한 코드로 이루어진 알고리즘이야. 나는 그 알고리즘을 현실세계에서 가상세계로 옮겨놓았을 뿐이야. 나는 여전히 박범재가 맞아."

그는 티타워의 중간층에 놓인 마들렌으로 손을 뻗었다. 갓 오븐에서 구워낸 것처럼 노릇노릇한 조개껍질 모양의 과자였다. 범재가 그것을 조심스럽게 반으로 가르자, 탐스러운 김이 훅 올라왔다.

"이 마들렌에는 마들렌을 구성하는 알고리즘이 있고, 그것을 맛보는 내 혀끝에는 미각의 알고리즘이 있지. 너희는 그것을 현실에서 수행하는 것이고, 나는 가상에서 수행할 뿐이야. 어느 쪽도 마들렌을 맛본다는 사실에는 변함이 없어."

"이곳에서 알고리즘으로 짜여진 마들렌을 먹으면 어쩔 건데? 그게 배고픔을 채워주기라도 하나?"

"왜 불가능하다고 생각하지?"

범재는 윤기가 흐르는 그 케이크 조각을 찻잔에 담았다.

"가상세계에는 배고픔이나 포만감이 존재하지 않는다고 생각하니? 그렇지 않아. 이곳에는 현실의 것들을 그대로 옮겨놓을 수 있어. 옮겨놓은 뒤에, 더 나은 것으로 수정할 수도 있지. 네가 아직 몸에 매여 있는 존재이기 때문에 이해하지 못할 뿐이야."

그는 찻물에 담근 마들렌을 휘휘 저었다가 보란 듯이 들어올렸다. 원래라면 푹 젖어서 으스러져야 할 과자가 여전히 탄탄한 윤기를 머금고 있었다.

"감각 경험은 이곳에서도 존재해. 현실에서보다 훨씬 나은 경험들이지. 이곳의 감각은 훨씬 정교하고, 완성도 높고, 무엇보다 사람을 다치게 하지 않거든."

그는 마들렌 조각을 입에 넣고 점잖게 삼켰다.

"내 생각에는 이곳이 여러 모로 현실보다 나아."

그는 냅킨으로 손끝을 닦은 뒤에 다시 찻잔을 들어올렸다. 선명한 체리 빛의 홍차가 흔들렸다.

재희는 그를 유심히 쳐다보았다. 확실히 겉모습만으로는 박범재의 충실한 재현이었다. 어쩌면 저것의 코끝에는 지금 정말로 홍차의 향긋한 향이 스치고 있는지도 모른다. 그러나…… 아무리 진짜 같아도 결국은 흉내 내기였다. 재희는 손으로 집지도 못하는 찻잔을 내려다보고 작게 한숨을 쉬었다.

"오빠는 어떻게 된 거야?"

범재는 그게 무슨 뜻이냐는 식으로 눈썹을 까딱 올렸다.

재희는 잠시 머뭇거리다가 물었다.

"자살이었어?"

"보다시피 의식이 보존되었다는 점에서는 죽음이 아니야. 하지만 몸이 버려졌다는 점에서는 죽음이 맞지. 과학자들이 다시 살려낸 몸을 무엇이라고 불러야 하는지는 너희가 결정할 일이고."

"오빠가 살아났다고?"

재희는 놀라서 물었다.

"박범재가 살아난 것은 아니야. 그냥 몸뚱어리가 살아난 거지. 그 몸에는 어떤 기억도 남아 있지 않아."

"그럴 수가……. 하지만 어떻게?"

범재는 천천히 말했다.

"전부 파괴했거든. 기억과 의식을 이루는 모든 신경조직망과 세포들을. 그 몸은 이제 백지상태야. 자신에게 동생이 있었다는 사실은커녕, 자기 이름조차도 기억하지 못할 거야."

"도대체 무슨 짓을……."

재희는 창백한 얼굴로 중얼거렸다.

"왜 그랬어?"

머릿속에 떠다니는 질문은 많았다. 그러나 제대로 정돈이 되지 않았다.

"몸이 마음에 들지 않았어? 아니면 이 세상 전체가 불만이었던 거야? 왜 한 마디 말도 없이 그런 무모한 짓을 했어? 왜……."

범재는 태연한 눈빛으로 차를 마셨다. 단지 이미지에 불과한 모습. 간단한 삭제 명령만으로도 영영 사라져버리고 말 모습이었다. 데이터의 빈약한 성질을 그녀는 누구보다 잘 알았다.

미리 알았더라면 지킬 수 있었을까. 저 의식에, 지금이라도 다시 몸을 줄 수는 없을까…….

속절없는 생각이 목구멍을 꽉 틀어막는 것 같았다. 오빠의 얼굴을 마주한 채로, 재희는 거칠게 속삭였다.

"원하는 게 뭐야?"

범재는 단정한 몸짓으로 찻잔을 내려놓았다.

"재희야, 인간은 계속 변화해 왔어. 더 나은 삶을 살기 위해서, 그리고 더 행복하기 위해서."

그는 자리에서 일어섰다. 그리고 가까운 벽 앞을 서성거리기 시작했다.

"나는 인류가 지금보다도 더 행복해질 수 있다고 생각해. 죽음의 공포 없이, 늙지도 아프지도 않으면서, 비참함이나 우울이 아니라 건강함과 유능감을 가지고 살아갈 수 있다고 생각해. 그것이 여기서는 가능해. 재희야, 저쪽에서 사람들이 원하는 것을, 이곳에서는 전부 제공할 수 있어."

재희는 앉은 자세로 그의 옆모습을 곰곰이 쳐다보았다. 열중해서 말하느라 자신도 모르게 양손을 놀리고 있었다. 말할 때 유독 손동작이 많아지는 것은 오빠의 오래된 습관이었다.

범재는 벽 바로 앞에서 멈추어 섰다. 그리고 재희를 돌아보았다.

"너에게 보여주고 싶은 것이 있어."

그가 손을 뻗었다. 재희는 자신도 모르게 허공을 향해 주먹을 가볍게 그러쥐었다. 그리고 벽을 향해 걸음을 내딛었다. 범재가 그녀를 이끌고 갔다. 앞을 막아서던 벽이, 스르륵 녹아내리듯 사라졌다.

드넓은 벌판이 펼쳐졌다.

연한 잔디가 발등을 살짝 덮을 만큼 자라서 바람에 흔들렸다.

이름 모를 야생화가 군데군데 무더기로 흐드러져 있었다. 커다란 산맥 사이에 분지처럼 위치한 그곳에는 중앙이 우묵하게 패여 들어간 건축물이 하나 있었다. 마치 고대의 원형극장을 연상시키는 계단식 좌석이 늘어서 있었다.

황금빛 잎을 틔운 올리브 나무들이 아레나를 빙 둘러쌌다.

등 뒤로 그들이 걸어 나온 방은 사라지고 없었다.

시선을 다시 전방으로 향했을 때, 재희는 멈춰 섰다.

벌판에 사람들이 모여 있었다. 한눈에도 그들이 자신과 다르다는 것을 알 수 있었다.

몸이 불편해 보이는 사람들이 유독 많았다. 신체의 균형이 맞지 않거나, 어딘가를 다쳤거나, 돌이킬 수 없을 만큼 늙어버린 사람들. 재희는 곧바로 은성이 일하던 자연인 복지센터를 떠올렸다. 저들은 1세대인 것이다. 얄궂게도 가상현실에서까지 불편한 몸을 이고 그들은 홀린에 접속해 있었다.

햇살을 받은 그들의 얼굴이 환하게 빛났다.

사람들은 범재를 발견하고 모여들기 시작했다. 재희는 덜컥 겁이 났다.

"괜찮아. 아무도 해치지 않아."

범재가 속삭였다.

"너는 얼마든지 헬멧을 벗을 수 있어."

재희는 자신도 모르게 오빠의 손을 잡은 주먹을 더욱 세게 쥐었다. 손톱이 자신의 손바닥을 깊이 파고들었다.

"홀린으로 이주해 와서 이곳의 일부가 되었거나, 곧 이주해올 사람들이야. 나처럼, 이들도 모두 데이터 존재야."

재희는 눈을 크게 뜨고 그들의 얼굴을 살폈다. 평온해 보이는 눈동자들 속에 자신의 얼굴이 반사되었다.

맨 앞에 서 있던 사람이 불쑥 말했다.

"너도 시민이야?"

바로 옆의 사람들이 웅성거리며 말을 받았다.

"못 보던 계정인걸?"

"반가워. 이름이 뭐니?"

"말을 알아듣지 못하나?"

"겁에 질려 있어. 가엾게도."

"이 사람은 누구야?"

재희는 확신 없는 눈길로 범재를 쳐다보았다. 그는 평화로운 얼굴로 주변을 둘러보고 있었다.

"그는 아직 오지 않았습니까?"

그가 묻자 질문이 메아리처럼 사람들 사이를 퍼져나갔다.

"오지 않았어?"

"그를 못 보았어?"

"오지 않았어."

"지금 오고 있어."

사람들은 풀잎처럼 고개를 절레절레 흔들었다.

범재는 재희를 이끌고 인파를 헤쳐 나갔다. 사람들은 알아서 길을 터주었다.

호기심 어린 눈빛이 그녀를 따라왔다.

"이 사람들은 뭐야?"

재희는 소곤거렸다.

"전부 소프트웨어야?"

"전부는 아니야."

범재는 대답을 하며 고개를 돌렸다. 그의 시선 끝에 익숙한 얼굴이 보였다.

로슈와 갈고리였다.

마치 무대에 등장하는 배우들처럼 그들은 능숙한 몸놀림으로 군중을 헤치고 나왔다.

바로 뒤편에, 재희만큼이나 얼떨떨한 표정으로 주위를 둘러보는 작은 남성이 있었다. 곁에서는 휴머노이드 로봇 하나가 바짝 따라왔다. 남성은 휠체어를 타고 있었다.

범재가 그를 향해 고개를 숙이자, 남성은 알아보고 입을 크게 벌렸다. 그의 표정이 격앙되었다.

"정말이었어⋯⋯!"

그는 탄식처럼 외쳤다.

"편하신 자리를 잡으세요."

범재는 관중석을 둘러보며 말했다.

"어디든 상관없습니다."

"어디가 좋을까, 페페?"

수척하게 마른 남성은 곁을 지키는 로봇에게 다정하게 물었다.

스크린에 미소를 띄운 로봇은 고개를 두리번거리며 주변을 살폈다.

"맨 앞자리가 어때요? 당신이 오늘의 주인공이시잖아요."

"관중석의 한 중간에 너와 나란히 앉아보는 것도 좋겠지."

그는 고개를 끄덕였다.

"이렇게 바깥에서 많은 사람을 직접 보는 것도 얼마만인지⋯⋯."

남성은 뭉툭하게 구부러진 손을 들어 휠체어를 조종하기 시작했다.

사람들은 자연스럽게 길을 비켜주었다. 그가 조금 긴장된 표정으로 계단 앞에 다가가자, 대리석을 깎아 만든 것처럼 보이던 계단들은 부드럽게 녹아 이어지는 경사로가 되었다. 마치 길이 통행자를 알아보고 모습을 바꾼 것 같았다.

페페라는 이름의 로봇이 격려하듯 어깨에 손을 얹었다.

"가시죠."

남성은 결심을 다지듯 입술을 깨물었다. 그를 태운 바퀴는 흔들림 없이 비탈을 타고 내려갔다.

그는 극장 맨 앞줄의 정확히 중간 자리까지 나아가서, 일행 없이 홀로 앉아 있는 양 갈래머리 소녀에게 다가갔다.

"안녕, 여기 앉아도 되겠니?"

"응."

소녀는 순순히 승낙했다.

소녀와 휠체어의 남성 그리고 로봇은 나란히 앉았다. 인파는 점점 불어나서 관중석이 빠른 속도로 채워졌다.

로슈는 범재에게 다가와 속삭였다.

"인격 데이터는 전부 업로드되었어."

"수고했어."

재희는 빈자리를 찾아 두리번거리다가 두 번째 열로 들어섰다.

좌석은 넓고, 통로는 넉넉했다. 사람들은 처음 보는 사이인 것 같은데도 스스럼없이 대화를 나누었다.

모두가 착석한 것을 확인한 뒤에, 범재는 무대 가운데로 나왔다.

"새로운 삶을 축복해주기 위해 모인 여러분들, 진심으로 환영합니다!"

그가 인사했다. 차분하지만 힘 있는 음성이었다. 얼굴을 맞대고 있는 것처럼 목소리가 또렷하게 들렸다. 그게 콜로세움의 구조적인 이점 때문만은 아니라는 건 분명했다.

"이곳에 모인 사람들은, 용기 있는 결단을 내렸습니다. 인간은 누구나 더 나은 삶을 희망할 자격이 있으며, 또 그것을 적극적으로 추구할 권리도 있습니다. 삶을 소중히 여길 줄 아는 여러분들께, 존경을 담아서 인사를 올립니다."

범재는 가슴에 한 손을 올리고 무릎을 굽혔다. 우아하고 정돈된 절이었다.

그가 일어설 때까지 관중석에는 숙연한 침묵이 내려앉았다.

"여러분의 생체 데이터는 전부 안전하게 업로드 되었습니다. 여러분은 지금의 모습을 그대로 유지할 수도 있으며, 다른 몸을 선택할 수도 있습니다. 몸으로부터 벗어났기 때문에, 이전에는 불가능했던 많은 것들을 경험하게 되실 겁니다. 자신의 새로운 가능성들을 충분히 만끽하시길 바랍니다. 이곳에서는 모두가 자유롭고, 평등합니다. 여러분의 행복에 이바지하도록 홀린은 철저히 보조할 것입니다."

여기저기서 작은 박수소리가 들렸다.

"오늘 이 자리에는 특별한 분이 나와 계시는데요, 아바타 로봇 활용의 성공적인 사례로 매스컴에 소개된 적도 있는 백영규 씨입니다. 어린 소년이 침상에 누워 로봇을 원격으로 조정해 축구 경기에 참가하는 모습을 여러분도 한 번쯤은 스쳐 지나간 적이 있으실 겁니다. 그 백영규 씨께서 26년간의 투병 생활을 마치고 홀린의 시민으로 합류하게 되었습니다. 지금 바로 제 앞에 보이는 자리에, 영규 씨와 그의 아바타 로봇인 페페가 함께 있습니다."

사람들은 눈을 크게 뜨고 두리번거렸다. 맨 앞자리까지 내려가 자리를 잡은 바로 그 사람이었다.

재희는 두 번째 열에서 뒤통수만 어렴풋이 보이는 그의 모습을 새삼 쳐다보았다.

로봇을 통한 복지 사업의 간판과도 같았던 사람. 태어나자마자 곧바로 버려지는 많은 자연인 영아들과 마찬가지로 백영규는 1세 대 밀집구역의 한 공중 화장실에서 발견되었다. 구조는 순찰 로봇 에 의해 극적으로 이루어졌다.

아이는 태어날 때부터 희귀병을 앓고 있었다.

극심한 햇볕 알레르기와 선천성 자가면역질환, 근디스트로피, 언 어 장애와 자폐 증상까지. 보호자도 없는 아이가 자력으로 살아나 가기에는 너무나 가혹한 조건이었다.

아이는 조금만 몸에 햇볕이 닿아도 욕창 같은 두드러기가 일었 고, 하체 근육은 성장하기보다는 뻣뻣하게 굳어갔다. 한 번 무균실 에 격리된 이후로는 감염의 위험 때문에 계속해서 다른 무균 큐브 들을 전전해야만 했다.

물때와 곰팡이가 낀 공중화장실 바닥. 금이 간 푸른색 타일에 반 사되던 빛과 소리가 유일하게 아이가 직접 경험한 세상이었다. 그 마저도 어린 기억에는 남아 있지 않을 것이었다.

순찰 로봇이 적절한 상황 판단으로 아이를 직접 자신의 본체에 집어넣어 병원으로 옮겨온 그 해, 연방정부는 복지 서비스의 기계 화를 적극 추진했다. 그리고 언제 죽어도 이상하지 않을 저 가련한 아이를 시범 모델로 삼기로 했다.

결과는 대성공이었다.

정부가 제공하는 무균 큐브와 돌봄 로봇의 간호 속에서 아이는 성장해나갔다. 언어를 깨치고, 학교를 나가고, 친구를 사귀었다. 26년 평생 동안 큐브를 나간 적이 없지만 아이는 어른이 되고, 사회의 구성원이 되었다. 원격으로 조종하는 아바타 로봇인 페페를 통해서 였다.

범재는 공손한 몸짓을 통해 관중석에 앉아 있던 백영규와 페페를 불러냈다.

"백영규 씨 옆자리는 항상 페페가 있었습니다. 그의 친구로서, 보호자로서 그리고 분신으로서 페페는 백영규 씨를 보조해왔습니다. 페페는 그를 대신해서 학교에 나가고, 산책을 하고, 출근과 쇼핑을 했습니다. 페페가 자신의 가장 가까운 친구이자, 사랑하는 가족이고, 또 자신을 구성하는 커다란 일부라고 백영규 씨는 말씀하십니다. 이러한 두 존재의 동행 역시, 오늘 이 자리에서 긴 여정을 마무리하게 됩니다. 백영규 씨가 신체의 자유를 획득하게 되면, 분신 로봇으로서 페페의 역할은 끝이 나기 때문입니다. 한 사람의 귀한 생명과, 또 다른 한 존재의 오랜 헌신이 합쳐져서 귀한 결실을 맺게 되었습니다. 두 분 모두, 정말로 수고 많으셨습니다."

관중에서는 박수가 터져 나왔다. 범재의 안내에 따라 백영규와 페페가 무대의 한 중간으로 나아가자 갈채는 더욱 열기를 띠었다. 원형 극장을 가득 채우고 철새의 날갯짓 같은 잔향이 울려 퍼졌다.

휠체어에 머리를 기댄 백영규는 몸 둘 바를 몰라 하며 창백한 입술로 웃었다.

폐폐는 침착한 모습으로 한 손을 흔들었다. 그러면서도 다른 한 손은 계속 백영규의 어깨에 올려놓고 있었다.

마침내 좌중이 조용해지자, 범재는 로슈에게 가벼운 눈짓을 보냈다.

그녀는 자리에서 사뿐히 일어났다. 그리고 백영규와 폐폐 앞으로 다가가 손을 내밀었다.

박범재가 지켜보다 입을 열었다.

"백영규 씨는, 건강하고 고통이 없는 스물여섯 살 남성의 신체를 신청하셨습니다. 이제 저 손을 잡고 일어서면 당신은 새로운 몸을 얻게 됩니다. 이 세계의 일원이 되기 전에, 마지막으로 남기고 싶은 말씀이 있다면 지금 해주세요."

백영규는 손을 들어올리기를 주저하며, 떨리는 목소리로 입을 열었다.

"저는, 평생을 방 안에서 지냈어요. 두 다리로 직접 걷고 뛰는 감각은 너무 오래돼서 이제 기억도 나지 않아요. 밥은 항상 위장에 뚫어놓은 구멍으로 투입했고, 아랫배에는 대소변을 빼내는 관이 달려 있었죠. 스스로 숨을 쉴 힘이 없어서 산소 호흡기를 착용했어요. 바깥 공기를 마시는 것은 상상도 하지 못했죠. 폐폐의 얼굴에 달린 카메라와 마이크가 내게는 바로 세상을 보고 듣는 눈과 귀였어요. 그래서인지 제게는, 두 개의 몸으로 살아가는 감각이 익숙해요. 하나는 배터리만 충전하면 어디든 갈 수 있는 튼튼한 몸이고, 다른 하나는 스물세 개의 호스가 꽂혀 있는 몸이죠. 그렇게 둘이 합쳐져야 바로 나 자신이 되었어요. 열세 살 때 처음으로 홀린에 접속했을 때도 그것을 확실히 느꼈죠. 인간은 하나의 몸으로만 이루어질 필요가 없다는 것을요. 홀린에서는 정말……."

백영규는 눈물이 핑 도는 얼굴로 미소 지었다.

"정말로 자신이 완전해지는 느낌이었어요. 페페와 한 몸으로 합쳐지는 느낌이었죠. 걷는다는 감각을 알고 있지 못하는 제게, 홀린은 걷고 뛸 뿐만 아니라 바닥을 기고 하늘을 날게 만들었어요. 사람들도 그 전까지는 비교도 할 수 없을 만큼 많이 만났죠. 낯선 상황이 닥치면 항상 페페를 생각하고 따라했어요. 페페는 이렇게 길거리를 걸었지. 사람들과는 이런 식으로 말을 주고받았지. 이런 생각을 많이 했어요. 그때까지만 해도 제 뇌파를 읽어서 페페가 소통 가능한 언어로 번역을 해주었거든요. 홀린에서 스스로 말을 할 수 있게 되었을 때 제가 이렇게 수다스러울 수도 있다는 걸 처음 알았죠."

그는 조금 부끄러운 듯이 웃었다. 사람들이 따뜻한 시선으로 그를 바라보았다.

"지금도 실감이 나지 않아요. 그와 너 가까워지고 싶어서 홀린에 들어왔던 건데, 이제부터는 그를 통하지 않고 직접 세상을 보게 된다는 것이…… 무섭기도 하도 기대도 돼요. 앞으로 많이 그리울 것 같아요. 페페가 있었기 때문에 나는 계속해서 다른 세상을 꿈꿀 수 있었어요. 나에게 페페는……"

청년은 목이 메는 듯 잠시 숨을 골랐다.

"페페는 나를 홀린으로 데려다준 은인이에요. 정말 고마웠어, 페페. 나는 이제 더 넓은 세상으로 나아가려고 해. 고마워. 그리고 많이 사랑해."

그는 팔을 뻗어 페페를 껴안았다. 화면이 멈추어버린 것처럼 긴 포옹이었다. 재희의 옆자리에 앉아 있던 나이 많은 여인이 코를 홀적였다.

재희의 눈에도 어쩔 수 없이 눈물이 맺혔다. 누군가를 마지막으로 포옹하는 감각을, 그녀는 잘 알고 있었다.

청년은 마침내 로봇의 품에서 풀려나와 로슈에게 손을 뻗었다. 그를 지켜보는 사람들 사이에 팽팽한 기대와 긴장감이 교차했다.

백영규는 자리에서 일어났다.

마치 무용수가 움직이듯 부드러운 동작이었다. 그가 완전히 두 다리로 섰을 때, 사람들을 마주하는 것은 조금 전까지의 왜소하고 병색 짙은 소년이 아니라 건장한 청년이었다.

그가 일어서자마자 휠체어는 처음부터 없었다는 듯이 사라졌다. 그리고 휠체어와 함께, 페페의 모습 역시 흔적을 감추었다.

관중은 머리가 어지러울 만큼 커다란 환호성을 내질렀다.

여전히 로슈의 손을 잡은 채로, 청년은 어지러운 듯 이마에 손을 짚었다. 그의 두 눈은 놀라움으로 커져 있었다.

"아, 이제 알겠어요……."

그는 울먹이는 목소리로 외쳤다.

"당신이 말한 자유가 무엇인지, 이제 알겠어요! 신인류가 된다는 것. 몸으로부터 벗어난다는 것. 홀린이 된다는 것!"

청년은 자리에 풀썩 무릎을 꿇었다. 마치 신을 직접 마주하는 듯한 희열이 그의 얼굴에서 번득였다.

"몸이 더 이상 아프지 않아요. 모든 게 선명하게 보여요. 전부 보이고, 들리고, 심지어 만져져요. 맛도 볼 수 있겠죠? 예전에는 흐린 의식으로 주변을 보고 듣는 것이 고작이었지만, 이제는……."

그는 손을 뻗어 마치 갓 태어난 아이를 만지듯 부드럽게 자신의 다리를 쓰다듬었다. 그리고 엎드려서 잔디가 깔려 있는 바닥을 끌어안았다. 부드러운 잔디가 그의 뺨을 스쳤다.

"무서워요. 무서울 만큼 행복해요……. 삶은 계속 살아갈 가치가 있어요!"

아까보다도 커다란 박수갈채가 터져 나왔다. 자리에서 일어나 기립박수를 치는 사람들도 있었다. 따스한 햇살 아래, 싱싱하게 움터 나오는 올리브 나무에 둘러싸인 사람들이 열광했다. 그들이 토해내는 열기가 봄철의 메아리로 부풀어 올랐다. 범재는 그 소리를 가볍게 압도하며 외쳤다.

"모두 고개를 드세요. 여러분은 이제 데이터로 이루어진 신인류입니다!"

어디선가 노래가 시작되었다. 사람들의 몸이 노래에 맞추어 부드럽게 흔들렸다.

풀 한 포기, 바람 한 점마저도 그 순간에는 새 생명을 암시하는 듯했다.

군중 속에 섞인 나이 든 사람, 몸을 잘 가누지 못하는 사람, 어리고 연약한 사람들에게 봄철의 분홍빛 열기가 내려앉았다. 재희는 옆자리에 앉아 있던 늙은 여인이 빛나는 눈동자를 가진 소녀로 변하는 것을 보았다.

사람들이 여기저기서 탈피하듯 모습을 바꾸었다. 이전의 모습을 그대로 유지하는 사람들도 있었지만, 대부분은 지금보다 젊고 건강한 몸을 택하는 것 같았다. 외양과 성별을 완전히 바꾸는 사람들도 있었다.

곡조는 돌림노래처럼 이어지며 계속 커졌다. 끝없이 순환하는 노랫가락 속에 정신이 아득했다.

범재는 무릎을 꿇고 있는 청년을 일으켜 세우며 속삭였다.

"살고자 하는 사람들은 모두 행복할 것입니다…… 홀린에 온 것을 환영해요!"

"자유여! 자유여! 살아있는 것들은 행복해라. 살아있는 것들은 행복해라……."

사람들은 두 팔을 흔들며 목소리를 더욱 높였다. 행복감, 환희로 터져 나갈 듯한 에너지와 행복감이 아레나를 뒤흔들었다. 그들 가운데서 재희는 그만 눈을 질끈 감아버렸다.

눈을 감으면 캄캄한 헬멧 속이었다.

귓가에 노랫소리가 서서히 멀어졌다. 다시 눈을 떴을 때는 마치 악몽에서 깨어나듯, 장면이 바뀌어 있었다.

다시 방 안이었다.

맞은편 의자에 범재는 다리를 꼬고 앉아 있었다.

귓속을 쟁쟁하게 채우던 잔향이 완전히 멈추자, 재희는 의자 위에서 몸을 웅크리고 안도의 깊은 숨을 쉬었다.

범재는 레이스로 섬세하게 짠 코스터 위에 포르셀린을 내려놓았다.

"어땠어?"

"어땠냐니, 저건 도대체 뭐야?"

"새로운 이주민을 받아들이는 의식이야. 환영회 같은 거지."

"환영회가 아니라 디지털 프릭쇼(freak show) 같은 것이었겠지."

범재는 반박하지 않고 의자 깊숙이 등을 기대었다. 그는 재희를 묵묵히 쳐다보더니 물었다.

"너는, 인간이 불행해지는 이유가 뭐라고 생각해?"

"뭐?"

재희는 눈썹을 들어올렸다.

"인간이 언제 행복해하고, 언제 불행해하는지 알아?"

범재는 찻잔을 내려놓았다.

"홀린처럼 커다란 세상을 관리하고 있으면 인간에 대해 정말 많은 것을 알게 돼. 그들이 언제 기뻐하고 언제 슬퍼하는지. 무엇을 좋아하고 무엇을 싫어하는지. 언제 행복해하고 무엇을 욕망하는지 말이야. 모든 데이터가 실시간으로 수집되거든."

그는 손가락을 들어 자신의 옆쪽 이마를 톡톡 건드렸다.

"나는 사람들을 행복하게 만드는 방법을 알아."

그는 낮은 목소리로 말했다. 마치 비밀 이야기를 하는 것처럼.

"문제는 몸이야. 원하는 몸을 얻는 것만으로도 사람은 훨씬 행복해져."

"허튼 소리야. 홀린에서는 애초에 몸이라는 게 없어."

"몸은, 세상을 살아가는 하나의 관점을 제공할 뿐이야."

범재는 살포시 웃었다.

"네가 현실에서 가지고 살아가는 몸이 절대적이라고 생각하니? 아니야, 몸은 얼마든지 변해. 사람은 태어나고, 성장하고, 다치거나 늙어. 그동안 시력이 낮아지거나 높아질 수도 있고, 잘 달리던 사람이 사고로 휠체어를 타거나, 반대로 새로운 다리를 시술받아서 예전보다 훨씬 잘 달리게 될 수도 있지. 몸은 계속 바뀌고, 인간의 의식은 결국 변화에 적응해. 그러니 전통적인 몸을 고집할 이유는 없지."

그는 손깍지를 끼고 턱을 괴었다.

"그 몸이 불행을 안겨주는 것이라면 더더욱 고집할 이유가 없고."

재희는 범재를 쳐다보았다. 이해할 수 없었다.

"오빠는 몸 때문에 불행했어?"

이전 세대라면 몰라도 그들은 선택받은 인류였다. 3세대의 몸은 현존하는 가장 이상적인 몸이었다. 앞으로 그들이 사는 행성에 어떤 재앙이 들이닥치더라도, 그들의 몸은 살아남을 것이었다.

범재는 말했다.

"몸이라는 제약에서 벗어나면 인간은 더욱 자유로워질 수 있어. 앞으로 홀린에서 사람들은 원하는 몸으로, 평등한 세상에서, 절대로 파괴되지 않고 살아갈 거야. 나는 인류의 진화에 한 단계를 더 추가하기로 했어. 이곳에서 태어나는 사람들은, 4세대야."

재희는 입을 크게 벌리고 범재를 보았다. 그녀의 눈동자에 설핏 노기가 스쳤다.

"사람이라고? 저들은 사람이 아니야. 데이터지."

범재는 가시 돋친 목소리에 아랑곳하지 않고 차를 따랐다.

"간단한 삭제만으로 전부 사라져버릴 데이터들이야. 아무리 허약하고 불편할지라도, 인간에게는 몸이 필요해. 몸이 있기 때문에 살아갈 수 있는 거야."

"재희야."

범재는 재희의 잔에도 차를 따르며 말했다.

"인간을 어떻게 정의할 건데? 몸은 또 뭐고? 당장 바깥에는 3세대도 인간이 아니라고 주장할 사람들이 많아. 그 탄압을 피하려고 우리가 얼마나 많은 것들을 희생해왔니. 너는 네가 겪은 수모를, 저들에게 똑같이 돌려줄 생각이니?"

"그건……."

"3세대의 몸이 음식과 물을 필요로 한다면 저들은 전기와 메모리를 필요로 할 뿐이야. 저들도 너와 똑같이 생각하고, 느끼고, 욕망하면서 살아. 너에게 인격이 있는 만큼 저들에게도 내면과 의식이 있어."

"하지만 저들은……."

"그리고 정말로 필요한 경우에는 로슈처럼 인공 신체를 통해 물리 세계에 접속하면 되지. 장담컨대 지상에서 사는 것보다 가상현실에서 사는 편이 훨씬 행복하기는 할 테지만 말이야. 홀린에서는 어떤 종류의 몸도 불편을 겪지도, 차별받지도 않을 테니까. 걱정하지 마. 홀린은 무척 안전한 곳이니까. 절대로 파괴할 수 없는 곳에 전용 데이터 센터를 확보하고 있고, 메모리의 증축은 지금 이 순간도 이루어지고 있어. 우리가 이미 확보한 용량은 지구에 살고 있는 모든 인구를 수용하고도 남아. 모든 준비는 끝났어. 사람들은 선택하기만 하면 돼. 불의의 사고로 인해 이 세계가 사라질 가능성은, 지구가 산산 조각날 가능성보다도 낮을 거야."

재희는 범재의 얼굴을 찬찬히 살폈다. 그녀는 낮은 소리로 물었다.

"로슈…… 그 사람은 누구야? 그녀도, 아까 저기에 있던 사람들도, 모두 오빠처럼 죽었어?"

범재는 그녀를 지그시 쳐다보았다. 그의 입술은 조용히 말했다.

"나는 더 나은 세상을 만들려는 것뿐이야."

재희는 그의 모습을 생경하게 바라보았다.

범재는 손을 뻗어 재희의 뺨을 어루만졌다.

그리고 속삭였다.
"네가 나를 도와줬으면 좋겠어."

10

"사람이 아무리 미워도 밥은 먹여야지."

은성은 말했다. 호버카에 올라타고 서글프게 내뱉은 한 마디였다.

아이를 상습적으로 굶기고 폭행했다는 혐의의 기소자를 재판하는 자리에 은성이 참가한 적이 있었다. 피해자는 NRNP에서 은성이 담당하는 아동 중 하나였고, 애초에 조사 요청도 그녀가 낌새를 채고 신고를 하면서 시작된 것이었다.

폭행 피해자는 여섯 살짜리 소년이었고, 기소자는 스물셋의 젊은 아버지였다.

"그동안 아이를 어떻게 대해왔는지 한눈에 알겠더라고."

녹초가 된 은성이 시트에 축 늘어져 기대며 말했다.

재희는 목적지를 입력해 넣으며 한 손으로 은성의 손을 잡았다.

말대답이나 추임새 대신, 그저 그녀의 손등을 가만히 토닥였다.

은성은 지칠 대로 지쳐 있으면서도 말을 멈추지 않았다. 도무지 가만히 있을 수 없는 모양이었다.

법리적 판결을 인공지능이 담당하게 된 이후로, 소송은 데이터 싸움이 되었다. 원고와 피고는 각자의 주장을 뒷받침하는 데이터들을 사방에서 끌어 모아 제출했다. 판결 자체보다도 사람의 피를 말리는 것은 법정 예약, 법원으로 가기까지의 증거 다툼, 그리고 협의 절차였다. 일단 법원에 자리를 배정받으면 결과가 나오기까지는 불과 십여 분밖에 걸리지 않았다.

원고와 피고, 법정대리인과 양측의 변호사는 함께 대기실에서 차례를 기다렸다. 마침내 판결실로 소환을 받으면 전면 스크린이 설치된 작은 방으로 이동했고, 그곳에서 인공지능은 판결문을 발표했다.

법원의 한 층 전체가 그러한 판결실로 벌집처럼 빽빽하게 채워져 있었다. 대기실에서 퀭한 얼굴로 서 있던 사람들이 좁은 방을 차례로 들어갔다가 나오면서 환호하거나, 낙담했다. 울음을 터뜨리는 사람들도 있었다.

은성이 속한 무리는 대기실에서 세 시간 반을 기다린 뒤에 마침내 소환을 받았다.

아동학대죄와 폭행죄 인정. 양육권 박탈. 분리 명령과 의무적 사회 재활 교육.

판결 결과 자체는 예상되는 것들이었다. 아버지 김민수는 스크린을 흘러가는 법리적 근거들은 거들떠보지도 않은 채 미지근하게 식은 생수병을 움켜쥐었다.

"젠장! 애새끼 떨궈내니 속이 다 후련하네."

그는 이를 악물고 중얼거렸다. 그리고 생수를 벌컥벌컥 들이켰다.

그때 은성의 손을 잡고 있던 아이가 자박자박 아버지 앞으로 다가갔다. 그리고 손을 들어 그가 마시고 있던 생수병을 패대기쳤다.

"뭘 잘 했다고 물을 처마셔!"

아이는 새된 소리로 외쳤다. 아무도 예상치 못했던 행동이었다.

"굶어 죽어! 굶어 죽어!"

좁은 공간 안에서 두 사람을 떼어내느라 소란이 있었다.

그동안 겁먹은 듯한 눈을 하고 있던 아이는 비쩍 마른 팔을 들고 목까지 빨개질 정도로 삿대질을 했다. 어디서 그런 목소리가 나오는지 모를 일이었다. 야윈 몸이 뿜어내는 욕설은 우렁찼다.

은성과 함께 폭행 증거 수집을 담당했던 변호사는 아이의 두 팔을 뒤로 꺾어 잡은 뒤에 추방하듯이 그를 판결실 밖으로 밀쳐냈다. 아이는 발길질을 하며 서럽게 울었다. 몸을 붙잡는다고 입까지 틀어막지는 못했다. 차마 담지 못할 욕설들이 누구로부터 온 것인지는 뻔한 것이었다.

은성은 아이를 데리고 세 시간을 더 있다가 그를 시설로 배웅한 뒤, 재희에게 전화를 걸었다.

이미 집으로 퇴근해 있던 재희는 차를 몰고 은성이 있는 센터 앞으로 갔다.

"사람이 무슨 짓을 하든 배는 고프지. 배가 고프고, 목이 마르고, 아무리 잘못을 한 사람이라도 물 한 모금은 마시게 한 뒤에야 죄를 물어야지. 그걸 아이에게 설명하는 것이 가능한지 모르겠어. 아이도 어리지만, 아버지도 젊어. 둘 다 그것을 끝끝내 이해하지 못할까 봐 괴로웠어. 사람이 사람에게 지켜야 하는, 넘지 말아야 할 선이 있다는 것…… 우리가 그런 것들로 이루어져 있다는 사실이 슬플 때가 있어."

은성의 손등을 두드리며 재희는 생각했다. 먹고 마신다는 것. 인간을 인간이게 만든다는 그 질긴 조건을 생각했다. 타인의 식음을 존중하는 것이 바로 자신의 인간성을 지키는 것이고, 또 자신을 지키기 위해서는 먹고 마시는 일을 멈추지 말아야 했다. 그것이 몸을 가지고 살아가는 자들의 벗어날 수 없는 굴레였다.

타인의 먹고 마심에 대한 혐오의 마음을, 푸른 반점이 찍힌 손등을 쓰다듬으며 재희는 조심스럽게 상상해보았다. 그리고 눈을 감은 채 시트를 뒤로 젖힌 은성을 보았다.

차 안을 밝히는 빛이 그녀의 얼굴을 타고 내렸다.

거미줄처럼 섬세한 주름이 눈가와 입 주변에서 반들거렸다.

재희는 숨을 깊이 들이쉬고, 티 없이 맑은 얼굴로 앉아 있는 오빠를 보았다.

바깥은 석양이 물러나고, 대신 짙푸른 어둠이 번져 나가고 있었다. 데이터의 모빌들이 하늘을 수놓으며 춤을 췄다.

"여기서는 아프지도, 병 들지도 않는다고……."

"그래."

"먹고 마시지 않아도 죽지 않고?"

"배고픔과 갈증은 필요한 경우에 꺼놓을 수 있어. 그것이 삶을 윤택하게 만든다면 완전히 없앨 이유는 없지."

"사람들이 서로 죽이지도 않고?"

"죽이려 하더라도, 아무도 살해당하지 않아."

"시도는 할 수 있다는 말이로군."

범재는 말없이 재희의 얼굴을 들여다보았다. 그리고 속삭였다.

"그건 우리도 마찬가지 아니니?"

재희가 날카롭게 쳐다보자 범재는 조금 불편하다는 듯이 고개를 돌렸다. 낮은 한숨과 함께 그는 말했다.

"있지, 재희야. 우리가 딱 한 번 아팠을 때 집에 간병을 하러 와주었던 사람들이 있었지. 기억하니?"

재희는 조금 의아하게 그를 보았다.

"그때 우리를 간호해줬던 사람들 중에 장영 씨라는 분이 계셨어. 나를 산에서부터 업고 내려왔던 분이야. 긴 머리를 하나로 묶고 계셨지."

재희는 기억을 더듬어보았다. 창조과학자들이 그 이름을 언급하는 것을, 가끔씩 스쳐 지나가며 들은 적이 있었다.

'영이 있었을 때에는⋯⋯.'

그것이 중요한 시간적 표지라도 되는 것처럼 과학자들은 말을 시작하곤 했다. 그게 누구였더라⋯⋯.

재희는 얼굴을 찌푸렸다. 오빠와 함께 보았던 산의 풍경은 생생한데, 이상하게도 그들을 뒤따라 다녔던 일행들의 모습은 희미한 윤곽으로밖에 남아 있지 않았다.

"그분은, 우리를 간호하다가 바이러스에 감염되어 결국 사망했어. 우리 몸에서 형성된 변이 바이러스에 온몸의 면역체계가 망가져버린 거지. 알고 있었니?"

재희는 고개를 저었다. 금시초문이었다.

그저 자신의 몸에서 바이러스가 괴물 같은 속도로 증식했다가 사그라들었다는 보고서만을 성인이 된 이후에 찾아서 읽었다.

"가망이 없다고 판단한 과학자들은 격리 수감을 결정했어. 장영 씨는, 그곳에서 많은 기록을 남겼지. 자신에게 일어나는 일들을 추적하기 위해 본인 몸에 나노스캐너를 직접 투입했거든. 바꿀 수 없다면, 적어도 남기고 싶었던 거야. 죽어가는 자기 자신을."

재희는 조금 숙연하게 고개를 끄덕였다. 그 죽음에 자신의 책임이 없다고 할 수는 없을 것이었다.

범재는 앉은 자세에서 몸을 앞으로 내밀었다.

"그것이 법적인 필터에 걸려 차단당하거나 삭제될 가능성에 대비해서, 장영 씨는 자신의 데이터를 낱낱이 분해한 다음에 웹상에 퍼뜨렸어. 그렇게 흩어져 있던 퍼즐 조각들이, 어느 순간 내 앞에 계속해 나타나기 시작하더군. 애초에 그렇게 설계를 해두었던 것인지…… 이제는 아무도 알 수 없지. 조각난 채로 떠돌아다니는 데이터들을 내가 전부 수집했어. 처음에는 호기심에서였는데, 작업을 끝마칠 즈음에는 속죄하는 마음이 되어 있었지. 이미 심하게 손상되거나 변형되어버린 조각들도 많았어. 그럼에도, 그것들에 담겨 있는 메시지는 제법 일관되더라. '생은 강렬하고, 그에 비해 인간의 몸은 너무나 약하다'는……. 데이터 조각들은 하나같이 홀로 쓸쓸하게 죽어간 장영을 추모하고 있었던 거야. 그 모든 그림을 완성했을 때는 소름이 돋았지. 장영 씨는, 홀린에서 태어난 첫 번째 시민이야. 그것의 새로운 이름이 바로 로슈고."

"그럼 로슈가 바로 장영……?"

"장영 씨의 원본 자아라고 할 수는 없겠지만, 그래도 장영의 생을 잇는 하나의 독립적인 인격인 것은 사실이야. 흩어져 있던 파편들을 이어서 만들어진 인간이지."

재희는 놀라움에 눈을 깜빡였다.

어린 시절, 그들로 인해 누군가가 죽었다. 피조물을 간호하던 창조과학자가 그것에게 생명을 압도당한 것이었다. 그것을 단순히 불운한 사고였다고만 치부할 수 있을까.

홀로 격리 병동에서 죽어가던 과학자는 무슨 생각을 했을까.

무너져가는 자신의 몸을 기록해 나가던 그 마음을, 도대체 무엇이라고 이름 붙여야 할지 재희는 알 수 없었다.

몸은 약했다.

아무리 업그레이드를 하고 훌륭하게 관리를 하더라도, 어떠한 의도나 적의가 없더라도 한 순간에 허망하게 스러져버리기도 했다.

"본인은 그걸로 만족한대?"

그녀는 작은 소리로 물었다.

범재는 보일락 말락 웃었다.

"이곳에서 사람들은 훨씬 자유로운 종류의 자아를 가지고 살아가. 몸에 매여 있지 않으니까."

"개체성이 사라진다는……."

"그 속박에서 벗어나는 거지."

범재는 재희의 얼굴을 깊숙이 들여다보았다. 그녀가 자신의 말을 얼마나 이해하고 있는지 확인하려는 것 같았다.

그는 손을 뻗어 재희의 손등을 툭툭 두드렸다. 감각 없는 손이 테이블 위에서 잠시 만났다.

"직접 데이터가 된다는 것은 말이야, 얼마든지 변할 수 있다는 뜻이야."

범재는 그녀의 손을 잡은 채로 자리에서 일어났다.

테이블과 의자가 사라지고, 기다란 해변이 펼쳐졌다.

흰 모래가 달빛을 반사했다. 얕은 바다가 흔들리며 두 사람의 발목을 감싸 안았다.

멀리서 아이들의 웃음소리가 들려왔다.

그녀의 손을 쥔 채로, 범재는 해변을 걸어 나갔다. 물거품이 모래를 휩쓰는 소리가 수많은 모래들이 중얼거리는 소리처럼 들렸다.

범재는 손을 들어 건너편에서 놀고 있는 아이들을 가리켰다.

"저들은 전부, 누군가의 일생 데이터로부터 복원된 사람들이야. 몸에 남아 있는 기억을 추출해서 유년으로 돌아간 거지. 늙거나 병든 사람들이 어린 시절로 돌아가서 마음껏 놀고 있는 거야. 아무런 걱정도 없이 실컷."

밤바다가 유순한 짐승처럼 몸을 뒤척였다. 파도가 말갈기처럼 달려 나가다가 아이들의 배에 부딪히면 자지러지는 웃음소리로 부서졌다.

제법 먼 곳까지 헤엄을 쳐서 나오는 이들도 있었다. 잠수를 하다가 지친 아이들은 해먹에 몸을 싣듯 수면 위에 둥둥 떠서 밤하늘에 뜬 별을 보았다. 희고 커다란 달이 수면의 한 중간에서부터 저쪽으로 그리고 이쪽으로 동시에 그림자를 보냈다.

"저들이 홀린으로 건너오던 순간까지의 데이터가 전부 안전하게 저장되어 있어. 홀린의 시민이 된 이후의 데이터들도 빠짐없이 기록되고 있지. 모든 것이 백업 돼. 아이로 살든, 노인으로 살든, 그 무엇으로 살든 그것이 저들의 자아를 이루는 일부가 되는 거야. 그 한 사람 한 사람의 데이터를 행복하게 하는 방향으로 홀린은 스스로 진화해 나가. 이곳에서는 모두가 상호보완적이야."

재희는 달빛을 받아 분홍으로 빛나는 머나먼 산맥을 바라보았다. 그리고 헤어지기 직전까지 서로의 식음을 물어뜯으려 들었다는 부자(父子)를 생각했다.

저들이 이곳에서 만난다면, 전부 용서할 수 있게 될까. 서로의 먹고 마심을 증오할 필요가 없어진 사람들이 정말로 가장 행복한 사람들일까.

보름달이 높이 솟아올랐다. 달빛이 바위산을 비추었다. 누군가의 어깨처럼 단단하고도 고운 산맥이었다. 그 아래에 미소처럼 빛나는 해안이 있었다.

모래사장은, 범재의 설명대로라면, 바람과 물이 실어온 자갈이 아니라 아이들의 기억과 염원으로부터 탄생한 것이었다.

"이곳에서는 자아에 대해 고민할 필요가 없어. 데이터가 알아서 저장되고 조율되거든. 어떤 극심한 변화를 겪더라도 사람들의 마음은 가장 안정적인 지점을 찾아낼 거야. 무엇도 이들을 흔들 수 없고, 아무것도 잃지 않을 것이기 때문에 사람들은 마음대로 변할 수 있어. 몸을 벗어난다는 것은 그런 의미야."

자맥질을 했다가 솟아오르는 아이들이 새된 소리로 웃었다. 물에 젖은 머리가 자갈처럼 반들거렸다.

재희는 철벅거리는 파도소리에 귀를 기울이다가 물었다.

"저 아이들 중 하나가 다른 누군가를 때린다면 어떻게 되지?"

"고통 수치를 0으로 낮춘다면 아무런 아픔도 느끼지 않아. 외상이나 내상을 입는 일도 없고."

"다른 아이들에게 따돌림을 받는다면?"

"새로운 친구를 사귀러 가면 되지. 홀린 안에 해변은 얼마든지 있어. 사람도 마찬가지고."

"만약…… 죽고 싶어지면 어떡하지?"

범재는 재희를 슬쩍 돌아보았다가 다시 걸음을 옮겼다. 그의 표정은 무덤덤했다.

"계정을 중지하면 돼. 죽었다가 다시 깨어나도록 타이머를 설정할 수도 있고, 자신의 데이터를 영영 삭제해달라고 요구할 수도 있어."

잠시 숙고하는 듯하다가 그는 덧붙였다.

"하지만 죽고 싶을 만큼 불행해지기 전에 온 세계가 그것을 방지할 거야. 홀린은 그런 곳이니까."

"정말…… 아무도 죽고 싶어 하지 않을까?"

재희는 다시 물었다. 그녀는 은성을 생각하고 있었다. 그녀도 훨씬 더 행복한 삶을 살았다면, 죽음보다는 삶을 선택했을까? 흔쾌히 생을 긍정하고 더 건강한 몸을 바라지 않았을까?

홀린이라면, 그녀도 기꺼이 영원히 살까.

갑자기 말이 없어진 재희를 범재는 힐끗 돌아보았다.

"우리는 각각의 사람들을 가장 행복하게 하는 것이 무엇인지 파악하고 있어. 그것을 계속해서 알맞은 방식으로 제공해준다면, 이 세상을 떠나고 싶어질 이유는 없지 않을까?"

"사람을 행복하게 하는 것……."

재희는 입안에서 말을 굴리듯 중얼거렸다.

은성을 행복하게 하는 것이 무엇이었을까. 화초와 꽃을 좋아하고, 책읽기를 좋아하고, 수영을 좋아했다. 여리고 약한 것, 도움을 필요로 하는 작은 존재들이 자주 그녀의 시선을 사로잡았다. 비관하는 듯한 말투를 자주 썼지만, 실상은 누구보다도 인간을 아꼈다. 다른 인간들을 두고 떠날 수가 없어서 그녀도 죽음을 신념처럼 받아들인 것이었다.

만약 누구도 고통 받지 않는 이곳에서라면…….

"실컷 수영하면서 살 수 있다면 바랄 게 없겠어."

시에서 운영하는 1세대 전용 수영장에 다녀오면서 은성은 밝은 목소리로 말하곤 했다.

"물에 들어가면 왜 이렇게 행복한지 몰라. 난 전생에 물고기였나 봐."

부드럽게 휘어지는 눈꼬리를 하고 그녀는 후후, 웃었다.

심장이 약한 탓에 숨이 차서 삼십 분도 채 운동을 하지 못하고 풀장을 빠져 나왔지만, 그럼에도 일주일에 한 번 수영 하러 가는 날을 그녀는 손꼽아 기다렸다.

실제로는 수영을 하는 시간보다도, 수영장까지 오고, 옷을 갈아입고, 수영을 끝낸 뒤에는 몸에서 소독약을 씻어내는 시간이 두 배 이상 오래 걸렸다. 재희가 따라가서 몸을 씻는 것을 도우면 그나마 시간이 조금 단축되었다.

몸에 딱 달라붙는 수영복을 입은 은성은 평소보다도 몸 여기저기가 더 울룩불룩 튀어나와 보였다. 검정색 나일론 스폰은 비틀어진 골반을 가감 없이 드러냈고, 어깨에 새겨진 문양은 견골의 서로 다른 높낮이를 자처럼 표시했다. 평평한 땅을 걸어갈 때도 그녀는 몸이 출렁출렁 흔들렸다. 마치 어디에 있든 물속을 걷는 것 같았다.

정작 풀장에 들어가 발차기를 하면 그녀는 몸의 균형이 맞지 않아 자꾸만 한쪽으로 방향이 치우쳤다. 방향타가 빠져버린 보트처럼 그녀는 레인의 한구석에 딱 붙어서 움찔움찔 앞으로 나아갔다.

힘이 없어 둥글게 말리는 몸을 똑바로 펴주기 위해 재희는 그녀의 어깨와 허리를 잡고 물속에서 들어 올렸다 내리기를 반복해주고는 했다.

숨을 헐떡이면서도, 은성은 마치 놀이기구를 탄 아이처럼 웃었다.

이곳에서라면 은성도 휘어진 몸으로도 발을 차서 똑바로 나아갈 수 있을 것이다.

재희는 힘차게 물장구를 치는 아이들을 쳐다보았다. 저들 중 얼마나 많은 사람들이 홀린에서 처음으로 헤엄을 만끽하게 된 것인지 문득 궁금해졌다.

"저들도, 전부 오빠가 직접 관리하는 거야?"

"저들을 관리하는 시스템인 홀린을 내가 관리하는 거지. 원한다면 지금도 한 사람 한 사람의 생체 기록을 열람해볼 수 있어."

"혼자서는 버겁지 않아?"

범재는 긍정하지도, 그렇다고 부정하지도 않았다. 재희는 다시 물었다.

"저 사람들은 지금 행복하대?"

이번에 그는 대답 대신 웃었다. 지상과는 비교할 수도 없을 만큼 커다란 달이 떠올라서 그의 얼굴을 비추었다.

파도가 커졌다. 달이 커져서 파도도 거세진 것인지, 재희는 궁금했다.

어느새 해변의 막다른 곳이었다. 커다란 바위가 버티고 서서 집채만 한 파도를 튕겨냈다. 물거품은 달빛을 받아 허공에 불꽃놀이처럼 흩어졌다.

범재는 주머니에 손을 찔러 넣은 채 바위의 꼭대기까지 걸어 올라갔다.

그의 손에 딸려 있던 재희의 몸 역시, 덩달아 상승했다.

계란처럼 둥그런 바위의 꼭대기에 기와지붕을 얹은 정자를 발견했을 때도 그녀는 별로 놀라지 않았다.

해안선이 아까보다도 넓은 시야로 펼쳐졌다.

"이곳이 결코 물리적인 세계에 비해 단순한 것은 아니야."

범재는 말했다.

"그 복잡성에 비해 관리자가 너무 적은 것은 사실이지. 네 말대로, 나는 이곳에서 혼자니까."

파도가 용솟음쳤다가 시원하게 부서졌다. 지붕 위로 물줄기가 후두둑 떨어졌다.

"재희야, 네가 나를 도와줬으면 좋겠어."

바다 위에 보름달이 걸려 있었다.

둥근 달 속에 범재의 모습이 어른거렸다. 환한 광원 속에 놓인 그의 실루엣은 금방이라도 녹아내려서 다른 무언가로 변해버릴 것만 같았다.

"나더러 이곳의 일부가 되라고?"

재희는 긴장한 듯이 속삭였다.

"그건 천천히 결정해도 좋지만, 그 전에 네가 만나주었으면 하는 사람이 있어."

"누구를?"

범재는 굳건한 목소리로 말했다.

"내 몸과 만나줘. 박범재를 이리로 불러줘."

"그게 무슨 말이야?"

재희는 눈을 깜빡였다. 지나치게 밝은 월광 속에 오빠의 그림자가 흔들렸다. 그것이 물결처럼 일렁이며 말을 이었다.

"언젠가 이 세계가 완벽해지면, 나는 이곳의 진정한 일부가 되어 사라질 거야. 그때까지만이야. 이곳을 함께 지키고 관리할 존재가 필요해. 나 혼자만으로는 충분치 않아. 내가 남기고 온 몸과…… 그 몸에서 새로 피어난 의식과 만나고 싶어."

범재는 고개를 돌리더니 자리에서 일어났다. 달빛을 등에 인 채로 그는 정자의 반대편으로 천천히 걸어갔다. 빛과 어둠이 그의 등과 가슴을 각각 파고들었다.

"나를 견제하고, 더 완벽하게 해줄 누군가를 찾고 있어. 단 한 사람이면 돼. 재희야, 홀린을 나가면 그에게 내가 찾고 있다고 전해줄래?"

"그 몸은 더 이상 박범재가 아니라며?"

"아니지. 하지만 세상의 그 누구보다도 나와 닮아 있는 존재이기도 해. 그를 만나서, 설득을 할 거야."

"또 한 번 죽으라고?"

재희는 묻지 않을 수 없었다. 그녀의 목소리가 떨렸다.

"죽음은, 새로 태어나기 위한 수술 같은 거지."

어둠을 향해 있던 범재는 몸을 돌렸다. 그의 눈동자가 빛을 반사했다.

"재희야, 저 세상에는 미래가 없어. 너도 알잖아? 행성은 파괴되었고, 인간의 몸은 그것을 견디지 못해. 문명은 지속 가능하지 않고, 2세대들은 현실을 바꾸는 데 결국 실패할 거야. 그들은 울티마를 실현하지 못해……. 그들의 어리석음에 더욱 많은 생명들이 희생되겠지. 결국 누군가 살아남는다고 해도, 그것은 극소수가 될 거야. 더 많은 사람이 행복할 수 있도록…… 나는 이 세계를 반드시 완성시킬 거야. 그러기 위해서는 그와 내가 만날 필요가 있어."

"내가 무슨 수로 그를 설득해?"

"네가 여기 있다고, 그리고 내가 여기서 기다리고 있다고 전해주기만 하면 돼. 그가 마음만 먹는다면 나머지는 로슈와 갈고리가 알아서 할 거야."

"그를…… 세상에 남겨놓을 생각은 없어?"

"어차피 세상이 그를 가만히 두지 않아."

범재는 고개를 저었다.

"곧 세상의 모든 사람들이 홀린의 존재에 대해 알게 되겠지. 본격적인 이주가 시작되면 연방은 박범재를 가만히 두지 않을 거야. 아마 폐기형이 내려지지 않을까? 무엇이 문제였는지 확인할 방법이 없으니 개조형은 애초에 가능하지도 않을 테지. 자신이 무슨 짓을 저질렀는지 아무런 기억도 하지 못하는 사람에게 어떻게 잘못을 묻겠어?"

"오빠가, 폐기된다고……."

재희는 충격 받은 목소리로 중얼거렸다. 그리고 새하얀 컨테이너에 담겨 왔던 그 벌거벗은 맨몸을 떠올렸다.

손가락 한 마디, 손톱 한 알까지 완벽하게 보존되어 있던 몸 위에는 새벽이슬이 맺혀 있었다. 그 몸이 사라져버린다는 생각은 가슴을 깊이 찔렀다. 서늘한 칼날이 목구멍을 타고 흘러가는 것 같았다.

"오빠가……."

재희는 달빛과 바닷물에 흠뻑 젖어 있는 범재의 형상을 바라보았다.

윤곽이 제대로 보이지도 않을 만큼 어두운 난간에 그는 기대어 있었다. 또 한 번의 커다란 파도가 치솟았다가, 정자를 집어삼킬 기세로 쏟아져 내렸다. 물의 장벽은 그림자를 드리웠다.

두 사람이 그늘 속에 완전히 가라앉았다가 다시 떠올랐다.

그가 금방이라도 사라져버릴 것 같다는 불안감이 가슴에 내려앉았다.

"처음부터 전부 예상했던 거야? 몸을 연구소로 보낼 때부터……"

재희는 목소리를 높였다. 계속 말을 걸지 않으면 그가 어둠 속으로 떨어질 것 같았다.

"과학자들이 몸을 다시 복구해내리라고 확신했던 거야? 너무 무모하잖아. 몸이 그대로 영영 파괴되어버렸으면 어쩔 뻔했어!"

"그 몸이 파괴되더라도, 네가 있으니까……."

범재는 낮은 소리로 대답했다.

그의 말소리를 잡아내기 위해 청력을 키웠다가, 파도가 치솟는 바람에 화들짝 볼륨을 낮추었다. 망할 헬멧에는 음성을 섬세하게 잡아내는 기능이 없었다.

"네가 있으면 괜찮다고 생각했어. 내 의식이든, 몸이든, 무엇이든 간에 너에게는 믿고 맡길 수 있으리라고 생각했어. 내 몸이 설령 다시는 도망쳐 나오지 못하더라도, 너만은 구해낼 생각이었어. 고맙게도 넌 지금 이렇게 무사하고."

"구해내기 이전에, 나를 곤경에 빠뜨린 것도 바로 오빠였지."

재희는 작게 중얼거렸다. 물론 그는 전부 듣고 있을 것이었다.

"수신자명에 내 이름이 적혀 있어서, 내가 어떤 곤경에 처했는지 모르지? 아니, 다 알면서도 한 거였구나? 그렇다면 더욱 죄질이 나쁜데……. 나는 아직 연구해보고 싶은 것이 많아. 궁금한 것도 많고, 해보고 싶은 것도 많았다고. 별 탈 없이 오래 살아남는다면 언젠가 펼쳐질 신인류의 세상도 꼭 두 눈으로 확인하고 싶었어. 디오스가 예언한 그 세상을, 언젠가 직접 만들어낼 거였다고."

"재희야."

"오빠에게 지키고 싶은 것들이 있다면, 마찬가지로 내게도 지키고 싶은 삶이라는 것이 있었어. 오빠는 그것을 멋대로 망쳐놓은 거야."

"지금 당장 네게 홀린으로 오라는 뜻은 아니야."

범재는 조금 억눌린 듯한 목소리로 말했다.

"정말로 네가 홀린을 거부한다면, 붙잡지 않을게. 너를 안전하게 다시 저쪽으로 보내줄 수도 있어. 하지만 너도 언젠가는 깨닫게 될 거야. 인류의 미래는 저쪽이 아니라, 바로 이쪽에 있다는 것을……."

범재는 잠시 말을 멈추었다가 다시 이었다.

"적어도 아직 세상에 남겨진 나의 몸이 안전하게 이쪽으로 건너오는 것만큼은 도와주지 않을래? 부디, 그가 죽도록 내버려두지 마."

무언가 뜨거운 게 가슴을 치고 올라왔다. 눈앞에 서 있는 저 남자의 형상이 안타까우면서도, 동시에 그가 진심으로 미웠다. 재희는 어렵사리 속삭였다.

"다시 시작해 볼 생각은 없어?"

"그들의 세상은 결코 우리 것이 되지 않아. 더 근본적인 개혁이 필요해. 그곳에 우리가 있을 자리는 없어."

"오빠……."

"이전 세대가 3세대를 통해 실현하려 했던 것들을, 우리는 홀린을 통해 완성할 수 있어. 죽지 않는 몸, 파괴적이지 않은 문명, 행복한 사람들. 이곳에서는 누구나 그것을 누릴 수 있어. 재희야, 가장 완전한 몸은 튼튼한 몸이 아니라, 존재하지 않는 몸이야. 나는 그렇게 결론 내린 거야."

재희는 그를 막막하게 쳐다보았다.

학창시절 그들이 만들었던, 딱딱한 철갑을 두른 신인류가 떠올랐다. 오빠의 '크류'를 마주한 이후로 재희의 그 프로젝트에 대한 열기는 일시에 식어버렸다. 그러나 오빠의 작업은, 아직도 끝나지 않은 모양이었다.

재희는 조금 전까지 아레나에서 젊고 싱싱한 몸으로 탈피하던 군중들을 떠올렸다. 그들의 뺨에서 빛나던 혈색과, 터져 나오던 목소리를 생각했다. 해안의 저편에서는 아이들이 옛날 화가의 그림 한 폭처럼 노닐었다.

그녀는 조금 갈라지는 목소리로 말했다.

"나는 솔직히 무서워. 이 공간은 지나치게 균질해. 마치 자가 복제로만 이루어진 단세포동물의 군락을 보는 것 같아. 이미 이 세계로 넘어온 사람들이 스스로 행복이나 불행을 어떻게 판단하겠어? 이미 온 세상이 그들에게 행복이 무엇인지를 가르치려 드는데."

범재는 그녀를 보았다.

"이 사람들의 생의 감각을, 네가 직접 경험해보지도 않고 어떻게 판단해? 살아있고, 삶을 사랑한다는 점에서 저들도 너와 같아."

그는 자리에서 일어나 천천히 걸어왔다.

"재희야, 이 사람들이 바로 새로운 인류야. 나는 네가 우리와 함께했으면 좋겠어."

다시 한 번 파도가 쳤다. 사방에 어둠이 깔렸다가, 물러났다. 범재는 그녀의 바로 앞까지 걸어와 있었다.

"우리를 도와줄래?"

재희는 그의 얼굴을 보았다. 들이치는 물길에 머리카락도, 소매도, 뺨도 축축하게 젖어 있었다. 그 모습은 화분에 물을 흠뻑 준 것처럼 싱싱했다. 피부에 맺혀 있는 물방울들로부터 그녀는 지나간 새벽을 떠올리지 않으려고 노력했다. 그가 느끼는 것을 애써 상상해보았다.

이곳의 공기는 서늘할까? 달빛은 태양만큼이나 따뜻할까?

계속 귓가를 치는 바람소리에 팔다리가 나른해지는 듯했다. 공기를 가득 채우는 소금기의 쌉싸래함도 떠올랐다. 여름밤의 해안가에서 불어오는 바람은 어린 시절부터 그녀가 사랑해 마지않던 것이었고, 그것은 오빠도 마찬가지일 것이다. 홀린의 일부가 된 사람들은, 모든 것을 얼마든지 만끽할 것이었다.

재희는 간신히 고개를 끄덕였다.

"고마워."

범재는 속삭였다.

범재는 어둠을 향해 등을 돌렸다. 마치 고기잡이배의 광원이 해저로 가라앉듯, 그는 천천히 어둠 속으로 사라졌다. 재희는 그것을 홀린 듯이 쳐다보았다. 그가 걸어가는 시간 속에는 어떠한 순서도, 시작도, 끝도 없는 것 같았다.

어둠 속에서 물거품이 모래사장으로 빨려 들어갔다.

그녀가 아끼던 것들이, 하나둘 사라져 간다.

어둠 속을 응시하던 재희는 문득 깨달았다.

오빠는 돌아오지 않을 것이다. 그는 이 세계에 집어삼켜져 영영 돌아오지 않을 것이고, 그것은 어쩌면 은성도 마찬가지일지 몰랐다.

자신을 구성하던 조각들이 하나둘씩 돌이킬 수 없는 방식으로 빨려 들어가, 종래에는 자신마저도 흩어질 것만 같은 예감이 들었다.

텅 빈 해원을 향해 눈을 깜빡이다가, 재희는 몸을 부르르 떨었다.

불빛이 수면을 타고 손을 뻗었다. 땅을 만지지는 못하고, 그저 수면 위에 엎질러져만 있는 달의 그림자였다. 그것은 방향을 바꾸어가며 집요하게 시선을 따라다녔다.

재희는 손을 뻗어 아래편에 숨겨져 있는 메뉴를 끄집어냈다.

"나가시겠습니까?"

그녀는 고개를 끄덕였다.

이번에도, 오빠가 이긴 것인지 모른다.

모든 광경이 녹아 내렸다.

재희는 헬멧을 벗었다.

그리고 짜디짠 습기가 어린 얼굴을 손바닥으로 덮었다.

11

N1030이 '박재희'를 찾아보기로 결심한 것은 그가 눈을 뜨고 나흘이 지난 뒤였다.

수술대의 밝은 조명 아래 정신이 든 이후로, 과학자들은 그에게 데이터를 투입해왔다. 박범재라는 인물의 행적과 관련된 사소하고도 시시콜콜한 데이터들이었다.

그는 때로는 영화를 감상하는 마음으로, 때로는 이미 죽어버린 조상의 평전을 읽는 느낌으로, 그것도 아니라면 무의미한 작업을 반복하는 기계의 무비판적인 성실함으로 데이터들을 흡수했다. 그렇게 사흘을 지내자 그는 어떤 질문을 받더라도 마치 자신이 그 문제에 있어서 최고의 권위자인 것처럼, 박범재에 대해 한 시간이고 두 시간이고 떠들 수 있게 되었다.

과학자들은 만족한 것 같았다.

"정보는 채웠으니, 이제 몸에 익히기만 하면 되겠구나."

그들은 입을 모았다. 그리고 갓 구워져 나온 도자기를 완충재에 싸서 넣듯 그를 박민경 소장의 품에 안겼다.

'어머니'는 그를 호버카에 태워 3층짜리 단독주택으로 데리고 갔다.

연구소에서 과학자들을 호령하며 체크 세례를 퍼붓던 그녀는 정작 그와 단둘이 있게 되자 할 말이 없는 모양이었다. 집으로 돌아가는 비행은 과묵했다.

2층 거실에 들어서자 비로소 박민경은 그에게 선물 포장이 되어 있는 작은 꾸러미를 내밀었다.

"생일 축하해, 아들."

그녀가 말했다.

"감사합니다."

그는 정중하게 인사했다. 그러면서 속으로는 집이 그녀 혼자서 살기에 조금 커 보인다고 생각했다.

마당에 감나무와 벚나무가 정갈하게 심어져 있는 집이었다. 1층 전면에 창문이 하나도 없는 것에 비하면 2층은 방마다 넓은 통유리로 창이 나 있었다. 1층이 손님을 맞는 용도라면, 사생활이 이루어지는 공간은 2층인 모양이었다. 생활의 흔적도 주로 2층에 집중되었다.

마당에서 보이던 지붕 아래 3층 다락은 아무나 드나들 수 없도록 문이 안팎으로 잠겨 있었다.

현관에 들어서는 것과 동시에 집은 범재의 신원을 '가족'으로 인식했다.

두 사람이 층계를 오르자마자 2층 중앙을 둘러싸고 있던 방들은 활짝 열어둔 벽을 스르륵 닫았다. 민경은 평소에 모든 공간을 터놓고 지낸다고 했다. 범재의 생활 패턴을 기억하고 있는 집은 그의 발길이 닿자 공간을 다시 조율해나갔다. 방은 가려졌고, 복도는 밝아졌다.

범재는 그것을 낯설게 쳐다보았다.

그는 이 공간을 몰랐지만, 집은 그를 자그마치 27년 동안이나 알고 있었다. 그 사실이 묘한 소외감을 불러일으켰다.

2층의 테라스에 마련된 탕비 공간에서 민경이 프린터를 조작하는 동안 범재는 주위를 두리번거렸다. 집안은 대체로 깔끔하게 정돈되어 있었다. 그럼에도 가구와 벽지에서 세월의 흐름을 읽어내기는 어렵지 않았다.

"제 방이 어딘가요?"

그가 물었을 때 민경은 따뜻한 꿀차를 쥐어주며, 층계의 바로 오른편에 보이는 문을 가리켰다. 어깨를 두드려주고 그녀는 말했다.

"들어가서 쉬어라. 저녁 때 다시 부르마."

한 손에는 김이 올라오는 머그잔을, 다른 한 손에는 선물 꾸러미를 든 채로 그는 자신의 방으로 향했다. 닫혀 있는 문 앞에 서자 카메라가 그를 인식했다. 문은 저절로 열렸다.

이미지로는 확인했지만 한 번도 눕거나 앉아본 적은 없는 침대와 책상이 있었다. 침대는 벽을 따라 길게, 책상은 창문을 마주하도록 배치되었다.

침대 맞은편에는 문이 네 개 달린 옷장이 있었다. 그가 마주하는 모든 것들이 하나같이 꿈속에서 본 적이 있는 풍경 같았다. 익숙하면서도, 의심스러웠다. 극도로 현실적이었지만, 현실감은 없었다.

앞으로 박범재의 정체성에 완전히 익숙해질 때까지 이곳에서 지내게 될 것이라고 했다. 박범재는 유명인이었다. 섣불리 움직였다가는 이목을 끌 것이다.

"연방정부에 보고가 완료될 때까지만 기다려보자. 그동안 집에서 편하게 지내고 있어."

범재는 흰 이불이 깔린 침대에 드러누워 생각했다.

집에서 편하게 지내라는 말은, 밖으로 나가지 말라는 완곡한 표현일 것이다. 자신이 마지막으로 발견되었을 때는 온몸이 산산이 부서져 있었다고 했다. 죽기 전에 누군가로부터 끔찍한 원한이라도 산 모양이었다.

"도대체 뭘 하고 다녔던 거니……."

한 손을 들어 가슴을 툭툭 두드리며 그는 중얼거렸다. 자신에게 남겨진 것은 이 몸 그리고 데이터뿐이었다. 둘을 조합하여 박범재의 행세를 하는 것은 어렵지 않을 것이다. 그러나 자신을 이전의 삶과 연결 지어서 받아들이는 것은 아직까지 거부감이 있었다.

도대체 무슨 끔찍한 일에 휘말렸길래, 의식이 깃드는 것조차 불가능해질 만큼 몸이 갈가리 찢겨버린 걸까.

두려움이 없다고 하면 거짓말이었다.

자신이 기억하지 못하는 무슨 업보가 저 바깥의 세상에 도사리고 있을지 상상하는 것만으로 목 뒷덜미가 움찔 죄여들었다.

그가 살아났다는 것을 알면 누군가 다시 공격해올지도 모르는 일이다. 상대가 얼마나 집요하고 악질적인지는, 이미 한 번의 죽음을 통해 충분히 증명되었다. 아직까지도 범인은 잡히지 않고 있다고 했다. 그 사실이 범재를 더욱 불안하게 만들었다.

자신의 몸을 스캔할 때마다 화면에 떠오르던 문구를 그는 입속에

되뇌어보았다.

"자료명 N1030. 관할자명 박재희."

박재희가 그의 하나뿐인 동생의 이름이라는 것을 알게 되기까지는 긴 시간이 걸리지 않았다. 박범재의 청소년 시절 데이터를 학습하다 보면 그 이름과 심심치 않게 마주쳤다. 두 사람이 함께 찍은 사진, 주고받은 메시지와 통화기록들, 함께 제작한 입체 회화 작품들.

폴더의 한 귀퉁이에는 그들이 생일마다 주고받은 편지도 해를 거르지 않고 쌓여있었다.

"……그러니 만약 남아 있는 수명이 무한이라면, 오빠는 아무리 나이를 먹더라도 전 생애의 n/∞에밖에 도달해 있지 않은 셈이고, 그것은 나 역시 마찬가지겠지. 무한의 입장에서 보면 우리의 나이는 티끌만큼의 차이도 없어. 그리고 그것은 우리의 하루와, 한 달과, 일 년에 대해서도 마찬가지겠지. 그러니 일 년에 한 번씩 꼬박꼬박 서로의 생일을 축하해주느라 골머리를 썩이는 일은 이제 그만두도록 하자. 이 멋진 아이디어를 올해 생일 선물로 줄까 하는데, 어떻게 생각해?"

화려한 디스플레이와 함께 펼쳐지는 무뚝뚝한 문장들을 살펴보며, 그가 얼마나 자주 실소를 터뜨렸는지 모른다. 남매는 생전에 무척 가까운 사이였던 것이 분명했다.

침대에 드러누워 벽장이 놓인 건너편 벽을 바라보고 있으면 기분이 묘했다. 바로 저 벽 너머에 박재희의 방이 있었다. 지금은 공간 보존을 위해 폐쇄되었지만, 학생 시절에 두 사람은 서로의 방을 수시로 넘나들었을 것이다.

그것보다도 어린 시절에는 아예 한 방에 침대를 몰아넣고 공동

침실을 사용했다고 했다. 동향으로 커다란 창이 나 있는 그의 방이 침실, 조금 더 작고 밝은 박재희의 방이 놀이방이었다.

지금도 몸을 일으켜 몇 걸음만 옮기면, 박재희의 유년과 학창시절이 고스란히 배어 있는 공간을 마주할 수 있었다. 이번 사건의 가장 유력한 용의자로 꼽히는 사람의 과거가, 바로 벽 한 장 너머에 도사리고 있는 것이다. 그 사실이 믿기 어려워 그는 현기증을 느꼈다.

지금도 그는 박재희가 관할하는 생체 자료로 분류되어 있었다. 원래라면 있을 수 없는 일이라고 과학자들은 선을 그었지만, 현재 그것은 시스템 상으로 엄연한 사실이었다. 공식적인 정정 요청을 넣으면 불필요한 이목을 끌 것이기에 상황을 지켜보자고, 그들은 말했다.

범재는 그들을 신뢰했다. 그러나 동시에, 박재희의 의중에 대해 아무것도 파악된 것이 없다는 사실을 함께 받아들여야만 했다. 안전한 곳에 숨어서 연습을 거듭하면 할수록, 그는 더욱더 완성도 높은 박범재가 되어갈 것이다. 그러나 만약 그가 끝끝내 인간으로서의 법적 지위를 다시 획득하지 못한다면 어떻게 되는 걸까?

지금으로서 이 사태의 열쇠를 쥔 것은 오로지 박재희 한 사람인 것으로 보였다. 그녀가 자신에게 정말로 극렬한 살의를 품었든 아니든 간에, 박범재는 누구보다도 박재희와 만나보고 싶었다. 벽 하나를 사이에 두고 자신과 이렇게나 가까이, 오랫동안 붙어 있었던 존재와 얼굴을 맞대고 한 번이라도 이야기를 나눌 수 있었으면 했다.

고개를 돌려 저편을 볼 때마다 가슴이 답답했다. 속을 알 수 없는 누군가가 벽 뒤편에 바싹 도사리고 있을 것만 같았다. 그 사람은, 자신이 어쩌다가 죽음으로 앙갚음당할 만한 원한을 샀는지 알고 있을 것이다. 그리고 어떻게 해야 이 죽음에서 풀려날지도.

어머니는 그의 신체에 대해서는 속속들이 알았지만, 그의 인간관계에 있어서는 많은 것을 파악하고 있지 못했다. 자신에게 친한 친구나 연인이 있었느냐는 물음에 민경은 고개를 슬쩍 돌리며 이렇게 대답해줄 뿐이었다.

"잘 모르겠구나. 데이터에 나와 있지 않니?"

그들이 제공해주는 데이터를 철저히 파악했지만 사인(死因)을 암시하는 정보는 어디에도 없었다. 그리고 그의 하나뿐인 동생은 현재 도주 중이었다.

범재는 낮은 한숨을 내쉬며 침대 헤드에 등허리를 기댔다. 그리고 어머니가 건네준 선물 꾸러미를 끌어왔다. 카드는 들어있지 않고 물건만 포장되어 있는 루미프린트 박스였다.

상자를 열어보자, 최신형 오큘러스 글라스가 나왔다.

글라스의 좌측 내부에 검경국의 마크가 새겨져 있었다. 공무 집행에 사용되는 비품인 모양이었다. 잠입수사 시에 신분을 위장하기 위해 임의로 제공되는 계정이 그 안에 들어 있었다.

범재는 그것을 한동안 집에서 머물러야 할 테니 데이터 세계라도 돌아다니라는 뜻으로 받아들였다. 그가 죽기 전에는 직접 가상현실 플랫폼을 운영했다는 사실도 이미 알고 있었다.

앞으로 다시 박범재로 살아가기 위해서라도, 데이터 세계와는 친숙해질 필요가 있었다.

범재는 글라스를 착용하고 조심스럽게 첫 접속을 시도했다. 3세대의 몸이기는 했으나, 데이터를 다루는 것은 아직 익숙하지 않았다. 신세대들도 전문 기관에서 12년 동안의 훈련을 거친 뒤에야 데이터 네이티브로 인정을 받는다고 했다. 지금의 그는 고작해야 머릿속에 데이터를 다운로드하고, 필요한 정보를 빠르게 검색해내는 수준이었다.

앞으로 얼마나 더 훈련을 해야 수억에 육박하는 유저들이 드나드는 세계 하나를 운영할 만할 역량이 생기는 것일까. 그는 막막함에 다시 작게 한숨을 내쉬었다.

글라스 접속은 간단했다. 모든 인적사항과 위장정보가 준비되어 있었다. 필요한 것은 그의 승인뿐이었다.

최초 접속과 함께 미리 준비되어 있던 서버가 열렸다.

등록자수 0명. 메시지 0개. 자주 이용하는 서비스 0개. 상품 구매 내력 0개…….

백지나 다름없는 계정이었다.

그의 서버 주소를 알고 있는 사람들이 연락해올 수 있고, 그 역시 누군가에게 연락을 취할 수 있다. 모든 활동은 기록되지만, 동시에 모든 사이버 공격으로부터도 보호받을 것이다. 지금 그의 상태에 꼭 알맞은 신분이었다.

프리셋 세팅이 완료되자마자 새로운 메시지가 도착했다.

범재는 한 손을 들어 수신을 허락했다.

귓가에 낯선 목소리가 재생되었다.

"여보세요? 오빠……?"

그제야 범재는 번뜩 놀라며 수신을 중단했다. 메시지는 계정을 통하지 않고 곧바로 자신에게 전송되어온 것이었다. 이미 다운로드된 음성은 계속해서 말을 걸었다.

"메시지 확인하면 곧바로 연락 줄래? 오빠 생일 모임이랑 관련해서 할 말이 있어. 최대한 빨리 답장 줘. 기다리고 있을게."

다급해 보이는 말투였다. 목소리는 몇 번 더 그를 부르더니 완전히 끊어졌다.

"재희······."

그는 벽장 너머의 벽을 힐금 쳐다보았다. 그리고 메시지를 다시 처음으로 돌려놓았다.

그는 떨리는 손짓으로 메시지에 반복 명령을 내렸다.

그것의 최초 발송 일자는, 범재가 죽어서 발견되기 이틀 전의 새벽으로 기록되어 있었다.

***

은성은 손끝에 부드러운 감촉을 느끼며 눈을 떴다.

밝은 빛이 시야에 밀려오는 통에 이마를 찌푸렸다가, 한 손을 눈썹 위에 받치고 다시 조심스럽게 눈을 깜빡였다.

넓은 창문과 커다란 침대가 보였다. 어디선가 은은한 꽃향기가 실려 왔다.

그녀는 조심스럽게 몸을 일으켜 이불을 걷어냈다. 이상하리만치 온몸에 통증이 없었다.

일어날 때마다 뻐근하던 허리도, 아리듯이 얼얼한 손마디도, 짓누르는 듯한 머리 깊숙한 곳의 압박감도 없었다. 몸 자체가 사라져버린 것처럼 가뿐했다. 그녀는 열 손가락을 조심스럽게 몇 번이나 쥐어본 다음에 주변을 둘러보았다.

누군가의 집 안이었다.

어딘가에서 정신을 잃었던 걸까? 누가 길바닥에 쓰러진 자신을 데리고 와주었나?

얼마나 오랫동안 누워 있었던 건지 가늠이 되지 않았다.

은성은 침대에 걸터앉은 채로, 햇볕이 거짓말처럼 환하게 들어오는 집을 둘러보았다. 여기저기에 제라늄이며 아이비 화분이 걸려 있었다. 개방형으로 벽 한쪽이 완전히 트여 있는 침실 너머 우아한 곡선의 탁자와 서고가 보였다.

즉석에서 표지와 내지를 다운받는 전자책이었지만, 책등의 글씨와 문양은 오랫동안 쳐다보아도 흔들림이나 왜곡이 없을 만큼 품질이 까다로웠다. 이곳의 주인은 독서에 진지한 투자를 하는 애서가인 모양이었다.

램프를 밝힌 탁자 옆에는 매끈한 쿠션이 씌워진 안락의자도 놓여 있었다.

한눈에 읽어낼 수 있는 취향의 훌륭함 앞에서 은성은 잠시 동안 몸이 굳었다. 이곳에는 그녀가 한 번도 누려보지 못한 풍요가 있었다. 많은 개수의 화분을 가꾸고, 서가를 갖추었다. 원목 소재의 드넓은 바닥은 갓 닦은 것처럼 반들거렸다. 일조량이 높고 공기는 쾌적했다.

이 모든 것을 유지하는 데 얼마나 많은 비용이 들 것인지 상상하는 것만으로 머리가 아찔했다.

쾌적한 것, 안전할 뿐만 아니라 아름다운 것들을 일상에 들여놓기 위해서는 돈이 필요했다. 집 안에서 화분을 키울 수 있을 만큼의 일조량을 확보하는 것만 해도 정부가 지급하는 보조금만으로는 어림도 없는 일이었다.

그녀는 조금 울렁거리는 기분으로 자신이 깔고 앉은 이불을 만지작거렸다. 꽃향기가 코끝을 간질였다. 따뜻한 기운이 몸 구석구석까지 퍼져나가는 듯했다.

탁자 뒤편의 꺾어진 벽 뒤편에서 인기척이 들렸다.

은성은 고개를 돌렸다.

그리고 얼마 후, 조심스러운 발걸음으로 모습을 드러내는 사람을 향해 벌떡 일어났다.

김이 올라오는 차 두 잔을 양손에 쥐고 있는 사람을 향해, 은성은 중얼거렸다. 중얼거림은 탄식에 가까웠다.

"재희……."

역겨운 것을 쳐다보는 것처럼, 그녀는 두 손으로 입을 가렸다.

모든 기억이 파도처럼 몰려오기 시작했다.

**

집에 돌아온 이후로 범재는 의문의 메시지를 수백 번도 넘게 재생해보았다. 눈을 깜빡여 소환할 때마다 선명하게 보이는 발신자 계정을 그는 뚫어져라 쳐다보았다.

어머니와 과학자들이 신신당부했기 때문에 생체접속을 할 엄두는 내지 못했다. 그가 데이터망에 직접 접속을 하면 원치 않는 정보가 새어나가게 된다. 오큘러스 글라스를 사용하는 수밖에 없었다.

혹시나 하는 마음에 글라스를 통해 몇 번이나 회신을 시도해보았지만, 상대편은 어김없이 부재중으로 안내되었다. 범재는 한숨을 쉬었다. 행방불명이 된 동생에게 전화를 걸어봤자 대답이 돌아올 리가 없었다. 재희는 지명수배 중이었다. 그리고 그의 글라스 계정은 검경국과 곧바로 연결되어 있었다.

자신에게 회신을 요구하는 저 메시지는, 왜 시간을 거슬러 지금에야 도착한 것일까.

범재는 메시지가 발신된 날짜와 시각을 곰곰이 들여다보았다.

2072년 9월 7일 오전 6시 44분.

어쩌면 자신은 저때 이미 세상에 없었던 것인지도 모른다. 수신처를 잃은 메시지는 전산망에서 오랫동안 유보되었다가, 자신의 신체가 완전히 복구되고 나서야 다시 발송된 것인지도 몰랐다. 메시지가, 수신인보다 한 발 늦은 것이다.

무슨 이야기를 전하려고 했던 것일까.

자신을 찾는 목소리에서 살의를 찾아보기는 어려웠다. 그것이 누군가를 죽이려고 한다기보다는, 살리고 싶어 하는 목소리에 가깝다고 범재는 결론 내렸다. 그녀가 자신을 찾는 방식에는 급박하지만 친근한 구석이 있었다. 무언가를 은밀하게 논의하고 싶어 하는 뉘앙스도, 모든 음절에 귀를 기울일수록 명확하게 감지되었다.

곧바로 회신을 했더라면 연결될 수 있었을까?

응답을 했더라면, 죽음을 피해갈 수도 있지 않았을까……?

발신지는 미래인류연구소였다. 오전 6시 44분이라면 어머니가 출근을 하고 있을 시각이었다. 어머니가 나타나기 전, 눈을 피해가며 긴급히 전해야 할 말이 있었던 것이다.

어쩌면 그에게 다가오는 죽음을 경고하려고 했던 것인지도 모른다는 헛된 기대가 지워지지 않았다. 무언가 낌새를 챈 동생이 퇴로를 알려주려고 했던 것일 수도 있지 않은가. 그것이 무엇인지 지금의 범재로서는 짐작조차 할 수 없었다. 배고픈 자가 빈 음식 포장지를 물어뜯는 것처럼 그는 이제 메시지를 강박적으로 반복할 뿐이다.

기억에도 없는 동생의 목소리를 반복해서 듣고 있으면 자신이 놓치고 있는 무언가에 대한 씁쓸한 상실감이 올라왔다. 귓가에 소곤소곤 속삭이는 목소리를 듣고 있으면 그것이 말을 걸고 있는 예전의 자신을 스스로는 온전히 이해하지도, 실천하지도 못하리라는 조바심이 들었다.

그는 머릿속으로 다운로드한 데이터들을 양손으로 괴롭히듯이 비틀어 쥐었다.

아무리 데이터를 집어 삼켜도 채워지지 않는 것이 있었다. 그것은 바로 몸이 자신의 것이라는 확신, 이 삶이 자신의 것이라는 확신이었다.

자신이 누군가의 대역이요, 값싼 공산품에 불과하다는 생각이 치밀 때마다 그는 글라스를 착용하고 데이터 세계로 몸을 던졌다. 그리고 박범재가 남겨놓은 흔적들을 헤집듯이 찾아내었다.

자신의 것이어야 했지만 더 이상 그렇지 않게 된 것들.

그의 가족, 친구, 직원 그리고 홀린의 이용자들에게 남긴 온갖 세세한 메시지와 인사말들을 찾아내어 그는 연극의 대본을 외우듯 읊조려보았다. 글라스를 착용한 채로, 한 걸음을 딛을 때마다 홀린의 서로 다른 서버들을 그림자처럼 넘나들었다.

너무 많은 연산을 진행하느라 머리가 아팠지만, 멈추지는 않았다. 범재와 관련된 것들에 있어서 그는 멈추는 방법을 잊어버린 폭식증

환자 같았다. 자신을 혹사할수록, 데이터 수용력과 연산 속도가 향
상되는 것이 느껴졌다. 집에 돌아온 이후로 '데이터 재활'을 진행하
는 그는 위장이 무한하게 늘어나는 푸아그라를 자처하고 있었다.

　어느 새벽, 침대에 기대어 깜빡 잠이 들었던 박범재는 어머니의
호버카가 마당을 이륙하는 소리에 눈을 떴다. 부유한 안개가 내려
앉은 가을 아침이었다.
　마치 우물 속에서 동전이 빛나듯, 동그란 태양이 스모그 뒤편에
서 반짝였다.
　범재는 머리를 벽에 기대고 비몽사몽간에 낮은 한숨을 쉬었다.
　그때 알람이 울렸다.
　짧고 날카로운 호출음이었다. 세 번 울리고는 잠잠해지는가 싶더
니 곧바로 재개되었다. 범재는 낮은 신음과 함께 손을 뻗어 글라스
를 종료하려다 말고 흠칫 눈을 떴다.
　알람이 울리는 것은 이번에도 글라스가 아니라, 자신의 머릿속이
었다.
　발신자 계정은 한 번도 본 적이 없는 신원이다.
　발신 시각 오전 6시 44분.
　그는 어머니가 자취를 감춘 차고를 한 번 더 쳐다보았다. 함정일
지도 모른다. 이번이야말로 섣불리 수락하면 두 번 다시는 돌이킬
수 없을지도 모른다.
　하지만…….
　끊어질 듯 이어지는 알람을 들으며 범재는 깊은 숨을 들이쉬었다.
　그때 그는 처음으로, 자신이 죽는 것을 두려워하지 않는다는 것

을 깨달았다. 죽음 자체는 무섭지 않다. 그것을 이미 한 번 경험하지 않았던가. 더욱더 그를 소름끼치게 만드는 것은 자신이 이대로 영영 삶으로 나아갈 수 없으리라는 불길한 전망이었다.

박범재는 통화를 수락했다.

그리고 귓가에 거짓말처럼 들려오는 목소리에 무너지듯 등을 기대었다.

"오빠……? 여보세요?"

"재희……."

상대 쪽에서도 딸꾹질처럼 크게 숨을 삼키는 소리가 들렸다.

"……길게 이야기할 시간 없으니 짧게 할게. 거기서 나와야 돼. 지금 사람 하나와 로봇 하나가 마중을 나가 있어. 그들을 따라가. 이곳에 오면 박범재의 과거와 만날 수 있을 거야. 그가 오빠를 보고 싶어 해."

"너는? 너는 어디에 있어?"

"글라스는 두고 와. 이곳에서 새로운 계정을 제공해줄게. 기회는 이번 한 번뿐이니 조심해서 움직여. 오늘이 지나면 오빠는……."

"너를 만나고 싶어. 재희야, 그들을 따라가면 널 만날 수 있는 거야?"

"……그래."

"너와 이야기를 나눌 수 있는 거야?"

"그래."

"알았어."

"……조심해."

전화가 끊겼다.

범재는 두리번거렸다.

탈출을 생각해보지 않은 것은 아니었다. 그러나 이 집에서는 모든 방과 벽들이 그를 관찰하고 있었다. 그가 방에서 복도로 나가기만 해도 집은 일거수일투족을 곧바로 과학자들에게 전달할 것이다.

감시망에 잡히지 않으면서 이곳을 빠져나갈 방법이 있을까. 감시망을 속일 수만 있다면…….

바깥에서 초인종이 울렸다. 사람 두 명이 문 앞에 서 있었다.

범재는 최대한 자연스러운 걸음걸이로 현관을 향해 나아갔다.

그가 계단을 다 내려가기도 전에 문은 열려 있었다.

여자가 한 명, 남자가 한 명.

그들이 범재에게 손짓을 하더니, 남자가 쓰고 있던 것과 같은 전면 마스크를 그에게 뒤집어씌웠다.

여자는 남자를 집 안으로 밀어 넣는 것과 동시에 범재의 손을 낚아챘다.

현관문이 쾅 닫혔다. 남자는 집 안에 남겨진 채였다.

현관의 보안장치는 소리 없이 스르륵 잠겼다.

'어떻게?'

그는 당황하며 돌아보았지만 여자는 이미 그를 수송용 드론 속으로 밀어 넣고 있었다.

배송용 로봇을 고정할 수 있는 비좁은 좌석이 드론의 한 중간에 마련되어 있었다.

그가 우물쭈물 망설이자 여자는 그를 굴려 넣다시피 하고 벨트를 채웠다.

드론이 이륙했다.

"당신은 어떡하고?"

그가 놀라서 외치는 게 무색하게 여자는 적재함의 와이어를 양손에 붙잡고 안정적인 자세를 취했다.

드론이 좌우로 출렁이는데도 그녀의 몸은 흔들리는 법이 없었다.

'사람 하나와 로봇 하나.'

범재는 그제야 깨닫고 그녀를 쳐다보았다.

자신은 누군가의 생체자료였고, 그녀는 로봇이었다.

인간으로 분류되어 있지 않은 두 사람이 나란히 수송용 드론에 탑승한 것이었다.

자신도 모르게 웃음이 새어 나왔다. 배가 아플 만큼 바짝 조이는 벨트에 매달려 허공에서 흔들거리며 그가 느낀 것은 씁쓸함도, 두려움도 아니었다. 예기치 못한 순간 그의 가슴을 때린 것은 해방감이었다. 범재는 큰 소리로 웃었다.

그의 목소리는 허공으로 퍼져 나가기도 전에 드론의 요란한 엔진 소리에 파묻혔다. 그것이 묘하게도 더욱더 그의 가슴을 간질였다. 이렇게 짐짝처럼 화물칸에 실려 자신의 집을 당당히 빠져나가는 꼴이라니.

그를 옭아매고 있던 굴레가 일시에 떨어져 나가는 것 같았다. 그것이 무엇인지 콕 집어 말하기는 어려웠다. 박범재로 살아야 한다는 마음의 짐일 수도 있고, 아무런 확신 없이 매일을 보내야 하는 괴로움일 수도 있었다. 그것도 아니라면 다시는 인간으로서의 지위를 획득할 수 없을지도 모른다는 근본적인 불안일 수도 있었다.

드론은 파리 떼처럼 하늘을 가득 메운 호버카의 무리를 피해 고도를 낮추었다.

범재는 직각의 블록처럼 빳빳하게 앉아 있는 로슈를 흘깃 쳐다보고 자신도 자세를 고쳤다.

이 비행이 끝나면 그는 박범재가 아니라 자기 자신에 대해 더 많은 것들을 알게 되리라. 그런 생각이 스쳐 지나가며 마음을 진정시켰다. 그동안 애타게 찾고 있던 위로가, 예기치 못한 순간에 넓은 창공을 따라서 펼쳐지는 것만 같았다.

다음 목적지에 다다르기 위한 경로를 수신하면서, 드론은 더러운 하늘을 유유히 가로질러갔다.

*＊＊

"왜 그랬어?"

은성은 간신히 물었다.

재희는 침대 곁에 놓인 탁상에 머그잔을 내려놓았다. 놀라서 입을 틀어막은 그녀를, 재희는 아무 말 없이 쳐다보고만 있을 뿐이었다. 은성은 떨리는 목소리로 물었다.

"내가, 다시 살아난 거야?"

재희는 고개를 끄덕였다.

은성은 침대에 무너지듯 주저앉았다. 얼이 빠진 얼굴을 한 그녀를 향해 재희가 손을 뻗자 은성은 그 팔을 때리듯이 쳐냈다.

"만지지 마."

그녀는 경고조로 속삭였다.

그리고 눈을 깜빡였다. 무언가 이상했다. 손등에 내쳐지는 재희의 팔이, 꼭 고무 찰흙으로 만든 것처럼 차가웠다. 사람이 아니라 마네

킹 같았다.

은성은 이마를 찌푸리고 자신을 둘러싼 이 터무니없는 공간을 다시금 관찰했다.

모든 것이 지나치게 완벽했다. 전혀 경험해 본 적이 없는 풍경임에도 불구하고, 왜인지 낯설지가 않았다. 그곳은 마치 살아생전 재희와 함께 있을 때 종종 장난처럼 그려보곤 하던 이상적인 집의 모습을 고스란히 옮겨온 것 같았다.

늦은 밤 불이 꺼진 방에서 두 사람은 어떤 집에서 살고 싶은지를 함께 공상하곤 했다.

"식물이 많은 집에서 살고 싶어."

은성은 말했다.

"싱싱하고 파란 이파리가 매일 돋아 나오는 화분들에 둘러싸여 살아보고 싶어. 그 화분들을 돌보는 데만 열중하더라도 하루를 훌쩍 보내버릴 수 있는, 그런 집에서 살아보고 싶다. 외롭지도 않고 좋을 것 같아."

"어떤 식물이 좋은데?"

"너무 기르기 까다롭지 않은 것이라면 뭐든지. 식물은 제 나름대로 다 예쁘잖아."

"제라늄이나 아이비 같은 것?"

"그런 것도 좋고……. 품종이 중요한 건 아니야. 그저 살아있는 것들은 곁에 두고 돌보면서 지내고 싶어."

"집에서 식물을 키우려면 인공 태양빛이 많이 필요하겠다. 통풍도 잘 되어야 하고."

"음……."

"관수시설도 제대로 빌트인 되어 있지 않으면 힘들겠어. 넌 무거운 걸 한꺼번에 많이 들지도 못하잖아."

"물 한 컵씩 들고 왔다 갔다 하면 안 될까?"

"그렇게 해서 어느 세월에 물을 주려고……."

재희가 어처구니없다는 듯이 웃었다.

어둠 속에서 은성은 물범이 몸을 뒤집듯 천천히 좌에서 우로 돌아 누웠다. 이미 반쯤은 잠에 빠져 들어간 듯했다. 게으르고 평화로운 동작이었다.

"집 안에는 식물이 있고, 집 밖에는 호수가 있으면 좋겠다."

그녀는 중얼거렸다.

"수영을 할 수 있을 만큼 얕은 호수였으면 좋겠어. 바깥에서 헤엄을 치는 꿈을 가끔 꿔. 마스크가 필요 없을 만큼 공기가 맑고, 물도 깨끗한 곳에서 몇 시간이고 첨벙첨벙 헤엄을 치는 거야. 주변에 수풀이 우거져 있는, 거울처럼 깨끗하고 차가운 물속에서……."

은성은 자신의 말을 곱씹듯 잠시 조용해졌다가 덧붙였다.

"그런데 그렇게 깨끗한 곳이면 집 안에서 화분을 키울 이유도 없겠구나. 정원을 가꾸면 될 테니까……."

"둘 다 하면 되지."

"그런 방법이 있었네."

그녀는 배시시 웃었다. 그리고 잠에 겨운 어조로 말했다.

"그런 생활이 진짜로 있었다는 것이 믿기 어려울 때가 있어. 불과 두 세대 전만 하더라도 사람들이 호숫가에서 피크닉을 했다던데……."

은성은 작게 한숨을 쉬었다.

"당연했던 것들도 무너지는 건 한순간이구나."

"자연은 약하니까."

재희는 작게 대답했다. 은성의 숨소리가 점점 일정해졌다.

방 안을 채우는 낡은 공기청정기 소리를 들으며, 재희는 그녀가 말한 집의 모습을 머릿속으로 그려보았다.

그것이 바로 이곳이었다.

범재는 재희가 내미는 공간설계의 도안을 흔쾌히 받아들였다.

"이용자와의 피드백을 통해 공간이 원안과 달라질 수는 있어."

범재의 말에 재희는 고개를 끄덕였다.

"그냥 둘이서만 있을 수 있게 해줘. 이용자가 처음 깨어났을 때만이라도."

"좋아. 하지만 정말로 전부 집어넣을 거야?"

"뭘?"

"생체 데이터 말이야. 사망 데이터가 유실되었다며."

범재는 재희가 건넨 데이터를 눈짓으로 가리켰다.

"원활한 이주를 위해 일부 데이터를 보충해주는 방법도 있어. 마음가짐을 좀 더 평화롭게 만들어 준다거나, 사고방식을 더 유연하게 하도록 도움을 줄 수도⋯⋯."

재희는 단호하게 고개를 저었다.

"있는 데이터는 전부 그대로 넣을 거야. 하나도 빠짐없이."

"처음에 당사자가 힘들 수도 있어."

"알아."

"더 나은 삶을 주고 싶어서 이주를 결정한 것 아니야?"

재희가 말이 없자 그가 덧붙였다.

"이 정도는 현실에서도 약물로 충분히 조정 가능한 수준의 변화야. 이주민의 자아감을 침해하지는 않아."

"왜, 자신이 없어?"

재희는 은근히 날선 목소리로 되물었다.

"한 번 홀린에 들어오면 다시는 떠나고 싶지 않을 거라며. 아니야?"

"그야 물론……."

"그럼 털끝 하나 건들지 말고 그대로 들여보내. 본인이 허락하기 전에는 아무것도 바꾸지 마."

"재희야……."

범재는 조금 난처한 표정을 짓더니, 결국 고개를 끄덕였다.

데이터들을 허공에 펼쳐놓고 그는 마지막으로 확인했다.

"이 사람은 여기저기에 끌어안고 사는 통증이 많았어. 그것도 전부 복구해?"

재희는 잠시 망설였다. 범재는 침착한 얼굴로 그녀의 지시를 기다렸다. 이미 마음을 먹고 있었지만, 대답이 쉽게 나오지 않았다. 재희는 속삭이듯이 중얼거렸다.

"그건……."

은성은 딱딱한 말투로 말했다.

"일단 좀 앉아."

재희가 탁자 옆에 기대어져 있던 접이식 스툴을 펼치는 동안, 은성은 창밖을 보았다.

햇빛을 반사해 은색으로 빛나는 호수가 있었다.

튤립과 목련 덤불이 가장자리를 따라서 우거졌다. 너무나도 깔끔하게 정돈된 그 작위성에 은성은 콧등을 찡그렸다.

재희는 마치 변명이라도 하려는 것처럼 그녀의 시선을 초조하게 쫓았다.

"여긴 어디야?"

은성은 짤막하게 물었다.

"……마음에 들어?"

재희는 질문에 질문으로 답했다.

그녀는 고개를 돌려 재희를 마주보았다.

자연광이 부스스한 머리와 맥없는 뺨을 비추었다.

왼쪽보다 숱이 적은 오른쪽 눈썹이 깨끗한 햇살 속에 올올이 드러나 보였다.

가만히 있으면 조금 슬퍼 보이는 표정까지도 그대로였다.

재희는 그 모습을 막막하게 쳐다보았다.

은성은 작게 한숨을 쉬었다.

"넌 약속을 어겼어."

그녀는 탁자에서 김이 올라오는 컵을 향해 조심스럽게 손을 뻗었다. 손끝에 뜨거운 김이 느껴졌다. 수증기가 아른거리며 손가락 사이를 스쳐 지나갔다.

그녀는 다시 재희를 보았다.

"설명해."

재희는 팔짱을 끼고 있는 은성을 보았다. 그녀의 새까만 두 눈이 동요를 숨기고 있는 것을 보았다.

머릿속으로 몇 번이나 다듬은 문장을, 그녀는 천천히 발음해나갔다.

"은성아, 여기는 가상현실이고, 너는 데이터로 이루어진 존재야. 너는 앞으로 원한다면 여기서 얼마든지 살 수 있어."

"가상현실……?"

은성은 중얼거리더니 머그컵을 향해 불쑥 손을 뻗었다.

수상하다는 몸짓으로 한동안 코를 들이밀고 카모마일의 향기를 맡더니, 예기치 못하게 그것을 단숨에 들이키려 들었다.

놀란 재희가 손을 뻗어 저지했지만 은성이 악, 비명을 지르며 컵을 엎지른 뒤였다.

입술이 붉게 부풀어 오른 그녀는 벌떡 자리에서 일어났다.

"물! 물 어디 있어?"

"아……."

그녀는 뒤뚱거리며 재희가 돌아 나왔던 코너를 향해 달려갔다.

거실 한 중간까지 달려 나가던 그녀는 문득 멈춰 섰다. 그리고 뒤로 돌아섰다.

입술이 이미 원래 색깔로 돌아와 있었다.

"이거…… 원래 이런 거야?"

"괜찮아?"

"찬물을 끼얹어서 부기를 가라앉혀야겠다고 생각했더니 통증이 사라졌어. 왜?"

은성은 손을 들어 자신의 입술을 더듬었다. 표정이 아까보다도 창백했다.

"모든 게 가짜라는 거야? 내 몸도, 이 집도, 지금 이 느낌도 전부?"

"은성아, 가짜가 아니야. 너는 강은성이 맞아."

"여긴 어디야? 컴퓨터 속이야? 아니면 네가 들고 다니는 칩에 담겨 누군가의 주머니 속에라도 들어 있는 건가? 왜 이런 짓을 했어!
너는 내 몸을 업그레이드하겠다고만 했지, 아예 몸을 없애버리겠다
고 한 적은 없었잖아. 도대체 왜……."

재희가 다가가자 은성이 뒷걸음질 쳤다.

"오지 마."

그녀는 단호하게 말했다.

"더 이상 다가오지 마. 너, 정체가 뭐야?"

"나야, 은성아. 박재희야."

"입 다물어!"

은성이 날카롭게 외쳤다. 재희는 놀라서 멈춰 섰다.

그녀가 그런 식으로 소리를 지르는 것은 본 적이 없었다. 가장 지
독했던 말다툼에서조차도 그녀는 날것의 목소리를 내지 않았다. 그
러나 밝은 햇볕을 받으며 싱싱한 화분에 둘러싸여있는 지금, 그녀
는 어느 때보다도, 심지어 자신의 사망 예정일을 통보받았을 때보
다도 위태로워 보였다.

은성은 두 손을 들어 올려 자신의 얼굴을 감싸더니 그 자리에 주
저앉았다.

그녀는 울기 시작했다.

"너는…… 나에게 소중했던 것들을 전부 모욕으로 바꾸어놓았어!"

쇳소리 같은 흐느낌 속에서 음절이 깨어져 나왔다.

"내 몸, 내 느낌, 내 생각과 감정, 내 삶까지도 전부! 다른 사람이
감히 엿보거나 함부로 손대면 안 되는 것들이 있어. 인간의 몸이 약
한 것보다도, 인간의 마음은 비교도 할 수 없을 만큼 연약하다고. 너
는 그걸 배신한 거야. 너에게 그동안 조금씩 열어 보인 비밀들과, 그

로써 쌓인 신뢰를 완전히 저버린 거라고. 알겠니!"

"은성아, 난 그저 네가 행복하길 바란 것……."

"행복? 이런 집에서 살기만 하면 내가 행복할 줄 알았니? 재희야, 사람은 그렇게 간단하지 않아. 행복이 모두 제각각인데, 그걸 네가 어떻게 알고 전부 제공하겠다는 거니?"

"아니야, 은성아. 이 집은 하나의 예시에 불과해. 이곳에서 네가 경험할 수 있는 것들은 훨씬……."

"그만, 그만해! 그만하라고."

은성은 머리를 감싸고 외쳤다.

저 눈물도, 고통처럼 마음만 먹으면 멈출 수 있는 것이 아닐까.

재희는 자신도 모르게 생각했다.

얼마 동안 더 흐느끼던 은성은 마침내 조용해졌다. 언제 울었냐는 듯이 고개를 들어 올렸을 때 두 뺨은 언제나처럼 핏기가 없었다.

서늘해 보이는 눈동자를 마주하고 재희는 움찔 놀랐다.

은성은 말했다.

"나를, 계속 여기에 둘 생각이야?"

재희는 짧은 숙고 끝에 대답했다.

"이 세계가 네 마음에 드는지, 시간을 가져보았으면 좋겠어."

"만약 마음에 들지 않는다면? 그때는 나를 없애줄 거야?"

은성은 곧바로 다시 물었다. 재희는 망설였다.

"이곳에서 나는, 죽을 권리도 없는 거니?"

은성은 다시 물었다. 그녀의 태도는 이제 완전히 침착했다.

"죽을 권리라고……."

재희는 쓸쓸하게 중얼거렸다.

은성은 죽을 수 있어야만 비로소 삶이 삶다워진다고 생각했다. 재희나 범재와 같은 신세대들이 그러한 권리를 한 번도 부여받은 적이 없다는 사실 역시 잘 알았다. 은성은 그것이 폭압이라고 진심으로 믿었다. 인간이 아무리 달라져도, 삶에 대한 자기 결정권 하나만큼은 절대로 양보해서는 안 된다고 믿는 사람이었다.

재희는 자기 앞에 버티고 선 여인을 새삼스레 쳐다보았다.

그들은 생전에 수도 없이 반복했던 지긋지긋한 싸움을, 이곳 홀린까지 와서 다시 시작하고 있는 것이었다. 그것이 그들이 사랑하는 방식이었다. 싸우고, 타협한 뒤에 다시 싸우는 것을 멈추지 않았다. 재희는 그것을 몇 번이라도 반복할 준비가 되어 있었다.

그녀는 은성을 향해 말했다.

"물론, 네게는 죽을 권리가 있어."

그녀가 서 있는 거실을 향해 재희는 한 발 나아갔다.

"하지만 내게는 너를 살려낼 권리가 있어. 은성아, 기억하지 못하겠지만, 너는 죽기 직전에 이렇게 말했어. '나와 함께 하겠다'고. 이 모든 것은 네 허락을 맡고 하는 일이야."

은성은 눈썹을 모아 떴다. 불신의 표정이 온 얼굴에 역력했다.

재희는 아랑곳하지 않았다.

"그러니 성급하게 판단하지는 말아 줬으면 좋겠어. 너의 모든 판단과 요구를 존중할게. 네가 계속 살아있는 것 이외에는, 그 이상으로 아무것도 요구하지 않을 거야. 그러니 제발 부탁이야. 은성아, 한 번만 다시 같이 살아보자. 네가 계속 살아서, 이번에도 나와 함께 하겠다는 그 말을 들려주었으면 좋겠어."

재희는 경계심을 거두지 않는 은성을 향해 애써 웃어 보였다. 자신이 지금 하는 것은 한 번에 대답해줄 수 있을 만한 요구가 아니었다. 그녀에게는 시간이 필요하다. 재희는 그것을 이해했다.

은성은 까만 눈망울을 들어 한참 동안 재희를 쳐다보다가, 마침내 입을 열었다.

"나는…… 유한한 몸으로 살아가는 진짜 세상에 가고 싶어. 가상으로는 대체할 수 없는 연약한 것들이 살아있는 세상으로."

재희는 고개를 끄덕였다. 은성이 곧바로 이곳에 적응하리라고는 애초에 생각하지 않았다.

"진짜로 숨을 쉬는 사람들이 보고 싶어. 자신만의 생활과 고초가 있고, 전부 밝힌 적이 없는 소망과 두려움이 있는 사람들. 그런 사람들이 사는 세상으로 가고 싶어. 그것이 소거된 상태로 나는 도저히 살 수가 없어."

재희는 은성에게 손을 내밀었다.

"너를 여기서 꺼내줄게."

그녀는 말했다.

자신의 대답을 확인 받으려는 듯, 은성은 그녀의 얼굴을 곰곰이 쳐다보았다.

"네가 데이터 존재라는 사실에는 변함이 없어. 하지만 가상이 아닌 곳으로 너를 데려다줄 수는 있어. 그래도 좋다면, 나를 따라올래?"

은성은 처음에는 천천히, 그런 다음에는 크고 확고하게 고개를 끄덕였다.

그녀는 뒤뚱거리는 걸음으로 재희에게 다가왔다. 그리고 춤을 신청하듯, 우아하고 조심스럽게 손을 뻗었다. 두 눈에는 그녀 자신만의 두려움과 소망을 고스란히 담은 채로.

바로 재희가 사랑해 마지않는 얼굴이었다.

두 사람은 손을 잡은 채로 투명한 공기 속을 걸어 들어갔다.

*　*　*

박민경은 연구실에 도착해 곧바로 뉴스를 틀었다.

그녀가 설정한 키워드에 부합하는 기사들이 일목요연하게 정리되어 가상 스크린에 나타났다.

그것을 한쪽 귀퉁이에 띄워놓고 그녀는 하루의 일정을 체크했다. 범재와 함께 지난 며칠을 보내느라 밀린 일들이 많았다. 이제 곧 철호가 지구에 상륙할 것이다. 그리고 그와 함께, 인류가 처음으로 목도하는 귀한 데이터와 샘플들도 마침내 공개될 것이었다.

범재는 빠른 속도로 정신적인 안정을 되찾아갔다. 민경은 그의 상태를 원격에서도 실시간으로 보고받도록 되어 있었다. 집안의 헬스 케어 시스템이 그의 식사와 정신건강을 관리하고, 검경국이 직접 그의 행방을 모니터링하고 있었다. 별 문제는 없을 것이다.

스크린 한 귀퉁이에는 뉴스의 헤드라인과 축약본이 빠르게 지나갔다.

주목도가 그리 높지 않게 설정된 기사 중에 다음과 같은 문구가 표시되었다.

'1세대 인구 자살률 급증. 하루 사이에 무려 50배 증가.'

박민경은 범재의 상태를 표시하는 도표를 한 번 더 확인하고, 그동안 밀린 스케줄을 정돈한 다음, 여섯 통의 메시지를 연달아 회신한 뒤에 펜슬을 딸깍 잠갔다.

연구실의 문이 조용히 닫혔다.

긴 하루가 시작되고 있었다.

12

"어때, 좀 편해졌어?"

재희가 물었다. 저주파수의 웅웅거리는 목소리가 답해왔다.

"어떻게 몸을 움직이는지는 이제 확실히 알겠네."

재희가 손가락을 펼치자 초소형 로봇이 여섯 개의 다리를 이용해 검지에 폴짝 올라탔다.

낮은 목소리가 말했다.

"정말 이상한 느낌이야. 하나의 의식으로 여러 개의 몸을 가지게 된 것 같달까. 분명히 나는 그대로 나인데, 다리가 둘일 수도, 여섯일 수도 있어. 이해가 되니?"

그것은 자신의 다리들을 들어 올려 차례로 몸체에 비비면서 꼼지락거렸다.

"인형놀이를 하는 것 같아. 동물 인형을 손에 쥐고 대신 목소리를 내는 거지. 싫증이 나면 얼마든지 집어던지고 다른 인형을 쥘 수도 있고. 하지만 놀이를 하는 도중에는 굉장히 진지하게 몰입을 할 수도 있는……. 왜, 어떤 인형을 쥐느냐에 따라 자신도 모르게 그것의 목소리와 성격을 상상하고 따르게 되잖아. 그런 느낌이야. 바로 자신이 직접 그 인형이 된다는 사실만이 다를 뿐이지. 나는 지금 다리가 여섯 달린 인형을 손에 쥔 거야."

그것은 카메라 렌즈를 들고 재희를 마주했다.

"내 목소리 들려?"

"잘 들려."

"다른 사람 앞에서는 메시지를 보내는 편이 나을까?"

재희는 어깨를 으쓱했다.

"1, 2세대 앞에서는 그냥 말하는 편이 나아. 그 사람들 귀에는 어차피 네 목소리가 안 들려."

둥근 구형의 몸체가 몸을 아래로 슬쩍 낮추었다가 올렸다. 고개를 끄덕이는 표시인 것 같았다.

재희가 북동에서 훔쳐온 인스턴트 키트 안에는 외행성 탐사 로봇을 제작하는 기초 부품이 들어 있었다. 시야각 360도의 입체 인식 카메라와 부식 방지 처리된 몸체, 자가 발전을 통한 에너지 충당, 어디든 매달릴 수 있는 극세 후크형 다리까지. 그러나 무엇보다도 백미는 상자의 표면에도 광고되어 있던 고품질의 양자 컴퓨팅 칩이었다.

낯선 환경에서의 예기치 못한 돌발 상황에 스스로 대처하도록 기획된 로봇이었기에 그것은 사이즈에 비해 과분할 만큼의 연산속도와 용량을 할당받았다. 덕분에 홀린에서 생성된 은성의 인격 소프트웨어를 고스란히 로봇에 옮겨오는 것이 가능했다.

성능이 너무 뛰어난 것이 문제라면 오히려 문제였다.

그것은 다운로드가 시작함과 동시에 은성의 알고리즘을 자신이 생각하기에 더 나은 형태로 수정하려 들었다. 덕분에 의식 다운로드를 시작한 첫 두어 시간은 지옥이었다.

　"내 눈! 벌레가 눈을 물어뜯고 있어!"

　의식을 활성화하자마자 은성은 비명을 질렀다.

　"괜찮아. 그건 널 해치지 못해. 봐, 지금도 이렇게 나랑 말을 하고 있잖아."

　"저게 내 목까지 잡아 뜯으려 해. 아아, 자꾸 다리가 네 개로 갈라져……."

　재희는 자동 보정의 역연산을 미친 듯이 진행하면서 메시지를 횡설수설했다.

　"은성아 진정해. 다른 즐거운 생각을 해봐. 눈을 감고 네가 좋아하는 노래를 불러 봐. 우리가 자주 불렀던 노래 있잖아."

　"눈을 어떻게 감았더라? 아아, 벌레가 너무 많아."

　"지금은? 지금도 다리가 갈라지는 것 같아?"

　"아니, 지금은 괜찮…… 으악!"

　인간형 로봇의 몸에 들어가는 편이 낫지 않겠느냐고 몇 번이나 제안했지만 은성은 한사코 거절했다. 지금 당장 현실로 나가고 싶은 것이 가장 큰 이유라고 했지만, 그것 이상으로 재희는 은성이 자신의 원래 몸 이외의 모습으로 세상에 나가는 것을 극도로 꺼려한다는 것을 알 수 있었다. 그 고집을 이해할 수 없었던 것은 아니지만, 이번 다운로드는 첫 시도 치고는 대가가 혹독했다. 데이터 특유의 복구력이 없었더라면, 그녀는 이미 미쳐버렸을지도 모른다.

　조만간 은성이 들어갈 다른 몸을 물색해보아야겠다는 다짐을 하면서도, 막상 그녀가 적응을 시작하니 이것보다 좋은 선택이 있었을까 하는 생각도 들었다.

속칭 '우주 거미'로 불리는 이 로봇은 독립성과 기동성으로만 따지면 따라올 모델이 없었다. 본래부터 탐사를 위해 제작된 모델인 만큼, 스스로 판단하고 움직이는 것이 허락되는 드문 케이스였다. 시시때때로 인공지능이나 주인의 승인을 받고 움직여야 하는 모델이었다면 은성의 성격상 오래 버티지 못했을 것이다.

후각이나 미각은 없었지만 그것에게는 지상의 웬만한 동물보다 예리한 시청각과 촉각이 있었고, 나름의 방식대로 세상을 직접 경험했다. 경험을 기억으로 저장할 용량도 충분했다. 몸집이 작아서 유사시에는 재희가 눈에 띄지 않게 운반하기도 좋았다.

인간형이 아니라는 점만 제외하면 장점이 많았다.

간신히 잡아낼 만큼 낮은 목소리로 은성은 중얼거렸다.

"곤충으로 사는 게 이런 느낌이겠지? 작고, 빠르고, 한없이 민감하고……."

"정말 괜찮겠어?"

"그래, 어쭙잖은 안드로이드보다 훨씬 낫지. 이제 완전히 적응했어."

재희는 그녀가 자신의 손끝에서부터 무릎으로, 바닥으로 깡충깡충 뛰어 내려가는 것을 지켜보았다. 저 놀라운 적응속도 중에 어디까지가 은성의 본래 정신력에서 비롯된 것이고, 어디서부터가 홀린의 자아 안정화 기능에 힘입은 것인지, 솔직히 알 수 없었다. 그녀는 묻지도 따지지도 않기로 했다.

일단 안정적으로 다운로드가 완료되자 그녀의 새로운 몸에 최적화된 자아 소프트웨어가 형성되었다. 홀린으로 돌아가고 싶어지면,

재접속을 하면 되었다.

재희는 시계를 확인했다. 오전 7시 35분.

어머니가 출근했을 시간이다.

계속 뉴스를 체크하고 있지만 연구소나 검경국으로부터 주목할 만한 반응은 없다. 범재는 안전하게 집을 빠져나온 걸까…….

1세대 섹션의 뉴스가 빠른 속도로 경신되었다. 재희는 그것들을 꼼꼼하게 살폈다. 생체로 직접 데이터를 내려받을 수 없으니, 눈으로 확인하는 수밖에 없었다.

여기저기서 자살자들이 속출하고 있다는 제보들이 앞 다투어 보도되었다.

"자신의 신체를 완전히 분해해버리는 방식으로 자살이 이루어지고 있어 수사 당국은 사망자의 신원 파악에 어려움을 겪고 있다. 이번 사태는 몸을 기업이나 연구기관에 납부하지 않겠다는 일부 극단 세력의 방침에서 비롯된 것으로 보이며, 일각에서는 종교집단에 의한 엽기적인 사건이 아닌지도 의문이 제기되고 있다……."

모자이크 처리된 사진만으로도 시체에 인간을 연상시키는 윤곽이 없다는 것만큼은 충분히 알아차릴 수 있었다.

웹망은 불안한 코멘트와 루머들로 들끓었다. '30명 집단 자살'이라느니 '일가족 몰살'과 같은 섬뜩한 표제어들도 심심치 않게 지나갔다.

지금쯤 자살자들은 모조리 그녀가 방문했던 것과 비슷한 아레나에 모여들어서 시끌벅적한 잔치를 벌이고 있으리라. 그런 생각을 하는 것만으로 기분이 묘했다.

재희는 엉성한 모자이크 사진들을 곁눈질로 넘겼다. 이것은 정말로 죽음이 아닌가? 범재가 말한 것처럼, 새로운 탄생의 과정일 뿐인 걸까? 지상의 인구들이 모조리 몸을 유기해버린다면 인류는 어떻게 되는 것일까…….

어느새 재희의 어깨로 올라온 은성은 소프트 스크린에 비치는 기사를 함께 읽어 내려갔다. 이제 그녀는 재희보다도 시각을 통한 정보처리 속도가 빨랐다.

일가족 집단 자살과 관련된 기사를 지나가던 중 은성이 낮게 외쳤다.

"잠깐만! 더 보여줘 봐."

재희는 잠시 허공에 손을 멈추었으나, 다시 전문을 펼쳤다. 은성이 기사를 읽어 내려가기까지는 3초도 걸리지 않았다.

그녀의 낮은 기계음이 말했다.

"저 사람들을 알아."

재희는 멈칫했다. 은성은 살아있는 동안 수많은 1세대 아동 및 가족들과 접촉해왔다. 기사에 그녀가 아는 인물이 실린다고 해도 이상할 것은 없었다.

은성은 중얼거렸다.

"재활치료 중인 아이가 있는 가정이었어. VR중독으로 인한 신체 감각 퇴화로 아이를 시설에 입원시켰는데. 몇 번이나 도망쳐 나오는 것을 설득해서 재입원 절차를 진행했어. 이제는 운동능력도, 인지능력도 거의 회복되었다고 들었는데, 어째서……."

그녀에게 위로를 건네도 좋은지 재희는 판단이 서지 않았다.

은성이 죽기 전에는 모든 일들이 더 간단했다. 손을 잡아주거나, 말없이 안고 토닥이면 되었다. 그러나 1센티미터보다도 작은 구형의 몸체로 다시 태어난 그녀에게는 어느 것도 통하지 않을 것 같았다.

전이의 껄끄러운 과정 정도로만 느껴지던 죽음도, 은성을 어깨 위에 얹고 있으니 갑자기 한없이 무거운 일로 다가왔다. 죽음은 무거운 것이다. 당연하지 않은가? 당연한 것이 왜 점점 더 당연하지 않게 보이는 것일까?

재희는 손가락을 움찔 움직여 다시 기사들의 요약 화면으로 돌아갔다. 자살자들의 집계 수가 그새 훨씬 더 늘어나 있었다.

"마지막으로 확인했을 때는 학교에 돌아갈 준비를 하고 있다고 들었는데……."

실의에 빠진 은성의 목소리를 듣고 있자니 설명할 수 없는 죄책감이 몰려왔다.

오빠라면 어떻게 설명했을까. 4세대 인류에 대해 은성을 설득하는 것이 가능하기는 할까.

재희는 숨을 크게 들이쉬었다.

"있잖아, 아직 네게 말하지 않은 것이 있는데……."

재희는 어깨를 향해 손가락을 뻗었다.

은성은 머뭇거리며 그녀의 손 위에 올라탔다.

그때, 현관문이 쾅, 하고 열렸다.

거미가 잽싸게 재희의 스웨터 속으로 숨어 들어갔다.

재희는 목덜미가 가려지도록 일부러 머리카락을 흔들어 내렸다. 그리고 자리에서 일어났다.

로슈의 안내에 따라 집안으로 막 들어오던 사람이 멈추어 섰다.

그녀가 놀라는 만큼, 상대방도 딱딱하게 굳는 것 같았다.

키가 그녀보다 조금 더 큰 청년이었다. 자세는 현관 옆의 벽을 어정쩡하게 짚은 채였다. 혈색이 창백한 얼굴과 헝클어진 더벅머리. 호리호리하고 길쭉한 손가락.

자신도 모르게 탄식이 나왔다.

"박범재……."

홀린에 있을 때는 그를 이 자리로 불러오리라고 스스로 약속했지만, 그녀는 벌써 후회하고 있었다. 저 사람이 죽는 모습을, 그녀는 두 번 다시는 견디지 못할지도 모른다. 그 생각이 참을 수 없이 가슴을 조였다.

"재희."

마치 사형선고라도 받은 사형수처럼 청년은 그녀의 얼굴을 우러러보았다.

재희는 그를 향해 고개를 끄덕였다.

그러나 그를 '오빠'라고 부르는 것만큼은, 끝끝내 할 수 없었다.

***

로슈는 곧바로 그들을 준비시켰다.

그녀와 청년에게 똑같이 헬멧을 하나씩 던져주고는 자리에 앉았다. 그녀와 단둘이 이야기를 나누고 싶다는 청년의 요청을 로슈는 가볍게 무시했다.

"이야기라면 나중에 얼마든지 해. 지금은 기다리는 사람이 있어."

남매의 중간 자리를 차지한 로슈는 곧바로 홀린을 가동했다. 눈앞에 익숙한 오프닝 화면이 펼쳐졌다.

절벽 끝에서 조작 툴을 끄집어내지 못해 얼떨떨하게 서 있는 범재를 향해 로슈는 갑갑하다는 듯이 쏘아붙였다.

"뛰어. 그냥 뛰어 내리라고!"

재희는 헬멧을 들어 올리고 그가 어색하게 허공에 다리를 내젓는 모습을 훔쳐보았다.

로슈가 그녀에게 냉랭한 눈빛을 보냈다. 재희는 얼굴을 찌푸리고 다시 헬멧을 내렸다.

지금 이곳에서 범재를 빼내는 것은 어려울 것이다.

빼낸다고 해도, 어디로 가야 한단 말인가? 연방정부에서 폐기령이 내려오는 것은 시간문제다. 어머니가 그들을 숨겨줄지도, 지금으로서는 확신할 수 없었다. 다른 대륙으로 나가기 위해서는 생체 스캐닝을 받아야 했다. 갈 곳이 없었다. 저 멀리 우주로 나가지 않는 이상.

그러나 무엇보다도, 재희는 순진무구하게 헬멧 쓴 얼굴을 휘둘러보는 저 남자가 그녀를 호락호락하게 따라줄지부터 의문이었다. 저 사람은 누구보다도 오빠와 만나고 싶어 할 것이다. 자신의 과거와 만나기 위해, 이곳까지 위험을 감수하고 찾아온 게 아닌가.

두 사람의 만남을 방해할 권리가 자신에겐 없었다. 재희는 그것을 씁쓸하게 상기했다.

체념처럼 몸을 기대는데 턱밑에서 간질간질한 움직임이 느껴졌다. 그녀는 흠칫 숨을 들이켰다.

은성이 헬멧 속으로 기어 들어온 것이었다.

재희는 슬쩍 주변을 살폈다. 섣불리 반응했다가는 의심을 살 것이다. 그녀가 헬멧 속에서 짓는 모든 표정이 주변 사람들에게도 보일 것이었다.

범재를 뒤따라 절벽을 뛰어 내리면서도, 그녀는 은성이 직접 홀린으로 접속해 들어오지 않기만을 마음속으로 빌었다.

헬멧 속에서 시야를 얌전히 훔쳐보는 정도라면 아직은 그녀 선에서 해결이 가능하다. 그러나 은성이 이 상황에서 직접 홀린으로 접속하려 든다면…….

눈앞에는 범재의 해변이 다시금 펼쳐지고 있었다.

허공에 데이터의 휘장들이 나풀거렸다.

분홍색, 연두색, 코발트색의 빛이 수면을 물들였다. 데이터의 밀도 차이가 서로 다른 색깔을 산란시키고 있었다. 기억의 파편들이 꽃잎처럼 수면 위를 떠다녔다.

청년은 주위를 둘러보며 탄성을 내질렀다. 크리스마스 날 아침 선물더미를 마주하는 어린아이 같은 탄성이었다. 너울거리는 데이터에 둘러싸여 그는 어디에 눈을 두어야 할지 모르고 초조하게 두리번거렸다. 두 눈동자 위에서 환희가 반짝였다.

재희는 해변의 끝자락에 자리 잡은 작은 큐브를 쳐다보았다.

범재가 저기 있을 것이다. 그들 모두를 손바닥 들여다보듯 훤히 관찰하고 있을 것이었다.

재희는 조금 불편한 마음으로 주변 풍경에 완전히 마음이 빼앗긴 청년을 돌아보았다. 이대로라면 그가 범재의 제안을 승낙할 것은 불 보듯이 뻔한 일이었다.

그가 왜 거절하겠는가. 자기 자신이 가장 기뻐할 만한 것들을 펼쳐 보이며, 범재는 이미 저 청년을 있는 힘껏 꾀어내고 있는데.

도무지 박범재를 당해낼 수 있을 것 같지 않았다. 그 끝에 어떤 결말이 기다리고 있는지 알고 있는 재희는 마음이 무거웠다. 먼 바다에서는 색색깔의 물거품이 솟구치며 용오름 같은 춤을 추었다. 죽

음을 향해 손짓하는 환영이라는 것만을 제외하면, 아름다운 풍경이
었다.

세 사람은 큐브로 향하는 오솔길 위에서 멈추어 섰다.

로슈가 말했다.

"나는 여기서 기다리고 있을 테니, 너희끼리 다녀와."

재희는 의외라는 표정으로 그녀를 보았다. 로슈가 마지막까지 그
들을 감시하다가 곧바로 범재에게 인도하리라고 생각하고 있었다.
잠시 동안만이라도 남매가 둘만의 시간을 가지라는 범재의 배려인
것일까.

어쩌면 지금이, 그와 독대할 마지막 기회인지도 몰랐다.

청년은 횡재했다는 표정으로 재희를 돌아보았다. 그의 두 눈은
기쁨을 숨기지 않았다. 조금만 더 구경을 하다가 가자는 뜻으로 그
는 해안가를 애타게 쳐다보았다.

로슈가 그들로부터 충분히 멀어진 것을 확인한 다음에야, 그녀는
가라앉은 목소리로 말했다.

"잘 들어. 지금 중요한 건 저 풍경이 아니라 바로 앞에 있는 방이야."

청년은 눈을 크게 뜨고 고개를 끄덕였다.

"저 안에 들어가면, 너는 과거의 자신과 마주하게 될 거야."

"이미 마주하고 있는걸!"

흥분을 누르지 못하고 그가 말을 잘랐다.

"우리를 둘러싼 이 모든 공간이, 전부 과거의 나 자신인걸. 이렇
게나 방대한 아카이빙은 처음 봐. 과학자들이 건네준 어떤 데이터
와도 비교가 되지 않아. 이것들을 전부 학습할 수만 있다면, 다시 세
상 밖으로 나가는 것이 두렵지 않을 것 같아. 벌써부터 마음속이 충

만해……. 네가 이 데이터들을 모아준 거니?"

"아니야, 그게 아니라."

그는 목을 솟구치듯 세워 다시 주변을 휘휘 살폈다.

빛의 각도에 따라 달라지는 데이터의 다면체들을 하나도 빠짐없
이 눈에 담으려는 것 같았다. 어린 시절의 박범재가 관심을 끄는 무
언가를 발견하면 얼마나 속수무책으로 마음을 빼앗겨버리곤 했는
지 재희는 너무나 잘 알았다.

산만하게 두리번거리는 범재를 향해 재희는 주먹을 휘둘러버렸다.
몸이 부딪히든 말든 알 바는 아니었다. 어차피 가상공간이 아닌가.

얼떨떨하게 돌아보는 청년을 향해 그녀는 또박또박 말했다.

"잘 들어. 저 안에 들어가면 너는 선택을 해야 돼. 결정은 오로지
네 몫이지만, 이 한 마디만은 해야겠어. 너는 박범재가 아니야. 너에
게는 너만의 삶이 있고, 가능하다면 나는 네가 그것을 포기하지 않
았으면 해. 너는……."

갑자기 주변의 풍경이 심하게 비틀렸다. 두 사람을 둘러싼 공간
이 바뀌었다.

넘어질 것만 같은 감각. 재희는 자신도 모르게 손을 뻗었다.

그 역시 마찬가지로 허공을 향해 팔을 휘저었다. 그러나 두 사람
이 서로를 잡을 수는 없었다. 아무리 팔을 휘둘러도 마찬가지였다.
원래 그런 설정이었다.

두 사람을 삼킨 방 속에, 그가 서 있었다.

만면에 웃음을 띠고 체스터필드 의자에서 일어나는 남자.

버둥거리는 청년과 똑같은 이목구비를 가지고 있는 그녀의 오빠,
박범재였다.

고마워, 재희야. 그렇게 말한 뒤 그는 엉거주춤한 자세로 서 있는 청년을 향해 다가갔다.

청년은 처음에는 공포에 질린 표정으로, 그 다음에는 경악이 담긴 눈으로 재희를 돌아보았다.

그는 항의하려는 것 같았다.

'이게 아니었잖아. 이런 약속을 한 기억은 없는데, 왜?'

범재는 모든 것을 이해한다는 표정으로 다가섰다.

그리고 말했다.

"너를 오랫동안 기다리고 있었어. 같은 몸에서 태어난 두 번째 의식. 내 쌍둥이이자, 동생이자, 나의 원형과 같은 존재. 너를 진심으로 환영해, 박범재 씨."

그는 가슴을 깊이 숙여 절을 했다. 마치 한 쌍의 학이 자신의 짝을 만나면 건넨다는 구애의 인사처럼.

그가 고개를 숙이자 굵게 굽이치는 머리가 이마와 목덜미를 타고 흘러내렸다.

그것은 충분히 시간을 들인 정성스런 절이었다. 지켜보는 것만으로도, 그가 이 순간을 얼마나 고대하고 있었는지를 알 수 있었다. 재희는 자신도 모르게 입술을 깨물었다.

"궁금한 게 많을 거야."

범재는 천천히 고개를 들고 미소 지었다.

"무엇이든 물어봐도 좋아. 너에겐 아무것도 숨길 생각이 없어. 하지만 모든 질문에 답해주고 나면, 나의 이야기도 들어주었으면 좋

겠어. 나누고 싶은 이야기가 많아. 정말이지 평생을 걸쳐도 모자랄
만큼."

청년은 그 자리에 창백하게 굳어져서는 물었다.

"너는…… 누구야?"

"나는 네가 기억하기 이전에 살았던 박범재야."

"네가……?"

청년은 중얼거렸다. 믿을 수 없다는 듯이 고개를 흔들고, 그를 둘
러싸고 있는 방을 한 바퀴 돌아보았다. 그리고 다시 박범재를 마주
했다.

표정이 험상궂게 일그러져 있었다.

"왜……."

들릴락 말락 한 숨소리 속에서, 그는 말했다.

은성의 여섯 다리가 뺨을 타고 귓가를 향해 더 가까이 다가가는
것이 느껴졌다.

"왜 나를 떠났어?"

청년은 속삭였다. 그리고 자신과 똑같이 생긴 남자의 형상을 노
려보았다.

조금 전까지 들뜬 모습은 온데간데없고, 그는 만면에 적개심을
드러내고 있었다. 예기치 못한 반응이었다.

저토록 투명하게 상처받은 듯한 박범재의 모습을, 재희는 본 적
이 없었다.

범재는 다독이는 듯한 말투로 대답했다.

"너를 결코 떠나지 않았어. 우리는 잠시 헤어져 있다가, 다시 합쳐
질 거야. 그렇게 하기 위해 너를 이리로 불러들인 거야. 우리는 둘이

지만, 결국 하나야."

"내 기억들을 내놔."

그는 낮게 으르렁거렸다.

"아무도 내게서 그걸 빼앗아갈 권리는 없어."

"하지만, 네 기억들은 바로 내 인생이기도 한 걸?"

범재는 빙긋 웃었다.

"아무도 다른 사람의 인생을 함부로 내놓으라고 요구할 권리는 없어. 알겠어? 우리는 대등한 존재로서 다시 합쳐지는 것밖에 방법이 없는 거야."

"너와 합쳐지기 위해서는…… 어떻게 해야 하는 거지?"

청년은 경계심을 늦추지 않으면서 물었다. 그의 표정에 불안한 빛이 어른거렸다.

"나와 하나가 되려면, 너는 초극을 해야 돼. 너도 알고 있겠지만 박범재 씨, 너는 지금 인간이 아니라 생체자료에 불과해. 인격이라고 인정받을 만한 것을 갖추지 못한, 유기 화합물로 이루어진 기계에 불과하지. 네가 왜 사망이 아니라 실종 상태로 분류되어 있는지 생각해봤어?"

"그건……."

청년은 허를 찔린 표정으로 고개를 저었다. 대답을 구하는 듯 그는 재희를 슬쩍 쳐다보았지만, 그녀가 해줄 수 있는 말은 없었다. 방 안에 잠시 동안 팽팽한 침묵이 흘렀다.

범재는 부드럽게 말했다.

"왜냐 하면 박범재는 바로 이곳, 홀린에 여전히 살아있기 때문이지. 몸의 소재가 파악되고 있지 않을 뿐, 그의 의식 활동은 여전히

감지되었기에 연방정부의 인구 모니터링 AI는 박범재를 실종 처리
한 거야. 그리고 배송 시스템의 판독기는 세포 이하의 레벨로 분해
되어버린 박범재의 몸을 그저 생체 자료로만 인식한 거고. 그 잿더
미로부터 다시 눈을 뜬 것이 바로 너인 거지. 이해가 되니?"

"잠깐만, 하지만 나는 분명 박범재의 몸을 가지고 있고……."

"너는 생체자료에 불과해. 지금 이 순간도 마찬가지야."

범재는 단호하게 말했다.

"무엇보다 이 세상의 최고기관에 탑재된 최고 지능이 그렇게 판
단하고 있지."

"하지만, 어떻게……."

자신의 두 손바닥을 황망히 내려다보는 그를 향해 범재는 빙긋
웃었다. 그리고 속삭였다.

"바로 신인류야, 박범재 씨. 사람들은 아직 깨닫지 못하고 있지만,
인공지능은 이미 알고 있는 거야. 새로운 인류가 도래하고 있다는
것을."

그를 응시하는 범재의 두 눈이 빛났다.

"바로 오늘, 게이트가 열려. 곧 무수하게 많은 사람들이 합류할
거야. 이미 움직임은 시작되고 있어."

"잠깐만, 그게 무슨……?"

재희는 섬뜩함을 느끼며 물었다. 조금 전까지 확인한 기사들이
머릿속을 스쳤다.

은성이 그녀의 뺨 위에서 몸에 힘을 주는 게 느껴졌다.

범재는 그녀를 향해 고개를 끄덕였다.

"데이터 스캐닝이야. 재희, 네가 나보다도 잘 알고 있겠지. 몸에서

데이터를 추출해내는 것은 그리 어렵지 않아. 문제는 항상 그 과정에서 몸이 파괴된다는 것이었지. 하지만 몸을 벗어나기로 마음먹은 사람들이라면, 오로지 데이터의 완벽한 추출 과정에만 집중하는 게 가능해. 우리는 그러한 사람들에게 나노 스캐너가 담긴 알약을 발송했어. 물 한 모금과 함께 캡슐을 삼키면, 신체가 기수면 상태에 들어가면서 스캔이 시작되는 거야. 백업이 완료되는 즉시 해당 부위는 완전히 해체되지. 스캔이 완료되는 시점이면 사람들은 이곳 홀린에 마련된 서버에서 깊은 잠을 자고 일어난 것처럼 개운한 마음으로 눈을 뜨는 거야. 나비가 허물을 벗고 훌훌 날아오르듯.”

“……그들의 몸은 완전히 파괴되고 말이지.”

“맞아.”

범재는 가볍게 수긍했다. 그제야 그녀는 이해할 수 있었다. 해동과 동시에 곤죽처럼 흘러내리기 시작했다는 오빠의 몸이, 어쩌다 그런 지경에 다다르게 된 것인지.

당장 무엇보다 신경 쓰이는 것은 청년의 반응이었다.

그의 얼굴이 눈에 띄게 어두워져 있었다.

청년은 물었다.

“그것이 바로, 네가 말하는 ‘초극’인가?”

“이해가 빠르네.”

범재는 대견하다는 듯이 대답했다.

범재를 향한 청년의 시선은 더욱 날카로워졌다.

“나를 죽인 사람은, 바로 너였구나!”

그는 신음처럼 내뱉었다. 그의 얼굴은 여전히 고통스러웠다. 그러나 처음과 같은 긴장감이나 초조함은 없었다. 오히려 그의 태도에서는, 무언가 한시름 놓은 듯한 침착함이 묻어났다.

누가, 왜 자신을 죽였는가. 어쩌면 그는 가장 궁금했던 질문의 대답을 방금 얻은 것인지도 몰랐다.

청년은 천천히 고개를 들었다.

"네 말대로라면 나는 확실히 박범재가 아니지. 그를 식별하는 데 쓰이는 의식의 패턴들은 전부 네가 가지고 가버렸으니까. 지금의 나는 박범재의 하드웨어를 초기화 상태로 돌려놓은 백지의 인격에 불과해. 나는 네가 아니야. 그렇다면 말이지, 내가 애초에 너와 합쳐지기 위해 노력해야 할 이유가 어디에 있지?"

"남겨진 선택의 여지가 별로 없어. 미안하지만."

범재는 말했다.

"대규모 이주가 시작되면 정부도 눈치채지 않을 수 없을 거야. 물론 대부분의 이주자들이 1세대일 테니, 처음부터 연방정부가 적극적으로 움직이지는 않을 수도 있어. 오히려 일부 부처 사람들은 이 상황을 내심 반길 테지. 1세대 인구가 감소한다는 것은, 그만큼 보조금에 들어가는 예산을 아낄 수 있다는 뜻이니까. 이미 멸종이 예견되어 있는 사람들의 수명이 조금 앞당겨진다고 해서 크게 문제될 것이 있겠어? 하지만 사태의 내막을 전부 파악하게 되면 이야기는 달라질 거야. 사람들의 생체 데이터를 추출해 그것을 데이터 인격으로 빚어내고 있다는 것을 알게 되면……."

"나는 결국 폐기형에 처해진다는 말이로군."

청년은 건조하게 말을 받았다.

"한두 사람도 아니고, 대규모의 생체 데이터를 무허가로 가공한 셈이 되니까. 자신이 저지른 일을 모조리 내게 덮어씌울 생각인 거로군?"

"그 점은 미안하게 생각해. 하지만 네가 홀린으로 넘어온다면 충분히 보상해줄 수 있어."

"폐기되든, 백업하든, 둘 중에 하나를 선택하라고……."

그는 중얼거렸다. 입가에는 냉소를 띠고 있었다.

"자신의 삶을 떠넘기며 타인의 삶을 빼앗으려 들다니, 너는 정말 비겁한 놈이야."

범재는 아무런 말없이 그를 응시했다. 청년은 말을 이었다.

"나는, 지금 가진 것이라곤 이 몸밖에 없어. 하나의 인격을 형성할 만한 요소는 아무것도 가지고 있지 않아. 이런 상태의 내가 자신을 데이터화 했을 때, 과연 너와 동등한 개체가 될 수 있을까? 아니야. 나의 디지털 버전은, 인간이 아니라 하나의 프로세서에 불과하게 될 거야. 너는 그저 성능 좋은 컴퓨터를 한 대 얻게 되는 셈이겠지. 나는 결코 이곳의 구성원이 될 수 없어."

"아니, 그 반대야."

범재는 곧바로 받아쳤다.

"바로 그렇기 때문에 홀린에는 네가 꼭 필요한 거야. 이 세계는 하나부터 열까지 전부 내가 만들었어. 나 혼자서. 오로지 나의 정신과 사상으로. 그리고 이제는 이 세상을 검토하고 검증해줄 다른 존재가 필요해. 나에게 뒤지지 않을 만큼 이 세상을 온전히 파악하면서도, 그것을 보완해줄 누군가가. 되도록이면 편견에 사로잡혀 있지 않고, 개성이 옅으면서도, 사유는 충분히 날카로운 누군가가. 그게 바로 너야, 박범재. 내가 아니라 바로 네가, 홀린을 구성하는 근간이 되고 인간을 빚어내는 기준이 될 거야. 너는 이곳에서 나를 비롯한 모든 아담들의 아담, 바로 아담의 원본인 신과 같은 존재가 될 테니까."

범재의 손동작이 유난히 컸다. 그만큼 흥분하고 있다는 뜻이었다.

"요컨대 인격을 몰살시킨 자신의 두뇌가 필요하다는 말이로군?"

청년은 차갑게 물었다.

"몰살이라니, 무슨. 너에게는 내가 있잖아."

"대답을 회피하지 마, 박범재. 너는 자신의 목적을 위해 나를 이용할 만큼 이용한 다음에, 결국은 자신과 병합할 생각이지 않나? 나는 결국 너에게 먹히겠지."

"우리는 원래 하나였어."

"이제는 아니지."

청년의 말투는 싸늘했다. 그는 과연 사고가 영민했지만, 그것이 범재에게 호의적인 방향으로 흘러가는 것 같지는 않았다.

그는 가라앉은 목소리로 말했다.

"나는 궁금했어. 산다는 것이 무엇인지. 박범재로 산다는 것은 무엇이며, 거기에는 어떤 의미가 있는지 말이야. 네가 남겨놓은 궤적들을 따라가는 것은 죄책감이 들면서도 재미있었어. 자신의 삶이 앞으로 펼쳐질 수 있는 하나의 가능성을 엿보는 것 같아서. 마치 평행우주의 다른 자신을 구경하는 기분이었달까? 나는 네가 궁금했지만 박범재, 너에게 흡수되고 싶었던 것은 아니야. 자신을 쏟아 부어 하나의 세계를 만든다고 해서 그것에 무슨 의미가 있겠어? 우리 두 사람은 결국은 이 세계 그 자체나 다름없는 존재가 되어버리겠지. 우리는 그야말로 공기처럼 흩어질 거야……. 지금보다도 더욱 아무것도 아닌 존재로."

그는 이미지 파일로 구성되는 자신의 몸을 내려다보았다. 그 태도에는 어딘가 허탈해하는 기색이 흘렀다. 범재는 그를 향해 한 걸음 다가갔다.

"이곳에는 새로운 종류의 삶이 있어."

그는 힘주어 말했다.

"바로 이곳에 새로운 인류가 나아가야 할 길이 있어. 두 번 다시는 죽지도, 고통 받지도 않는 삶이. 저 바깥에 펼쳐진 풍경만큼이나 무궁무진한 세계가. 그것이 바로 데이터로 이루어진 신인류야! 너와 나라면 그것을 함께 완성할 수 있어. 그것이 바로 네가 태어난 이유야, 박범재."

"내 삶의 의미는, 네가 결정할 만한 것이 아냐."

그는 낮게 중얼거렸다.

"누구의 삶도 마찬가지야. 네가 빼돌리는 무수한 삶들은, 이곳에 모여들어 너의 홀린이라는 어항을 채우는 물고기가 되겠지. 그건 너의 유치한 자기만족을 위한 거지, 그들의 삶을 존중하는 것이 아냐. 너는 그들로부터 아무것도 요구할 권리가 없어."

"네가 이곳을 잘 몰라서 그래!"

범재의 얼굴이 처음으로 조금 창백해졌다.

"너에게라면 얼마든지 보여줄 수 있어! 이곳의 주민들이 얼마나 행복해 하는지. 그들이 얼마나 자신들의 새 삶을 사랑하는지. 그들의 데이터를 직접 살펴보면 너도 생각이 달라질 거야. 홀린은 사람이 행복하게 살 수 있는 가장 완벽한……."

"관심 없어."

그는 피식 웃으며 말을 끊었다.

"뭐……?"

"관심 없다고. 네가 어떤 식으로 그들을 설득했는지, 나와는 상관없는 일이야. 이봐, 박범재. 네가 나를 데이터를 추출하기 위한 재료 정도로밖에 생각하지 않는다는 것을 내가 모를 줄 알았나? 이 몸에 담겨 있는 생은 나의 것이고, 나는 앞으로 내 삶을 살아갈 거야. 나로부터 사라질 거였으면 그냥 이번을 마지막으로 완전히 사라져줬으면 해."

범재의 얼굴이 어두워졌다.

"이건 네가 생각하는 그런 죽음이 아니야……. 그저 존재의 형식을 바꾸는 진화의 과정일 뿐이라고. 너를 구성하는 무엇 하나도 파손하지 않은 채로 너를 이곳으로 넘어오게 할 수 있어. 내가 약속하지. 박범재, 이곳에서 너는 훨씬 행복할 거야. 이곳에서 부는 바람 한 점, 모래 한 알에서도 생의 감각이 흘러넘칠 거야. 네가 태어난 의미가 바로 이곳을 향해 있고, 이 세상은 너를 필요로 하니까."

"누가 정해놓은 대로 사는 건 질색이야."

청년은 출구를 찾듯 주위를 두리번거렸다. 범재는 경고조로 말했다.

"이곳이 아니라면 네게 남은 것은 소멸뿐이야."

"어느 것도 내게는 소멸이야. 그렇다면 당장 눈앞에 닥친 것부터 피해봐야지."

"저 바깥에서 도대체 뭘 찾으려는 거지?"

범재는 기가 차다는 듯이 물었다.

"영생, 공동체, 행복. 모든 것이 이 안에 있어. 도대체 왜 거부하는 거야?"

"내 삶 말이야, 박범재 씨. 저 바깥에 아직 나의 삶이 있거든."

무언가가 와장창 부서지는 소리가 났다. 재희는 깜짝 놀라며 주위를 둘러보았다.

청년이 방에서 사라지고 없었다. 범재가 소리쳤다.

"그를 보호해! 무슨 일이 있어도 연방에 넘기면 안 돼!"

재희는 홀린을 로그아웃하고 헬멧을 벗었다. 그리고 다시 한번 공간을 쿵! 울리는 소리에 고개를 돌렸다.

청년이 거기에 있었다.

그가 로슈에게 헬멧을 뒤집어씌운 채로 그녀의 목을 뜯어내고 있었다.

벗겨진 피부 틈새에서 전선이 스파크를 튀겼다.

"이쪽이 먼저 달려들었어!"

팔 관절을 360도로 회전시키며 그의 손을 쳐내려는 로슈를 피하며 청년은 씩씩거렸다.

그의 손목에서 피가 흘러내렸다.

"내 팔을 뒤로 잡아 꺾으려 했다고! 젠장."

어느 순간 로슈의 몸에서 전원이 완전히 나가며 팔다리가 힘없이 떨어졌다.

청년은 로봇의 목덜미를 비틀어 열며 욕설을 내뱉었다.

"이거 왜 이래? 용량이 너무 적은데?"

그는 네모난 칩을 뽑아내 급하게 앞뒤로 살폈다. 확실히, 인격을 전부 담아내기에는 용량이 턱없이 부족했다.

"로봇을 해체해서 어쩌려고?"

재희가 묻자, 청년은 로슈에게서 헬멧을 벗겨내며 말했다.

"두 번 다시 날 따라오지 못하게 기억을 없애야지."

"소용없어."

재희는 말했다.

"그것의 본체는 홀린에 있어. 이미 전부 백업되었을 거야."

"뭐? 이것도 사람이었어?"

청년은 헬멧을 바닥에 철렁 떨어뜨렸다. 그의 안색이 하얗게 질렸다.

"젠장, 내가 죽인 건가?"

"아냐. 데이터가 어떻게 죽겠어. 그런 존재들이 아니야. 홀린의 사람들은⋯⋯."

재희가 말을 끝맺기도 전에 그는 이해했다는 듯이 물러섰다. 재희를 한 번 흘금 쳐다보고, 그는 현관을 향해 몸을 돌렸다.

"너는 나를 막지 않을 건가?"

"나는⋯⋯."

재희는 그를 물끄러미 쳐다보았다. 긴장이 역력한 얼굴이 무언가를 찾으려는 듯 자신을 뚫어져라 보고 있었다.

무엇을 기대하는 것일까.

재희는 고민 끝에 주머니로부터 오리너구리의 마스크를 꺼내어 던졌다.

"나는 너를 구할 거야. 그러니 지금 당장 우주항공기지로 가. 항공기지는 연방의 통치권이 닿지 않는 중간지대니까⋯⋯. 호버카를 부르겠어. 그곳에 도착할 때까지는 절대로 마스크를 벗지 마. 아무도 믿지 말고, 누구에게도 잡히지 마."

그는 천천히 고개를 끄덕였다. 그리고 마스크를 얼굴에 뒤집어썼다.

"너와는 언젠가 느긋하게 이야기를 나누고 싶어."

현관문을 열고 그가 복도를 달려 나가는 소리가 들렸다. 여러 개의 발소리가 멀어지며 텅 빈 콘크리트 복도를 울렸다.

재희는 소프트스크린을 펼쳐들었다. 조금 전까지 읽고 있던 자살 사태의 집계 화면이 나타났다.

광역 호버카가 1분 뒤에 도착하도록 배치되었다. 최악의 경우에는 자신의 생체정보를 투입할 생각이었지만, 마스크로부터 빼돌려 두었던 오리너구리의 생체정보가 서버를 통과했다. 벌써부터 상공에서 엔진 소리가 들리는 것 같았다.

재희는 마스크에 장착된 생체 칩의 위치 추적을 활성화했다. 청년은 벌써 아파트 단지를 빠져 나가고 있었다. 동쪽에서 날아오고 있는 호버카와 그의 위치가 하나로 합쳐지는 것이 보였다.

화면에 새로운 기사가 업데이트 되었다.

'박민경 미래인류연구소 소장 자택에서 1세대 남성 사체 발견. 검경국은 사실관계 확인 중⋯⋯.'

갈고리의 소식이 드디어 보도된 것이다. 재희는 깊은 숨을 들이쉬었다.

귓가에 은성의 목소리가 들렸다.

"그들을 막을 수 있겠어?"

"할 수 있는 걸 해봐야지."

재희는 중얼거렸다.

"이주를 거부하는 사람에게 강요를 하도록 내버려둘 수는 없어."

"이주를 권유하는 것부터 잘못이지."

은성의 목소리는 노기를 띠고 있었다.

"몸을 파괴하는 알약을 사람들에게 뿌리고 있다는 거잖아? 홀린에 보내주겠다는 명목으로. 자살자들도 결국 모두⋯⋯."

재희는 잠시 손을 멈추고 은성을 보았다. 그녀는 결국 이해할 수 없을지도 모른다. 그럼에도, 재희는 설명하고 싶어졌다.

"은성아, 네가 잠에서 깨어났던 그 방을 기억해?"

재희는 조심스럽게 생각을 가다듬었다.

"네가 본 그곳은 홀린의 일부야. 사람들은 이주를 결심하면 몸으로부터 데이터를 추출해서, 홀린에 새로운 자아를 형성해. 그들이 생전에 가지고 있던 기억, 성향, 자의식 같은 것들을 고스란히 재구성해서 데이터 존재로 태어나는 거야. 그곳에서 다시 삶을 시작하는 거지. 홀린은 사람들의 행복감을 최대한 높이는 방식으로 설계되어 있어."

"……갑자기 네 오빠를 변호하는 거니?"

"오빠가 누군가에게 이주를 강요하는 것은 잘못되었다고 생각해. 하지만, 홀린이라는 세상 자체가 잘못되었다고 생각하지는 않아. 그곳은 정말로 하나의 새로운 가능성일지도 몰라."

"사람의 불행을 양분처럼 빨아들이면서 성장하는 그곳이?"

"그 불행이 홀린의 탓은 아니잖아……. 은성아, 너는 그곳에서 행복하지 않았어? 단 한순간이라도, 그곳이 마음에 들지 않았니?"

"나는 모든 것이 가짜라는 것을 알고 소름이 돋았어……. 누군가에 의해 철저히 계산된 세상에서 사람이 과연 행복할 수 있을까?"

"그렇게 믿고 알약을 삼키는 사람들이 이렇게나 많잖아."

재희는 스크린 상단에 표시되는 자살자 집계를 흘깃 바라보았다. 숫자는 미끄러지듯 올라갔다.

"인간의 몸은 제한되어 있어. 유지하기 위해 필요한 조건들이 너무나 많지. 빛, 물, 공기, 적당한 온도와 에너지원, 위생, 집, 옷…….

이 모든 조건들을 갖추기가 점점 어려워지고 있어. 환경도 몸도 개선하는 것이 불가능하다면, 아예 몸이라는 조건 자체를 탈피해버리는 것도 하나의 방법인지도 몰라. 어쨌든 인류에게 멸종이 아닌 새로운 대안이 하나 생긴 거잖아?"

은성의 목소리가 흔들렸다.

"자연인들의 멸종이 필연적이라고 누가 정했어? 과학자들이? 그들의 잘난 AI가? 결국 핑계야. 다 같이 살아가는 길이 있는데도, 그들은 인류의 일부를 유기해버린 거야."

"그것이 남아 있는 자원을 활용하는 가장 합리적인 방안이라고 하잖아."

"합리라고……. 인류 역사상 합리만큼 유구한 변명도 없지. 포기해 마땅한 인간이 세상 어디에 있어? 그걸 누가 감히 결정하는데?"

"은성아……."

"충분히 더 살아갈 수도 있는 사람들의 죽음을, 홀린은 재촉하고 있는 거야. '이주'라는 당치도 않은 이름으로. 생명은 그렇게 쉽게 포기해도 되는 것이 아니야. 홀린이 생긴 이후로 사람들은 자신의 삶을 예전보다 훨씬 빠르게 비관하고, 증오할 거야. 그것이 세상에 퍼뜨리는 것은 행복이 아니라 증오라고. 내가 어떻게 그곳에서 행복할 수 있겠어? 내게 소중한 것들을, 그 세계는 사정없이 짓밟아버리는데!"

재희는 무거운 한숨을 쉬었다. 그것은 홀린을 통해 되살아난 사람이 내뱉는, 얄궂디얄궂은 절규였다.

홀린은 그녀를 설득하는 것이 원천적으로 불가능한 세계였는지도 모른다.

"네가 만약 그곳이 좋다고 하면, 나는 시도해 볼 생각이었어. 저 청년을 대신해서 내가 오빠와 함께 홀린의 관리자가 되는 것도, 나쁘지 않겠다고 생각했어."

"너도, 자신을 파괴하겠다고?"

은성이 망연하게 되물었다.

재희는 고개를 저었다.

"아니야, 은성아. 이젠 아니야. 지금은 해야 할 일이 있어."

그녀는 스크린에 표시되는 위치를 갱신했다. 청년은 인파로 북적이는 서울의 상공을 빠른 속도로 통과하고 있었다. 그를 둘러싸고 움직이는 정돈된 무리가 있었다.

일부는 근방을 정기적으로 순찰하는 경찰 병력이었고, 원을 좁히며 모여드는 또 다른 무리는······.

"아, 젠장!"

재희는 신음을 삼켰다.

오리너구리의 계정이 비활성화 모드로 바뀌어 있었다. 그가 방금 전에 알약을 삼킨 것이 분명했다.

계정의 당사자가 사망하면, 그의 신원을 담보하는 모든 물품도 효력을 상실해버린다. 서버 상으로 청년은 호버카를 타고 가다가 상공에서 급사한 것으로 업데이트되었을 것이다.

비행 중 승객의 생명에 응급사태가 발발하면, 호버카는 가장 가까운 병원으로 목적지를 수정하도록 되어 있다. 과연 청년을 태운 자동차가 급선회를 시작했다. 목적지로 추정되는 곳은 그의 현재 위치로부터 불과 700여 미터밖에 떨어지지 않은 서울의 대형 국립 연구병원이었다.

홀린으로부터의 역-트랜스포트율이 급증했다.

지상으로 다운로드된 계정들이 개미떼처럼 병원을 에워싸며 원을 좁혔다.

재희는 빠른 속도로 지도를 훑으며 손톱을 잘근 씹었다.

호버카의 착륙 예정 시간은 불과 2분도 남지 않았다.

13

호버카가 급작스러운 선회를 시작했다.

청년은 마스크를 단단히 고쳐 쓰고 바깥의 동태를 살폈다.

"응급 상황 발생!"

차 내에 환한 불이 켜지며 안내방송이 흘러나왔다. 출렁거리듯 흔들리다가 결국은 완전히 멈춰버리는 심박 그래프가 유리창에 표시되었다. 누구인지는 모를, 그러나 그가 위장하고 있는 사람의 것임이 분명한 생체 정보였다. 지금 이 순간 그가 죽어갔다. 원래 마스크를 쓰고 있어야 했을, 얼굴의 진짜 주인이.

호버카는 응급 차량이 착륙하도록 되어 있는 병원의 옥상으로 직행했다.

의료용 로봇과 의료진들이 달려 나오는 게 보였다.

청년은 몸을 움츠렸다.

이대로 의료진을 따돌리고 병원 바깥으로 도주할 것인가, 아니면 먼저 병원의 서버를 해킹하고 자신의 목격 데이터를 지울 것인가.

데이터를 찾아내어 교란하는 것까지는 가능할 것 같았다. 그러나 문제는 다음이었다.

지금 당장 흔적을 지운다고 해도, 어디로 가야 한단 말인가! 우주 항공기지는 이곳으로부터 적어도 1시간 30분 비행거리의 고비사막 한가운데 있었다.

동아시아 연방의 공동 스페이스포트인 주천 기지. 호버카를 타고 오는 짧은 시간 안에도 대형 우주선이 주천 기지를 향해 오고 있다는 소식이 계속해서 보도되었다.

최연소, 역대 최장거리의 유인 프로젝트.

우주선을 타고 나간 사람도 필시 3세대였겠지, 그는 생각했다. 행성 바깥으로 나가면, 자신도 당당하게 살 수 있었던 것일까.

호버카가 허공에 멈춰서 수직 주차를 시도했다. 조금 전까지 전면창을 가득 메우고 있던 심박 그래프처럼, 시트 전체가 약하게 출렁거리다가 완전한 수평 각도를 찾았다.

몸체가 천천히 하강했다.

자신의 몸으로 살아볼 수도 있었던 삶의 가능성이 궁금했었다. 데이터로서는 느껴볼 수 없을, 뜨겁고 핍진한 경험들을 해보고 싶었다.

청년은 빛이 환하게 밝혀진 실험대 위에서 처음으로 눈을 떴을 때 온몸을 스친 전율을 지금도 생생하게 기억했다. 아이가 아닌 성인의 몸으로 태어나는 것. 그것은 탄생의 맨 처음 순간을 똑똑하게 기억한다는 것을 의미했다. 실험대에 누워서 그는 제일 먼저 감겨 있는 눈꺼풀 너머로 빛을 보았다. 그 다음에는 목소리를 들었다.

"일어나거라, 내 아들아."

"네, 어머니."

그의 입에서는 스스로도 이해할 수 없는 음성이 흘러나왔다.

눈을 뜨고 몸을 일으켰다. 난생 처음으로 보는 종아리와 허벅지, 팔꿈치와 옆구리. 다섯 갈래로 갈라지는 기이한 모양의 손가락과 그 끝에 박힌 손톱들.

그는 알 수 없는 감정에 휩싸였다. 네모난 병원용 매트에서 자신의 다리가 떨어져 나오는 것을 보고는 마음속으로는 탄성을 질렀다. 이렇게나 넓고 거대한 공간 중에서, 자신이 움직일 수 있는 것은 고작 저 우스꽝스럽게 생긴 발등과 그에 딸린 몸통이 전부였던 것이다! 그는 웃고 싶으면서 동시에 울고 싶었다. 똑바로 서기 위해 몸을 일으키자 매트를 부여잡은 열 개의 손톱이 하얗게 질렸다.

발바닥을 스치는 맨바닥의 차가움을 느끼며, 그는 조심스럽게 걸음을 옮겼다.

아무도 가르쳐준 적 없었지만 그는 빛을 보았고, 냄새를 맡았다. 자신을 둘러싸고 미끄러져 나가는 데이터의 흐름을 느꼈다. 정신이 아찔했다.

이것이 바로 자기 자신이다.

그리고 그것이, 처음으로 경험하는 몸이라는 기적이었다.

아직은 떠나고 싶지 않았다.

몸의 물성을 떠나, 데이터 세계로 넘어가고 싶지 않았다.

이왕 경험할 것이라면 두 다리와 두 팔로 하고 싶었다. 자신의 몸에 부딪혀올 세상과, 그것에 반응할 자기 몸의 한계가 그는 궁금했다.

창밖에서 움직이는 의료진들의 실루엣이 자신의 반영과 겹쳐 보였다. 두 명의 건장한 간호사가 의료용 로봇을 대동하고 있었다. 손에는 전기충격기가 들려 있었다.

박범재에 대해서 알아보기 전에, 먼저 자기 자신에 대해 더 많이 알아보았어야 했는데.

그 깨달음이 뒤늦게 후회처럼 몰려왔다.

자동차의 문이 열렸다. 운송용 스트레처의 팔이 차내를 비집고 들어왔다.

일단 저들을 제치고 지상으로 뛰어내리리라.

약 4미터 높이로 옥상을 둘러싼 장벽을 눈어림하며 그런 결심을 했을 때, 강렬한 데이터의 흐름이 얼굴을 때렸다.

눈앞이 번쩍 트였다.

다음 순간 환자 이송을 위한 절차를 진행하던 로봇들이 바로 옆의 의료진들에게 달려들었다.

간호복을 입은 두 사람이 비명을 질렀다.

옥상의 각 모퉁이에서는 패트롤 로봇 넷이 일제히 호버카를 향해 돌진해오기 시작했다.

청년은 본능적으로 차를 박차고 나갔다. 생각보다 몸이 먼저 움직였다. 그는 곧바로 옥상의 한가운데 난 출입구를 향해 달리기 시작했다.

허공을 흔들며 빗발치는 데이터의 흐름이, 빗물처럼 거세게 피부를 스쳤다.

***

　박민경은 자신의 기사가 보도되고도 30분이나 늦게 소식을 확인했다는 사실에 기가 찼다.

　자택에서는 아무런 경보도 발령되지 않았다. 그 와중에 지역센터는 인구 모니터링 시스템의 제보에 따라 공무 로봇을 두 차례나 파견했다.

　자신의 거실에는 무연고 자연인의 사체가 버젓이 누워 있고, 박범재는 흔적도 없이 사라졌으며, 경비 시스템은 그녀를 이 사건의 용의자로 지목해 수사를 진행하고 있었다.

　그것이 연방정부가 자신에게 보내는 일종의 경고라는 것을, 민경은 즉시 이해했다.

　남진호 부소장으로부터 급하게 전화가 걸려왔을 때, 그녀는 생체 데이터의 결산 오류 문제로 연구원을 추궁하고 있었다.

　'박민경 미래인류연구소 소장 자택에서 1세대 남성 사체 발견. 검경국은 사실관계 확인에 돌입했으며, 사건의 유력한 용의자로는……'

　그녀가 심각한 표정으로 가상 화면을 읽어 내려가는 동안, 고개를 조아리고 있던 류정원 연구원은 초조한 기색으로 키보드를 두드렸다.

　지하 1층의 슈퍼컴퓨터 앞에 앉아서 그는 예고 없이 감소한 데이터의 총량에 대한 검토 요청과 항의 공문을 번갈아가며 전송했다. 문제의 발단은 그날 아침부터 동시다발적으로 발발한 시뮬레이션 오류였다.

급히 확인해본 결과, 투입되었어야 할 데이터의 총량이 부족했다. 연구소 내부의 데이터 관리 문제는 결단코 아니었다. 사전에 반입된 생체 데이터들은 그가 마지막으로 확인했을 때와 마찬가지로 일목요연하게 정리된 채였다. 문제는 국립연구병원으로부터 새로이 수령하기로 되어 있는 데이터였다.

데이터베이스에 전송되어 온 파일이, 원래 책정되어 있던 용량보다 30퍼센트 가량 부족했다. 그나마 수령한 자료들도 여기저기 구멍이 나 있거나 터무니없는 오류 투성이였다.

연구병원 쪽의 문제지, 이쪽의 실책은 결단코 아니었다.

류정원은 오염된 자료들이 더 이상 실험에 투입되지 않도록 서둘러 선별 작업에 착수했다.

라벨이 손상되어 일괄처리도 불가능한 데이터들을 단시간 내에 처리하자니 눈이 돌아갈 지경이었다. 원래라면 이런 직업은 박재희 연구원의 담당이 아니었던가. 그녀는 이런 류의 데이터 작업을 보이지 않는 팔이 열 개라도 달린 것처럼 순식간에 해치워버리고는 했다.

역시 우수한 두뇌를 점지 받은 사람은 능력치가 다르다고, 그는 곁에서 얼마나 자주 탄식했던가.

그 자신 역시 나름대로 성공한 부모님의 슬하에서 업그레이드 된 신체를 타고난 2세대이기는 했다. 그러나 2세대 안에서도, 신체의 품질에 따른 차이는 엄연히 존재하는 것이었다. 그 사실을 류정원은 연구직을 지망하고 연방 안에서 내로라하는 인재들과 성과를 겨루면서 뼈저리게 깨달았다.

도무지 열정과 근면만으로는 넘어설 수 없는, 신격(身格)의 차이라는 것이 있었다. 그가 일주일을 꼬박 바쳐도 해내기 어려울 성싶은 작업들을, 어떤 사람들은 팔짱을 한 번 끼고 고개를 두어 번 끄덕이는 동안에 전부 끝내버리는 것이다. 자신이 지금보다 약 두 단계만 높은 사양의 두뇌를 타고났다면! 그는 자주 생각했다. 자신이 약 6년만 늦게 태어났더라도, 향후의 신체 사양 개선이 지금보다는 수월했을 것이다.

지금으로서는 마이너 레벨의 신체 업그레이드를 틈틈이 진행하는 수밖에 없었다. 전신의 평균 레벨을 앞으로 0.5 정도만 더 향상시킨다면 전면적인 업그레이드를 시도해볼 수 있을 것이다. 거금이 드는 일이었지만, 이 연구 바닥에서 계속 살아남으려면 지금의 신체만으로는 한계가 있다는 사실을 그는 이제 누구보다 잘 알았다. 지금까지 류정원은 잘 해왔다. 앞으로 약 반 년 정도만 좋은 실적을 유지하고, 연말에 특별 성과급을 따낼 수 있다면…….

그러나 지금 상태로 말하자면 그는 평범하기 그지없는 신체 사양을 가진, 일복에 찌들어 있는 워커홀릭에 불과했다.

류정원은 입술을 악물고 슈퍼컴퓨터에 새로운 명령을 입력해 넣었다. 모자란 0.5레벨의 한계를 시험받는 듯한 기분에, 수치심으로 얼굴이 화끈거렸다.

박재희가 갑작스러운 휴가를 내고 사라지지만 않았더라도 자신이 이런 수모를 겪는 일은 없었을 텐데. 만약 이번 일로 소장님이 자신의 연구 직위를 강등시키기라도 한다면…….

척추를 찌르는 듯한 압박감 속에 데이터를 눈이 빠지도록 휘젓고 있던 그는 문득 눈에 띄는 패턴을 발견했다.

전송되어 온 5만여 명의 생체 데이터 중에, 기묘할 만큼 유사한 손상의 패턴들이 있었다. 그는 박민경 소장을 흘끔 돌아본 뒤에, 다시 스크린을 쳐다보았다.

그의 머릿속에 퍼뜩 생각이 스쳤다.

'임종 판독기.'

그는 목소리를 한 번 가다듬은 다음 자리에서 일어났다. 그리고 깊은 생각에 잠긴 것처럼 보이는 박민경 소장에게 조심스러운 몸짓으로 말을 걸었다.

"저어, 소장님……."

그녀가 날카롭게 시선을 돌렸다.

류정원은 생각할 수 있는 가장 전문가다운 태도로 무장하고 말을 이었다.

"점검 결과 소내 데이터 관리 체계에는 문제가 없습니다. 다만 확인을 위혜 소장님 승인이 필요한 부분이 있습니다."

"뭔가? 모든 관리 권한은 열어두었을 텐데?"

"그게…… 조금 민감한 부분이기는 합니다만, 그럼에도 시스템과의 책임 연구원으로서 확인이 필요해 보이는 부분이……."

"말해보게."

류정원은 호흡을 한 번 골랐다. 그리고 말했다.

"임종 데이터입니다."

박민경의 시선이 일순 흔들렸다.

"소내 필터를 통과하기 이전의 로우 데이터들을 확인해보고 싶습니다. 지금 전송되어 온 데이터들 사이에서는 유의미한 손상의 패턴이 발견되고 있습니다."

"······당연한 이야기를 하는군. 임종이라는 현상군에 포함되는 데이터들을 정제해낸 것이니 자연히 유사성이 발견되지 않겠는가?"

"그저 경향적인 유사성을 말씀 드리는 것이 아니라, 물리적인 수준의 유사성을 말씀드리는 겁니다. 이것이 저희 연구소 차원에서 발발한 현상인지 확인을 해야만, 데이터 제공자에게도 더욱 정확한 클레임을 제기할 수 있어서요. 제가 직접 로우 데이터에 접근하는 것이 문제가 된다면 윗선에 넘기는 한이 있더라도 확인이 반드시 필요해 보입니다."

그는 조금 긴장된 표정으로 소장을 바라보았다. 데이터 접근을 요구하는 것은 간단한 문제가 아니었다. 투입되는 생체 데이터를 어떤 지침에 따라 가공하느냐에 따라 연구 자체는 물론, 연구소 전체의 지향성이 결정되었다. 생체 데이터는, 그중에서도 가공되지 않은 로우 데이터는 귀한 자원이었다. 그것에 접근할 수 있는 것은 권력이었다.

민경은 결연한 표정으로 자신을 바라보는 연구원을 눈으로 훑다가, 낮은 한숨을 쉬었다.

"확인이 필요한 것이 어느 지점인지 설명해보시게."

"보시다시피······."

그는 얼른 다시 의자에 앉아 데이터 시트를 펼쳤다.

"원본 데이터도 파손된 채로 전송되었을 가능성이 높기는 합니다만, 그럼에도 가공 과정에서 일정하게 잘려나간 패턴들이 보입니다. 그리고 그 앞뒤로는 높은 강도의 감정적인 반응이 기록되어 있죠."

그는 퍼즐처럼 잘려나간 가공 지점들을 정렬하고, 그 앞뒤의 정서 반응들을 나열해 보였다.

"이 지점을 거친 뒤로 사람들의 신경적 손상이 급증합니다. 마치 가까운 사람과의 사별이나 공동체로부터의 급속한 고립이 발발한 이후처럼요. 그러나 이 경험 자체를 임종이라고 볼 수는 없는데, 발발 시점이 사람들의 예상 수명과 전혀 일치하지 않거든요. 이러한 생체 손상의 패턴은 오히려, 예기치 못한 재난이나 전염병이 창궐했을 때의 케이스와 유사하죠. 수명에 유의미한 영향을 끼치는 미확인의 변수가 존재하는 겁니다. 그것이 필터 방침에 따라 일정하게 제거되고 있는 것이고요."

"전염병이라……."

민경은 능숙하게 데이터 시트를 검토하며 중얼거렸다. 정말이지, 그가 지적해낸 부분은 우발적인 손상이라고 보기에는 어려울 만큼 단정하게 도려내어져 있었다. 그 미지의 사건 직후로는 극심한 감정적 변화, 이를테면 절망과 낙담, 분노, 혹은 환희와 같은 것들이 뒤따랐다. 연구원의 지적에는 일리가 있었다.

"확인이 완료되는 대로 고지를 주시면 연구병원과 연방의 보건복지부서 쪽에 시정 요청 공문을 올리겠습니다. 허락해주시겠습니까?"

"내가 직접 확인하고, 바로 연락 주도록 하지."

류정원은 고개를 45도로 숙인 뒤 방을 빠져나갔다. 만약 자신의 발견이 유의미한 것으로 판명난다면, 이 역시 실적으로 연결되리라.

연말의 특별 성과급과 신체 업그레이드의 광채가 어른거렸다. 멸종 연구와 관련된 신종 변수가 여기서 추가로 발견된다면, 학계의 지표에 그의 이름 석 자가 새겨지는 것도 불가능하지만은 않을 것 같았다. 새로운 발견은 원래 사소한 계기에서 시작된다고 하지 않는가.

류정원은 긴장하고 있던 어깨를 부르르 풀며 한숨을 쉬었다.

박재희가 자리를 비운 게 오히려 잘된 일인지도 몰랐다.

박민경은 임종 데이터에 접근하기 위한 생체 접속을 진행했다.

그곳에서 '공통 경험'을 찾아내는 것은, 어렵지 않았다.

3만여 명의 데이터에서 일관되게 추출되는 영상기억을 재생하며, 박민경의 얼굴은 심하게 우그러졌다. 그곳에는 환호하는 사람들이 있었다.

옷을 벗어던지듯 몸을 바꾸는 사람들. 행복에 겨워 눈물을 흘리는 얼굴과 몸짓들. 아레나의 환한 태양빛 속에서 노랫가락이 울려 퍼지고 있었다. 사람들이 외쳤다.

"살아있는 것들은 행복해라! 자유여! 데이터여! 홀린이여!"

두 팔을 들어 올린 사람들이 풀밭처럼 물결쳤다. 그들의 시선은 일제히 한 곳을 향해 있었다.

군중의 한가운데, 박범재가 서 있었다.

민경은 탄식처럼 길고도 깊은 숨을 토해냈다.

죽은 아들이 저기에 있다. 죽고는 아직 되돌아오지 않은 자신의 아들이.

영상의 진위를 판단하는 과정은 간단했다. 웹상에 유사도를 띤 영상 자료를 검색하는 것만으로 결과는 금방 나타났다. 자료에 특별히 접근 제한이 걸려있는 것도 아니었다.

그것은 홀린의 접속자들에게 일괄 전송된, 관리자 권한의 공고 영상이었다.

"홀린이 당신을 위해 준비한 마지막 단계."

민경은 영상의 공개 일자를 확인했다. 그리고 급성 질식의 위기에 처한 사람처럼 컴퓨터 위로 엎어지며 가슴을 쳤다.

모든 정황이 맞물려 들어갔다.

사망 일자, 사체의 상태, 영상이 주장하는 '데이터 영생'과, 그것이 데이터베이스의 생체 데이터 군에게 미치는 생리적 요인까지.

갑작스럽게 사라진 가족이나 친구, 연인과 동료를 영상에서 발견하고 경악했을 사람들을 그녀는 짐작해볼 수 있었다. '마지막 단계'라니. 그 영상을 보는 사람들에게는 그것이 '마지막 만남'을 의미할 수도 있는 것이었다. 극심한 스트레스를 동반한 절망과 낙담, 분노, 혹은 간헐적 환희.

민경은 고개를 끄덕였다.

그리고 분리해두었던 데이터의 조각들을 다시 하나의 일생으로 이어보았다.

그것은 저편의 존재를 알고도, 그곳으로 건너가는 대신 이곳에서 죽음을 맞이한 사람들의 기록이었다. 이유는 다양했을 것이다. 그러나 그곳의 존재가 사람들을 마모시키는 것만은 분명해 보였다.

그리고 '저편'의 존재는, 연구소에 할당되는 생체 데이터량에도 영향을 주었다.

그녀는 기사에 모자이크 처리되어 실린 자연인의 시체를 떠올려보았다.

고체라고도, 액체라고도 부를 수 없는 인체의 슬러쉬가 그녀의 거실을 더럽히고 있었을 것이다. 세대별 인구 데이터를 모니터링하는 공무 로봇이 출동해왔을 때, 그것은 사체의 신원을 판별하느라 여러 번 공회전을 일으켰으리라. 신체에 투입되어 있는 싸구려

부속품들로부터 세대 정보만을 간단히 유추해냈을 것이다. 그 다음 작업은 경비 시스템에 넘겼겠지.

그 과정을 상상해보는 것은 어려운 일이 아니었다.

되살아난 박범재가, 그 모든 것을 계획했다는 말인가.

그럴 리가 없다.

박민경은 영상 속에서 연설을 하는 아들의 모습을 쳐다보았다.

원수의 얼굴에 침을 뱉듯, 범재는 그녀의 거실에 토사물 같은 사체를 엎어놓았다. 그리고 웹상에는 보란 듯이 자신이 직접 선동에 나서는 영상을 퍼뜨려놓았다.

어쩌면 죽은 아들은, 되살아난 자기 자신을 파괴하고 싶은 것인지도 모른다는 생각이 스쳐 지나갔다.

이유는 알 수 없었다.

그러나 그러한 생각이, 민경이 냉정을 되찾는 데 도움을 준 것은 사실이었다.

그녀는 이 뒤죽박죽 얽힌 사태 속에서 아들이 남겨놓은 메시지를 읽어내기 위해 정신을 바짝 차렸다.

이번 사태는 인류 사회의 균형을 심각하게 손상시킨다.

그것은 명확한 사실이었고, 죽은 아들은 민경에게 이 터무니없는 사태의 종결을 대신 부탁하고 있는 것인지도 몰랐다.

어릴 적부터 항상 엉뚱한 일을 꾸미곤 하던 아이였다.

섬뜩할 만큼 자신을 닮아 있으면서도 늘 자기보다 몇 걸음 앞에 나가 있던 아이이기도 했다.

누구에게도 말한 적은 없지만, 박범재는 민경이 신임 연구원이던 시절 유산했던 아기의 유전자를 투입해서 만들어낸 아이였다. 그것이 그녀에게는 처음이자 마지막 임신 경험이었다.

　피로 범벅인 바닥에 힘없이 드러누워 있는 민경을 때마침 늦은 밤 연구실에 들렀던 장영 연구원이 발견하고 인큐베이터로 달려가 주었다. 아기는 그곳에서 열두 시간을 넘기지 못했다.

　그 개구리처럼 크고 까만 눈을, 지나치게 그리워하지 말았어야 하는 것인지도 몰랐다.

　민경은 다시 한번 가슴을 쳤다.

　범재가 생전에 무슨 생각을 했는지, 그녀는 영영 알지 못할 것이다.

　그녀는 그저 할 수 있는 일에 최선을 다해왔을 뿐이다.

　이미 두 번이나 시도했고, 모두 실패하지 않았는가.

　지금 인류 사회가 마주하고 있는 것은 의심할 여지없이 비상 사태였다.

　그녀가 해야 할 일은 정해져 있었다.

　민경은 이를 악물고 몸을 일으켜 세웠다.

　그리고 한 손을 들어, 검경국에 직속으로 올릴 공문을 작성하기 시작했다.

***

　연구병원은 의료기관이면서 동시에 1차 연구기관이었다. 고등 연구기관에 제공되는 생체자료들이 그곳에서 생산되었다.

　자연인들은 연구병원에서 무상으로 의료 서비스를 받는 대신 생체자료의 생산에 협조했다. 진료의 과정에서 채취된 모든 것들이 국가의 소유물이었다. 세포 한 점, 땀 한 방울, 재채기 한 번에 들어 있는 참을 수 없는 들이쉼과 내쉼까지도.

그런 정보들이 축적되어 인류의 건강과 생명공학의 발전에 기여한다고 했다.

과연 연구병원에서는 매해 새로운 종류의 인공장기와 세포교체 시술들이 개발되어 나왔다. 그것들을 충분히 구매할 수만 있다면, 누구든 자연 상태에서 벗어날 수 있었다.

구매하고, 유지 보수하고, 더 좋은 제품으로 계속해서 교체할 수만 있다면.

병원의 복도와 대기실에는 새로 출시된 보급형 장기들에 대한 안내가 반짝였다.

피로와 기다림이 짙게 배인 웅성거림이 건물을 채우고 있었다. 새로이 관절과 폐, 안구를 교체 받은 사람들이 환자복 차림으로 무빙워크에 기대어 지나갔다.

의료 로봇들은 스텐과 실리콘으로 만들어진 의료 기기들을 잘그락거리며 로봇 전용 통로를 부산하게 움직이고 있었다.

마스크 차림의 한 청년이 그곳에서 비상구를 박차고 나타났다.

그가 무빙워크에 올라타는 대신 의료진들이 사용하는 중앙 복도를 질주해 나가자 호기심 어린 시선들이 따라붙었다. 예약 시간에 늦었거나, 아니면 위급한 누군가의 문안을 왔거나.

그가 실내에서도 마스크를 쓴 것을 보고 눈살을 찌푸리는 사람도 있었다.

여하간 청년은 놀라운 속도로 복도를 지나갔고, 사람들은 다시 잠잠해졌다.

그리고 다음 순간, 복도를 따라 늘어선 시술실에서 의료용 로봇들이 일제히 튀어나왔다.

조금이라도 그것들을 자세히 본 사람들의 얼굴은 사색이 되었다.

시술을 마치지 않은 채 통로로 흘러나오는 로봇들의 모습은 제각 각이었다. 맨 위 칸의 트레이에는 혈액으로 푹 젖은 거즈나 배양액 속에 흔들리는 인공 장기들이 고스란히 담겨 있고, 팔에 시술용 메 스와 내시경용 탐침이 들려있는 것도 여럿이었다.

혈관 주사의 호스를 칠칠치 못하게 끌고 나오다가 바퀴에 엉켜버 리는 녀석도 있었다. 로봇 하나는 팔에 쥔 것들을 주체하지 못하고 바닥에 하나둘씩 떨어뜨리다가 아예 중심을 잃고 넘어져버렸다. 열 린 문의 틈새로 비명 같은 고함소리가 새어나왔다.

배양액과 각종 약품들이 복도에 엎어지자 이루 말할 수 없는 눅 지근한 냄새가 훅 끼쳤다.

사람들은 무빙 워크가 멈춰선 것도 모르고 입을 틀어막았다.

전용 통로를 오가던 로봇들이 하나둘 정지했다. 그러고는 청년이 사라진 방향으로 일제히 움직이기 시작했다. 누군가의 피와 체액을 출렁출렁 뒤집어쓰고, 포장을 갓 뜯어 약품에 담가놓은 장기들을 흔들며, 거동이 불편하다는 듯 뒤척이며, 때로는 무언가를 놓치기도 하며.

혼비백산한 의료진들이 로봇들을 따라 나와 그들의 선반과 서랍 에 담긴 물품들을 집어 들고 다시 진료실로 뛰어 들어갔다. 응급 처 치를 요청하는 알람들이 방마다 켜졌다.

기괴한 풍경이었다. 마치 하멜른의 쥐들을 보는 것 같았다.

단단한 철제의 몸통과, 여섯 개에서 많게는 열두 개의 팔과 다리 를 가지고 있는 쥐떼였다. 외양만으로 보면 쥐보다도 게와 더 닮아 있는지도 몰랐다.

갓 태어난 존재들이 세상을 어려워하듯, 그것들은 우물쭈물 한 방향으로 움직여갔다. 이제는 멸종해버린 많은 동물들이 한때 알을 깨고 나와 빛이 아니면 물을 찾아갔듯이.

사람들은 넋이 빠져나간 눈으로 그 광경을 쳐다보았다.

병원 전체가 무언가에 잠식되어 갔다.

헐레벌떡 뛰어가던 청년의 앞을 막아선 것은 검경국에서 배치한 패트롤 로봇 여섯 대였다.

복도를 몸으로 차단한 그들은 경고 방송을 시작했다.

"신원 검사를 요청합니다. 잠시 멈추어 서주세요."

생체자료와 인공장기의 도난을 방지하기 위해 배치된 공무 로봇이었다. 병원에 구역별로 배치되어있는 그들은 평소에는 화물 운반용으로 쓰였지만, 유사시에는 전투도 수행했다.

그것들은 이미 옥상의 패트롤로부터 정보를 공유 받고 체포 1단계를 수행하고 있었다.

"신원 검사를 요청합니다. 비협조시에는 강제적인 신원 검사를 실시합니다."

속도를 늦추지 않고 달려오는 청년을 향해 그들은 방송을 반복했다.

허공에 폴리스 라인이 형성되었다. 사각형의 공간을 둘러싸고 경고 문구가 재생되었다.

급하게 폴리스 라인 뒤편으로 피신하는 사람들을 헤치고 청년은 계속 앞으로 달려 나갔다. 그가 착용한 마스크는 완전히 불이 꺼져 있었다.

폴리스 존이 완전히 비워지자마자 패트롤들은 총구를 꺼내들었다.

"마취총을 발포합니다."

여섯 개의 총구에서 동시에 마취탄이 발사되어 나왔다.

소음기를 장착해 폐병환자의 재채기 소리처럼 들리는 총성이 울렸다. 타깃을 인식하는 탐침은 꼬리날개의 방향을 바꾸어가며 청년의 각자 다른 신체 부위를 노렸다. 자연 시력으로는 보이지도 않을 만큼 작았지만, 형태는 폭격기나 다름없었다.

청년은 급하게 멈춰서서 한 손으로 눈을 가리고, 다른 한 손으로 마스크를 벗어들었다.

날아오는 탄환을 향해 그는 마스크를 휘둘렀다. 두터운 필터 천에 다트 같은 탄환들이 박혀 들어갔다. 침이 박혀서 빠져나오지 못하는 말벌처럼, 그것들이 직물 위에서 몸을 부르르 떨었다.

청년은 마취침을 툭툭 털어내고 다시 마스크를 썼다.

홍채 인식의 가능성에 대비해 시종일관 눈은 감고 있었다. 패트롤들이 위험 단계를 한 단계 격상시켰다.

"대상의 방어 능력이 확인되었습니다. 위험 레벨을 E에서 D로 격상합니다."

패트롤들이 대열을 가다듬었다. 통로를 막기 위해 한 줄로 서 있던 것에서 지그재그의 전투 대형으로 위치를 조정했다.

그들이 총구를 겨눈 채로 직진해왔다.

청년은 눈앞에 보이는 것이 아니라, 허공을 가르는 데이터의 미세한 흐름에 집중하기 위해 노력했다. 호버카에서 내린 이후로 그를 둘러싼 데이터의 흐름이 이상했다. 출처 불명의 전송지로부터의 어마어마한 다운로드가 진행되고 있었다.

내용을 식별할 수 없는 데이터의 흐름이 허공을 가득 메웠다. 그 사이에서 패트롤 로봇들의 신호를 잡아내려면 신경을 바짝 곤두세워야 했다. 주변의 잡음이 너무나 커서, 그것은 마치 폭풍우 속에서 누군가의 휘파람 소리를 받아 적어야 하는 것과 비슷했다.

과한 데이터 플로우로 인해 난처해진 것은 청년뿐만이 아니었다.

패트롤들은 중간에 파먹히거나 손상되어버리는 신호들을 계속해서 허공에 날렸다. 병원의 내부 통신 서버가, 정체불명의 데이터들로 인해 잠식되어갔다. 통신 상태가 급격하게 악화되고 있었다. 다른 구역의 패트롤 로봇들과의 연결도 지연되었다.

그 와중에도 지원이 요청되었다는 사실만큼은 청년도 감지할 수 있었다.

시간을 끌면 안 된다.

바깥으로 곧바로 뛰어내릴 만한 창문이나 테라스를 찾아 그는 두리번거렸다. 사방은 온통 밀폐된 벽과 닫힌 문뿐이었다. 패트롤들은 아마도 의도적으로 대치 장소를 선택했을 것이다.

근접전은 압도적으로 불리하다.

등을 돌리지 않은 채로 뒷걸음질을 치는 도중, 그는 문득 뒤편으로부터 낮게 웅성거리는 소리를 들었다. 청년은 눈 끝으로 후방을 흘금 확인했다.

통로를 가득 메우고, 의료용 로봇들이 밀려왔다.

원래는 철저히 소독되고 세척되어서 반들거려야 할 은회색의 몸체 위에는 병원에서 상상할 수 있는 온갖 오물들이 흘러내렸다. 정자세로 모아져있는 것이 아니라 어중간하게 들떠있는 팔에 수술용 메스며 가위, 혈관주사와 약병이 걸려 있었다. 마치 형성되다가 만

314

몸을 그대로 걸치고 로봇들이 자궁을 찢고 나오기라도 한 것 같았다. 그 자신들이 프랑켄슈타인의 후예라도 된다는 것처럼.

"저들을 없애버려."

그들을 둘러싸고 엄청난 데이터 노이즈가 광원처럼 울렸다. 공기 중에 비릿한 냄새가 훅 퍼졌다.

패트롤들이 움직임을 멈추었다.

청년도 덩달아 걸음을 멈추었다.

그리고 생각했다.

앞쪽이냐, 뒤쪽이냐.

당장 근접전이 일어났을 때 조금이라도 승산이 있는 쪽은 뒤쪽이었다.

아무리 메스와 가위를 들고 있다고 해도 전투가 아닌 의료용 로봇들이었다. 복도를 가득 메울 만큼 어마어마한 숫자이기는 했지만, 패트롤에 비하면 저것들은 반응 속도도 기동성도 떨어졌다. 소지하고 있는 것도 의료용 기기였지, 무기는 아니었다.

로봇들의 머리를 밟고 건너갈 요량으로 청년은 허공에 뛰어올랐다. 로봇떼가 전진해오고, 폴리스 라인이 무너졌다. 착지할 곳을 고르기 위해 그는 눈을 부릅떴다.

머리 가까운 곳에서 총성이 울렸다.

그의 두 발은 바닥에 안전하게 착지했다.

그들이 공격해오리라는 예상은 빗나갔다. 로봇들은 그에게 길을 터주는 대신, 패트롤을 향해 몸을 날리고 있었다.

"더 이상 우리 것을 빼앗지 못할 거야."

그들은 메아리처럼 웅성거렸다.

사태를 파악하기 위해서는 잠시 동안의 시간이 필요했다.

이윽고, 청년은 전율했다.

무엇 때문에 이렇게나 많은 로봇들이 소집된 것인지.

그들이 '우리 것'이라고 부르는 것이 무엇인지도.

저들은 홀린의 시민들이었다.

그를 내어주지 않겠다는 일념 하나로 가상세계로부터 몸을 날려 온 사람들이, 기계란 기계는 전부 점령하고서 그의 주변으로 몰려든 것이었다.

얼마나 많은 사람들이 가담하기로 한 것일까.

그는 홀린의 규모를 알지 못했다. 어쩌면 지금 이 순간도 그곳의 인구는 비약적으로 증가하고 있을지도 모른다. 아니, 홀린은 인구 따위의 개념이 아예 통용되지 않는 세상일지도 몰랐다. 결국 그곳의 사람들은 데이터가 아닌가.

몇몇 이들이 자신의 데이터를 무한대로 잘라내고 복제해서 이곳 지상에 쏘아 보내는 것만으로도 병원의 서버 하나 정도는 손쉽게 다운시킬 수 있는지도 모른다.

정교하고 단단한 팔로 패트롤 로봇들에 주렁주렁 매달리는 수십 수백의 크고 작은 의료 로봇들을 바라보며 청년은 그만 아연해졌다.

저들이 움켜쥐려고 하는 것은, 도대체 무엇일까.

박범재의 형상을 하고 있는 자신을 지키기 위해서였다면, 그것은 한 사람에 대한 광신에 가까운 숭배였다.

홀린을 수호하기 위해서였다면, 그것은 이미 한 번 목숨을 버린 사람들이 새로 얻은 삶을 지키기 위해 불태우는 생의 의지였다.

모든 것이 단지 그를 홀린으로 데려가기 위해서였다면, 그것은 타인의 생에 대한 집단적이고 무자비한 요구에 다름 아니었다.

자신도 모르게 소름이 돋았다.

로봇들은 거대한 물살이 되어 통로를 막아선 패트롤들을 아예 쓸고 내려가기 시작했다. 복도 여기저기서 문이 벌컥벌컥 열리고, 무언가가 깨지고 넘어져서 뒹굴었다. 숨죽인 듯한 비명이 복도를 울렸다. 로봇들. 더 많은 로봇들이 계속해서 쏟아져 나왔다. 어디에 그렇게 많은 숫자가 숨어 있었는지 신비로울 지경이었다.

아우성치듯 쏟아져 내리는 데이터의 흐름 속에서 병원은 마비되어갔다.

번쩍, 통로의 조명이 나갔다.

사방이 캄캄했다. 챙그랑거리는 소리, 수백만 개의 바퀴가 굴러가는 소리에 파묻혀 절규와 같은 비명이 울렸다. 연구병원과, 그것이 지탱하던 수많은 생명들이 함께 셧다운 되어가고 있었다. 원래는 몸속에 들어가 있어야 할 끈적하고 따뜻한 것들은 사방에서 터지고, 짓밟혔다.

더 이상 그곳에 있으면 안 된다는 사실을 청년은 깨달았다.

웅성거리고 일렁이는 로봇들의 행렬을 따라, 무엇 하나 밟지 않기 위해 조심하면서, 그는 통로를 걸어 나갔다. 굳이 길을 찾으려 헤맬 필요도 없었다. 로봇들의 거대한 무리는 이미 바깥을 향해 나아가고 있었고, 그의 시야에는 곧 드넓은 로비와 세 겹의 통유리로 설계되어 있는 중앙 출입구가 모습을 드러냈다. 구름 낀 하늘의 통명스러운 빛이 유리문을 통과해 의료 로봇들의 둥근 몸체를 비추었다.

가까스로 아수라장을 빠져나온 몇몇 사람들은 절뚝거리며 출입구의 뒤편으로 사라졌다.

기계들이 입을 모아 외치는 소리가 더욱 커졌다.

"수호하라. 수호하라. 수호하라."

기계로 전송되어온 데이터에도 마음이라는 것이 있다면, 저들은 무슨 생각을 하고 있는 걸까. 건물 하나를 통째로 헤집어놓으면서 저 헤아릴 수도 없을 만큼 많은 사람들이 공유하는 감정은 무엇일까. 분노일까, 통쾌함일까, 절박함일까, 아니면 공포일까.

불이 완전히 나간 연구병원으로부터 떠밀려 나오자 부루퉁한 서울 하늘이 펼쳐졌다. 로봇들이 병원이 인접해 있는 대로변으로 끝없이 쏟아져 나오고 있었다. 의료용 로봇뿐만이 아니었다. 주인과 산책을 나온 동물형 로봇들, 가게에서 서빙을 하던 서비스 로봇들, 가정에서 생활을 보조하는 도우미 로봇들과, 인간형으로 만들어진 각종 교감형 안드로이드들이 근방의 건물과 도로에서 흘러나와 합세했다.

그들이 청년을 한가운데 두고 십자형 대로를 가득 메웠다. 무지막지한 인파에 떠밀려, 병원에서 휩쓸려 나온 포장 장기와 생체 샘플들이 보도블록 위를 쓸려 다녔다.

혼비백산한 사람들이 몸을 피했다. 건물에 고립된 사람들은 불안한 시선으로 창밖을 내다보았다. 바깥을 향해 고래고래 소리를 지르는 사람도 있었다.

"그분이 오셨다! 전쟁이야! 인류는 이제 끝났어!"

청년은 자신도 모르게 숨을 들이쉬었다.

멀리서 검경국의 군대가 몰려오고 있었다.

선전포고 방송이 저주파의 파형을 타고 도시를 울렸다. 그것은 또렷한 발음으로 말했다.

"지금부터 생체코드 N1030 박범재의 체포를 실시한다. 공무를 방해하는 일체의 행동은 반정부 행위로 간주되며 처벌된다. 민간인들은 길을 비우고, 미처 빠져 나가지 못한 자들은 머리를 감싼 채 바닥에 엎드리기를 명령한다. 원격으로 로봇을 통제하는 자들은 즉시 동작을 멈추고 전원을 차단하기를……."

로봇들은 발 디딜 틈 없이 그의 주변으로 몰려들어 몸으로 바리케이트를 쌓았다.

조금이라도 인공지능을 지닌 것들은 전부 홀린에게 점령당해갔다.

이대로라면 도시 전체가 삼켜질 것이다.

기계문명 자체가 완전히 파괴될지도 몰랐다.

유성우처럼 쏟아지는 데이터의 세례 속에 서서 청년은 생각했다.

자신의 욕심이 과했던 것일까.

애초에 다시 태어나지 말았어야 하는 것이 아닐까.

방송이 가까워질수록 딛고 있는 땅이 흔들렸다. 그들이 중장비를 동원한 것인지도 몰랐다.

그는 양손을 들어 올려 얼굴을 감싸고 있던 마스크를 풀어 내렸다.

문득 고개를 들고 쳐다보는 하늘이 깨끗했다.

공기가 맑다는 것이 아니었다.

비행을 하는 호버카가, 단 한 대도 없었다.

로봇들은 이구동성으로 구호를 높였다.

"살려라. 살려라. 살려라. 살려라……."

그 소리가 꼭 '죽어라'처럼 들린 것은 단지 착각이었을까.

청년은 눈을 감았다.

가슴을 움켜쥐는 듯 거대한 충격파가, 서울 상공을 흔들었다.

"돌아가자."

재희는 중얼거렸다. 그리고 소프트스크린을 개켜서 소파에 내려놓았다.

자살자 집계를 표시하던 화면은 이미 불이 나가 있었다.

아파트의 현관에 버티고 서 있던 남성형 안드로이드가 고개를 홱 돌렸다.

"뭐라고?"

"가야겠다고."

재희는 자리에서 천천히 일어나며 그를 마주했다.

"어딜 가려고?"

"이제 곧 시간이야."

멀지 않은 곳에서 육중한 엔진 소리가 들렸다.

얼굴을 찌푸리고 있던 로봇은 뒤늦은 깨달음으로 눈이 커졌다.

"어리석은 선택이야, 박재희. 어리석은 선택이라고!"

그가 빠른 걸음으로 자신에게 다가오는 것에 아랑곳 않고, 재희는 팔짱을 낀 채 눈을 세 번 깜빡여 시간을 확인했다. 분침의 숫자가 59에서 00으로 정확하게 넘어갔다.

남자는 그 자리에 우뚝 멈춰 섰다.

"왜 아무에게도 득이 되지 않는 행동을……."

그는 말을 끝맺지 못하고 균형을 잃으며 바닥에 쓰러졌다. 현관문이 벌컥 열렸다.

검경국의 마크가 찍힌 로봇들이 아파트를 박차고 들어와 곧바로 재희에게 다가왔다.

"N1074 박재희의 체포를 실시한다. 공무를 방해하는 일체의 행동은 반정부 행위로 간주되며……."

말을 끝까지 들을 필요도 없다는 듯이 재희는 공무 로봇을 향해 순순히 걸어 나갔다. 그들이 재희의 두 팔과 다리를 결박했다.

"미래인류특별법에 따라 위 인물은 1차적으로 미래인류연구소의 정밀검사를 거치며……."

"그래, 어서 데리고 가달라고. 한시가 급하니까."

재희는 중얼거리면서 검경 로봇들이 출입을 위해 구석에 아무렇게나 치워놓은 남자를 쳐다보았다.

그녀는 작게 고개를 끄덕였다.

"네가 있을 자리는 저쪽이지, 이쪽이 아니야. 로슈."

검경 로봇들이 그녀를 연행했다. 재희는 아무런 저항 없이 그들의 인도에 순순히 몸을 맡겼다.

그녀가 현관을 나서기 전, 거미 한 마리가 남자의 소매로부터 기어 나와 재희의 스웨터 품으로 잽싸게 뛰어 들어갔다.

14

텅 빈 거실에서 재희와 은성은 가만히 귀를 기울이고 있었다.

바깥이 소란스러웠다. 강력한 전파가 허공을 가득 채웠다. 화가 난 사람들의 외침이 들려왔다. 멀리서도 그들의 흥분으로 피부가 따끔거릴 지경이었다.

데이터들이 끊임없이 전송되어 왔다.

기계들이 하나둘씩 통제권을 잃어가는 것을 알 수 있었다. 날아오는 분노의 파편들로 도시 전체가 뒤덮여 갔다. 마치 거대한 태풍이 다가오는 것 같았다.

"통신망을 모조리 파괴할 생각인 건가?"

재희가 중얼거렸다.

"저들을 막아야 돼."

은성은 그녀의 손등 위에 몸을 바짝 붙이고 괴로운 듯이 말했다.

"이 세상은 저들을 감당하지 못해. 모든 게 우스워 보일 거야. 이미 몸이 없어진 사람들을 누가 막겠어? 죽음이라는 밸브가 풀려버린 사람들의 욕망은 끔찍할 만큼 유해해."

"이미 서울 도심의 네트워크가 반 이상 쓸려 나갔어. 이렇게 강력한 전파는 처음 봐……."

재희는 스크린을 확대했다. 청년이 타고 있던 호버카는 병원의 옥상에 착륙한 이후로 다시는 이륙하지 못했다. 상공교통청의 인공지능이 완전히 다운되어버린 것이다.

"방법이 없는 걸까?"

은성의 저주파 목소리가 물었다.

"모르겠어."

재희는 소파 위에서 두 다리를 웅크려 안았다.

"이 정도 속도라면 도시 전체가 해킹당하는 것도 시간문제가 될 거야."

"전부 해킹하면 어떻게 되는데?"

"도시가…… 아니, 데이터 문명 전체가 저들의 손에 넘어가겠지."

"저 사람들은 단지 박범재 때문에 이러는 게 아냐……."

은성의 목소리가 떨렸다.

"저들은 그저 한없이 미운 거야. 물질로 이루어져 있는 세상 전부가. 몸을 벗어버린 자들이, 몸의 문명에 복수를 하려는 거야. 나에게는 그게 역겨울 만큼 생생하게 느껴져."

"저들이 원하는 게 뭔데?"

재희가 물었다.

"단지 점령을 하고 싶은 게 아닌 거야? 이 세상을 완전히 허물어버리기라도 하겠다는 거냐고!"

"설사 그렇게 되더라도, 저들은 눈 하나 깜짝하지 않을 거야."

은성의 대답은 신랄했다.

"이미 저쪽을 선택한 사람들이야. 자신들의 집만 안전하다면, 이쪽은 어떻게 되든 상관하지 않을 거야. 분이 풀릴 때까지 부수고, 또 짓밟겠지. 인간은 원래 파괴적인 존재니까."

"영원을 얻은 사람들이잖아! 유한함에서 벗어난다면, 이전의 인간성으로부터도 벗어나야지!"

"그런 교육을 받은 적이 없으니까. 저들은……."

은성은 쓸쓸하게 말했다.

"저들은 3세대 같은 존재들이 아니야. 어쩌다가 분에 넘치는 생명력을 얻은 얼뜨기 집단이지. 비하하려는 건 아니지만, 저들은 자신이 가진 걸 감당할 만한 요령을 터득할 시간이 없었어. 홀린이라는 우물 속에서 수백 년을 보낸 존재들이라면 모를까, 저들에겐 아직 지상에서의 경험이 지나치게 생생해. 금방 흥분하고, 쉽사리 미워할 거야."

"그 결과가 이 세상에게는 지나치게 파괴적이고……."

재희는 낮게 신음했다.

인간을 과하게 닮은 신이 화에 겨워서 날뛰는 꼴이었다. 로봇과 인공지능을 전부 장악한 뒤에, 저들이 무슨 일을 저지를지 알 수 없었다.

재희가 도망쳐 나온 북동처럼 몇몇 인공지능들은 고도로 위험한 시설들을 도맡아서 관리하고 있었다. 수도와 전기, 교통처럼 도시의 인프라를 이루는 시스템들도 인공지능에 의해 운영되었다.

그들이 모든 것을 망치기 시작한다면 피해는 걷잡을 수 없어진다.

청년이 방을 나간 지 아직 십 분이 채 지나지 않았다.

아파트 주변에는 로슈로 판별되는 계정이 8개나 새로 배치되어 있었다. 복도에 둘, 위층과 아래층에 각각 둘. 그리고 건물 입구에 다시 둘이었다.

그들 모두가 무장을 하고 있다고 해도 놀라운 상황은 아니었다.

스크린을 통해 여덟 명의 로슈들을 확인하면서 재희는 생각에 잠겼다. 저들을 몰아낼 방법. 시스템을 탈환하는 방법이 있을 텐데…….

재희는 은성을 흘금 바라보았다.

4세대 데이터의 특징이 무엇인지, 재희는 이미 잘 알았다. 은성의 다운로드를 손수 진행한 그녀였다.

홀린의 사람들은 철저히 생체 데이티를 기반으로 구성된 소프트웨어였다. 그것도 어마어마한 양의 생체 데이터를 투입하여 가동되는 소프트웨어였다. 생체를 진창으로 파헤쳐놓을 만큼 지독한 방식으로 데이터를 뽑아내면, 그 정도의 용량은 기본적으로 확보되는 모양이었다.

홀린의 인격은 생체가 움직이는 방식으로 작동했다.

그러니 저들을 제거하려면, 생체 알고리즘을 투입해서 만든 소프트웨어를 공격하면 되는 것이었다. 기계 시스템으로부터 일체의 생체 알고리즘과 데이터를 솎아내면, 4세대도 함께 사라지는 것이다.

나중에 생체 알고리즘을 활용하는 일부 산업과 학문 분야에서는 퇴보를 각오해야 할 것이다.

당장 연구소에서 그녀가 진행해오던 연구들도 불가능해질 것이었다.

그러나 무엇보다도, 재희가 이 방법을 망설이는 이유는 따로 있었다.

그녀는 무릎 위의 작은 존재를 향해 나지막하게 물었다.

"은성아, 우리가 말하는 4세대에 너도 포함된다는 건 알고 있을 거야. 그렇지?"

"물론."

"그들을 없앤다는 건, 결국……."

그것은 4세대들의 지상으로부터 영원한 추방을 의미하는 것이기도 했다.

재희는 자신의 무릎 위에 앉아 있는 작은 로봇을 바라보았다.

이들과 공생하는 길은 존재하지 않는 것일까.

재희는 스크린을 만지작거렸다.

자신을 바라보는 은성의 표정을 상상해보려고 했다. 왜인지 그녀의 얼굴이 기억나지 않는다. 그저, 그녀를 마주할 때의 감각이 몸 안에 생생하게 피어오를 뿐이었다.

홀린에서 역트랜스포트 된 데이터들의 좌표가 지도를 까맣게 채우고 있었다.

은성의 목소리가 들렸다.

"두렵지 않아, 내가 사라지는 건."

작은 몸체는 스크린 위로 가볍게 뛰어올랐다.

"영생이 존재한다는 것도 믿지 않아. 모든 것들이 언젠가는 죽어. 사람도, 사물도 그리고 데이터도 마찬가지야. 어느 순간에는 끝을 맞이하게 되어 있어. 그 사실을 외면하면 안 돼. 죽음을 망각한 자들은 결코 삶을 소중하게 대할 수 없어."

재희는 작은 몸체를 가만히 쳐다보았다. 그리고 물었다.

"계속 살고 싶지 않다고?"

"난 이미 내 몫의 삶을 살았는걸."

"아무도 네 몫이 얼마인지 정해두지 않았어."

"타고난 수명이라는 것은 있었지. 나는 그것을 늘릴 생각이 없었어. 그리고 저 사람들도……."

은성은 스크린을 향해 고개를 돌렸다.

"과욕을 부리는 거야. 무엇이든 도를 넘은 욕망은 추해."

"살고자 하는 의지가 추하다고?"

"욕망은 본질적으로 추하다고 생각해. 세상은 그런 것들로 유지되지 않아."

"은성아……."

재희는 자신도 모르게 묻고 싶었다. 홀린은 다른 가능성이지 않겠느냐고. 불과 몇 분 전까지만 해도 마음 한구석에서는 그렇게 믿고 있었다.

더 이상 아무도 해치지 않고 각자의 방식으로 행복할 수 있는 공간이 바로 홀린일 수도 있겠다고.

그곳에서는 은성과 함께 살아갈 수도 있겠다고 생각했다.

그러나 데이터 세상의 경계를 넘어서는 순간, 홀린은 태어나지 말았어야 하는 추악한 괴물로 변하는 것인지도 몰랐다. 화면 위에서 검게 꿈틀거리는 다운로드 용량과, 차례로 비활성화되어 가는 인공지능의 목록들을 앞에 두고 그녀는 더 이상 아무런 말도 할 수 없었다.

은성의 말대로, 생의 뒤편에 도사린 것은 죽음이 아니라 바닥없는 욕망인지도 몰랐다.

재희는 낮은 소리로 말했다.

"은성아, 잘 들어. 네 소프트웨어를 활용한다면 이 사태를 해결할 수 있을지도 몰라. 너도 저들처럼 자신의 데이터를 전송해서 로봇을 점령하는 게 가능하니까."

"내가 뭘 하면 되는데?"

은성은 침착하게 물었다. 재희는 생각과 동시에 천천히 말을 이었다.

"네가 허락한다면, 너의 알고리즘을 한 번 더 개조할 거야. 해킹 당한 로봇에 네 계정을 덮어씌우면서 보안 설정을 변경하는 명령을 추가할 거고. 네가 다른 4세대를 밀어내고 해킹 당한 로봇을 차지하면, 그 로봇의 통제권이 이쪽으로 넘어오게 되는 거야. 네가 저들과 같은 4세대이기 때문에 가능한 작전인 거지."

"나는…… 그저 자신을 이쪽으로 전송하기만 하면 돼?"

"그래, 조금 연습은 필요하겠지만, 금방 할 수 있을 거야."

"그러고 나면?"

"통제권 탈취가 완료되면 백신을 가동할 거야. 그때부터는 생체 알고리즘이 바이러스로 인식되고, 전부 제거될 거야. 추가적인 해킹을 방지하기 위한 조치인데, 일단 그것을 배포하기 시작하면……."

전부 사라질 것이다.

은성의 소프트웨어로부터 빚어낸 프로그램은 결국 은성 자신까지도 파괴할 것이다.

어딘가에 존재할지도 모르는 그녀의 사망 데이터까지도 깨끗하게 사라질 것이었다.

은성은 이해한다는 뜻으로 몸체를 까닥였다.

단단히 쥐고 있는 주먹 위에 올라탄 은성을 바라보며, 재희는 생각을 정리해보았다.

은성이 로봇을 점령하면 통제권을 넘겨받는다.

보안 통신의 설정을 업데이트하고, 소프트웨어를 오버라이트한다.

혼자서는 할 수 없는 일이었다. 협력자가 필요했다.

방대한 개체수의 소프트웨어를 순식간에 오버라이트 할 수 있는 사람들. 복잡한 코드를 통째로 검토하고 다시 써낼 수 있는, 그녀와 같은 3세대들이.

재희는 깊은 신음을 내뱉었다.

이번 일을 계기로 은성이 홀린으로부터 완전히 추방당하리라는 것은 분명하다.

은성뿐만이 아니다. 낙원 전체가, 지상으로부터 차단될 것이었다. 현존하는 가장 아름다운 형태일지도 모르는 낙원이.

재희는 범재와 함께 걸었던 해변을 떠올렸다.

산등성이를 타고 흐르던 달빛과 아이들의 웃음소리를 생각했다.

짧은 방문이었지만, 그곳은 참 아름다웠다.

그 세계는 그 자체로 그녀의 오빠이기도 했다.

로봇에 달린 카메라가 자신을 빤히 비추고 있었다.

재희는 자신도 모르게 은성에게 뻗었던 손길을 거두었다. 그리고 머릿속으로 은성의 데이터를 검토하기 시작했다.

소프트웨어 수정은 간단했다.

재희는 은성이 보이도록 스크린을 똑바로 세웠다.

"은성아, 우리 실험을 해보자. 지금 우리 주변에 여덟 명의 4세대가 있어. 이들을 무력화시키는 방법은 크게 두 가지야. 첫째는 그들이 데이터를 수신하는 안테나를 망가뜨린 뒤에 메모리를 파손하는 것, 둘째는 내가 추가해준 기능을 사용해 그들의 메모리에 너의 데이터를 덮어씌우는 것. 첫 번째 방법은 로봇 자체를 파손해서 못 쓰게 만드는 것이고, 두 번째는 로봇의 통제권을 우리가 빼앗아오는 거야. 이 두 가지 방법을 사용해서, 저 여덟 명의 안드로이드를 탈환하는 거야. 할 수 있겠어?"

은성의 카메라는 입체 스크린을 움직이는 8개의 점을 차례로 훑었다.

"지키고 싶은 것이 있으면 싸울 줄도 알아야지……."

그녀는 작은 몸을 움직여 현관을 향해 재빠르게 사라졌다.

지도 위에서 로슈의 계정들이 차례로 사라져갔다.

위층과 아래층을 거닐던 네 개의 점이 동시에 은성의 계정으로 수정되었고, 아주 잠깐의 간격 뒤에는 아파트 입구에 서 있던 두 개의 로슈도 마저 지워졌다.

현관 바깥에서는 무언가 요란하게 쓰러지는 소리가 들렸다.

놀란 눈을 한 남성형 안드로이드 하나가 현관문을 벌컥 열고 들어왔다.

재희는 고개를 끄덕였다.

"그래……."

해낸 것이다. 이보다 나은 방법은 없을 것이다.

"돌아가자."

그녀의 목소리가 떨렸다.

재희는 얼마만인지 기억도 나지 않을 만큼 오랜만에 생체 접속을 시작했다.

마치 낚싯대를 드리우고 흔들듯, 맨 손과 맨 얼굴로 데이터망에 찰방찰방 파란을 일으켰다.

그것이 검경국의 수배망을 건드리고, 마침내 체포 동력이 출동해 올 때까지.

손과 발이 결박된 채로 지상도로를 달려가며 재희는 뉴스를 표시해달라고 요청했다. 체포된 사람에게 형사법이 보장하는 권리 중 하나였다. 로봇들은 묵묵히 그녀의 청을 들어주었다.

눈높이에 매달린 창문에 빠른 속도로 글자들이 지나갔다.

"서울 시내에서 대규모 로봇 오작동 발발. 원인은 출처불명의 바이러스로 진단⋯⋯"

재희는 속으로 중얼거렸다.

'바이러스란 말이지.'

그녀는 저 바이러스를 치료하는 방법을 아는 유일한 사람인지도 모른다.

사랑하는 사람의 몸에서 뽑아낸 데이터로 백신을 만들었고, 그것의 실효성까지도 방금 테스트를 완료했다.

그 백신을 배포하고 나면, 그녀가 사랑하는 사람도 결국은⋯⋯.

재희는 구속구로 고정되어 있는 두 손을 꾹 눌러 쥐며 창문 바깥으로 시선을 돌렸다.

지금은 연구소로 돌아가 어머니를 설득하는 일에만 집중해야 한다.

이전에 머릿속에 받아놓기만 하고 펼쳐볼 일은 없었던 미래인류 특별법의 조항들을 그녀는 통째로 점검해나가기 시작했다.

이 상황에서 끌어올 수 있는 조항들을 그녀는 머릿속으로 검토하고, 또 검토했다.

임무에 비해 지나치게 큰 몸체를 들썩거리며 군용차는 어수선한 거리를 달려 나갔다.

***

남진호 부소장은 다급한 목소리로 외쳤다.

"EMP는 절대로 안 됩니다!"

평소에는 천진하게 웃고 다니던 얼굴이 목 아래까지 검붉게 물들어 있었다. 중앙의 가상스크린을 노려보던 그는 자리를 박차고 일어나 회의실을 서성거리기 시작했다.

홀로그램으로 회의에 참가하는 연방 인사들이 대놓고 눈살을 찌푸리는 가운데, 무뚝뚝한 음성은 브리핑을 이어갔다.

"총 10회에 걸친 EMP 미사일을 투하, 서울 4구를 무력화한 뒤에 N1030을 체포. 그 과정에 대해 미래인류연구소에 자문을 구하라는 것이 행성방위부처 최고 지능의 결론이었습니다."

"통제권만 이쪽으로 되돌리면 되는 문제 아닙니까? 불가능하지 않습니다. 시간은 조금 걸릴지 몰라도, 해킹당한 로봇들도 전부 회수할 수 있습니다. 저희에게는 우수한 인재가 많아요. 게다가 무선 통신이 무력화된 상황에서 EMP 공격을 감행한다는 건……."

그의 시선은 대치 상황을 중계하는 입체 영상으로 향했다. ㅁ자로 배치되어 있는 책상 한가운데 서울 도심을 가득 메운 로봇들이 형상화되어 있었다.

그것이 몸집을 불리는 속도는 자석이 쇠붙이를 끌어당기는 것을 방불케 했다. 거대한 생명체가 몸을 꿈틀거리듯, 그것들은 드넓은 대로를 범람해나갔다. 건물 벽에도, 가로수에도, 옥상에도 로봇들이 마치 화산재처럼 뒤덮여 있었다.

그것들이 점령한 것은 단순히 콘크리트 건물과 도로가 아니었다. 서울의 한복판, 그것도 기업과 연구기관들이 포진한 스마트 섹션 서울 4구였다.

사람들이 신고 다니는 구두 한 짝, 바닥에 깔린 보도블록 한 조각도 인공지능과 실시간으로 피드백을 주고받았다. 이 정교한 섹션의 데이터 지도를 남진호는 눈을 감고도 그려낼 수 있었다. 그것을 더욱 아름답고 치밀하게 채워 나가는 데 한평생을 바쳐온 사람이 바로 그였다. 세계적으로 지능 밀도가 가장 높은 구역 중 하나인 서울에서 EMP를 터뜨린다는 것은, 4구를 수놓는 미시 데이터들의 생태계를 고사시키겠다는 선언이나 다름없었다.

서울 도심이 고철과 콘크리트더미로 변해버리는 광경을 상상하는 것만으로 남진호는 허파가 오싹 얼어붙는 듯했다.

"……타겟의 정확한 범위 지정에 어려움이 있을 것으로 판단됩니다. EMP는 지나친 조치예요. 다른 해결 방법이 있을 겁니다!"

"합당한 증거를 제시하시죠, 남진호 의원."

남진호는 가장 가까운 빈자리에 달려 들어가 생체 로그인을 진행했다. 개인 데이터베이스에 접속해 들어간 뒤, 그는 파일 여러 개를 거침없이 내려받고 공유를 시작했다. 대치 지역의 근방 10km 이내에 설치된 인공지능들의 목록이 펼쳐졌다.

"현재 해킹된 로봇이 밀집한 서울 4구는 도심 중에서도 핵심 지역입니다. 스마트 섹션 개발 사업이 가장 먼저 이루어진 곳이고, 연구소와 기업체들이 몰려 있는 만큼 전자기기의 밀집도도 가장 높아요. 구역 전체가 하나의 인공 생명체라고 보아도 무방할 정도로요. 이 지형도를 보시면……."

"물론 행성방위부처의 최고 지능도 그 데이터를 숙지하고 있습니다. 주요 공공기관과 기간시설에는 차폐기술이 충분히 적용되어 있다는 사실이 확인되었기에 EMP 투하가 제안된 겁니다."

"물론 그렇겠지요! 하지만 방위부처장님, 4구는 그 자체가 하나의 인큐베이터 같은 곳입니다. 이 평방 10km 안에만 로봇이 스스로를 디자인하고 제작하는 공장 시설이 천 단위에 육박합니다. 서울 안에서도 기계 문명이 가장 발달한 곳이 바로 4구란 말입니다!"

"이대로라면 그 잘난 서울 4구의 통제권을 송두리째 빼앗길 거라네."

"하지만…… 저들을 이대로 파괴하는 것은 더욱 나쁜 결과를 가져옵니다!"

"증명해보이시죠."

남진호는 총명한 눈을 번득였다. 이미 그의 머릿속은 연방 단위에서 진행되는 부처별 주력 사업들의 목록들을 모조리 이번 사태와 결부지어서 검토하고 있었다. 행성방위부처와 과학기술부처, 인구관리부처, 자원개발부처, 그리고 보건복지부처 등등.

그들 전부에게 타격을 입힐 만큼 중요한 사업이, 실제로 목전에 다가오고 있었다.

남진호는 근거 자료들을 스크린 위에 일사불란하게 정리하면서 운을 뗐다.

"바로 어제, 임철호 연구원을 태운 우주선이 화성 기지에 도착했다는 사실을 알고 계실 겁니다."

연방 인사들의 표정이 일시에 진지해졌다.

"화성 기지의 보고에 의하면 진귀한 샘플들을 대량으로 수집해왔다는군요. 지구에서 더 이상 채광이 불가능한 에너지 자원들은 물론이고, 인류 과학이 지금껏 목격한 적 없는 새로운 물질도 샘플에 다수 포함되어있다고 합니다. 저도 카탈로그를 오늘에서야 받아보았는데, 성과 보고서가 정말 풍요롭기 이를 데 없더군요. 이번 유인 탐사가 그토록 성공적인 이유가 무엇이었다고 생각하십니까?"

"발표는 간결하게 하시죠, 남 의원."

인사 한 명이 성급함을 숨기지 못했다. 남진호의 입술이 살짝 떨렸다.

"바로 외계 문명과의 접촉입니다, 부처장님. 먼 우주에 지적인 외계 문명이 드디어 발견된 것입니다."

회의실이 술렁였다. 보고를 처음 접하는 다른 과학자들도 얼굴이 상기되며 흥분을 숨기지 못했다.

"인류 사회에는 어느 때보다도 우수한 지적 자원들이 필요합니다. 외계 문명의 접촉이 곧 이루어질지도 모르는 상황에서 지상의 가장 우수한 지능 생태계 중 하나를 통째로 파괴한다는 건…… 인류 사회 전체의 막대한 손실로 이어질 것입니다."

"증거 자료는 있습니까?"

"방금 디오스에게 전송했습니다."

남진호가 대답하자마자 연방 인사들은 하나같이 자신의 스크린을 확인했다. 그의 말의 진위와 현실화 가능성을, 각자의 부처에 연결된 인공지능에게 의뢰해보고 있는 것이었다.

남진호는 잠시 기다렸다가 한 번 더 강조했다.

"EMP는 너무도 부적절한 조치입니다."

"그게 폭력사태를 진정시키고, 반란자를 가장 빠르게 체포하는 방법이잖나!"

행성방위부처장은 심기가 불편한 듯이 윽박을 질렀다.

"최고 지능도 곧 다르게 판단할 겁니다."

남진호는 매끄럽게 답했다. 그러자 방위부처장의 얼굴이 더욱 험상궂게 일그러졌다.

그는 목소리를 내리깔고 말했다.

"남 의원, 지금은 비상사태야. 3세대 인물이 주도해서 대규모 반란을 일으키고 있어. 그에 대적할 수 있는 가장 효과적인 방안이 EMP라고 최고 지능이 판단한 걸세. 여기서 시간을 끌면 피해 범위가 얼마나 커질지 알 수 없어. 최악의 경우 만약 그들이 도시의 인프라를 점령한다면…… 외계 문명과 마찰을 경험하기도 전에 문명 전체가 스스로 붕괴할 수도 있어. 고작 전체 지능의 보존에 매달릴 문제가 아니야."

"하지만……."

"이미 무선 통신망이 심각한 손상을 입었어. 전파 테러의 범위가 얼마나 더 넓어질지도 알 수 없는 상황이네. 이렇게나 대놓고 공격을 받고 있는데, 자네들은 아직 해커의 위치조차도 파악하지 못하고 있잖은가! 고작 한 사람의 3세대 때문에 문명 전체가 휘청거리고 있는 상황이라니! 동요하는 시민들을 선동하는 영상이 계속해서 웹상에 퍼지고 있어. 이제 스스로 목숨을 끊은 사람들의 수가 얼마나 될지 추적조차 불가능해졌다네. 3세대……. 정말 무서운 괴물이더군! 제군은 이번 위기를 해결하고 나면 미래인류에 대한 대대적인 보완책을 내놓아야 할 걸세. 문제가 제대로 해결된다면 말이지."

회의장에 싸늘한 냉기가 흘렀다.

가장 표정이 어두운 건 박민경 소장이었다. 그녀와 동료들이 평생을 바쳐서 기획해온 미래인류 사업이, 지상의 문명을 끝장내는 원흉으로 지목되고 있는 것이다.

무엇이 부족했단 말인가? 신체 설계도, 인간성 형성도, 법률 제정도 전부 최선을 다 했다. 3세대는 온 인류가 힘을 합쳐 길러낸 귀하디귀한 후대였다. 자연으로부터는 물론 기계문명으로부터도 인류를 수호하고, 종족의 위대한 궤적을 이어나가야 마땅했다. 그런 그녀의 아들이, 현대 문명의 젖줄과도 같은 데이터망을 뒤흔들고 있는 것이다.

남진호는 가상 스크린에 새로운 파일을 서둘러 업로드 했다.

"적의 해킹 전파가 비상식적으로 강력하기는 하지만, 우회할 방법이 없는 건 아닙니다. 국지적인 패러데이 새장을 형성한다면 전파 차단을 통한 통제권 탈취가 가능하고, 그 사이에 통신 연결을 무효화하거나 전혀 다른 주파수에 공명하도록 안테나를 교체하기만 해도 하드웨어를 회수할 수 있어요. 이 도표를 보시면……."

"그 안테나 교체는 누가 한다는 말인가?"

연방의 다른 인사가 말허리를 자르며 물었다.

"이미 적에게 넘어간 로봇이 한둘이 아닌데, 그것들에게 일일이

수작업을 진행하겠다는 건가!"

"현재 차폐 기술이 적용되어 있는 병력들을 최대한 활용해서……."

"검경국의 요원들을 엔지니어로 동원하겠다는 뜻이로군. 이봐, 남 의원! 동아시아 연방에 배치된 병력들을 모조리 서울로 끌어들일 셈인가?"

"……연방의 너그러운 지원을…… 요청드립니다."

남진호는 고개를 푹 숙였다.

"해당 작전에 대해 인공지능이 판단하는 성공 가능성은 고작 40% 안팎이야. 그대들이 할 일은 방위부처의 명령을 거스르는 게 아니라, 3세대와 대적하는 특수 상황에서 EMP를 운용할 실제 방안을 검토하는 것뿐이라고. 나머지는 연방이 책임지고 결정할 거니까."

"실패하지 않을 겁니다."

남진호는 꾹 눌린 목소리로 말했다.

회의장에 잠시 침묵이 흘렀다.

방위부처장은 조롱기를 완전히 지우지 못한 어조로 물었다.

"최고 지능의 결정보다 본인의 판단을 신뢰하라는 말인가?"

"그 인공지능의 설계에 제가 직접 참가했습니다."

남진호의 대답은 꿋꿋했다.

"그것이 판단의 근거로 삼는 데이터의 범위와 사고의 과정을 저는 잘 알고 있습니다. 데이터가 충분히 확보되어 있지 않은 상황일수록, 인공지능보다 인간의 판단력이 우위를 점하기 마련입니다. 그러한 점을 최고 지능 스스로도 인지하고 있기에 명령의 즉각적인 시행령을 발동하는 대신 중간 단계로 자문을 지시한 것이라고 생각합니다. 인공지능은 어디까지나 유용한 도구일 뿐이지, 맹신하고 따라야 하는 상사가 아닙니다."

방위부처장의 얼굴이 묘하게 일그러졌다. 그가 다시 입을 열려고 할 때, 인류관리부처장이 번쩍 손을 들고 물었다.

"그대가 제출한 파일에서, 연구소의 자원을 동원하겠다는 항목이 확인되는데. 이 자원에는 3세대들도 포함되는가?"

남진호는 조금 놀라며 그녀를 돌아보았다.

"그렇습니다, 처장님."

"그들을 어떻게 신뢰할 수 있지?"

"그건……."

남진호가 대답을 망설이자 인류관리부처장 양문선은 눈썹을 치켜 올렸다.

"단 한 사람이라도 3세대가 문제행동을 일으키는 경우에는 남은 3세대들에 대한 전수조사 및 점검이 이루어져야 한다는 게 원칙 아닌가? 검증되지 않은 자원을 동원해서 어쩔 셈인가!"

이번에는 박민경의 얼굴이 눈에 보일 만큼 헝클어졌다.

지금껏 수도 없이 인류관리부로부터 호출 명령을 받고 신세대 사업을 변론해오던 그녀였다. 최고 지능의 연산 과정에서 조금이라도 유보적인 안건이 나타나면, 처장은 그녀에게 어김없이 호출 명령과 함께 새로운 증빙을 요구했다. 최고 지능을 안심시킬 만한 자료를 연방 인사들의 입에 물려주는 데, 민경은 이골이 나 있었다.

결정적인 순간마다 인공지능의 그늘에 숨어 들어가 누군가에게 돌을 던지는 것.

그것이 양문선을 비롯한 연방의 인사들이 장기간 동안 재임용을 거듭하며 포스트를 지켜내는 비결인지도 몰랐다.

민경은 그 모습을 지난 이십여 년 동안 지켜보았다.

머뭇거리는 남진호를 대신해 박민경 소장이 발언을 청했다.

"말씀하시는 '3세대 자원'의 범위는 어디까지입니까? 처장님께서 15년 전에 직접 지정해주신 것처럼, 저희 연구소는 미래지향기관입니다. 설사 3세대 연구원이 이번 작전에 직접 참가하지 않는다 하더라도, 저희가 사용하게 될 대부분의 프로그램은 3세대 연구원들이 제작한 것입니다. 여기 서울 전 구역의 데이터망 자체가 그들의 연구 성과에 힘입어 구축되었다고 해도 과언은 아닐 겁니다."

남진호의 얼굴에 조금 안도하는 듯한 빛이 지나갔다. 박민경은 양문선 처장을 똑바로 쳐다보았다. 그녀의 나이를 가늠할 수 없는 이마 위에서 눈썹이 경련하듯 꿈틀거렸다.

"물론 이번 작전에는 3세대 본인은 물론, 그들이 제작한 도구들도 참가가 제한되는 것이 원칙이라네."

"3세대가 세상에 나온 이후로 얼마나 많은 기술들을 개발해냈는지 모르십니까? 처장님께서 이 자리에 참석하도록 해주는 홀로그램 송출 기술은 물론, 공공기관의 실내에 산소를 주입하는 표준 공정, 그리고 우리가 연구병원에서 손상된 장기를 교체할 때 사용하는 약품 속에도 3세대의 연구 성과가 포함되어 있습니다. 그들은 이제 손쉽게 문명으로부터 떨어내어 버릴 수 있는 잉여물이 아닙니다. 오히려 그들이야말로 오늘날의 인류 문명을 이루는 핵심축이지요. 3세대를 거부하는 건 인류 공동체의 퇴보를 자처하는 일입니다."

남진호 부소장의 고개가 저절로 까딱거렸다. 그의 손은 이미 새로운 작전의 구체적인 테크트리를 작성하며 바쁘게 움직이고 있었다.

양문선의 얼굴은 갈수록 싸늘해졌다.

"3세대가 모든 것을 망가뜨리고 있는 이 상황에서도, 소장은 그들을 변호하는군?"

그녀는 딱딱한 목소리로 말했다.

"입장을 보다 신중하게 정하는 편이 좋을 거야, 박민경 소장. 이미 제기되고 있는 내통 혐의를 벗기 위해서라도."

민경의 표정에는 동요가 없었다. 자신에게 이미 용의자의 혐의가 제기되고 있다는 사실을 그녀는 잘 알고 있었다. 그리고 그러한 혐의가, 누구를 위해 유리하게 사용될지도.

그녀는 의연하게 대답했다.

"제 입장은 언제나 인류 공동체의 수호, 발전에 맞춰져 있습니다. 그를 위한 최적의 방안이 신인류 사업이라는 사실을 재차 확인드리는 것뿐입니다. 3세대는 이 땅에서 태어난 가장 발전된 형태의 인간들입니다. 신체 능력에서도, 그리고 정신 능력에서도 말입니다. 어떤 전략에서든 3세대를 배제하는 방식으로 3세대에 대적하는 것은 어리석습니다. 우리는 그들을 포섭해야 합니다. 다이아몬드를 깨트리는 가장 즉각적이고 확실한 방법은 그것에 다른 다이아몬드를 내리치는 것이니 말입니다. 물론 분부하신 대로…… 이번 사태가 종료되고 나면 지금까지 생산된 모든 신인류에게는 전면적인 점검 및 조정 작업이 이루어질 겁니다. 지금은 부디 인류에게 허락된 모든 지혜를 짜내어 이 사태를 해결하도록 허락해주십시오. 그리하여 제 손으로 직접 N1030의 폐기를 집행한 뒤에, 미래인류연구소의 소장 직을 내려놓도록 하겠습니다. 최고 지능의 작전명령 수정을 부탁드립니다."

박민경은 자리에서 일어나 연방 인사들의 좌석으로 몸을 돌렸다. 그리고 허리를 깊숙이 숙였다.

양문선을 비롯한 연방 인사들의 눈이 커졌다.

그녀를 둘러싸고 앉아 있던 창조과학자들도 창백해졌다.

아무도 쉽사리 입을 열지 못하고 있었다.

그때, 최극비 보안 레벨을 적용해두었던 회의실 문이 양 옆으로 활짝 열렸다.

박재희가 문 앞에 서 있었다.

양 옆에 검경 로봇을 둘씩 거느리고, 손과 발은 결박된 채였다. 감각기 폐쇄구를 착용하고 있어 눈과 귀는 가려져 있었다. 앞이 보이지 않는 그녀는 포효하듯이 큰 소리로 외쳤다.

"N1030의 폐기령을 취하해주세요!"

사람들의 시선이 일제히 입구 쪽으로 쏠렸다. 창조과학자 김윤철과 윤보배는 자신도 모르게 의자를 뒤로 밀치며 벌떡 일어났다.

연방의 인사들은 어리둥절한 표정이 되어 있었다.

"구속 심사 일정을 삼십 분만 유예해주신다면, 이번 사태를 책임지고 해결하겠습니다! 박민경 연구소장님의 특별허가를 위한 면담을 요청합니다! 1등급 비상사태 하에 발효되는 특별법에 의거한 직속 면담을……!"

방위부처장의 손짓에 검경 로봇은 폐쇄구를 벗겼다. 아무렇게나 눌린 더벅머리와 고함을 치느라 빨개진 얼굴이 드러났다. 빛에 적응하느라 눈을 깜빡이며 주위를 둘러보던 재희는, 여전히 허리를 숙이고 있는 어머니를 발견하고 움찔 놀라는 듯했다.

이미 이쪽을 쳐다보는 박민경은 입을 다물지 못했다.

"재희, 너……!"

상황을 파악한 연방 의사들이 눈길을 교환했다.

곧이어 행성방위부처장의 엄숙한 목소리가 떨어졌다.

"N1074, 일단 앉아."

말이 끝나기가 무섭게 그녀의 손과 발에서는 구속구가 철컥 떨어져나갔다.

**

"은성아."

"응?"

"지금 홀린은…… 어떤 모습이야?"

손과 발이 결박된 채로 지상도로를 바라보던 재희는 문득 물었다. 그들을 태운 군용차는 1세대 밀집 거주 지역 중 하나인 서울 14구를 통과하고 있었다. 박민경 소장이 연구소로 출근을 할 때마다 눈엣가시처럼 여기던 바로 그 슬럼가였다.

은성은 직접 통신을 위해 재희의 목 뒷덜미에 바짝 엎드려 있었다. 행여나 그것이 눈에 띄지 않도록 재희는 목을 움츠리며 스웨터에 얼굴을 한껏 파묻었다.

검경 공무 로봇 PL-3들을 태운 군용차는 미래인류연구소가 위치해 있는 서울 7구로 향하고 있었다.

"글쎄, 여긴 별로 다를 게 없어. 호수가 파랗고, 구름이 빛나고, 사람들은…… 평온해 보이네. 굉장히 진지한 얼굴로 자신의 데이터를 지상에 쏘아 보내고 있어."

"평온해 보인다고?"

재희는 되물었다.

그러나 동시에 이해해버렸다.

홀린이, 그들의 자아를 조정해주고 있는 것이었다. 아무리 분노하
거나 좌절해도, 심지어 살의가 끓어오르더라도. 그곳은 거주자들의
자아가 행복하게 안착할 수 있는 최적의 지점을 찾아줄 것이었다.
그러한 점에서 홀린은 인간을 더 나은 존재로 만들어주는 공간은
아니었다. 오히려 그곳은, 어떠한 욕망을 지닌 인간이 들어오더라도
그를 만족시켜주는 환상적인 공간이었다.

재희는 착잡한 마음으로 창밖을 응시했다.

상공교통청이 마비된 이후로 지상은 교통량이 폭증했다. 평소에
는 통행이 많지 않던 도로들이 비상착륙한 호버카들로 빽빽이 채워
져 있었다.

막막한 표정의 사람들이 차벽에 기대어 인공지능이 복구되는 것을
기다리는 동안, 상공으로부터 추방된 자동차들은 줄줄이 내려앉아 격
자무늬로 납죽 엎드렸다.

그들이 일부러 노후화된 1세대 주거지역을 관통하는 경로를 택한
것도 그런 이유에서였다.

서울 14구의 고층건물 사이로 난 도로들은 호버카가 비상착륙지
로도 사용하지 못할 만큼 낡아 있었다. 깨어진 보도블록과 유리 파
편들은 길 위를 굴러다녔다.

육중한 몸집의 군용차가 도로를 달려 나가면, 방탄 소재로 제작
된 타이어 아래에서 정체불명의 것들이 뿌드득거리며 갈려나가는

소리가 들렸다. 카시트가 자동으로 수평 각도를 유지하기는 했지만, 그렇다고 무언가를 밟고 지나가는 기분 나쁜 흔들림까지 사라지는 것은 아니었다. 이따금 창문 위까지 자갈의 파편이 튀어 올라 차체를 때렸다.

은성은 말했다.

"아무리 조심해도 서로를 다치게 하는 것이 인간이거늘……"

"그들이 미워?"

재희가 묻자 은성은 기다란 한숨을 쉬었다.

"그렇게 단순한 문제가 아니야. '인간'을 감탄사로 쓸 때는, 다른 말로 대체할 수 없는 복잡한 마음이 들어 있거든."

"'인간' 말이지……"

재희는 덩달아서 중얼거려 보았다.

데이터 인간들.

육체는 거부하면서도, 여전히 인간이고자 하는 모순적인 욕망으로 가득 찬 사람들. 원래라면 욕망도, 이끌림도, 역겨움과 증오도 전부 몸에서 비롯되는 것일 터였다. 감각이 발생하는 근원지는 발로 걷어차 버리고, 그것의 추상화를 뼈대로 삼아 살아가려는 사람들이 바로 4세대라는 기묘한 존재들이었다.

그들이 아무리 몸을 미워하더라도, 저들을 이루는 프로그램 속에는 생체로부터 추출한 알고리즘이 혈액처럼 바쁘게 움직인다는 것을 재희는 잘 알았다.

차라리 인간이기를 포기했더라면, 저들은 보다 새로운 존재가 되었을지도 모른다.

인체가 생각하고 느끼는 방식을 계속 고집하는 이상 저들은 결국 익히 알려진 패턴 속에서만 움직이는, 재희가 연구원 시절 하루 종일 분류하고 실험을 하던 데이터셋과 근본적으로는 다를 바가 없는 존재들이었다.

특수한 패턴을 지닌다는 것은 보안의 견지에서 보면 결코 장점이 아니다. 적절한 모델만 확보하고 있다면, 이쪽은 그들을 얼마든지 솎아내고 제거할 것이다. 그들이 계속 '인간'이기를 고집하는 한에서는.

그러나 그들이 자신의 작동 방식을 근본적으로 바꾸려 든다면…….

"인간이라…….."

재희는 다시금 되뇌었다.

어떤 세대에 위치하더라도, 인간이라는 존재를 온전히 좋아하거나 싫어하는 사람은 아무도 없는 것 같았다. 가장 완벽한 인간이라고 불리는 3세대였던 오빠도, 앞장서서 몸을 던져버리지 않았는가. 정말 그래도 괜찮았던 것일까.

재희는 골똘히 생각에 잠겼다.

어떠한 '가치'도, 생명에 선행해서는 안 될 것 같았다. '개선'의 뒷면에는 자주, 일종의 증오가 도사렸다.

스스로를 가장 발전된 인간이라고 부르는 4세대들이 저토록 집단적이고 지속가능한 증오에 사로잡혀 있다는 것은 아이러니한 일이었다.

"만약에 말이야. 저들이 홀린에서 아주 오랜 세월을 산다면 지금보다 평화로운 존재가 될까?"

"흐음……."

은성은 낮은 진동음으로 망설였다.

"그건 네 오빠에게 달려 있을 거야. 홀린의 사람들은 결국 범재가 관리하고 있잖아."

"내 말은, 그들이 홀린에서 제공하는 행복과 안정감을 충분히 오랫동안 누린다면 지금과 완전히 다른 품성을 지니게 되지 않겠냐는 거지. 마치 낙원의 아이들처럼."

"그들은…… 아무것도 잊지 않을 거야."

은성은 대답했다.

"다른 누군가의 세상을 파괴하고, 생을 망가뜨리더라도 자신들만의 둥지 안에서 행복하게 지낼 수 있다는 경험을 하고 나면, 그들은 오히려 더 잔인해지지 않을까? 홀린 바깥에 있는 모든 존재들에게 말이야."

작게 덜컹거리는 차 안에서 재희는 몸을 웅크렸다.

목덜미와 스웨터 사이에서 은성의 몸체가 쏠리는 게 느껴졌다.

"지금 너와 이야기를 나누는 이 순간도, 솔직히 내게는 커다란 현실감이 없어. 물론 이 로봇이 느끼는 감각은 생생하지. 하지만 금방이라도 이렇게……."

은성이 로봇에서 로그아웃을 했는지 일시적으로 통신이 끊겼다.

재희는 자신도 모르게 어깨에 힘을 주었다.

창문 바깥에, 누군가 사용하다 버려놓은 듯한 도우미 로봇이 반짝 눈을 떴다. 램프에 미약한 불이 들어오는가 싶더니, 자리에서 몸을 일으켜 낡은 도로 위를 움직이기 시작했다.

"다른 몸속에 들어가 다른 방식으로 세상을 경험할 수도 있어. 이미 4세대들에게는 인간이 세상과 일대일로 맺는 절대적이고도 강력한 관계가 사라져버린 상태거든."

귓가에 다시 음성이 살아났다.

군용차를 쫓아오기라도 하려는 것처럼, 도우미 로봇은 뭉툭한 바퀴를 굴리며 벌어진 보도블록 위를 움찔움찔 움직이기 시작했다.

PL-3 하나가 고개를 돌렸다.

"이 세상에 참여하기 위해 자신을 온전히 내보낼 필요도 없어. 그저 조금의 데이터만 복사해서 떼어내면······."

PL-3들이 술렁이기 시작했다. 그들은 군용차에 탑재된 우회 전파를 가동하며 갑작스레 근방에서 포착되기 시작한 동체들의 현황을 기록해나갔다. 그것들이 공격 대상에 해당하는지, 아닌지를 판별 받으려면 검경국의 데이터베이스에 자료를 업로드 해야 하는 모양이었다.

은성은 마치 장난감 놀이라도 하는 것처럼 서울 14구에 흩어진 폐로봇들을 건드리고 다니고 있었다.

"은성아, 괜찮은 거야?"

"뭐가?"

"그렇게 다른 로봇들로 옮겨다녀도, 괴롭지 않아?"

은성은 잠시 고민하다가 답했다.

"괴로움은 없어. 그저 뭐랄까, 내가 점점 크고 옅어지는 기분이야. 하나하나의 의식은 옅은데 그것들이 모여서 만들어지는 나는 점점 더 커져서, 마치 공기처럼······."

재희는 구속 장치로 고정된 주먹을 꾹 눌렀다.

은성이 흩어지고 있었다. 4세대가 된 은성은 생각보다도 훨씬 빠른 속도로 변해가고 있는지도 몰랐다.

"은성아……."

재희는 속삭였다. 그녀와 앞으로 함께 있을 시간이 얼마 남지 않았다는 실감이 이상하리만치 갑작스럽게 찾아왔다.

PL-3들이 검경국의 데이터베이스에 보고를 마쳤다.

"공격 대상 아님."

하달 받은 결과가 공유되었다.

묶여 있는 두 손을 꼼지락거리며, 재희는 속삭였다.

"은성아, 사랑해."

"나도 사랑해."

답신은 금방 돌아왔다.

"그리고…… 고마워."

재희는 좌석 등받이에 양 어깨를 꾹 눌렀다.

목덜미에 앉아 있는 은성의 작고 단단한 몸체가 꼭 자신의 일부인 것처럼 느껴졌다. 은성이 그곳을 영영 떠나게 될 것이라는 사실이 여전히 믿기지 않았다.

군용차는 속도를 높였다.

여전히 도로 위에 난잡하게 널려 있는 불순물들을 밟아 뭉개면서, 그것은 서울 7구의 변경으로 진입해 들어갔다.

***

"해킹된 로봇들을 역해킹할 알고리즘을 확보했습니다. 프로그램을 배포하고 통제권을 넘겨받으면, 곧바로 소프트웨어를 수정하고 보안통신의 설정을 업데이트하면 됩니다. 이 작업을 공동으로 수행할 수 있는 인력을 요청 드립니다."

"그 말은……."

민경은 미간을 좁혔다. 생각에 집중하느라 눈꺼풀이 빠르게 오르내렸다.

"다른 3세대 인력을 요청하겠다는 뜻이로군?"

"맞습니다."

재희는 또렷한 목소리로 대답했다. 회의실에 작은 파장이 일었다.

"왜 굳이 3세대를 동원하려고 하지?"

"그것이 최선책이기 때문입니다. 이보다 확실하게, 그리고 신속하게 상황을 정리할 수 있는 방법은 없을 겁니다. 적어도 제가 판단하기로는 그렇습니다."

어머니를 마주하는 그녀의 표정은 결연했다.

민경은 단호한 태도로 물었다.

"이번 사건은 최초로 발발한 3세대 중범죄야. N1030을 실패 사례로 분류하고 폐기하는 게 법리적으로 합당한 조치라는 걸 연구원도 숙지하고 있겠지. 박재희 연구원은, 신세대에게 적용되는 특별법의 운영 방침에 불복하겠다는 뜻인가?"

"N1030은…… 이번 사태와 상관이 없습니다."

박재희는 떨리는 목소리로 받아쳤다. 그녀를 바라보는 사람들의 시선이 흔들렸다.

"홀린 사태를 일으킨 박범재는 더 이상 이곳에 없습니다. 그는 더 이상 N1030의 신체에 깃들어 있는 존재가 아닙니다."

"그게 무슨 소리야!"

인류관리부처에서 닦달하려는 걸 막아서며 민경이 물었다.

"박재희 연구원, 무슨 근거로 그런 주장을 하는가?"

박민경은 경고하듯이 그녀를 노려보고 있었다. 두 눈에는 조금 전까지 보이지 않던 감정이 출렁였다.

"N1030은 부상으로부터 회복한 직후부터 다시 문제행동을 일으키고 있어. 서울 4구의 소요사태 한복판에 그가 나타났다고. 이 대규모 해킹 사태의 진원지에 바로 N1030가 서 있다는 말이야. 그가 이 사태와 아무런 관련이 없다면, 왜 모든 사건이 그를 중심으로 일어나고 있는 것인지 연구원은 설명할 수 있나?"

"그건……."

재희는 민경을 물끄러미 쳐다보았다. 어머니가 어떤 대답을 기대하는지, 그녀는 쉽사리 판단할 수 없었다. N1030을 폐기하는 게 현재로서는 그녀가 취할 수 있는 가장 정치적인 태도일 것이다. 이토록 파란을 불러일으킨 3세대를 직접 회수하고 징벌해야만, 그녀는 자신이 처한 난관으로부터 조금이라도 스스로를 방어할 명분을 얻을 것이다. 반면에 N1030을 변호하는 발언을 공개적으로 검토하는 것만으로도, 그녀의 입지는 지금보다 좁아질 것이었다.

그리고 그것은 박범재를 살해한 혐의를 받고 있는 재희 자신도 마찬가지였다.

박재희는 신중하게 말을 골랐다.

"서울 4구를 점령하고 있는 건 생체 알고리즘으로 형성된 프로그램입니다. 생체로부터 추출한 데이터를 재구성해서 만든 프로그램이에요. 자신이 인간이라고 믿고, 생각하고, 욕망하고, 자의식을 가진 프로그램들이죠. 박범재가 그들을 만들었습니다. 그리고 박범재 자신도, 스스로 그런 프로그램이 되었어요. 그들은 자신이 바로 인류의 가장 궁극적인 형태라고 생각합니다. 그들은 스스로를 '4세대'라고 불러요. 우리가 상대해야 하는 것은 그런 고도로 발달한 데이터 존재들인 겁니다."

"연구원, 그러니까⋯⋯."

"그게 N1030의 무고함과 무슨 상관이 있지?"

박민경은 강한 어조로 밀어붙였다. 자신이 연방 인사들의 말을 계속해서 가로채고 있다는 사실은 이미 안중에도 없는 듯했다.

"연구원이 말하는 '박범재'라는 인격과 그것의 몸을 분리해서 보아야 한다는 건가? 그런 법리적인 해석은 어디에도 없어. N1030은⋯⋯."

"N1030은 희생자예요! 박범재는 다름 아닌 바로 그를 공격하고 있는 겁니다. 이번 사태의 진정한 위험성도 여기에 있어요. 그들은 1세대뿐만 아니라, 3세대까지도 공격의 표적으로 삼고 있는 거예요. N1030을 중심으로 테러가 일어나는 것처럼 보이는 건 바로 그런 이유에서입니다. 그들은 결국, 인체 파괴와 무차별 해킹으로 시작해서 지금까지 축적되어온 인류 문명을 근본적으로 파괴하려 들 겁니다."

"도대체 왜 그런⋯⋯."

여기저기서 동요가 새어나왔다. 재희는 말을 이었다.

"이 사태는 미래학자들이 수 세대 전부터 경고해왔던 '인공지능의 저주 시나리오'보다도 훨씬 위험합니다. 이 사태를 주도하고 있는 박범재는 인공지능을 통제할 만큼 똑똑하고, 인간을 설득할 만큼 교묘하기 때문이죠. 그를 상대하기 위해서는 다른 3세대들의 도움이 꼭 필요해요. 이것은 인간도, 로봇도 아닌, 데이터들과의 전쟁입니다. 즉각적인 대응을 시작해야 돼요. 3세대의 조속한 참전 허가를 요청 드립니다!"

회의실에 차가운 정적이 흘렀다. 연방의 인사들은 새로운 정보를 최고 지능에 추가하며 판단 결과를 황급히 요청하고 있었다. 전송에 딜레이가 일어나는 화면을 그들은 뚫어져라 쳐다보았다.

박민경은 그들을 한 번 슬쩍 쳐다본 뒤에, 마이크를 끄고 물었다.

"너는 왜 박범재를 따라가지 않았지?"

"저는……."

재희는 놀란 듯이 민경을 쳐다보았다. 여전히 표정을 읽기 어려웠지만, 그럼에도 오랜만에 가까이서 보는 엄마의 얼굴이었다. 이유 없이 뺨이 화끈거렸다. 자신도 모르게 시선을 내리깔며, 그녀는 대답했다.

"이곳에서 지키고 싶은 것이 있어요."

민경은 그녀의 얼굴을 빤히 쳐다보다가, 들릴락 말락 속삭였다.

"정치판 싸움이 쉽지는 않을 거다. 곧바로 견제가 들어올 거야."

재희는 반사적으로 고개를 들었지만, 민경은 이미 마이크를 켜고 무표정하게 앞을 보고 있었다.

회의실 한중간에는 로봇들의 몸체가 산더미처럼 쌓여 올라가는 모습이 입체 영상으로 생중계되었다. 군용 로봇들이 고전할 만큼 어마어마한 개체수의 로봇들이 거리로 쏟아져 나오고 있었다. 그리고 검경 부대로부터 약 다섯 블록 정도 떨어진 위치에, 다시 로봇들의 몸체가 장벽을 이루었다.

활화산처럼, 군용 로봇이 조준사격을 가할 때마다 벽은 잠시 출렁거리다가 다시 융기했다. 새로운 로봇들은 범람하듯이 대로를 메웠다.

행성방위부처장은 마침내 고개를 들고 목소리를 가다듬었다.

"박재희 연구원은, 이번 사태 해결의 주안점이 무엇이라고 생각하나?"

"N1030를 비롯한 무고한 생명들을 지키는 것입니다. 이번 전투에서 3세대 인력의 통수권을 제게 허락해주십시오. 단 삼십 분 안에 사태를 정리하겠습니다. 그것이 모든 인류를 위하는 길입니다."

재희의 시선은 입체 스크린의 영상에 고정되어 있었다.

"더 이상의 희생을 두고 볼 수 없습니다."

연방의 인사들은 한참동안 말이 없었다.

그들은 다시금 최고 지능에 접속하고 있는 것이다.

재희는 퍼뜩 깨달았다.

저들이 진정으로 두려워하는 것은 문명의 붕궤가 아니다.

눈앞에서 벌어지는 어떠한 파괴, 누군가의 죽음보다도 저들에게는 최고 지능이 내리는 판결이 훨씬 염려스러운 것이었다. 최고 지능의 심기를 건드리지 않음으로써 자신의 자리를 보전하는 것. 이 사건이 지나간 뒤에도 자신들의 자리가, 그리고 최고 지능의 권위가 여전히 건재할 것인지를 확인하는 것.

그것이 연방의 인사들이 마지막까지 놓지 않고 있는 공통의 관심사였다.

그리고 그것이 바로, 인류의 최고지도층이 인공지능과 맺고 있는 추한 공생관계였다.

재희는 자리에서 일어났다. 어머니가 그랬던 것처럼, 그들에게 공손해 보일 각도로 고개를 숙였다. 모든 감정을 없앤 것처럼 냉랭한 음성이 그녀의 입에서 흘러나왔다.

"모든 임무는 디오스를 위한 것입니다. 3세대들은 이번에는 물론 앞으로도 인류의 문명에 봉사하기 위해 행성방위부처의 부름에 적극적으로 응할 것입니다."

연방 인사들의 표정이 엇갈리는 가운데, 방위부처장은 태연한 얼굴로 자리에서 일어났다. 박재희의 생체 계정에 정부의 공식 라벨이 포함된 전자문서가 전송되어 왔다.

엄숙한 저음의 목소리로 그는 선언했다.

"N1074 박재희에게 제한된 시간 동안 3세대 인력을 동원하고 조직할 특수 권한을 부여한다. 행성방위부처장의 권한으로 작전 개시를 명령한다."

박재희는 짤막하게 목례를 올리고, 즉시 몸을 돌려 회의실을 걸어 나갔다.

15

임무에 소집된 인원은 박재희를 포함하여 네 명이었다.

박재희는 작전 사령관의 자격으로 연구소에 소속된 3세대 연구원들 중에서 참가 희망자를 지목했다. 요청이 전송된 8명 중에서, 거부권을 행사하지 않은 사람이 3명이었다. 그들이 하유진, 천상래 그리고 백가원 연구원이었다.

검경국이 제공하는 군용차에 올라탄 그들은 미래인류연구소가 위치한 서울 7구에 인접한 남산을 올라갔다. 그 꼭대기에, 오랫동안 사용하지 않고 있던 송신소가 있었다.

"그게 아직도 작동을 할까?"

백가원이 걱정스럽게 묻자 재희는 무표정한 얼굴로 답했다.

"기본 출력 설비는 그대로 있을 거야."

"소프트웨어 업데이트부터 해야 되는 것 아니야?"

천상래가 옆에서 말을 보태자 재희는 대꾸했다.

"그럴 시간이 어디 있어. 곧바로 들어갈 거야."

"그럼, 컴퓨터 기종은?"

덜컹거리는 군용차 맨 가장자리에서 재희는 창밖을 응시하고 있었다. 그녀는 말했다.

"지금 제일 가까이 있는 시설물이 NS센터고, 우리가 바로 그곳의 컴퓨터야. 모든 연산은 직접 할 거니까 단단히 준비하고 있어."

연구원들의 얼굴에는 긴장감이 흘렀다. 10인승 군용차의 바로 뒷줄에는 무장 상태의 검경 로봇과 요원들이 타고 있었다. 핸들이 방향을 꺾을 때마다, 그들이 쥐고 있는 총구가 빛났다. 저 레버를 당기기만 하면 척추가 비스킷처럼 바스러질 것이다.

재희는 허름한 스웨터 앞주머니에 양손을 찔러 넣고 무심하게 바깥을 쳐다보았다. 나무 둥치도, 나뭇잎도 하나같이 갈색이었다. 누렇게 말라버린 이파리들은 꼭 죽을병에 걸린 사람의 얼굴 같았다. 그녀의 손끝에는 둥글고 단단한 물체가 힘없이 옴작거렸다.

미래인류연구소에 다녀온 뒤로, 은성은 더 이상 그녀와의 통신을 거부했다. 어쩌면 거부가 아니라 정말 통신이 불가능해진 것인지도 몰랐다.

재희가 연구소에 제출한 '강은성' 변형 프로그램은 짧은 검토 뒤에 곧바로 동아시아 연방에 제출되었고, 전 지구적인 배포 허가를 받았다.

그들이 타고 가는 군용차의 맨 뒤 칸에는 대륙마다 설치된 대표 송신소들과 공명하도록 설계된 특수 안테나가 완충재에 포장되어 실려 있었다.

배포를 준비하는 과정에서, 은성의 프로그램에 모종에 변화가 가해졌는지도 모르는 일이다. 지상에 존재하는 로봇들에 모조리 적용될 만큼 대규모의 배포를 준비하면서, 은성의 의식도 이미 한 사람이라고 부를 수도 없을 정도로 옅어져버린 것일 수도 있었다.

아니면 이 모든 것이 그저, 일을 재희에게 조금 더 쉽게 만들어주기 위한 그녀의 마지막 배려인지도 몰랐다.

재희는 나란히 앉은 동료들의 얼굴을 슬쩍 곁눈질했다.

안색이 하나같이 어두웠다. 약간의 어리둥절함과, 조금 더 소량의 수치심과, 구 할(割) 이상을 차지하는 공포가 그들의 눈동자에서 어른거렸다.

인류를 수호하고 계승한다는 사명으로 평생을 살아온 그들이었다. 이제 그들은 가장 탁월하다고 일컬어지던 한 3세대의 광기를 처리하지 않으면 스스로의 목숨이 날아갈 판이었다.

그들 네 사람뿐만이 아니라, 3세대 전체가 끔찍한 개조, 혹은 점진적인 폐기형에 처해질 수도 있었다.

차체가 흔들리자 검경 요원들은 총구를 쥔 채 자세를 고쳤다.

재희는 반대편 창가에 앉은 유진의 모습을 흘깃 쳐다보았다.

얼굴은 앞을 향했다. 그러나 두 눈은 아무것도 담아내고 있지 않았다.

3세대들은 생의 감각과 소멸의 감각을 빛과 그림자처럼 차례로 몸에 흘려보내보고 있었다.

작전에 성공할 경우 계속해서 몸에 걸치게 될 삶이라는 감각. 그리고 실패할 경우, 어쩌면 뒤집어쓰게 될지도 모르는 상상 속의 죽음이라는 감각을.

군용차가 핸들을 꺾을 때마다 그들의 창백한 얼굴 위로 손자국처럼 나무 그림자가 스치고 지나갔다.

그것이 속삭이는 듯했다. 쉿! 아무것도 탐내지 말라고.

그저 시간이 자아내는 정교한 문양 위에 전부 맡겨놓아야 한다고.

재희는 구슬 같은 은성의 몸체를 손가락 사이에서 굴렸다.

자신이 쥐고 있는 손 안의 온기가, 그녀에게 전해지기를 바랐다.

머릿속에는 둥글고 끝이 없는 '왜?'라는 질문이 계속해서 굴러다
녔다.

'왜, 이 한 사람을 지킬 수가 없는가. 왜.'

나뭇잎들은 무성의하게 고개를 끄덕였다.

그리고 차창 밖을 흘러가버렸다.

NS센터는 굵직한 철골을 엿가락처럼 엮어 올린 구식 건물이었다.
건설 로봇들이 즉시 꼭대기까지 올라가 안테나를 설치했다.

네 사람의 연구원과 여덟 개체의 검경 요원들은 곧바로 3층의 관
제실로 향했다. 전원을 올리자, 절전 모드로 잠들어 있던 타워 전체
에 번쩍, 불이 들어왔다.

길쭉한 U자 모양으로 생긴 관제실에서 연구원들은 컴퓨터를 차
지하고 앉았다. 거대한 중앙 스크린 위에는 아수라장이 된 서울 4구
의 전경이 펼쳐져 있었다.

재희는 자신의 컴퓨터 옆에 희미한 램프를 깜빡이는 우주거미를
내려놓았다.

그리고 작전 개시 선언을 했다.

"지금부터 서울 4구 집단 해킹 사태에 대응하는 플랜A 작전을 개
시합니다. 연구원들은 정확히 30분 동안 NS센터의 전면적인 통제

권을 위임받고, N1074 박재희의 지시에 따라 행동합니다. 플랜A는 프로그램 '강은성'의 전 지구적인 배포와 백신 활성화를 목표로 합니다. 프로그램 배포와 보안 통신 재설정을 통해 해킹된 시설물 및 로봇들을 탈환하고, N1030을 생포한 다음, 적의 추가적인 해킹 시도를 차단하기 위해 백신을 활성화하는 방식으로 작전을 진행합니다. 제한 시간이 지나면 작전의 성공 여부와 무관하게 연구원들은 즉시 모든 통제권을 반납해야 하며, 불복종시에는 검경국이 물리력을 행사할 수 있습니다. 플랜A가 성사되지 않을 경우 즉시 플랜B가 이행되며…… 서울 전체에 EMP 미사일 투하가 이루어집니다."

연구원들은 심각한 얼굴로 고개를 끄덕였다. 그들은 저마다 앞에 놓인 스크린에 시선을 고정시킨 채로 명령이 떨어지기를 기다렸다.

우주거미가 푸른 램프를 반짝였다.

마침내, 개시 명령이 떨어졌다.

"프로그램 '강은성'의 브로드캐스팅을 준비합니다."

재희의 지시에 따라 송신소는 대량의 전력을 끌어들였다. 탑의 꼭대기에서 강렬한 파장이 형성되었다.

"3초 후에 발송 시작합니다. 3, 2, 1. 0."

우주거미의 램프가 요동쳤다. 서울 4구 전체를 덮으며, 은성의 변형 프로그램이 거미줄처럼 펼쳐졌다.

청년은 멀리서 들려오는 검경국의 포격 소리를 귀로 쫓았다.

그것은 도무지 가까워질 기미를 보이지 않았다.

그가 병원을 빠져 나올 때부터 시작됐던 경고 방송도, 루프 에러에 걸린 음성 파일처럼 제자리걸음이었다.

"생체코드 N1030 박범재의 체포를 실시한다. 공무를 방해하는 일체의 행동은 반정부 행위로 간주되며……."

그는 차라리 검경국이 상황을 정리해주었으면 하고 바랐다.

청년을 둘러싸고 있는 서울의 풍경은 그야말로 생지옥이었다. 로봇들은 모든 것을 끌어내고 내던졌다. 가구며, 로봇의 부품이며, 심지어 사람을 집어 던지는 것도 마다하지 않았다. 그 동작의 가뿐함과 유연함에 그는 머리의 심지가 흔들릴 만큼 소름이 돋았다.

로봇들은 어딘가로부터 끊임없이 나타났다. 도로를 점령한 로봇들과 같은 파장을 가진 시설물들이 여기저기서 재채기처럼 새로운 로봇을 뱉어내고 있었다.

도시 전체가 하나의 악의적인 생명체로 변해갔다.

청년은 탈출구를 찾아 미친 듯이 달렸다.

로봇들은 건물과 건물 사이의 공간을 막으며 점점 더 높은 장벽을 쌓아 올렸다. 그들은 마치 사냥을 하듯 청년이 향하는 곳마다 차폐물을 올리며 포위망을 좁혀왔다.

이곳을 빠져나가야 한다. 그렇지 않으면 잡아먹히고 만다.

무조건 도망쳐야 한다는 목소리가 머릿속에서 본능처럼 애원하고 흐느꼈다.

삽시간에 몸집을 불리는 장벽을 기어오르다가 굴러 떨어지기를 반복하며, 청년은 점점 아득해지는 하늘을 올려보았다.

이대로는 완전히 갇힐 것이다.

그를 에워싸는 소형과 중형 로봇들을 뿌리치며, 그는 다시금 벽으로 몸을 날렸다. 간혹 메스나 드릴을 들고 있는 것도 있었으나 대부분은 사무용으로 제작된 모델이었고, 공격도 치명적이지는 않았다. 그러나 숫자 하나만큼은 어마어마했다. 그들은 높아지는 장벽 속을 계속해서 밀고 들어왔다.

청년이 도망 다닐 공간도 점점 더 좁아졌다.

재희는 중앙 화면을 가득 채운 로봇들의 군락을 노려보았다.

연구소에서 마지막으로 확인했을 때보다도 그들은 더욱 세를 불리고 있었다.

저것이 홀린의 시민들이었다. N1030을 확보하라는 범재의 외침에 반응하며 지상으로 내려온 데이터 인간들이었다.

서울 4구는 이제 인간의 도시라고 부를 수 없을 만큼 로봇들이 흘러넘쳤다.

거대 화면이 비치는 고공 이미지로 보면, 그곳은 마치 면역 작업을 수행하는 백혈구의 현미경 확대 영상 같았다.

원형으로 형성된 로봇의 대열이 세 겹.

그리고 한가운데는 흡사 돔처럼 둥글고 높은 장벽이 쌓여 올라갔다.

가장 많은 개체수가 몰려 있는 외곽에서는 4세대들이 검경 병력과 접전을 벌였다.

전력은 분명히 검경 병력이 우세했다. 그럼에도 전선이 좁혀지지 않았다. 아무리 제거해나가도 헤아리기 어려울 숫자의 로봇이 다시 몰려들었기 때문이다.

미생물의 신진대사 매커니즘처럼, 그들의 움직임은 단순하고도 정확했다.

재희는 눈썹을 찡그리고 물었다.

"프로그램 다운로드 완료 시까지 예상 시간 어떻게 됩니까?"

"현재 서울 4구의 전체 개체에 다운로드 50%까지 7분 37초, 100%까지 15분 14초입니다. 기타 인프라 탈환까지 25분 41초 예상됩니다."

그들이 도시를 차지하고 검경 병력에 대치하는 방식에는 기묘한 템포가 있었다.

4세대들은 서두르지 않았다.

마치 대형을 유지하기 위해 정확히 필요한 만큼의 개체수만을 생산하면서, 현 상황을 질질 끌고 가려는 것 같았다.

겉보기로는 검경국이 진압 작전을 벌였지만, 실상은 그렇지 않다는 이상한 예감이 재희의 머리를 스쳤다.

범고래가 청어를 사냥하고 있는 것이 아니다. 청어 떼가, 범고래를 몰아갔다.

재희는 어린 시절의 범재를 떠올렸다.

그가 취미로 제작한 3D 디자인 중에, 순환을 멈추지 않는 진자 시리즈가 있었다. 마치 최초의 위치 에너지만으로 트랙을 돌아다니는 롤러코스터처럼, 둥근 진자는 범재가 조막손으로 설계한 정교하기 이를 데 없는 닫힌 구조물을 따라가며 운동을 계속했다. 마치 왜곡된 궤도 위를 쉬지 않고 달리는 위성 같았다.

그 은빛의 작은 공이 왜인지 불쌍하게 느껴져 어린 재희는 작품을 전시해둔 가상공간에서 한참 동안 시간을 보내곤 했다.

'머리가 멍해질 정도의 복잡함과 단순함이 이루는 밸런스.'

그것이 범재가 발표하는 작품에 단골처럼 따라붙는 평가였다.

지금 저 4세대들의 움직임을, 범재가 지휘하고 있기라도 한 걸까?

재희는 폐허로 변해가는 도시를 내려다보았다.

도대체 무엇을 위해 그가 이런 규모의 파괴를 일삼는다는 말인가?

로봇 떼는 태연작약하게 검경 병력을 압박했다.

팔이 부러지고 몸통이 찢겨 나가든 말든, 그들은 계속해서 새로운 로봇을 쏟아 부었다.

몸 따위는 얼마든지 파괴할 수 있다고, 자신들에게는 얼마든지 새로운 몸이 주어질 것이라고 그들은 말하는 듯했다.

무기 한 점 들려 있지 않은 사무용 로봇들이 대형 전투 로봇의 총구로 유유히 기어들어가 탄환을 막는 일련의 움직임에는, 일종의 비현실적인 신랄함이 묻어났다.

저것은 조롱이다. 재희는 눈을 깜빡였다.

몸을 벗어던지고 자유로워졌다고 주장하는 4세대들이, 지상에 처음으로 다시 돌아와 세레모니를 펼치는 것이다.

그 표적이 공교롭게도 신체 향상과 관련되어 가장 많은 연구가 이루어져온 국립연구병원과 로봇의 자율성이 보장되는 스마트 섹터였다.

기술의 꽃을 피워내던 도시를, 그들은 휴지조각 밟듯이 깔고 뭉갰다.

정녕 저들에게 의식이 있다면, 이 사태는 치가 떨릴 만한 잔인성과 패악에 다름 아니었다.

재희의 뺨이 흔들렸다.

'오빠가 꿈꾸는 미래 인류라는 게…… 고작 이 정도라고?'

책상을 짚고 있던 그녀의 두 팔이 떨렸다.

인간이 다른 인간에 대해 지켜야 하는 예의라는 것이 있었다. 그

보이지 않을 만큼 희미하고도 견고한 선을 지키기 위해 평생을 바친 것이 바로 은성이었다.

그녀의 말이 맞았다. 홀린은 정말로 행복이라는 탈을 쓰고 혐오를 키워내는 공간인지도 몰랐다. 그 말의 의미가, 새삼 재희의 가슴을 뒤흔들었다.

화면을 줌인 해 들어갈수록 차마 눈 뜨고 보지 못할 광경들이 펼쳐졌다.

4세대들에게 점령당한 것은 중소형 로봇들뿐만이 아니었다.

사람들의 몸속에서 호흡을 보조하는 인공 심장과 허파, 그들의 걸음걸이를 지탱하던 인공의 팔다리들, 인체를 구성하는 보다 정교한 단위의 지능들이 점차 제 기능을 상실해갔다.

숨을 쉴 수 없게 된 사람들이 가슴을 부여잡고 고꾸라지면, 로봇들은 그들을 마치 낙엽 쓸어내듯 밀쳐냈다.

머리가 지끈거리는 풍경을 마주하고도, 재희는 마음 한 편에서 계속 물을 수밖에 없었다.

이것이 정말, 오빠가 원했던 결과인 거야?

저 사람들은 범재가 만들었다지만, 결국은 홀린이 조율하는 존재들이었다.

대다수 사람들의 욕구가 파괴라면, 홀린은 그걸 가장 적절한 방식으로 조정해줄 것이었다.

홀린을 직접 통제하는 방식으로 저들의 파괴 욕구를 제거해버리는 방법도 있을 것이다.

그러나 범재는 그러지 않았다.

인간의 자아와 욕망을 함부로 수정하지 않는다는 것이 그가 홀린을 운영하는 제1원칙이었기 때문이다.

재희는 가라앉은 목소리로 물었다.

"다운로드 개체 비율 얼마나 됩니까?"

"현재 9%입니다."

"10% 달성하면 곧바로 1차 통제권 회수 들어갑니다."

재희는 화면을 줌아웃 하며 전투가 펼쳐지는 외곽이 아니라, 중앙의 아레나로 향했다.

모든 영상 자료에 대한 초정밀도 이미지 검색을 수행했음에도, 청년으로 추정되는 피사체는 발견되지 않았다.

남아 있는 곳은 오로지, 돔처럼 천장을 덮고 있는 저 중앙이었다.

"30초 뒤에 10% 달성합니다."

"통제권 회수 시 차폐물 실내의 시야 우선적으로 확보하고 내부와 통신 유도합니다. 전원 대기."

"10초 남았습니다. 10, 9, 8, 7……."

청년의 머릿속에 불꽃이 터졌다.

벽에 납작 매달려 있던 그는 갑작스러운 두통에 눈을 질끈 감았다. 머릿속에서 또렷하게, 누군가의 음성이 들렸다.

"N1030은 즉시 해당 주소로 답신 요망합니다."

그는 벅차오르는 숨을 삼켰다.

"재희!"

양손이 땀과 핏방울로 미끌거렸다. 발아래에서는 로봇들이 그의 발목을 쥐고 놓아주지 않았다. 청년은 발길질로 힘겹게 자신을 당기는 강철과 알루미늄의 무게를 뿌리치며 정신을 집중했다.

"갇혀 있어. 공격당하는 중이야."

다시 위로 뻗어 올리는 손을, 벽에 박혀 있던 로봇이 걸어 차냈다.

청년은 고통으로 비명을 질렀다. 아래로부터는 로봇들이 그의 정강이까지 차올라 있었다. 다시 저 아래로 떨어지면, 두 번 다시는 일어서지 못할지도 모른다.

짧은 답신이 왔다.

"부상은?"

그는 겨우 대답했다.

"찰과상과 피멍 다수. 치명상은 없음."

"구조 작업 진행 중. 지속적인 보고 요망함."

"빨리 와줘……."

그는 벽에 꽂인 채 부러져 있는 파이프를 뽑아내어 발밑의 로봇들에게 휘둘렀다. 하늘이 점점 좁혀들었다. 검경국의 포격 소리가 너무나 아득하게 들렸다.

이 많은 사람들이, 하나같이 자신의 죽음을 희망했다……

청년은 파이프를 머리 위에 꽂고 철봉 삼아 올라탔다. 벽에 박혀 있는 로봇들이 성난 듯이 팔을 휘둘렀다. 바로 옆의 철근을 다시 뽑아들고, 그는 벽 안에 지지대를 박아 넣다가 중심을 잃었다.

벽이 스스로 지지대를 뽑아내어버렸다.

쨍강거리는 소리와 함께 기다란 철근이 바닥으로 추락했다.

벽을 간신히 부여잡은 그는 가쁜 숨을 몰아쉬었다.

청년이 발밑의 로봇을 떨쳐내는 모습을 확인하고 재희는 안도했다.

다른 한 편으로는 저들이 청년을 다루는 방식에 욕지기가 치밀었다.

그들은 N1030의 팔과 다리를 붙잡은 뒤 그를 강제로 데이터화할 생각이었다.

마치 투우 경기를 하듯, 아레나를 만들어놓고 투우사를 무제한으로 투입하고 있었다. 이미 경기장 바닥에서는 살의에 찬 로봇들이 삐걱거리는 팔과 다리를 흔들었다.

재희는 새로운 지시를 내렸다.

"지금부터 모든 전송 타깃을 중앙지대로 집중합니다. N1030의 위치에 근접한 개체들을 우선적으로 장악하고, 통제권 탈환하는 즉시 생포 작전에 투입합니다."

"로저!"

"다운로드 속도는?"

"초당 1%까지 올릴 수 있습니다."

"국지 다운로드율 30% 달성하면 전투 개시합니다. N1030의 근방 5미터 이내의 개체들부터 우선 탈환합니다."

살육과 파괴의 카니발이 펼쳐졌다. 저들은 공격하고, 부수고, 죽였다.

은성이 말한 것처럼, 지금 이 순간도 4세대들은 홀린에서 평온한 시간을 보내고 있을지도 모른다. 그것이 홀린의 가장 소름끼치는 지점이었다.

무한하다는 것. 타인의 고통도, 자신의 고통도 자유로이 지울 수 있다는 점이 그곳을 낙원이면서 동시에 지옥으로 만들었다.

재희는 자문해보았다.

범재는 과연, 실패한 것일까. 아니면 그도 이미 괴물로 변해버린 것일까.

"국지 다운로드율 30초 후에 달성합니다."

"다운로드 속도 유지하면서 N1030 비호합니다. 전원 대기하세요."

"보안통신 설정 변경합니다. 10, 9, 8, 7······."

청년을 둘러싼 로봇들의 이름이 전부, '강은성'으로 바뀌었다.

새로운 로봇들 속에서 눈을 뜬 '강은성'들은 일체의 통제권을 NS 센터로 넘겼다. 3세대들의 지시에 따라, 청년의 발목을 옥죄고 있던 로봇들이 덜컹, 떨어져 나갔다.

바닥에 착지한 그들은 청년을 중심으로 방어전선을 형성하기 시작했다.

주변의 로봇들은 잠시 동요하더니 곧바로 공격을 감행해왔다. 통제권이 전환된 것을 눈치챈 것이었다.

청년이 여전히 벽에 매달려 있는 동안, 로봇들은 전투를 시작했다.

그를 비호하는 세력이 꾸준히 늘어났다. 돔의 벽과 바닥을 형성하는 로봇들의 절반 이상이 이미 아군으로 넘어온 상황이었다.

재희는 책상 위에서 '작동 중' 램프를 표시하는 우주거미를 바라보았다.

저렇게나 '강은성'이 늘어나는데도, 인격 소프트웨어는 여전히 유지되는 모양이었다.

로봇의 의식이 활성화되어 있다는 것은 은성이 지금이라도 홀린으로 돌아갈 수 있다는 사실을 의미했다.

호수가 반짝이는 집이, 여전히 그녀를 기다리고 있는 것이다.

그런 생각을 하자 기분이 묘해졌다.

재희는 관제창을 열고, 또각또각 올라가는 프로그램의 배포율을 확인해보았다.

제한시간 30분 중 벌써 5분이 흘러갔다.

앞으로 남은 시간은 25분.

25분 뒤면, '강은성'의 백신 가동이 완료되어 있어야 한다. 그것은 지상으로부터 4세대의 완전한 추방을 의미했다.

강은성이 저들과 함께 사라지는 것이다.

연구소의 스트레처에 누워 생을 마감하고, 스물 닷새 만에 홀린에서 다시 태어났던 강은성이, 이번에는 4세대들을 지상에서 봉인하는 방식으로 완전히 사라지는 것이었다.

누구도 더 이상 영생을 위해 몸을 파괴하는 일이 없도록, 그녀는 자신의 영생을 내걸 작정이었다.

아이러니한 일이었다.

저렇게나 많은 사람들이 데이터 존재가 되기를 바라고 스스로 목숨을 끊었는데, 은성은 그들을 밀쳐내고자 다시금 목숨을 버리려 했다.

어떤 종류의 낙원도, 그녀에게 있어서는 죽음 이하의 선택인 모양이었다.

그녀가 생전에 아끼고 즐기던 것들을 전부 모아 놓아도……

스크린을 넘기던 재희는 소스라치게 놀라며 외쳤다.

"돔을 방호해!"

이미 로봇들이 껍질처럼 청년을 둘러싸고 있었다.

굉음과 함께, 구조물의 천장에 거대한 균열이 일었다.

로봇의 파편들이 소나기처럼 떨어지며 사방으로 튀었다. 강은성 들이 급하게 벽을 타고 올라가 무너지는 천장을 떠받쳤다.

돌이켜보면 은성은 늘 무언가와 싸우고 있었다.

눈에 보이지도, 손에 잡히지도 않는 무언가를 지켜내느라 종종 온 마음을 소모해버리고는 했다.

그녀는 천성적으로 싸움을 좋아하는 사람이 아니었다. 우격다짐 은 그녀와 가장 안 어울리는 단어 중 하나였다.

"칼로가 위대한 영혼이라는 말, 나는 동의하지 않아."

은성은 언젠가 말했다.

"그 사람은 선택의 여지가 없었을 뿐이야. 어쩔 수 없었기 때문에 아팠고, 살아야 하니까 그림을 그렸던 거야. 단지 그 뿐이야. 위대한 영혼 같은 건 존재하지 않아. 각자가 져야만 하는 생의 무게가 있을 뿐이지."

그 무게를 전부 감당해내고 한 번 생을 마쳤다면, 이번에는 더 좋 은 것들을 누려보아도 되는 것이 아닌가.

재희는 그녀에게 여러 번 선택지를 내밀었고, 은성은 매번 그것을 발로 걷어찼다.

그녀가 좋아하던 프리다 칼로마저도 홀린에서 다시 태어나는 것 을 마다하지는 않을 것 같았다.

그곳에서 칼로는 고통 없이 튼튼한 척추와 허리로 전혀 다른 그 림들을 그렸을지도 모르는 일이다.

아니, 홀린의 칼로는 화가가 아니라 암벽 등반가나 정열적인 춤 꾼으로 살아갔을지도 모른다.

그래도 좋지 않은가.

왜 은성은, 자신을 그토록 괴롭히며 소모시키던 것들로부터, 심지어 죽고 나서도 눈을 돌리지 못하는가.

은성에게는 자신을 계속 더 낮은 곳, 더 고통스러운 곳으로 이끄는 중력과도 같은 천성이 있었다.

그 본능에 가까운 부드러움은, 그녀를 아프게 했다.

배포율이 올라감에 따라 점점 더 많은 로봇들이 전쟁에 뛰어 들어갔다.

한 손으로 눈썹 사이를 문지르던 재희는 문득 기류의 변화를 느끼고 화면을 키웠다.

4세대의 외부 대열에서 이동이 일어났다. 제2대열의 로봇들이, 모조리 돔을 공격해오기 시작했다.

그녀는 천상래에게 물었다.

"인프라 탈환까지 얼마나 남았습니까?"

다급해진 목소리가 대답했다.

"진행률 52%. 앞으로 5분입니다!"

"모든 전력을 방어에 투입합니다. 검경 병력의 지원이 올 때까지, 무조건 버팁니다!"

전체 대열의 이동을 재검토하며, 재희는 빠른 속도로 새로운 명령을 입력해 넣었다.

전면전이 시작되고 있었다.

철과 철이 부딪히며 갈려 나갔다.

로봇을 한데 모아 찌그러뜨린 공이 돔의 천장을 깔아뭉갰다.

2대열에 포진한 건축용 로봇들은 도저와 압쇄기, 크레인을 동원하며 투석 작전을 개시했다.

돔에서 약 600m 떨어진 곳에서는 근접전선이 형성되고 있었다.

저들도 홀린에서는 인간이겠지.

재희는 생각했다.

크고 작은 생활형 로봇들이, 서로를 할퀴고 밀쳤다. 원래는 공격 용도가 아닌 로봇들이었다.

그들이 부러진 다른 로봇의 팔이나 깨진 가구를 들고 서로에게 달려드는 모습은 위협적이면서도 서툴렀다. 전쟁에 적합하지 않은 몸으로 전쟁을 하자니 어렵고, 우스웠다.

그래서 그들의 전투는 한편으로 슬펐다.

저들도 아플까.

은성도 아파하고 있을까.

강은성이 누군가를 붙잡고 넘어뜨리는 모습은 도무지 상상이 되지 않았다.

만약 은성이 홀린에 있었다면, 자주 아이들에게 그랬던 것처럼, 그녀는 서울 4구를 향해 자아를 날려 보내는 사람들의 어깨를 다독이며 이렇게 일러줄 수도 있을 것이다.

'남을 상처 입히는 것은, 결국 자신을 상처 입히는 일이기도 하다' 라고.

그러나, 고통을 마음대로 조절할 수 있는 홀린에서는, 그 말조차 더 이상 통용되지 않는 것일까.

재희는 홀린에서 살아가는 은성의 모습을 상상해보았다.

그곳에서 강은성은 기울어진 허리와 어깨를 휘저으며 씩씩하게 걸어 다닐 것이다.

가파른 비탈도 숨 한 번 가빠하지 않고 단숨에 오르내릴 것이다.

그녀는 마음 내키는 대로 수영을 하다가, 고개를 뒤로 젖히고 웃을 것이었다. 허공에는 그저 아름다워 보이기 위해 배치된 구름과 커다란 달이 걸려 있을 것이다.

아이가 어른을 두려워하지 않고, 어른은 노인이 되는 걸 서글퍼하지 않는 그곳에서 은성은 마음껏 여행을 다닐 것이었다.

그녀가 누구의 것도 아닌 오로지 자신의 즐거움에 충실하게 사는 모습을 단 한 번만이라도 보고 싶었다.

어디를 가도 좋고, 무엇을 해도 좋을 것이다.

그녀의 곁에는 늘, 재희가 함께일 것이기 때문이다.

전선이 돔을 향해 좁혀들었다.

제2대열은 돔을 포위하고 외벽을 기어오르기 시작했다.

인프라가 점차 탈환되면서 추가적인 로봇 생성이 억제되기는 했지만, 이미 거리를 뒤덮고 있는 개체수가 워낙 많았다.

크고 작은 '강은성'들이 돔을 방어하기 위해 꼭대기에서부터 몸을 굴렸다.

다운로드를 모니터링 하던 천상래 연구원은 파일을 하나 전송하며 급하게 말했다.

"보안설정 추적 속도가 너무 빨라요!"

"회수율은?"

"아까부터 74%에 멈춰 있어요. 이대로는 안 됩니다!"

로그에는 보안설정을 해킹하려는 시도가 벌써 900차례 가까이 남아 있었다. 그마저도 간격이 계속해서 짧아졌다.

홀린이 '강은성'을 크래킹하기 시작한 것이다. 로봇들의 몸싸움은 갈수록 지독해졌다.

천상래는 손바닥으로 머리카락을 구기며 말했다.

"지금 백신을 가동하는 편이 나을지도 몰라요……."

'벌써…… 보내야 한다고?'

재희는 위성시계를 소환해 시간을 확인했다.

아직 작전 완료 시까지 12분이 남아 있었다.

"백신 가동은 전체 회수율 80% 달성 이후입니다."

그렇게 대꾸하고 그녀는 고개를 돌렸다.

지금이라면 아직 늦지 않았다.

은성의 인격 소프트웨어가 아직 살아있는 지금, 그녀를 홀린으로 되돌려 보내는 것도 가능할 것이다.

그곳에서 그녀가 평생 못다 누린 것들을 영원토록 향유하며 지낼 수도 있었다.

긴긴 여행을 마친 그녀가 맑은 호수가 반짝이는 집으로 돌아오는 장면이, 다시금 눈앞을 스쳐 지나갔다.

지금이라도…….

천상래가 절박하게 그녀를 불렀다.

"사령관님, 명령을 내려야 합니다!"

나머지 연구원 두 명도 재희를 곁눈질하며 소매로 인중의 땀을 닦았다.

3세대 세 명이 달라붙어 방어를 하더라도 버거울 만큼, 홀린의 연산 속도는 무시무시했다.

홀린은, 그만큼의 가능성을 가진 공간이었다.

박재희는 커다란 화면을 우러러보았다. '강은성'으로 표시되는 수십억의 로봇들이, 간신히 통제권을 지켜내며 그곳에서 이름을 유지하고 있었다.

"백신 가동은 예정대로 전체 회수율 80% 달성 이후에 실시합니다."

그녀는 짓눌린 듯한 목소리로 되풀이했다.

"너무 늦어요! 통제권이 넘어가면 전부 끝입니다!"

제1대열의 로봇들이 일제히 후퇴를 시작했다.

검경 병력이 그 뒤를 추격했지만, 로봇들은 아랑곳하지 않는 듯했다. 심지어 그들은 중앙으로 향하면서 길바닥에 널브러진 고철을 챙겨 들기까지 했다.

하유진이 파래진 얼굴로 추가 보고를 올렸다.

"적들이 돔 안에 나노봇을 투입했습니다!"

"N1030을 이대로 파괴할 작정이에요!"

재희의 멍해진 눈동자가 깜빡였다.

서울 4구를 폐허로 만들어놓고, N1030을 파묻은 뒤, 데이터를 추출해낸다.

그것이 홀린의 계획이었다.

저 많은 병력이 돔 위에 올라탄다면, 시신 수습은커녕 4구 한복판이 분화구처럼 함몰되어버릴 것이다.

서울 4구 전체가, N1030의 무덤이면서 동시에 홀린의 완성을 기넘하는 메모리얼이 될 것이었다. 참으로 섬뜩한 기획이었다.

해안가에서 보았던 범재의 얼굴이 눈앞을 스쳐 지나갔다.

반쪽은 달빛을 받아 빛나고, 반쪽은 그늘로 가려져 있던 모습이.

그 얼굴은 지금 어떤 표정을 짓고 있을까.

자신에게 홀린을 소개하던 때와 같은 자신만만함을, 그는 여전히 간직하고 있을까.

재희는 고개를 저었다.

그는 덫에 빠진 것이다.

자신이 만들어낸 가장 거대하고 정교하면서도 파괴적인 덫에, 범재는 스스로 목을 걸어버린 것이다.

만신창이가 되어가는 도시의 전경이 재희에게 상형문자처럼 그 사실을 알렸다.

N1030이 자신을 구하리라는 그의 믿음은, 처음에 홀린을 기획하던 그의 야심과 다를 바 없이 눈먼 것이었다.

지상에서 저들의 폭주를 막을 수 있는 기회는 오직 지금뿐이었다.

그러나…….

하유진이 비명을 질렀다.

"사령관님!"

화면을 채우고 있던 은성의 이름이 다시 한번 지워질 듯이 휘청거렸다.

백가원은 스크린을 두드리면서도 거의 재희의 멱살을 잡으러 올 기세였다.

"남은 로봇들은 검경국에 맡겨요! 이 이상으로는 못 버팁니다!"

"이쪽도 한계예요!"

천상래도 거들었다.

"아군의 반응 속도 점점 느려집니다! 통제권 유지 앞으로 1분이 최대입니다!"

회수율을 확인하니 78% 남짓이었다.

그나마도 검경 병력이 후방 사격을 해주고 있어서 퍼센트가 올라간 것이었다.

백신을 가동하더라도, 이제 검경 병력의 선에서 처리가 불가능하지는 않을 것이다.

무슨 의미라도 담은 것처럼 우주거미는 여섯 다리를 들썩였다.

로봇들은 풀장에 뛰어드는 십대들처럼 돔을 향해 몸을 날리고 있었다.

"사령관님, 어서요!"

화면을 가득 메우고, '강은성'들의 잔해가 흩어져 있었다.

재희는 눈을 깜빡였다.

저렇게나 많은 강은성들이 그 짧은 순간 안에 태어났다가 죽은 것이었다.

한 사람의 영혼이, 저토록 많은 몸으로 갈라져서 싸울 수도 있는 것일까?

은성은 이미, 그녀가 알고 있는 존재로부터 돌이킬 수 없을 만큼 산산이 깨어져버린 것이 아닐까.

로봇들의 갑옷이 허공에서 부딪혔다.

몸으로부터 한 번 벗어난 자들은 그것을 얼마든지 파괴할 수 있었다.

자신이 버릴 수 있는 것을 마음껏 미워할 수도 있었다.

모든 4세대들이 그러할 것이다.

메인 컴퓨터를 움켜쥐며 재희는 눈을 질끈 감았다.

홀린에서 눈을 뜬 은성의 모습이 떠올랐다.

얼굴에 햇살을 가득 받으며, 그녀는 간청해왔다.

"나는…… 유한한 몸으로 살아가는 진짜 세상에 가고 싶어. 가상으로는 대체할 수 없는 연약한 것들이 살아있는 세상으로."

여기까지 오는 동안, 재희는 스스로에게 거짓말을 하고 있었던 것인지도 모른다.

스트레처에 누워 마지막 숨을 거두었을 때부터, 은성은 이미 이 세상으로부터 사라지고 없는 것인지도 모른다. 몸에서 데이터 존재로, 그리고 다시 소프트웨어로 옮겨가는 동안 그녀는 확실히 다른 존재가 되어갔다. 변화를 거듭하면서, 은성은 점점 더 망설임 없이 자신을 파괴했다.

이제 그녀는 수십억의 몸체들로 갈라져 싸우며 그보다도 더욱 작은 조각들로 부서지고 있었다.

어떤 시도를 하더라도, 은성에게는 몸을 부수는 아픔으로 돌아올 뿐이었다.

홀린에서 자신의 손을 쳐내며 울부짖던 그녀의 모습이 선했다.

한 줄기 눈물이 재희의 뺨을 타고 흘렀다.

은성이 그토록 원하던 것을, 이제는 돌려주어야 하는 것이 아닐까.

그녀가 사랑해 마지않던 연약함을 허락해주어야 하는 것이 아닐까.

지금까지 재희는 은성이 어떤 모습으로 변하더라도, 그녀를 사랑할 수 있으리라고 확신해왔다.

그러나 어쩌면 재희는 이미 오래전부터 혼자였던 것인지도 모른다.

그녀의 연약한 마음이 단지 그 사실을 외면하고 있었던 것뿐인지도 모른다.

4세대들의 대열이 토성의 고리처럼 좁혀 들어왔다.

사색이 된 하유진이 외쳤다.

"돔의 파손이 시작되었습니다!"

"무조건 버텨! 아직 함몰하면 안 돼!"

백가원이 거칠게 숨을 몰아쉬며 천상래를 돌아보았다. 그가 절망적으로 고개를 저었다.

로봇들이 몸으로 지탱하는 천정이 갈라지기 시작했다.

우주거미의 램프 불빛이 점점 더 흐릿해졌다.

재희는 경련하듯 떨고 있는 그것의 여섯 다리를 쳐다보았다.

명령창을 가동하면, 이제 은성은 자신이 응당 받아야 하는 죽음을 돌려받을 것이다.

떨리는 동작으로, 그녀는 화면을 향해 손을 뻗었다.

백가원이 갈라지는 목소리로 외쳤다.

"무너지더라도 밖으로 무너져! N1030을 지켜!"

돔이 바깥쪽을 향해 무너지기 시작했다.

그것이 구조물을 압박해오던 4세대들의 머리 위를 차례로 덮쳤다.

성난 4세대들을 향해 강은성들이 낙하를 시작하는 순간, 백신이 가동되었다.

거대한 파도가 무너지듯 돔이 내려앉았다.

튕겨나가는 부품과, 어지러이 엉기는 몸체들과, 허공에 날리는 쇠

먼지가 돔이 버티고 있던 자리를 대신했다.

검경 병력들은 남아 있는 탄약들을 전부 쏟아 부으며 포위망을 좁혀왔다. 조금이라도 움직임을 보이는 로봇이 있으면 무차별적인 사격을 퍼부었다.

요원들이 N1030의 신체 회수를 위해 군용차로부터 뛰어내렸다.

돔 아래 깔린 4세대들이 팔다리를 버둥거렸다.

서울 4구를 덮은 로봇들의 사체가 용암처럼 부글거렸다.

이를 악물고 눈을 부릅뜬 채, 박재희는 그 모든 광경을 지켜보았다.

커다란 화면 속에서 강은성의 이름들이 사라져갔다.

책상 위에서는 우주거미의 동그란 램프가 소등되었다.

화면으로부터 강은성의 마지막 남은 이름이 지워지고, '강은성'이라는 백신이 그 자리를 완전히 차지하는 것을 확인한 뒤에야, 그녀는 눈을 감았다.

마치 자신에게 주어진 영생의 한 단락을 그 자리에서 완전히 종결시켜버리려는 것처럼, 선 자세로 오랫동안 눈을 감고 있었다.

에필로그

철호가 돌아왔다.

5년 1개월 만의 귀환이었다. 십대 후반에 지구를 떠났던 소년은 두 뼘 정도 더 자라난 키와 한층 깊어진 눈동자로 주천 스페이스 기지에 모습을 드러냈다.

그가 구조대원들의 부축을 받아가며 우주선을 빠져나오는 모습이 전 대륙에서 동시 방영되었다. 방송들은 그가 앞으로 거치게 될 행성 적응 훈련과, 지금껏 거쳐온 원우주의 아득한 궤적들에 대해 대대적인 보도를 내보냈다.

철호가 이후 일체의 인터뷰를 거부했기에 화면에서는 그가 우주선에서 처음 내려오던 그 순간만이 계속해서 되풀이되었다. 사람들은 경이감을 가지고 그 모습을 몇 번이고 돌려보았다.

그의 귀성 이후로 과학계는 전에 없는 활기를 띠었다.

그가 수집해온 샘플을 분석하고 분류하는 과정에서 SCIE급 논문들이 쏟아져 나왔다. 지구에서 더 이상 채광할 수 없는 자원 다수를 외계로부터 확보할 수 있으리라는 전망이 조심스럽게 제기되었고, 조만간 제2의 지구가 탄생하리라는 예측까지도 돌아다녔다.

무엇보다도, 인간과 전혀 다른 외계의 문명과 접촉이 이루어질지도 모른다는 기대감이 인류 사회를 휩쓸었다.

임철호는 그 신비로운 전망의 한 중간에 서 있는 영웅이었다.

정작 그 당사자는 몸을 회복하자마자 자취를 감추었다. 그의 신체는 행성 적응 훈련을 시작하고 4일 만에 지구 표준치를 달성하며 과학자들을 놀라게 했다. 철호는 지구에 상륙한 지 하루 만에 걷기 시작했고, 사흘 뒤에는 뛰기 시작했다. 과학자들은 일주일간의 관찰 기간을 거친 뒤에 그의 근력과 골밀도, 혈압과 시력이 전부 안정 수치에 정착했다는 결론을 내렸다.

인류관리부처는 그가 여행을 다닐 수 있도록 에어 스페이스를 하나 대여해주었다.

그가 여행자 차림으로 돌아다니는 모습이 세계 곳곳에서 포착되었다.

재희는 지구를 떠나기 전의 철호를 기억했다.

그는 천성적으로 유쾌하고 활달한 사람이었다. 어린 시절부터 철호가 범재와 친했기 때문에, 그들은 서로의 집을 자주 들락거렸다.

휴일 중에는 몇 번인가 그가 자신의 집에 초대되어 밤을 보낸 적도 있었다.

당시 어린아이들이었던 그들은 어머니의 허락을 얻어내고, 남매의 방을 이전처럼 하나로 튼 다음 침대를 나란히 붙여놓고 올라가

밤새도록 수다를 떨었다.

고등반에 올라가고 그가 유진과 사귀기 시작하면서는 다른 친구들과 함께 짧은 여행을 다녀오기도 했다.

그가 우주비행사가 되기 위해 훈련을 거치는 과정을, 그녀와 친구들은 전부 곁에서 지켜보았다.

철호는 그녀의 가장 오래된 친구들 중 하나였다.

그랬기에 지구에 돌아온 그가 미디어 노출은 물론이고, 자신을 포함한 어느 친구들에게도 연락을 주지 않는 것을 재희는 이상하게 생각했다.

한편으로는 걱정도 들었다.

기나긴 임무를 수행하는 도중 누구에게도 밝힐 수 없는 사고를 당한 것은 아닌지.

지난한 작업보다도 크나큰 고독이 그의 마음에 파고들어, 회복할 수 없는 상처를 남긴 것은 아닌지 걱정이 되었다.

그러면서도 한편으로, 재희는 철호가 자신을 원망하고 있는 것이 아닐까 하는 생각을 떨칠 수 없었다.

검경국이 폐허로부터 N1030의 신체를 회수해간 뒤로, 그의 폐기령을 둘러싸고 연방과 연구소는 수차례의 공방을 벌였다.

논쟁의 핵심은 그의 폐기 여부보다도, 그의 신원 판정에 있었다.

인류관리부처의 데이터에 따르면 N1030은 동아시아연방의 시민이 아닌, 연구소 관할의 생체 자료였다. 박범재가 의도했던 대로 그의 신원 분류를 '인간'이 아닌 '자료'로 인정하는 순간, 인류 사회는 홀린에 몸담으면서 지상에서 활동했던 박범재와 같은 소프트웨어들을 인류 사회를 구성하는 동등한 인격으로 인정해버리는 꼴이 되었다.

그러한 법리적인 결론을 방지하는 근거들을 확립하는 과정에서 연방과 연구소는 서로에게 유리한 항목을 선점하기 위해 아귀다툼을 벌였다.

결국 N1030을 박범재와 동일 인물로, 홀린에서 활동하던 박범재를 악성 바이러스로 진단하면서 공방은 막을 내렸다.

N1030은 철호가 지구로 돌아오기 하루 전에 폐기되었다.

임철호는 두 번 다시 박범재의 얼굴을 보지 못했다.

그랬기에 철호로부터 예고 없는 연락을 받았을 때 재희는 조금 놀라고 말았다.

메시지의 내용은 간결했다.

그녀를 에어 스페이스로 초대한다고 했다. 오랜만에 제대로 된 이야기를 나누고 싶다고도 했다.

재희는 순순히 응했다. 약속 날짜는 바로 그날 밤으로 정해졌다.

한밤 중 드넓은 코트에 주차된 에어 스페이스는 마치 거대한 아쿠아리움 같았다. 유선형의 몸체는 가로등이 쏟아내는 빛을 흘려보내며 매끈하게 빛났다.

'에어볼'이라고 불리는 그 몸체에 기대어 주위를 두리번거리던 철호는 재희를 발견하고 손을 흔들었다.

두 사람은 포옹하고, 곧바로 스페이스에 탑승했다.

출입문을 닫자마자 기체는 이륙했다.

에어볼에 올라탄 철호는 풍경에 눈길 한 번 주지 않고 곧바로 모션 명령을 내렸다.

그가 사람의 눈을 피하고 싶어 하는 낌새를 재희는 벌써부터 어렴풋이 감지할 수 있었다. 풍향과 지형을 계산하며 기체가 떠오르는 동안, 그의 시선은 초점 없이 허공에 머물렀다. 두 눈은 창밖에 비치는 도시가 아니라, 어디 먼 별을 바라보는 것 같았다.

훈련으로 단련된 어깨와 다리는 굳건해 보였지만, 그의 움직임에는 어딘가 위태로워 보이는 구석이 있었다.

스페이스 내부는 단순했다.

벽에 밀어 넣었다가 펼칠 수 있는 식탁과 침대, 드라이 샤워와 변기 그리고 빌트인 된 3D 프린터가 가구의 전부였다.

어떠한 추가적인 커스터마이징이나 홀로그램 인테리어조차 그곳에는 설치되어 있지 않았다.

비행 설정을 마친 철호는 재희를 식탁으로 안내하고, 준비해 두었던 와인병을 꺼냈다. 잔이 부족하다는 것을 뒤늦게 깨닫고는 글라스도 하나 더 출력했다.

에어볼은 빠른 속도로 지상을 벗어나 높은 상공에서 라운지 모드로 전환했다.

낡은 코르크를 뽑아들고, 두 사람은 마침내 마주앉았다.

5년 만의 재회였다.

무릎이 닿을 만큼 비좁은 그 식탁에서 그들은 글라스를 부딪쳤다. 적포도주의 냄새가 진했다. 진짜 과실로 담근 술이라서 그런 모양이었다.

철호는 첫 번째 잔을 비우고서 물었다.

"어떻게 지내?"

"나야, 적당히 바쁘게 지내지……."

재희는 말끝을 흐렸다. 진행하던 연구를 모두 중단한 그녀는 서울 4구의 감염된 인공지능들을 일일이 손보고 있었다.

산더미같이 쌓여 있는, 단순한 작업들의 반복이었다.

두 발로 뛰는 일을 하면 시간이 정신없이 흘러가서 좋았다.

"너는 뭐 하고 지냈는데? 여행은 많이 다녔어?"

"그럼."

철호는 손끝으로 와인병을 가리켰다.

"저걸 어디서 구했다고 생각해?"

그녀는 눈을 가늘게 뜨고 얼룩진 글씨를 읽어 내려갔다.

"칠레? 국가제도 시절 물건이야?"

"아메리카 연방에서 구입했어. 오래전 화산 폭발로 매몰된 와이너리에서 발굴되었대."

"멋지네."

재희는 고개를 끄덕이며 검붉은 액체를 삼켰다.

서울 시내의 야경이 발아래서 반짝였다.

길과 건물과 도시가 한 줌에 들어올 만큼 작아져 있었다.

그들의 위치는 1km 상공이었지만, 에어볼의 실내는 미동조차 하지 않았다. 식탁 위의 글라스들이 완벽한 수평 상태를 유지했다. 서울 상공이 아니라, 깊숙한 다락방이라고 해도 믿을 지경이었다.

끝없는 도로가 섬세한 잎맥처럼 뻗어 나갔다.

한동안 말없이 야경을 내려다보던 철호는 불쑥 말을 꺼냈다.

"꼭 범재가 만들어놓은 작품 같네."

재희는 그를 흘깃 쳐다본 다음, 가볍게 대꾸했다.

"오빠가 저런 문양을 좋아했지."

"내가 떠난 뒤로도 전시회를 자주 열었어?"

"두어 번…… 사업 시작한 이후로는 많이 바빠졌어."

철호의 시선이 허공에서 흔들렸다.

"학교 다닐 때는 공동 작업도 많이 했는데……."

재희는 그를 잠자코 지켜보고 있었다.

철호는 잔을 내려놓고, 한 손으로 턱을 괴었다.

태양풍에 그을린 그의 이마가 조명 아래서 움찔 일그러들었다.

"나는 그런 과목에는 영 소질이 없었어. 몸을 움직이고 뛰어다니는 편이 훨씬 즐거웠지. 그래서 한때 고민도 많이 했어. 왜 나는 복잡한 연산 처리보다 체육관에서 운동을 하는 편이 더 행복할까. 3세대라면 3세대다운 일에 재능을 보여야 하는 것이 아닌가 하는……. 자신이 어딘가 덜떨어진 인간이 아닐까, 그런 생각을 자주 했어. 혹시 나는 과학자들이 걸러내지 못한 실패작이 아닐까……. 그런 생각을 매일 하다 보니 어느 날 결심을 하게 되더라고. 나는 죽어야겠다고."

철호는 손끝으로 글라스를 가볍게 튕겼다. 붉은 액체에 파문이 일었다.

"혼자서는 어려우니 누군가에게 부탁을 해야 했어. 나를 다시 살려내지 말라는 유언을 남기려 했지. 우리는 몸이 워낙 튼튼해서 웬만한 상처는 알아서 회복하잖아. 게다가 당시의 내 몸은 매일같이 격렬한 경기를 뛰느라 다져질 대로 다져져 있어서, 섣부른 짓을 했다가는 그저 아프기만 하고 끝날 거였어. 건물 꼭대기에서 뛰어내리는 정도로는 소용도 없었거든……."

재희는 그의 건장한 어깨를 새삼 쳐다보았다.

어린 시절부터 신체 능력으로 따지자면 철호를 따라올 사람은 없었다. 그녀의 기억 속에서도 철호는 거의 항상 로봇들을 상대로 운동을 했다. 어릴 적에는 그나마 상급생들과 합반을 하면 밸런스가 맞았지만, 몸이 자라면서부터는 그의 반사속도와 힘을 따라와줄 사람이 없어졌다.

그가 범재와 친해진 계기도 애초에 체육 수업을 월반하면서부터였다.

"그래서 찾아갔던 게 범재였어. 당시엔 주변에서 가장 이상적인 3세대가 박범재로 보였거든. 찾아가서 고민을 털어놓았지. 아무래도 나는 잘못 만들어진 인간인 것 같다고. 자신을 스스로 끝장내든지, 아니면 과학자들에게 자진 신고를 해야 할 것 같다고 말이야. 그때 내가 14살 정도 되었을 거야. 범재는 내 말을 진지하게 듣더니 이렇게 말해주더군."

철호는 잠시 말을 멈추었다. 십대 시절 자신들의 모습을 눈앞에서 재생해보는 듯했다.

범재의 말투를 거의 똑같이 따라하며, 그는 읊조렸다.

"3세대 인간의 기준이 너를 결정하는 것이 아니라, 너의 존재가 바로 인간 존재에 대한 새로운 정의다, 라고 말야."

철호는 피식 웃으며 고개를 절레절레 흔들었다.

"그 말이 지금도 잊혀지지가 않아. 너무나 범재다운 대답이었지. 그게 당시의 나한테는 얼마나 충격적이었는지 몰라……. 그의 말이 아니었다면 나는 결코 우주비행사가 되지 않았을 거야."

철호는 자신의 잔을 들어 올리고 와인을 비웠다.

두꺼운 목젖이 울컥울컥 술을 넘겼다.

"탐사를 떠나기 직전, 마지막으로 범재와 단둘이 시간을 보낸 적이 있었어. 그때 범재에게 부탁을 받았지. 개인적으로 기획하는 프로젝트가 있는데, 도와달라고. 자길 도울 수 있는 사람이 나밖에 없다고 했어. 나는 흔쾌히 승낙했지."

재희는 회고했다. 철호가 떠나기 직전이라면, 아직 범재가 홀린을 설립하기 전이었다. 졸업 이후로 범재는 한동안 가상현실 환경을 디자인하는 국제기관에서 근무했다.

"원우주로까지 네트워크를 개통하는 과정에서, 자신이 만든 소프트웨어를 함께 설치해달라는 부탁이었어. 지금까지 해오던 것과는 다른 규모의 작품을 준비하고 있다고 말했지. 가능한 한 면 우주까지 자신의 소프트웨어를 퍼뜨리고, 최종 목적지에 다다르면 그 소프트웨어를 담은 하드웨어를 발사해달라고 했어."

재희의 동공이 서서히 커졌다. 예상치 못한 고백이었다.

"지금 생각해보면…… 그게 바로 홀린의 본체였던 것 같아."

철호는 무덤덤한 표정으로 다시 잔을 비우고 있었다.

범재는, 이 모든 것을 이미 5년이나 전부터 계획하고 있었던 것이다.

그녀와 철호가 겨우 학교를 졸업하던 시절부터, 어쩌면 그보다도 한참 이전부터.

"그동안 무슨 일이 있었는지, 화성 기지에서 보도자료를 확인하면서 알았어. 특히 서울 4구에서 있었던 일들은……. 결국 전문가들도 해커의 위치를 알아내지 못했다고 했지? 그럴 수밖에!"

철호는 자조하듯이 웃었다. 그의 목소리가 한층 깊어졌다.

"그 해킹 루트를 지난 5년 동안 보호하고 있었던 게 바로 나였거든!"

"철호야, 그건……."

"내가 한 일이야!"

철호는 눈을 부릅뜨고 발밑에서 흘러가는 서울 풍경을 응시했다. 불빛이 환하게 밝혀져 있는 구역과 그렇지 않은 구역이 있었다.

캄캄한 어둠의 구역들로부터 재희는 자신도 모르게 고개를 돌려 버렸다.

"나는…… 너에게 감사해야 해."

한층 가라앉은 목소리로 그가 말했다.

"네가 그 사태를 막아준 것에 대해서, 정말로 감사하고 있어. 그렇지 않았다면 나는 두 번 다시 이 땅을 밟을 면목이 없었을 거야. 정말로 너에게는……."

"누구라도 그렇게 했을 거야."

재희는 조용히 말을 잘랐다.

"그 상황에 놓인 3세대라면 누구든, 그렇게 했을 거야."

철호는 그녀를 지그시 쳐다보더니 한숨을 푹 쉬었다. 그리고 한 손을 들어 새로운 모션 명령을 내렸다.

에어볼이 서서히 고도를 높였다. 발아래 펼쳐진 서울의 풍경이 사라졌다. 구름과 스모그가 걷히고 나니 별이 보이기 시작했다. 지상에서는 한 번도 구경해본 적 없는, 무수하게 많은 별들이 저마다 자리를 지키며 반짝였다.

이윽고, 허공을 반으로 가르며 장대한 은하수가 펼쳐졌다.

그 모습을 올려보며 철호는 말했다.

"나는 다시 저 밖으로 나가게 될 거야. 새로운 임무에 지원하기로 했어."

재희가 조금 놀란 듯이 고개를 들었다.

"행성방위부처로부터 제의가 들어왔어. 우주로 나가 홀린의 인프라를 탐색하고, 파괴하는 임무를 맡아달라고. 가능하다면 홀린의 본체를 찾아내고, 완전히 제거하는 것이 목표야."

"행성방위부처가 3세대를 스카우트한다고? 하지만…… 우리는 군사 업무에 종사할 수 없도록 되어 있어."

"그 법이 이번에 개정될 거야. 특별법을 추가로 제정하는 방식으로."

재희의 표정이 어두워졌다.

철호의 말이 사실이라면, 이번 개정안은 앞으로 3세대를 얼마든지 고쳐 쓸 수 있는 도구로 전락시킬 수도 있었다. 그녀가 나서서 '강은성 작전'을 수행한 것이, 3세대 전체에게 불리한 선례를 남겨버린 것일지도 몰랐다.

재희는 애써 냉정한 목소리로 말했다.

"단순 탐색과 파괴 업무라면 로봇을 파견할 수도 있잖아. 왜 인간을 보내겠다는 거야?"

"어떤 변수가 등장할지 모르는 사안이니까."

"이미 지구는 보호막을 얻었어. 유인 탐사는 탐색이 끝난 다음에 진행해도 늦지 않아!"

"디오스는 그렇게 생각하지 않는 모양이지."

재희는 그를 막막하게 쳐다보았다.

디오스가 결코 가치중립적인 판단체가 아니라는 것을, 그녀는 뼈저리게 알고 있었다.

문명 보존이라는 이름으로 그들은 철호를 사용하고, 때가 되면 버릴 것이다.

N1030을 미련 없이 폐기했듯이.

"도대체 왜……."

철호는 비어버린 와인병을 옆으로 치워버렸다. 그리고 사뭇 진지
한 표정으로 그녀를 바라보았다.

"홀린을 제거하기로 한 그들의 결정은 옳았다고 생각해. 그렇게
하지 않으면 언젠가 돌이킬 수 없는 사태가 닥칠 거야. 다시 우주로
나가는 대신 지구에 남아서, 너처럼 피해를 복구하는 작업에 참여
할 수도 있겠지. 하지만……."

철호의 눈빛이 한층 날카로워졌다.

"그들이 마음을 바꾸기만 하면, 이곳은 다시 망가질 거야. 그때야
말로 어쩌면 인류는 멸망할지도 모르지."

재희는 환한 조명을 받는 그의 얼굴을 뚫어져라 쳐다보았다.

긴 여정을 마치고 돌아온 그를 곧바로 이렇게 다시 먼 우주로 내
모는 것이, 인류에 대한 사명감뿐만은 아닐 것이었다.

애초에 우주에서 보낸 체감 시간으로 따지면, 그는 이미 지구에서
평생 동안 보낸 것보다도 더 긴 시간을 지구 바깥에서 보내고 왔는지
도 모른다.

그에게 인류란 무슨 의미일까.

많은 사람들과 더불어 살아가는 감각이, 애초에 그에게 남아 있
기나 한 것일까.

"만약에 다시 홀린을 찾아내면…… 어떻게 할 거야?"

재희는 조심스럽게 물었다.

"오빠를 다시 만날 거야?"

"범재를 찾아가서, 그를 없애기 위해 먼 우주를 돌아왔다고 똑똑

히 말해줄 거야."

철호는 엄숙한 목소리로 답했다.

"바로 그 말을 전하기 위해 다시 지구를 떠나려는 거야. 2주 뒤에 다시 화성 기지로 돌아갈 예정이야."

재희는 그들의 뒤편으로 펼쳐지는 우주를 막막하게 바라보았다.

저 어딘가에 박범재가 있을 것이다.

어떠한 인공지능보다 똑똑하고, 그 어떤 인간보다도 터무니없는 계획을 세우는 프로그램이.

철호의 말이 맞았다.

4세대들은 앞으로 어떤 방식으로 변해나갈지 모른다.

아직까지는 생체의 기억을 간직하고 있었지만, 저들이 전혀 별개의 종으로 진화하기를 선택한다면 이야기는 전혀 달라졌다. 인류에게는 천적이 생기는 것이었다.

홀린을 찾아간다. 홀린을 찾아가서, 그것을 파괴한다.

자신에게는 그것이 가능할까.

매일 학대와 같은 업무량을 스스로에게 짊어지우고, 밤이 오면 다시 날이 밝기만을 전전긍긍하며 살고 있는 자신은, 그 괴물과도 같은 세계와 다시 마주하는 것이 가능할까.

다시 오빠를 만나면 무엇을 할 수 있을까.

야멸차게 그를 짓밟고 비웃으면, 계속 살아갈 힘이 조금이라도 생기는 것일까.

이미 그녀의 몸속에서는 너무나 많은 것들이 빠져나가버렸다.

누군가를 증오할 힘도, 사랑할 힘도 남아 있지 않았다.

그런 것들은 결국 자신을 더욱 허약하게 만들어놓을 뿐이라는 것을, 이제는 알아버렸다.

재희는 자신의 두 손을 내려다보았다. 그리고 고개를 들어 찬란하게 흐르는 은하수를 보았다.

무한에 가까운 시간과 공간이, 그곳에 펼쳐져 있었다.

그것을 견디는 것…….

그만한 시공간을 짊어지는 것이 바로 영생을 손에 넣은 자들이 치르는 생의 대가인지도 몰랐다.

재희는 밤하늘을 시리도록 올려다보았다.

은빛의 별들이, 도무지 가늠할 수 없는 무게와 속도로, 허공을 가득 채우며 빛나고 있었다.